Katja Maybach

Die Stunde der Schwestern

Roman

Knaur Taschenbuch Verlag

Besuchen Sie uns im Internet:
www.knaur.de

Wenn Ihnen dieser Roman gefallen hat und Sie auf der Suche nach ähnlichen Büchern sind, schreiben Sie uns unter Angabe des Titels »Die Stunde der Schwestern« an: frauen@droemer-knaur.de

FSC
www.fsc.org
MIX
Papier aus verantwortungsvollen Quellen
FSC® C083411

Vollständige Taschenbuchausgabe Januar 2012

Redaktion: Herbert Neumaier
Umschlaggestaltung: Bürosüd, München
Umschlagabbildung: Emmas Lee / Narratives / plainpicture
Satz: Adobe InDesign im Verlag
Druck und Bindung: CPI – Clausen & Bosse, Leck
Printed in Germany
ISBN 978-3-426-50933-3

4 5

1

April 2001
Paris und Saint-Emile

Durch den schmalen Spalt der Schlafzimmertür beobachtete Hippolyte seine Frau, wie sie den Kopf ein wenig zur Seite neigte, um aus dem Fenster zu sehen. Müdigkeit und Erschöpfung zeigten sich auf Bérénice' schönem Gesicht, während sie einen Moment still zusah, wie sich der Morgenhimmel über den grauen Dächern von Paris zu einem dunstigen Gelb verfärbte.

Vielleicht dachte sie in diesem Moment an einen anderen Morgen, den auch Hippolyte niemals vergessen konnte. Der Tag, als der Mistral über die Hügel heraufwehte und den Duft der fernen Lavendelfelder herüberbrachte.

Es war der Morgen ihrer Hochzeit gewesen, als Bérénice mit dem Fahrrad den Weg durch die Weinberge herauffuhr. Unentschlossen war sie vor dem alten Steinhaus mit seinen hellblauen Fensterläden, dem *Maison Bleue*, stehen geblieben, verfangen in Zweifel, ob es richtig gewesen war, zu kommen. Sie hatte sich heimlich aus dem Haus ihrer Mutter geschlichen und war losgefahren, um ihren Verlobten vor der kirchlichen Trauung noch einmal schnell zu umarmen. Hippolyte hatte die ganze Nacht vor fieberhafter Erwartung nicht schlafen können und saß bereits seit der frühen Morgendämmerung unter dem alten Olivenbaum, der mit seinen knorrigen Ästen fast die ganze Vorderfront des Hauses verdeckte. Als er Bérénice im hellen Morgenlicht dort stehen sah, fing sein Herz an zu hämmern. Er war aufgesprungen und ihr mit offenen Armen entgegengelaufen, während der Wind heftig an seinen Haaren zerrte und ihm den Atem nahm.

Es war ein Moment vollkommenen Glücks gewesen, ein Augenblick, der die Erfüllung all seiner Träume in sich barg.

Hippolyte ließ sich zurück auf das weiche Kissen fallen und schloss die Augen. Vier Jahre waren vergangen, seit sie das Weingut *La Maison Bleue* verlassen mussten. Damals wollte Bérénice nach Paris, um hier ein neues Leben zu beginnen, weit weg von der Provence. War sie jetzt glücklich? In dieser lauten Stadt, die niemals schlief? Hippolyte wusste es nicht. In diesen vier Jahren, in denen sie sich mit ihren außergewöhnlichen Arbeiten in der Haute Couture zu etablieren suchte und oft die Nächte durcharbeiten musste, war er als Vertreter für südafrikanische Weine durch Frankreich gefahren, um Provisionen kämpfend, die oft gekürzt wurden, wenn ein Kunde nicht bezahlt hatte. War er dann für ein paar Tage zu Hause, redeten sie über Geldprobleme, ihre Miete, das geringe Honorar, das Bérénice in der Haute Couture verdiente. Der tägliche Kampf um die Existenz hatte sie beide ausgelaugt. Jeder war versunken in seinen Problemen, und es gab keine Zärtlichkeit, nur noch Schweigen und Fremdheit zwischen ihnen. Aber vielleicht wollten sie das auch nicht anders: nicht sprechen müssen über die Vergangenheit, über die Geschehnisse jener Nacht, die ihr Leben verändert hatte.

Hippolyte hörte, wie Bérénice sich erhob und die kleine Arbeitslampe auf dem Tisch ausknipste. Da stand er mit einem Ruck auf und trat aus dem Dunkel des Schlafzimmers hinaus seiner Frau entgegen.

»Ich muss mit dir reden.«

Doch als er in das blasse Gesicht von Bérénice sah, die sich fröstelnd den alten Bademantel um die Schultern zog, konnte er nicht mehr von seiner Einsamkeit sprechen, auch nicht über seine Sehnsucht nach der Stille der Weinberge, den intensiven Farben des Lavendels und den Sonnenblumen, über die sich der tiefblaue Himmel der Provence spannte. Wenn er als Kind den Hang hinter seinem Elternhaus hochgestiegen war, musste er sich einen schmalen Weg durch stachelige Brombeersträucher bahnen, begleitet von dem lauten Zirpen der Grillen und dem starken Duft nach Thymian und Basilikum, die im Garten seiner Mutter wuchsen. Diese Erinnerung nahm ihn immer mehr gefangen, ließ ihn nicht los, bis er vor einigen Tagen eine Entscheidung getroffen hatte.

Während seine Gedanken wieder abschweiften, wartete er auf eine Reaktion seiner Frau, vielleicht Interesse an seinen Plänen, Neugierde, was er mit ihr besprechen wollte. Doch Bérénice warf ihm nur einen flüchtigen Blick zu, griff sich den Karton, der auf dem Stuhl neben ihr bereitstand, und stellte ihn auf den Tisch. Vorsichtig schichtete sie die zarten Organzablüten hinein und bedeckte sie mit Seidenpapier. Ihre Stickereien waren kleine Kunstwerke. Dieses besondere Talent hatte sie von ihrer Mutter Denise geerbt, die ausgefallene Stickereien für die »Damen der Gesellschaft« der kleinen Stadt Saint-Emile anfertigte. Vor sechs Wochen hatte Bérénice den Auftrag des Couture-Hauses Maxime Malraux angenommen. Hippolyte wusste, dass sie nur bezahlt wurde, wenn ihre Arbeiten dem Designer gefielen.

»Soll ich dir einen Kaffee kochen?«, bot Hippolyte an, der plötzlich nicht mehr den Mut fand, über seine Entscheidung zu sprechen.

Bérénice schüttelte den Kopf und hastete in das Schlafzimmer. »Nein danke«, rief sie über die Schulter, »ich habe vor einer Stunde geduscht und schon gefrühstückt.«

Hippolyte antwortete nicht sofort. Er lehnte sich gegen den Türpfosten und sah seiner Frau zu, wie sie im Halbdunkel aus dem Bademantel schlüpfte, ihn auf das zerwühlte Bett warf und den schmalen Kleiderschrank öffnete. Das schwache Licht, das durch den Fensterladen hereindrang, gab ihrem blassen Gesicht einen schimmernden Reiz und umspielte die Konturen ihres schlanken Körpers. Rasch schlüpfte sie in ein schmales schwarzes Kleid und zog am Rücken den Reißverschluss hoch. Sie trug es, wenn sie in die Modehäuser ging, um ihre Arbeiten abzuliefern. Schwarz war die Farbe der internationalen Modeszene. Bérénice lief in das angrenzende kleine Badezimmer, fuhr sich mit der Hand schnell durch die kurzen dunklen Haare, legte etwas Rouge auf und zog mit einem tiefroten Stift ihre vollen Lippen nach. Dann kam sie zurück und griff hastig nach ihrer Handtasche und dem großen Karton. Wieder spürte Hippolyte, wie ihr ganzes Wesen von ihm fortstrebte.

»Warum?« Er lief ihr nach, packte sie und grub seine Finger in ihren Oberarm. Bérénice blieb ruhig stehen, und so ließ er sie wieder los. »Ich *weiß*, ich bin schuld, ich *weiß*, ich hätte damals in dieser Nacht nicht nach Saint-Emile in die Kneipe gehen und unser Weingut verspielen dürfen. Ich *weiß*, ich hätte mich nicht betrinken sollen, und ich *weiß* auch, ich bin schuld, dass du in dieser Nacht …«

Jedes »weiß« betonte er, und beim letzten Satz verlor er die Beherrschung und schrie seiner Frau das Wort ins Gesicht. Doch als Bérénice stumm blieb und nichts erwiderte, brach er den Satz abrupt ab und fuhr sich resigniert mit der Hand übers Gesicht. Für einen Moment zögerte Bérénice, dann wandte sie sich ab und öffnete die Wohnungstür. Doch Hippolyte stellte ihr noch eine letzte Frage, jene Frage, die ihn seit vier Jahren quälte: »Du kannst mir immer noch nicht verzeihen, nicht wahr?«

Ohne sich nach ihrem Mann umzudrehen, antwortete Bérénice leise: »Nein, Hippolyte, nein, ich denke, das kann ich nicht.«

Tiefe Hoffnungslosigkeit stand zwischen ihnen, bis Bérénice die Wohnung verließ und geräuschlos die Tür hinter sich zuzog.

*

»Wo ist sie, wo sind die Blumen? Wieso ist diese Frau noch nicht da? Hat sie verschlafen, hat man ihr nicht gesagt, dass ich die Blüten jetzt brauche, jetzt, sofort und nicht irgendwann, wenn es dieser Frau passt?«

Als Bérénice die Stufen hinaufhastete, hörte sie bereits im Treppenhaus die männliche Stimme, die sich ungehalten über sie ausließ. Das musste Maxime Malraux sein, der legendäre Designer, den sie nur von Fotos kannte, denn sonst übergab sie am Empfang ihre Arbeiten einer Mitarbeiterin des Couturiers. Heute aber hatte sie sich verspätet, so hatte man sie hinauf ins »Allerheiligste«, das Atelier des Meisters, geschickt.

»Entschuldigen Sie!«

Außer Atem betrat Bérénice den hellen Raum mit seinen hohen Fenstern, den langen Arbeitstischen und den vielen Wandspiegeln. Hier stand Maxime Malraux, klein und zierlich zwischen Stoffrollen, Kleiderpuppen, Skizzen und Fotos. Alle Augen waren auf Bérénice gerichtet, und ihr Gruß wurde kaum erwidert. Schweigend beobachtete man, wie sie den Karton auf den nächststehenden Tisch schob, den Deckel öffnete und jede einzelne Blüte vorsichtig herausnahm. Jemand war ihr gefolgt, und als sie sich überrascht umsah, stand Maxime dicht hinter ihr. Seine dunklen Augen, umrandet von einem dezenten Lidstrich, weiteten sich in fassungslosem Staunen, als er jetzt so nahe vor ihr stand.

Bérénice fühlte sich unbehaglich und entfernte sich mit einem kleinen Schritt möglichst unauffällig von ihm, während sie ihre Blüten auf dem Tisch ausbreitete. Sie spürte seinen intensiven Blick, der sie nicht loslassen wollte, und sie erschrak über die Blässe seines Gesichts und die Starrheit seines Blicks. Steif und mit einer langsamen Bewegung streckte er ihr die Hand entgegen, die sie nur zögernd nahm.

»Wie heißen Sie?«

Seine Stimme klang heiser, und Bérénice bemerkte, dass die Mitarbeiter das Benehmen des Designers ungewöhnlich fanden und ihn befremdet beobachteten. »Bérénice Mouret. Ich arbeite seit vier Jahren für Ihr Haus.« Sie wurde unruhig. Was wollte er von ihr?

»Ich weiß, ich weiß«, murmelte er. »Ich bewundere jedes Mal Ihre Arbeiten, sie entsprechen genau meinen Visionen. Aber sagen Sie … Bérénice, wo kommen Sie her? Sind Sie in Paris aufgewachsen?«

Sie schüttelte den Kopf. »Ich komme aus Saint-Emile, einer kleinen Stadt in der Provence. Warum wollen Sie das wissen?«

»Saint-Emile«, wiederholte er nervös, ohne auf ihre Frage einzugehen. »Saint-Emile, ja, ja … genau. Wie ist Ihr Mädchenname?«

»Vanessa ist hier.« Die Stimme von Raul, Maximes Assistenten, überschlug sich fast. »Sie hat nur zwei Stunden Zeit, dann muss sie zum Flughafen. Bitte, Maxime, wir müssen die Anprobe mit ihr machen.«

Mit einer Handbewegung brachte Maxime seinen Assistenten zum Schweigen.

»Aubry«, antwortete Bérénice, die auf seine Frage einging, um den launischen Designer nicht zu verärgern, der nervös mit einer der Organzablüten herumspielte. Bérénice spürte, dass ihn etwas beschäftigte und völlig aus der Fassung gebracht hatte …

»Fleur«, flüsterte er, »Fleur …«, und sah sie an.

»Maxime, bitte!« Rauls Stimme kletterte die Skala der Hysterie ganz nach oben, doch der Designer beachtete ihn nicht.

»Wunderschön, ich habe mich schon oft gefragt, wer diese Künstlerin ist, die solche kleinen Meisterwerke kreiert.« Malraux' Hände zitterten, und in Gedanken schien er weit fort zu sein. Immer noch drehte er eine der Blüten in seiner Hand und zerrte nervös an den winzigen kleinen Perlen, mit denen sie besetzt war. Abrupt hob er den Kopf. »Nun, meine liebe Bérénice Mouret, Sie werden es nicht bereuen, für mich zu arbeiten, das verspreche ich Ihnen.«

»Maxime! Bitte!«

Jetzt löste sich der Designer vom Tisch und ging zu den Wartenden, und Bérénice begriff, dass sie entlassen war. Keiner beachtete sie mehr, alle scharten sich um das Model Vanessa, das in der Mitte des Raums stand und in ein schwarzes Abendkleid aus zartem Chiffon schlüpfte, an das Camilla, die langjährige Chefdirektrice des Hauses Malraux, die Organzablüten befestigte.

Unter der Tür drehte sich Bérénice rasch noch einmal um und fing einen nachdenklichen Blick von Maxime auf. Doch als sie ihm zum Abschied zunicken wollte, wandte er sich rasch ab.

Sie werden es nicht bereuen … Malraux' Worte gingen Bérénice nicht aus dem Kopf, während sie langsam die Treppe hinunterging. Was hatte dieser launische Künstler, der längst den Zenit seiner Karriere überschritten hatte, damit gemeint? Was würde sie nicht bereuen?

*

»Hippolyte?«

Als es still blieb, schlüpfte Bérénice rasch aus ihren hohen Schuhen, lief durch den Wohnraum und stieß die Tür zum Schlafzimmer auf.

»Hallo?«

Ungläubig stellte sie fest, dass sämtliche Sachen ihres Mannes fehlten. Die Tür seines Schranks stand weit offen, er war komplett leer, auch sein Koffer und die große Leinentasche fehlten. Bérénice versuchte, durchzuatmen und sich zu beruhigen. Noch am Morgen hatte Hippolyte das Gespräch mit ihr gesucht, doch sie hatte ihn abgewehrt. Aber musste er nicht wissen, wie sehr sie unter Druck gestanden hatte? Hippolyte hatte seinen Job vor zwei Wochen aufgegeben und mehrmals von Plänen gesprochen, die noch nicht wirklich spruchreif seien. Ratlos sank Bérénice auf das breite Bett und schob den achtlos hingeworfenen Bademantel zur Seite. Dabei erfühlte sie ein Kuvert. Verwundert ergriff sie es, doch ihre Hand fing an zu zittern, und ihr Herz raste. Reglos blieb sie sitzen, ahnte bereits, was Hippolyte ihr geschrieben hatte. Er zog die Konsequenz aus ihrer Unversöhnlichkeit, setzte einer quälenden Ehe ein Ende. Lange sah sie auf den Brief hinunter, drehte und wendete ihn zwischen ihren Fingern, bis sie ihn mit einem Ruck öffnete.

Ma chère Bérénice,
nie sind wir glücklich geworden in Paris, der Stadt, der ich nichts abgewinnen konnte und die mir und uns keinen Segen brachte.
Vor einer Woche habe ich mit meinem alten Freund Bernard gesprochen. Er hat mir erzählt, dass das Weingut, unser Maison Bleue, zum Verkauf steht. Du weißt, Bernard ist inzwischen Leiter der größten Bank in Saint-Emile, und er gibt mir einen Kredit, damit ich das Gut zurückkaufen kann. Es scheint ziemlich heruntergewirtschaftet zu sein, doch ich bin überzeugt, ich kann es schaffen. Darin sehe ich die Aufgabe meines Lebens.
Bérénice, heute Morgen wollte ich Dich fragen, ob Du mit mir gehen willst. Aber Deine Ablehnung mir gegenüber hat mir gezeigt, dass diese Frage sich erübrigt hat.

Liebe kann verzeihen, doch Du konntest es nicht.
Also habe ich endlich den Mut gefunden zu erkennen, dass unsere Liebe vorbei ist und dass ich allein gehen muss.
Hippolyte

Bérénice ließ sich langsam auf die Kissen zurückfallen, den Brief an sich gepresst. Hippolyte hatte sie verlassen. Während ihrer Abwesenheit hatte er sich heimlich, still und leise davongeschlichen. Doch Bérénice empfand nichts, gar nichts. Wut oder Schmerz wollten sich nicht einstellen. Sie war einfach nur müde nach der schlaflosen Nacht, in der sie durchgearbeitet hatte. Sie horchte der Stille in der Wohnung nach, lauschte angestrengt auf den Lärm, der gedämpft von der Straße herauf bis zum vierten Stock drang. Irgendwann läutete das Telefon, dann wurde es wieder still, bis es erneut anfing und so lange klingelte, bis Bérénice mit müder Hand nach dem Hörer griff.

Sie war enttäuscht, dass es nicht Hippolyte war, sondern ein Henri Meyer aus der Vertragsabteilung von Maxime Malraux:

»Monsieur möchte Ihnen ein Angebot machen, sind Sie daran interessiert?«

»Was für ein Angebot?« Bérénice verstand nicht.

»Monsieur schlägt Ihnen einen festen Vertrag vor. Sie bekommen ein eigenes Atelier in unserem Haus mit mehreren Stickerinnen, die für Sie arbeiten werden. Das Gehalt ist sehr großzügig, wenn Sie mir die Bemerkung erlauben«, fügte Henri Meyer hinzu, da Bérénice, völlig überrumpelt von diesem Vorschlag, schwieg. Seit vier Jahren arbeitete sie für den Designer, bekam wenig Geld und erntete kaum Anerkennung.

»Wieso so plötzlich?«, fragte sie misstrauisch, sie konnte es nicht begreifen. Heute Morgen war sie Maxime Malraux zum ersten Mal begegnet, und schon bekam sie ein lukratives Angebot. »Wieso? Ich verstehe es einfach nicht.« Noch während sie dies sagte, wurde ihr plötzlich klar, was das bedeutete: keine Existenzsorgen mehr, keine Angst, wenn der Monat zu Ende ging und sie sich fragen musste, ob das Geld für die nächste Miete reichte.

Meyers Stimme klang ein wenig genervt, als sie so zögernd reagierte. »Wahrscheinlich haben Sie Monsieur heute mit Ihrer Arbeit so überzeugt, dass er Ihnen dieses Angebot macht. Er sagte, dass er es Ihnen gegenüber bereits erwähnt habe. Wir schicken Ihnen in den nächsten Tagen einen Vertragsentwurf zu. Sie können sehr zufrieden sein, so ein großzügiges Angebot macht Maxime Malraux selten. Ehrlich gestanden, habe ich einen solchen Vertrag noch nie aufgesetzt, und ich arbeite bereits seit fünfzehn Jahren für ihn.«

»Ja natürlich, danke. Ich freue mich.« Bérénice blieb einsilbig, und als sich Henri Meyer schon längst verabschiedet und aufgelegt hatte, saß sie noch immer auf dem Bett, den Hörer in der Hand.

Irgendwann erhob sie sich endlich und schlüpfte aus ihrem Kleid, brühte sich in der Küche einen Tee auf, stellte Kanne und Tasse auf ein Tablett und ging damit ins Wohnzimmer. Als sie sich aufs Sofa setzte, spürte sie, wie müde sie war. Eingehüllt in ihre warme Decke, dämmerte sie in einen leichten Schlaf hinüber, doch immer wieder schreckte sie hoch, da sie glaubte, Hippolyte sei zurückgekommen.

Und so verstrich langsam der Tag. Es wurde Abend, und Bérénice hatte nicht die Kraft, den Arm auszustrecken und die Lampe neben dem Sofa anzuknipsen. So kam der Moment, in dem der Schmerz sie überwältigte. Heftiger, durchdringender, als sie erwartet hatte.

Erneut klingelte das Telefon, und wieder ließ sie es lange läuten, bis sie endlich abhob. Es war ihre Mutter Denise, und Bérénice unterdrückte den Impuls, einfach aufzulegen.

»Maman? Was gibt's?«

»Was es gibt?«, wiederholte Denise. »Seit Wochen höre ich nichts von dir, und du fragst mich, was es gibt?« Vorwurf schwang in Denise' Stimme mit. »Ist irgendetwas passiert, das ich wissen sollte?«

Von einer Sekunde zur anderen entschied sich Bérénice, nichts von Hippolyte zu erzählen, und so berichtete sie über das Angebot von Maxime Malraux. »Er ist einer der berühmtesten Designer Europas«, setzte sie erklärend hinzu.

»Maxime Malraux?« Denise wiederholte den Namen, während sie jede Silbe, schwer atmend, langsam betonte.

»Maman?«, rief Bérénice besorgt in den Hörer. »Geht es dir gut?«

»Natürlich. Wieso sollte es mir schlechtgehen?« Die Antwort ihrer Mutter klang gereizt und aufgeregt. »Ich bin nur erstaunt, nichts weiter. Ich wusste nicht, dass du für ihn arbeitest.«

»Doch, ich habe es dir irgendwann einmal erzählt.« Bérénice versuchte, sich zu beherrschen. Wie so oft geriet sie bei ihrer Mutter in die schwächere Position und hatte das Gefühl, sich verteidigen zu müssen.

»Nein, nein Bérénice, das hast du mir nie gesagt. Du hast andere Namen genannt. Chanel, Lanvin, aber Malraux …«

»Maman«, unterbrach Bérénice ihre aufgeregte Mutter. »Was ist denn los? Für dich spielt es doch keine Rolle, für wen ich arbeite. Vielleicht habe ich den Namen wirklich nicht erwähnt, aber du kennst die Modemacher doch nur aus den Zeitungen.«

»Und?«, fragte Denise nach einer kleinen Pause, in der sie sich offenbar beruhigt hatte. »Wie sieht das Angebot aus?«

Bérénice erzählte von dem lukrativen Vertrag, dem eigenen Atelier im Hause Malraux. Doch sie hatte das Gefühl, ihre Mutter hörte ihr kaum zu. »Freust du dich nicht für mich?«, fragte sie gereizt.

»Doch, doch natürlich. Dann hast du wenigstens finanziell ausgesorgt. Was sagt Hippolyte dazu?«

»Er ist nicht da, er weiß es noch nicht«, erwiderte Bérénice wahrheitsgemäß.

»Ach so, ja … ja … Aber wieso hat dir Malraux auf einmal dieses Angebot gemacht? Ist irgendetwas passiert?«

Bérénice hörte das Misstrauen in der Stimme ihrer Mutter.

»Ich weiß es nicht. Obwohl ich seit vier Jahren für das Haus Malraux arbeite, habe ich ihn erst heute kennengelernt. Es war irgendwie eigenartig. Als er mich sah, wurde er blass und nannte mich … »Bérénice überlegte, bis ihr der Name wieder einfiel. »Fleur. Ja, er sagte: ›Fleur‹, und er wollte alles genau wissen, woher ich komme, wie mein Mädchenname ist und …«

Aus dem Hörer drang ein gurgelnder Laut, dann war

wieder ein schweres Atmen zu hören. Bérénice wartete besorgt, bis sich Denise offenbar wieder beruhigt hatte und gleichgültig meinte, der Designer habe sie sicher mit jemandem verwechselt, der ihr ähnlich sehe, schließlich habe er tagtäglich mit Frauen zu tun, und der Jüngste sei er wohl auch nicht mehr. »Bérénice, ich muss jetzt Schluss machen, meine Ratatouille brennt an. Salut!«

Denise beendete das Gespräch eilig, und langsam legte Bérénice auf. Die Reaktion ihrer Mutter auf Maxime Malraux war seltsam. Aber vielleicht ging es Denise einfach nicht so gut. Hatte sie nicht neulich über Herzbeschwerden geklagt? Es war jetzt dunkel in der Wohnung, doch Bérénice machte kein Licht an, sondern rollte sich auf dem Sofa zusammen, zog die Decke hoch und vergrub ihr Gesicht in den Kissen. Sie vermisste Hippolyte, sie sehnte sich nach ihm, und sie bereute, dass sie so unversöhnlich geblieben war. Konnte sie ihm wirklich nicht verzeihen, nach all diesen Jahren? *Liebe kann verzeihen …*, hatte er geschrieben. Sie hatte es nicht gekonnt.

War ihre Liebe so wenig wert gewesen?

*

In Saint-Emile stand Denise Aubry-Déschartes reglos in ihrer Diele, noch lange, nachdem sie den Hörer aufgelegt hatte. Mit beiden Händen umschloss sie ihre Kehle, um das trockene Schluchzen zu unterdrücken, das ihren ganzen Körper erbeben ließ und nicht aufhören wollte, auch als sie sich gegen die Wand lehnte und versuchte, ihren Atem wieder unter Kontrolle zu bringen. Der Spiegel auf der anderen Seite warf ihr das Bild einer alten Frau zurück, mit rot gefärbten Haaren, einem verzerrten blassen Gesicht und weit aufgerissenen Augen. Einmal hatte es ja kommen müssen! Sie hatte es immer gewusst. Irgendwann, aber doch nicht jetzt! Irgendwann einmal, vielleicht ... Bérénice hatte eine Spur in die Vergangenheit entdeckt. Sie war arglos, aber wie lange noch? Denise hatte jedes Gefühl für Zeit verloren, bis sie endlich ihre Hände sinken ließ, frei atmen konnte und dann langsam in die Küche ging, um den Topf mit der angebrannten Ratatouille vom Herd zu ziehen. Was sollte sie tun, wer konnte ihr helfen, was sollte sie ihrer Tochter sagen?

Nach einer Weile gab sie sich einen Ruck, verließ die Küche und stieg, vorsichtig auf ihr steifes Bein achtend, die Wendeltreppe hinunter, die direkt in ihre Schneiderei führte.

Am Nachmittag hatte sie das grüne Taftkleid auf den Ständer gehängt, das sie heute Abend noch bügeln wollte. Die Frau des Arztes Julien Devereux hatte es in Auftrag gegeben, um es bei der Hochzeit ihrer Tochter zu tragen. Auf dem langen Zuschneidetisch lag die Rolle mit der kostbaren weißen Spitze, aus der Denise das Brautkleid für die Arzttochter zuschneiden wollte. Eine Familie, beliebt und angesehen in der Stadt, ohne Sorgen, ohne schreckliche Geheimnisse. So hatte sie sich vor Jahren ihre Ehe und ihr Leben vorgestellt, als sie Etienne Aubry, den reichen und geachteten Apotheker heiratete. Doch es war anders gekommen. Auch jetzt noch, mit sechsundsechzig Jahren, musste sie sich ihr Geld mühsam verdienen, indem sie für andere Frauen nähte, stickte und ausbesserte.

Denise schlüpfte in ihren dunklen Mantel, der über

einem Stuhl hing, und ließ ihren Blick achtlos durch den Raum schweifen. Gleichgültig stellte sie fest, dass die Farbe an den dunkelroten Wänden bereits abblätterte und in den barocken kleinen Wandleuchten zwei Glühbirnen fehlten. Hier war sie aufgewachsen, zwischen Stoffrollen, Schnittmustern und Schachteln voller Knöpfe, bei ihrer Mutter Joselle, die auch schon für die »Damen der Gesellschaft« von Saint-Emile nähte. Und hier hatte sie nach der Scheidung ihre geliebte Tochter Bérénice großgezogen.

Denise griff sich ans Herz, das nicht aufhören wollte, hart und heftig zu schlagen. Dann verließ sie entschlossen das Haus und sperrte hinter sich die Eingangstür zu. Die enge Rue Boursicault mit ihren niedrigen weißen Häusern war wie ausgestorben, und Denise' Schritte verlangsamten sich, je näher sie der Place de la Victoire kam. Seit Jahren mied sie diesen kleinen runden Platz mit dem gotischen Rathaus, dem schmalen hohen Haus der Apotheke, dem Hotel Excelsior und dem alten Juweliergeschäft, in dem man seine Eheringe bestellte und das Tafelsilber putzen ließ. Denise ging am Café La Danseuse mit seiner roten Markise vorbei, das bereits geschlossen hatte. Sie warf einen flüchtigen Blick auf das Schaufenster und erinnerte sich an den Duft von Biskuits, frischen Brioches und Schokoladenkuchen, als sie vor vielen Jahren jeden Samstag hier eine Torte gekauft hatte. Sie sah einige Leute, die in die Rue de la Galérie einbogen, um in die alte Rathauskneipe Cochon d'Or zu gehen. An den Samstagen kamen die Männer aus den Weinbergen in die Stadt herunter, verbrachten den Abend in der Gaststube, tranken ihren Pastis und fachsimpelten über die Trauben, das Wetter und den Mistral. In dieser Kneipe hatte

Hippolyte vor vier Jahren gesessen und das Weingut seiner Eltern verspielt.

Schritt für Schritt näherte sich Denise der Apotheke. Es musste schon spät sein, da der Platz ausgestorben dalag, doch in der Apotheke brannte noch Licht, und so drückte Denise die Türklinke hinunter und betrat den Raum.

Nichts hatte sich verändert. Die hohen Regale standen an den mit dunklem Holz vertäfelten Wänden, davor die Medikamentenschränke mit den vielen kleinen Schubladen. Auch die weißen Porzellandosen, gefüllt mit Heilkräutern aus der Gegend, hatten ihren Platz immer noch auf der langen Theke. Dahinter stand Etienne Aubry, über die Waage aus Messing gebeugt, und war dabei, eine kleine braune Tüte mit Lavendelblüten zu füllen. Ein alter Mann in einem weißen Kittel, mit einem grauen, ungepflegt wirkenden Bart. Als sich die Tür öffnete, sah er hoch und starrte Denise aus ungläubigen Augen entgegen, während sie sich am Geländer festhielt und die drei Stufen herunterkam.

»Guten Abend.« Denise' Stimme klang hoch und ängstlich wie die eines Kindes.

»Was willst du?«, fragte Etienne schroff, kniff die Augen zusammen und schob die kleine Brille auf die Stirn. Dabei fiel ihm die Tüte mit den Lavendelblüten aus der zitternden Hand.

»Wir sind uns seit Jahren aus dem Weg gegangen«, begann Denise umständlich. »Ich glaube, es ist Zeit, dass wir miteinander reden.«

»Das glaube ich kaum«, wies der Apotheker ihren Vorschlag hart zurück. »Ich wüsste auch nicht, worüber.«

Denise' Mund war ausgetrocknet, sie hatte das Gefühl, ihr würden die Sinne schwinden und sie müsse ohnmächtig auf den harten Holzboden fallen. Aus ihrem Kopf wich jeder Gedanke, jedes Wort, das sie sagen wollte. Etienne beobachtete sie, jede kleinste Bewegung. Sie krampfte ihre Hände um die Handtasche, die sie wie zum Schutz gegen die Brust gepresst hielt. Mit jedem Atemzug sog sie den Geruch der Vergangenheit ein, den Geruch nach altem Holz und Kräutern. Er erinnerte sie an den Tag, als sie zum ersten Mal diesen Raum betreten hatte und dieser Geruch ihr eine grässliche Übelkeit verursachte. Wie hatte sie ihn und dieses Haus gehasst, und wie sehr hatte sie im Laufe ihrer Ehe gelernt, Etienne zu hassen …

»Bérénice hat angerufen.« Nur mit größter Mühe brachte sie die Worte über die Lippen, bereits in der Gewissheit, einen Fehler zu machen. Sie hätte nicht kommen dürfen.

»Und? Was habe ich damit zu tun?«

»Sie hat eine Anstellung bei Maxime Malraux, und er nannte sie … er nannte sie … Fleur!«

»Irgendwann wird Bérénice es herausfinden, es war immer nur eine Frage der Zeit. Aber das interessiert mich nicht, nicht mehr. Und das weißt du auch. Also, komm nie wieder hierher! Ich sage dir: nie wieder.« Etiennes Gesicht verzerrte sich, und in Denise stieg die alte peinigende Angst wieder hoch.

»Ich weiß nicht, was ich ihr sagen soll.«

Während Denise den Satz aussprach, spürte sie, dass Etiennes Verbitterung genauso tief saß wie vor Jahren. Beharrlich schwieg er, und beharrlich verweigerte er ihr jede Hilfe. In feindseligem Schweigen sah er sie an, doch in seinem Blick erkannte Denise eine gewisse Bewunderung für ihren Mut, gekommen zu sein. Trotzdem wusste sie, dass er niemals aufhören würde, sie zu verachten. Doch konnte sie vergessen, was er ihr angetan hatte? Auch ihr Hass gegen ihn schien grenzenlos, und auch ihre Haltung blieb unversöhnlich.

Die Vergangenheit ließ sich nicht auslöschen, die Erinnerung kam zurück, die Schuld blieb ungesühnt. So drehte Denise sich wortlos um und verließ unter dem heiteren Gebimmel der Türglocke die Apotheke.

Etienne verharrte einen Moment hinter der Theke, dann hastete er ans Schaufenster. Verborgen hinter dem halbhohen weißen Spitzenvorhang, beobachtete er Denise auf ihrem Weg über den Platz. Er ballte die Fäuste in den Taschen seines weißen Kittels und presste die Lippen aufeinander.

»Denise Déschartes«, murmelte er verächtlich und schnaubte durch die Nase. Eine kleine Schneiderin, die sich Designerin nannte. Denise, die ihn in eine Ehe gezwungen hatte, um in die Gesellschaft von Saint-Emile aufzusteigen und in der Stadt eine Rolle zu spielen. Als Madame Aubry, Frau des Apothekers Etienne Aubry, Sohn aus einer reichen und sehr angesehenen Familie des Orts. Freudlos lachte Etienne in sich hinein und starrte Denise weiterhin nach. Sie hatte sich sein Vertrauen erschlichen, ihm Verständnis vorgeheuchelt, er hatte sich ihr geöffnet, und sie? Sie wollte nur eine gute Partie machen. Kein Mann in Saint-Emile hatte sich für Denise interessiert, und nur er war so dumm gewesen, sich von ihr einfangen zu lassen.

Im Licht der Straßenlaterne überquerte sie langsam den kleinen Platz. Sie war dick geworden, und sie versuchte, mit der Länge ihres schwarzen Mantels ihr Gebrechen zu verbergen. Warum war sie gekommen? Warum hatte sie seine Ruhe gestört, die Vergangenheit aufgerührt? Mit ihrem schleppenden Gang, mit dem sie das steife Bein nachzog, erinnerte sie ihn an diesen einen furchtbaren Tag. Doch es war noch viel schlimmer gekommen.

»Ich bin nicht schuldig, nicht schuldig.« Seine Finger krallten sich in seine Handflächen, bis es schmerzte. Nein, es war sie, die den Schaden angerichtet hatte, an ihm und seiner Seele. Einen Schaden, den sie nie mehr gutmachen konnte.

Etienne kehrte zur Waage zurück. Langsam und ächzend ging er in die Knie, sammelte mit beiden Händen die heruntergefallenen Blüten vom Boden auf und warf sie in den Mülleimer. Mühsam zog er sich am Tisch wieder hoch. Er zögerte, dann holte er aus der Tasche seines Kittels einen kleinen Schlüssel und öffnete die Schublade unter der Theke. Er griff hinein und zog ein altes ausgeschnittenes Zeitungsfoto heraus.

»Fleur«, murmelte er. Fleur, die Frau, die ihn abgewiesen hatte, sich über ihn lustig gemacht und ihn verachtet hatte. Der alte Mann stöhnte auf. »Fleur«, flüsterte er, »Fleur …« Und seine von Adern durchzogene und mit Altersflecken bedeckte Hand fuhr zart über das Foto.

2

Ende September 2001
Saint-Emile

Die heiße Septembersonne blendete Hippolyte, als er aus dem Auto stieg und zu den Weinbergen hinübersah. Kein Schatten, kein leichtes Lüftchen brachte Abkühlung, milderte die sengende Hitze.

Auf den Hängen kamen die Arbeiter beim Pflücken der Trauben nur schrittweise voran. Sie mussten sich bücken, hockten mit ihren Scheren auf der Erde, standen wieder auf, musterten sorgfältig jede Traube, bevor sie sie in flache Kisten legten.

Frank, Hippolytes Mitarbeiter, winkte ihm zu und kam von den Rebreihen herüber. Er war erhitzt, strahlte aber Genugtuung aus, als er Hippolyte auf die Schulter klopfte.

»Das gibt einen guten Wein, genau richtig für einen Neuanfang. Wie war's auf der Bank?« Ein scharfer Blick streifte Hippolytes Gesicht. »Hast du Erfolg gehabt?«

Hippolyte nickte und zog ein Kuvert aus der Innentasche seiner hellen Leinenjacke. »Hier steht es schwarz auf weiß, wir bekommen einen weiteren Kredit.«

Mit dem Kuvert fächelte er sich Kühlung zu, er war erschöpft, angespannt, doch sichtlich zufrieden. Vor einem halben Jahr war er zurückgekommen, und die Monate harter Arbeit waren nicht spurlos an ihm vorübergegangen, auch die Unsicherheit vor dem heutigen

Termin bei der Bank hatte an seinen Nerven gezerrt. Jetzt sog er tief die sonnendurchglühte Luft ein.

»Es wird noch einige Zeit dauern, bis wir in die schwarzen Zahlen kommen, aber wir werden es schaffen.«

»Klar«, antwortete Frank und grinste. »Hast du je daran gezweifelt?«

Hippolyte lächelte gleichgültig und zuckte mit den Schultern.

»Ich hole uns einen Pastis«, schlug Frank vor, »zum Anstoßen.« Und er verschwand im Haus.

Hippolytes Blick wanderte über die Weinberge, die Landschaft seiner Kindheit. Er hatte sie genauso wiedergefunden, wie er sie vor vier Jahren verlassen hatte. Sie machte ihn glücklich und gab ihm das Gefühl von Zufriedenheit. Wie hatte er das Haus und die Umgebung vermisst, wie hatte er es nur vier Jahre ohne seine Heimat, sein Zuhause ausgehalten, und wie glücklich war er, dass *La Maison Bleue* wieder ihm gehörte.

»Wie geht es Bérénice?« Frank war mit der Flasche unter dem Arm und zwei Gläsern aus dem Haus gekommen. Er durfte Hippolyte das fragen, denn er war sein ältester und bester Freund, der nach seiner Rückkehr alles stehen und liegen gelassen hatte, um mit ihm zusammen das Weingut wieder auf Erfolgskurs zu bringen.

Hippolyte wartete, bis Frank die Gläser gefüllt hatte, prostete ihm zu und nahm einen kräftigen Schluck. Er atmete durch und ließ sich Zeit, bevor er antwortete: »Ich habe vor einigen Wochen mit ihr telefoniert, es scheint ihr sehr gutzugehen. Finanziell hat sie ausgesorgt. Endlich«, fügte er leise hinzu.

»Und dieser Designer? Ich meine …« Frank zögerte, bevor er weitersprach. »Ist das ihr Freund?«

Frank hatte nicht verstehen können, dass Hippolyte allein aus Paris zurückgekehrt war.

»Vielleicht, ich weiß es nicht. Aber sie hat keine Affäre mit ihm, wenn du das meinst. Er interessiert sich nicht für Frauen. Seine Modenschau im August war nicht sehr erfolgreich; nur die bestickten Abendkleider, die wurden in allen Zeitungen erwähnt. Und das war das Werk von Bérénice«, stellte Hippolyte stolz fest. »Sie liebt Paris, und sie scheint glücklich über die neue berufliche Herausforderung zu sein. Sie bereitet schon die nächste Kollektion für die Show im Februar vor. Sie hat also alle Hände voll zu tun.«

Hippolytes Stimme klang voller Energie, ein wenig zu sehr, wie er fand, doch er wollte nicht zugeben, wie sehr er Bérénice vermisste. Nicht einmal vor sich selbst. Er vermisste sie jeden Tag, jeden Abend. Hier im *Maison Bleue* kamen die Erinnerungen zurück, nicht nur an die Nacht, die ihnen zum Verhängnis geworden war, sondern auch an die langen Spaziergänge in den Lavendelfeldern, an Sonntage, an denen sie in einem idyllischen Gartenrestaurant der Umgebung gegessen hatten. Wie oft dachte er in den letzten Wochen an die Nächte, die so heiß gewesen waren, dass sie nicht schlafen konnten, aufstanden und den kleinen Hügel hinaufliefen. Daran, wie sie sich im Licht des hellen Mondes zärtlich umarmt hatten und schweigend auf das laute Zirpen der Zikaden lauschten.

Er durfte nicht daran denken, nicht jetzt. Heute hatte er einen großen Erfolg verbuchen können, indem er den Direktor der Bank von seinen Plänen überzeugte. Er sollte glücklich sein. Während er sein Glas langsam leerte, ließ er seinen Blick über das alte Steinhaus mit den hellblauen Fensterläden und Türen gleiten, bis er an dem alten knorrigen Olivenbaum hängenblieb, dessen silbrige Blätter in der flirrenden Hitze zitterten und glänzten.

In Gedanken und Erinnerungen versunken, merkte er nicht, dass Frank ihm sofort wieder nachschenkte.

»Ich denke, die Zeit in Paris hat unsere Ehe zerstört«, sinnierte er laut. »Ich hatte immer geglaubt, es ist diese Nacht gewesen, damals … von der ich dir erzählt habe … obwohl …«

»Du meinst, als du das Weingut verspielt hast?«

Hippolyte nickte und trank langsam, Schluck für Schluck. Der Pastis und die Hitze des Nachmittags benebelten ihm die Sinne und lösten seine Zunge.

»Das war es nicht, nicht nur. In dieser Nacht war Bérénice allein im Haus, und da hat sie …« Hippolyte sprach nicht weiter. Er starrte auf sein leeres Glas und drehte es nachdenklich in der Hand. »Es war Paris«, betonte er nach einer kleinen Pause.

Frank klopfte ihm freundschaftlich auf die Schulter, das war seine Art, dem Freund sein Mitgefühl zu zeigen. »Aber du wolltest etwas sagen. Bérénice war allein hier oben, und da …«

»Nicht so wichtig«, wich Hippolyte aus.

Schweigend beobachteten sie die Arbeiter in den Weinbergen, bis lautes Hundegebell die Stille des Nachmittags zerriss. Überrascht drehten sich die beiden um und sahen eine junge Frau den Hügel neben dem Haus herunterkommen. Ein großer Hund lief und tanzte vor ihr her, unbekümmert bellte er die Arbeiter in den Feldern an, drehte sich um sich selbst, schnappte nach seinem Schwanz und rannte dann auf Frank und Hippolyte zu.

»Tristan«, rief die junge Frau, »hierher, sofort!«

Doch der Hund überhörte den Befehl und schnupperte gut gelaunt an den Beinen der beiden Männer.

»Tristan, was für ein hässlicher Name für einen Hund!« Frank grinste.

»Ist ja auch ein hässlicher Hund.« Hippolyte lachte und wehrte das große Tier ab, das an ihm hochsprang, seine Pfoten auf Hippolytes Schultern legte und ihn aus großen braunen Augen ansah.

»Entschuldigung, er ist erst drei Monate alt. Er weiß noch nicht, dass er gehorchen sollte.«

Atemlos stand die junge Frau vor den beiden Freunden. Sie nahm ihren großen Strohhut ab und fuhr sich mit der Hand durch das lange blonde Haar. Fasziniert verfolgten die beiden die Bewegung ihres Kopfes, als sie die schönen Haare in den Nacken warf. Sie trug Jeans und eine karierte Bluse, die sie in der Taille verknotet hatte, und ihre Füße steckten in klobigen braunen Schnürschuhen.

Der Hund schnupperte jetzt interessiert an Hippolytes altem Pick-up, hob das Bein und pinkelte gegen den hinteren Reifen. War es die Sonne, der Alkohol oder die Nähe einer schönen Frau, dass Hippolyte in Lachen ausbrach und sich kaum mehr beruhigen wollte?

»Marie-Luise Winter«, stellte die Frau sich vor und erzählte, dass sie das kleine Haus hinter dem Weinberg gekauft habe. »Nun gibt es ein Problem, und deswegen bin ich hier.«

Beide Männer versicherten bereitwillig, bei der Lösung helfen zu wollen, und so erklärte sie, dass sie ihren Mietwagen bereits abgegeben habe, ihre Freundin aber erst in drei Tagen aus Deutschland kommen könnte.

»Sie bringt mir mein Auto. Aber vor einer Stunde rief sie mich an, dass sie es nicht früher schafft. Und nun brauche ich dringend Glühbirnen, Batterien und Lebensmittel. Fährt einer von Ihnen zufällig in die Stadt und könnte mich mitnehmen?«

Erwartungsvoll sah sie die beiden Männer an. Frank musste zurück zu den Arbeitern, was er zutiefst bedauerte, und so bot Hippolyte sich an, sie in die Stadt zu fahren. Er öffnete ihr die Wagentür, und Tristan sprang unaufgefordert hinten auf, wo er es sich zwischen leeren Kisten bequem machte.

Der Wagen rumpelte über den steinigen Weg hinunter in die Stadt.

»Wir fahren am besten zu Robert, da bekommen Sie fast alles. Daneben gibt es ein Geschäft mit frischem Obst und Gemüse, und die beste Bäckerei von Saint-Emile liegt auch nur zwei Häuser weiter«, erklärte Hippolyte. Er spürte, wie die junge Frau ihn heimlich von der Seite beobachtete. Zunächst war er einsilbig geblieben, hatte sich nur kurz vorgestellt, dann waren sie schweigend weitergefahren.

»Machen Sie Ferien hier?«, fragte er ungeschickt, als die ersten Häuser von Saint-Emile auftauchten.

»Ich werde hier wohnen«, erklärte Marie-Luise schlicht. »Ich habe mich scheiden lassen und von meiner Abfindung das kleine Haus gekauft. Arbeiten kann ich überall.«

Sie machte eine kleine Pause und wartete, bis Hippolyte die Frage nach ihrem Beruf stellte.

»Ich übersetze Romane aus dem Deutschen ins Französische und umgekehrt. Meine Mutter war Französin, und mein Vater ist Deutscher«, fügte sie hinzu. »Und Sie? Was machen Sie?«

Marie-Luise lächelte ihn rasch von der Seite an, doch da waren sie bereits vor Roberts großem Geschäft angekommen, und Hippolyte war erleichtert, aussteigen zu können. Was sollte er ihr auch erzählen? Er war vierundvierzig Jahre alt, seine krausen dunklen Haare begannen sich zu lichten, er lebte von seiner Frau getrennt, er war ein Versager, der versuchte, auf dem Weingut seiner Vorfahren wieder Fuß zu fassen. Er hatte sich bis über beide Ohren bei der Bank verschuldet, und wenn der diesjährige Wein sich nicht wirklich gut verkaufte, hatte er alles verloren.

Rasch lief er um den Wagen herum und öffnete Marie-Luise die Tür, erleichtert, nicht sofort antworten zu müssen.

»Tristan, du bleibst sitzen!«, schärfte Marie ihrem Hund ein. Sie wandte ihm den Kopf zu, und als sie ausstieg, stolperte sie. Hippolyte fing sie auf. Einen kleinen Moment drückte er sie an sich, und er spürte ihren Körper und atmete den zarten Duft ihrer Haut nach Jugend und Sonne ein. Ihre Nähe verwirrte ihn, der Alkohol machte ihm Mut, und so beugte er sich zu ihr und küsste ihre Lippen, die sich bereitwillig öffneten.

Nur langsam ließ er sie nach dem langen Kuss los. Die beiden sahen sich verwirrt an, jeder wollte schnell betonen, dass es eigentlich nicht seine Art war … Doch dann lächelten sie und wussten, dass es gut und richtig gewesen war.

Als Hippolyte ihr leicht die Haare aus dem Gesicht strich, spürte er, dass sie beobachtet wurden, und als er sich rasch umdrehte, sah er direkt in die Augen von Denise Aubry-Déschartes, seiner Schwiegermutter, die auf der anderen Straßenseite stand und feindselig zu ihnen herüberstarrte.

3

Oktober 2001
Paris

Es war Herbst geworden, einer dieser grauen, nassen Tage in Paris. An den Bäumen in der Avenue Montaigne hing kein Blatt mehr, und am Himmel war kein Licht zu sehen. Ein Tag, an dem das Wetter die schlechte Laune im Atelier noch schlechter werden ließ, als sie die letzten Tage bereits gewesen war.

Obwohl es spät am Abend war und jeder nach Hause wollte, peinigte Maxime seine Mitarbeiter mit Launen, Ausbrüchen und ständig neuen Ideen, die er sofort wieder verwarf.

»Die Show ist im Februar, und er führt sich auf, als wäre sie morgen«, flüsterte Raul übellaunig hinter vorgehaltener Hand. Neben ihm stand Jean Bergé, der bekannte Modefotograf, der gekommen war, um mit dem Designer Entwürfe durchzusprechen, die er für die amerikanische *Vogue* fotografieren sollte. Doch Maxime war mit den Skizzen für ein Abendkleid nicht zufrieden, egal, was sein Team ihm vorschlug.

Die Stimmung der Mitarbeiter war aufgeladen mit Hysterie und Aggression gegen Maxime. Bérénice stahl sich leise aus dem Atelier, denn es ging um Entwürfe, die nicht bestickt wurden. Jean Bergé jedoch war ihr nachgelaufen und holte sie auf der Treppe ein. »Haben Sie Lust, heute Abend mit mir essen zu gehen?«

Bérénice blieb stehen und zögerte für einen Moment. Jean sah sehr gut aus. Er war groß, schlank, und die Lederjacke, die er lässig über die Schultern gehängt hatte, passte gut zu seinen blonden Haaren und den blauen Augen. Doch dann lehnte sie freundlich ab und lief weiter. Vor dem Eingang holte Jean sie erneut ein und drückte ihr seine Visitenkarte in die Hand. Er verabschiedete sich rasch und stieg wieder die Treppe hinauf ins Atelier. Achtlos steckte Bérénice seine Karte in ihre Handtasche. Sie hatte es eilig, vor dem nächsten Regenguss nach Hause zu kommen. Aber direkt vor der großen Eingangstür mit den schmiedeeisernen Blumenranken drehte sie sich noch einmal um.

»Vielleicht irgendwann einmal …«, rief sie dem Fotografen nach, bevor die schwere Tür hinter ihr zufiel.

Sie lief rasch die Avenue Montaigne entlang bis zum Rond Point. Ein heftiger Wind war aufgekommen, starker Regen setzte bereits ein, und völlig durchnässt tauchte Bérénice in die Metro-Station ab.

Zu Hause angekommen, ging sie unter die Dusche, kochte sich einen starken Kaffee und setzte sich an den kleinen runden Küchentisch. Unkonzentriert blätterte sie in einer alten Modezeitung, doch ihre Gedanken beschäftigten sich mit Jean Bergé. Seine Einladung war überraschend gekommen. Er wollte mit ihr ausgehen, aber wollte sie das auch? Jean wurden viele Affären nachgesagt. Also lieber nicht, entschied sie und trank einen Schluck von ihrem heißen Kaffee. Im Haus mit den vier Stockwerken war es still, trotz des schlechten Wetters schien an diesem Freitagabend niemand zu Hause zu sein. Wieder lag ein einsames Wochenende vor ihr.

Als das Telefon läutete, blieb sie sitzen. Sicher war es Maxime, der sich über ihr rasches Verschwinden beklagen wollte. So ließ sie es läuten, doch als es ein zweites Mal ansetzte, erhob sie sich, ging ins Wohnzimmer und griff unlustig nach dem Hörer.

Es war ihre Mutter.

»Wie geht es dir?«, fragte Denise in mitleidigem Ton. Seit Bérénice ihr von der Trennung von Hippolyte erzählt hatte, rief sie fast täglich bei ihrer Tochter an, um ihr »beizustehen«, wie sie es nannte.

»Gut, wirklich gut«, antwortete Bérénice automatisch.

»Ach ja? Das wundert mich. Aber dann weißt du es wahrscheinlich noch nicht.«

»Was weiß ich noch nicht?« Bérénice unterdrückte einen ungeduldigen Seufzer.

Denise machte eine kunstvolle Pause, bevor sie weitersprach: »Ich habe es ja schon seit Wochen geahnt, ich wollte dich nur nicht beunruhigen.«

»Maman, was ist denn?« Bérénice wurde ungeduldig.

»Dein Mann hat sich ja schnell getröstet. Mit einer bildhübschen jungen Deutschen. Die ganze Stadt spricht darüber, denn Hippolyte zeigt sich oft und gern mit ihr.«

Denise wartete die Wirkung ihrer Worte ab, doch Bérénice reagierte kaum, blieb einsilbig und erklärte dann, Hippolyte habe doch das Recht dazu, schließlich seien sie bereits seit einem halben Jahr getrennt. Sie beendete das Gespräch mit einer gemurmelten Entschuldigung, bevor Denise noch einmal etwas sagen konnte.

Den Hörer immer noch in der Hand, ließ Bérénice sich aufs Sofa fallen. Ihrer Mutter gegenüber hatte sie

Hippolyte verteidigt, doch jetzt überfiel sie der Schmerz über die Neuigkeit heftig und durchdringend. Sie hatte nicht daran gedacht, dass Hippolyte sich wieder verlieben könnte. Vielleicht irgendwann einmal, aber nicht jetzt, so schnell, so bald nach ihrer Trennung. Offenbar glaubte er, es sei Zeit, ein neues Leben zu beginnen. Das sollte sie vielleicht auch, doch das Gefühl der Enttäuschung war da, und es wäre sinnlos gewesen, es zu ignorieren.

Da griff Bérénice nach ihrer Tasche, die auf dem Tisch stand, holte entschlossen die Karte von Jean Bergé heraus und wählte seine Nummer.

*

»Ich bin gern hier.«

Jean Bergé rückte Bérénice den Stuhl zurecht und nahm ihr gegenüber an dem kleinen Tisch Platz. »Ich mag die familiäre Atmosphäre«, erzählte er weiter, während Bérénice sich neugierig umsah. Sie hatte schon viel von diesem Lokal gehört, das für seine klassische französische Küche bekannt war. Kellner mit langen weißen Schürzen balancierten große Tabletts über die Köpfe der Gäste hinweg, es war eng, heiß und laut, aber es duftete wunderbar. Bérénice fühlte sich sofort wohl. Jean bestellte Champagner, und während sie ihre Hummersuppe löffelten, erzählte er von Fotoaufnahmen in Amerika, in der Karibik und in Asien. Es war lange her, seit Bérénice sich mit einem Mann verabredet hatte. Das lag Jahre zurück, denn es war immer Hippolyte gewesen, mit dem sie ausgegangen war. Doch Jean verstand es, ihr leichtes Unbehagen mit seiner lockeren Unterhaltung zu zerstreuen, und so beantwortete sie bereitwillig seine Frage, ob sie allein lebe oder verheiratet sei.

»Mein Mann und ich haben uns nach zwanzig Jahren getrennt. Die letzten vier Jahre lebten wir in Paris, besser gesagt, *ich* lebte in Paris, mein Mann war beruflich ständig unterwegs.«

»Was ist Ihr Mann von Beruf?«, wollte Jean wissen.

»In dieser Zeit war mein Mann Vertreter für südafrikanische Weine, hielt sich viel in Südafrika auf und bereiste ganz Frankreich. Aber im vergangenen April ist er in die Provence zurückgegangen und konnte dort das Weingut seiner Familie zurückkaufen. Er ist glücklich«, fügte sie nach einer kurzen Pause hinzu. Plötzlich hatte sie keinen Appetit mehr.

»Und Sie, Bérénice? Haben Sie Design studiert? Seit wann arbeiten Sie für Maxime?«

»Wollen Sie das wirklich wissen?« Sie sah hoch und fing ein Lächeln von Jean auf, der sie interessiert beobachtete.

»Sonst hätte ich nicht gefragt«, war seine Antwort.

Bérénice legte ihren Löffel neben den leeren Teller. »Nach dem Gymnasium bin ich in Marseille auf die bekannte Schule für Design und Sticktechnik für Haute Couture gegangen. Doch vier Wochen nach meinem Abschluss habe ich geheiratet und daher meinen Beruf erst einmal nicht ausgeübt. Aber die Leiterin der Schule, die selbst für Couture-Häuser gearbeitet hat, gab Aufträge an mich weiter. Das hat mir sehr viel Freude gemacht, ich konnte zu Hause arbeiten und mir eigene Techniken und auch Routine aneignen. Als ich mich vor vier Jahren dann an sie wandte, weil ich dringend einen Job brauchte, stellte sie den Kontakt zum Haus Malraux her.«

»Und dann verließen Sie nach sechzehn Jahren die schöne Provence und gingen nach Paris. Haben Sie das nicht bereut?«

»Wir mussten«, antwortete Bérénice kurz angebunden. Sie wollte nicht mehr erzählen, schon gar nicht über ihre Ehe. Es riss Wunden auf.

Jetzt wurde das Hauptgericht serviert, Rinderfilet Richelieu mit Schlosskartoffeln und gefüllten Champignons, doch so gut es auch war, Bérénice hatte plötzlich keinen Hunger mehr. Jean spürte ihren Stimmungswechsel, und so erzählte er wieder von Fotoaufnahmen, Models und über Maxime, den Exzentriker.

Bérénice hörte jedoch nicht mehr zu. Ihre Gedanken wanderten zurück in die Vergangenheit. Plötzlich erinnerte sie sich an ihre erste Nacht mit Hippolyte.

Heimlich hatte sie sich aus dem Haus ihrer Mutter geschlichen und war eilig hinauf zum Weingut geradelt. Hippolyte wartete auf sie, und mit klopfendem Herzen schlichen sie, Hand in Hand, hinter dem Haus den kleinen Weg hoch bis zu einer versteckten Wiese. Zwischen Thymian und stacheligen Brombeeren küssten sie sich, und Bérénice erinnerte sich genau an den Moment, als er seine Hand in den Ausschnitt ihres geblümten Kleides schob. An die erste große Erregung, als sie sich auf der Wiese liebten und sie ihm zärtliche Worte ins Ohr flüsterte.

»Immer werde ich dich lieben, Hippolyte, immer … Du bist der Grund meines Lebens, für immer, Hippolyte, für immer …«

Damals war sie neunzehn und Hippolyte dreiundzwanzig Jahre alt gewesen. Sie hatten sich ewige Liebe geschworen, und doch hatte sie ihm seit vier Jahren nicht verzeihen können. *Liebe kann verzeihen …*

Bérénice versuchte, die Erinnerungen abzuschütteln, atmete durch und lächelte Jean zu. Sie hatte nicht gespürt, dass er mit seiner Hand ihre verkrampften Finger umschloss und sich über den Tisch zu ihr beugte. Und Bérénice ließ es zu, dass er sie leicht auf den Mund küsste.

*

Am nächsten Abend ging sie mit Jean zu einer Vernissage, auf der Modefotos aus den fünfziger Jahren gezeigt wurden. »Adrienne, die Witwe des Fotografen, ist eine alte Freundin von mir«, erzählte Jean auf dem Weg in die Rue Bonaparte zur Petite Galerie des Arts. »Es ist nur eine kleine Ausstellung, eine Hommage an einen großen Künstler. Georges Bonnet hatte einen unverwechselbaren und ganz eigenen Stil. Doch plötzlich war seine Art des Fotografierens nicht mehr gefragt. Die Modeszene war damals im Umbruch, London wurde das Maß aller Dinge, junge englische Fotografen machten Karriere und mit ihnen ein anderer Typ Model: dürr und kindlich. Georges Bonnet, der große Verfechter der Eleganz, die er meisterhaft in Szene setzte, geriet schnell in Vergessenheit. »Übrigens gab sich Adrienne am Telefon sehr geheimnisvoll«, fuhr Jean fort. Sie habe Fotos für die Ausstellung herausgegeben, die noch nie öffentlich gezeigt worden seien, sie seien sensationell.«

»Das klingt doch gut«, antwortete Bérénice mehr aus Höflichkeit denn aus Interesse für die Ausstellung. Sie war mitgegangen, um einen einsamen Sonntag zu überstehen. Vielleicht aber auch, um mit Jean zusammen zu sein.

Er zuckte mit den Schultern. »Es scheinen Fotos einer jungen Frau zu sein, eines Mädchens aus der Provinz, das Georges zum Star gemacht hat. Er muss sie sehr geliebt haben, Adrienne ist heute noch eifersüchtig auf sie. Er hat drei Jahre mit ihr gearbeitet, dann verschwand sie plötzlich. Doch wenig später war Georges' Stil ohnedies veraltet. So ist diese Branche eben: Heute ein Star, morgen wirft man dich weg.«

Diese bitteren Worte machten Bérénice nachdenklich. Sie dachte an Maxime Malraux, der sich gegen die jungen Wilden der Modeszene kaum mehr durchsetzen konnte. Seine Eleganz war nicht mehr gefragt. Plötzlich empfand sie Mitleid mit ihm. In seinen Launen und seinem Jähzorn erkannte sie auf einmal seine Angst vor dem Alter und dem Abgleiten in die Vergessenheit.

»Was ist mit der Frau passiert?«, wollte sie noch wissen, als sie bereits vor der kleinen Galerie standen.

»Keine Ahnung«, antwortete Jean achselzuckend, bevor er ihr die Tür öffnete. »Es gab die eigenartigsten Gerüchte, erzählte mir Adrienne. Man sprach von Selbstmord, auch Drogensucht, ich weiß es nicht. Ich habe ja erst vor ein paar Tagen von dieser Frau gehört, ich kenne keines der Fotos. Sie war offenbar sehr einsam wie viele in dieser Branche und wurde schnell vergessen. Ich denke nicht, dass sich für diese Ausstellung eine Menge Leute interessieren, außer einem kleinen Kreis von Insidern.«

Jean hatte offenbar recht. Als sie die kleine Galerie betraten, war diese nur wenig besucht. Zusammen schlenderten sie an den Bildern vorbei. Bérénice gefielen die

Fotos von Georges Bonnet. Für ihr Empfinden setzten sie die Kleider der berühmten Designer der fünfziger Jahre großartig in Szene.

»Da drüben ist Adrienne. Kommen Sie, ich werde Sie vorstellen!« Jean nahm Bérénice am Arm und ging mit ihr in den letzten Raum.

Die Witwe von Georges Bonnet stand an der gegenüberliegenden Wand, ein wenig verdeckt von einem Fotografen und seiner Begleiterin, denen sie Fragen beantwortete. Sie war eine kleine, zierliche Frau mit tiefschwarzgefärbten Haaren, eng und glatt an den Kopf frisiert. Den schmalen Mund betonte die Achtzigjährige mit einem blutroten Lippenstift.

»Grässlich, sie schminkt und kleidet sich genauso wie vor Jahren, sie vergisst, dass sie alt ist. In den Fünfzigern war sie sicher eine attraktive Frau, jetzt wirkt sie leider eher grotesk.« Jean schüttelte missbilligend den Kopf.

Er und Bérénice blieben ein wenig abseits stehen und warteten, bis das Interview zu Ende war und die kleine Gruppe vor den Fotos sich auflöste.

»Sie sind herzlos«, wandte Bérénice lebhaft ein, ohne die Reaktion der Galeriebesucher mitzubekommen, die sie verstohlen beobachteten. Jean hörte ihren Protest nicht mehr, er hatte ihren Arm losgelassen und war auf die Wand mit den Fotos zugegangen. Selbst Adrienne übersah er. Dann drehte er sich langsam zu Bérénice um, die ihm verwundert folgte, bis sie neben ihm stand und die Bilder genauer sehen konnte. Sie zeigten eine schöne junge Frau mit vollen, sinnlichen Lippen, kurzen Haaren und harmonisch geschwungenen Augenbrauen. Die Fotos waren numeriert und nach Kollektionen bezeichnet:

Fleur auf den Stufen vom Montmartre in einem weißen Kleid von Yves Saint-Laurent – Fleur vor dem Café de la Paix in einem grauen Tailleur von Molineux – Fleur im herbstlichen Paris an der Seine in einem dunkelblauen Kostüm von Chanel – Fleur in einem geblümten Seidenkleid von Givenchy nachts auf den Champs-Elysées – Fleur in einem Traum aus rotem Chiffon von Balenciaga im La Coupole.

Die Besucher der Galerie waren verstummt und beobachteten Bérénice jetzt unverhohlen. Sie drehte sich um und starrte verwundert auf die andere Wand. Dort hingen große Porträts, die meisten in Schwarzweiß. Sie zeigten die junge Frau ungeschminkt, ganz in ihrer Verletzlichkeit, mal nachdenklich, dann wieder traurig und einmal lächelnd. Darunter nur ein einziger Name: *Fleur.*

Bérénice fühlte sich unbehaglich unter den neugierigen Blicken der Besucher, doch Jean überspielte die Situation, fasste sie am Arm und stellte sie Adrienne vor. Doch auch Bonnets Witwe machte keinen Hehl aus ihrer Verwunderung und stellte sich direkt vor Bérénice auf die Zehenspitzen, um sie ganz genau zu mustern.

»Das gibt es nicht, das kann nicht sein … Fleur!« Adrienne starrte Bérénice aus schwarzen kajalumränderten Augen an. Der Fotograf neben ihr hob die Kamera und schoss ein Foto von Bérénice.

Erst jetzt wurde ihr bewusst, wie sehr sie dieser Frau auf den Bildern ähnlich sah. Zum Verwechseln ähnlich. Die Besucher der Galerie scharten sich um sie und bedrängten sie mit der Frage, ob sie mit Fleur verwandt sei und ob … Bérénice schüttelte ablehnend den Kopf.

»Jean, bitte, ich möchte gehen.«

»Natürlich.« Er wechselte noch rasch ein paar Worte

mit Adrienne, doch da hatte Bérénice bereits die Galerie verlassen.

Draußen blieb sie einen Moment stehen und atmete tief durch. Dann lief sie weiter, fast hatte sie Jean vergessen, bis er sie einholte.

»Das ist wirklich ein seltsamer Zufall, oder nicht?« Prüfend sah er sie an.

Bérénice war blass geworden, sie dachte an Maxime, der diesen Namen gestammelt hatte, als sie das erste Mal vor ihm stand. Fleur. Auch er hatte fassungslos reagiert. Fleur.

Als Jean sie an sich zog, nahm sie es kaum wahr, denn langsam drängte sich ein vager Moment aus ihrer Kindheit in ihr Gedächtnis: Sie saß im Kinderwagen, und eine Frau beugte sich über sie. Die Frau trug einen kleinen Hut mit einer Feder. Diese Feder wippte hin und her und kitzelte Bérénice an der Wange, als die Frau sie küsste, während ihr Tränen über die Wangen liefen.

»Das ist Fleur, eine Tante«, hatte Denise erklärt.

Wieso hatte sie das vergessen, als Maxime sie Fleur nannte? Fleur, eine Tante …

Aber es gab noch einen anderen Moment, undeutlich, zerrissen, düster und beklemmend. Doch der Nebel der Erinnerung wollte sich nicht auflösen, und was blieb, war ein Gefühl von Angst und panischem Entsetzen.

*

Ende Oktober 2001
Saint-Emile

Denise verbarg sich hinter dem Stamm der Platane und sah über den kleinen Platz hinüber zur Kirche. Die Tür öffnete sich, und die Leute verließen das Gotteshaus. Der Pfarrer hatte eine kleine Abendmesse für die Bauern und Weingutsbesitzer gehalten, einen Dankesgottesdienst für die gute Traubenernte. Weder Mistral noch Dauerregen oder sonst eine Katastrophe hatte die Ernte behindert und die Trauben ruiniert. Denise wartete und sah sich die Leute genau an, doch Hippolyte war nicht unter ihnen. Tiefe Enttäuschung ergriff sie. In den vergangenen Tagen hatte sie sich die Szene oft ausgemalt: Sie würde auf ihren Schwiegersohn zugehen, vor ihm stehen bleiben und ihm ins Gewissen reden. Schließlich sei er verheiratet, und so solle er sich auch verhalten. Denise war es egal, was er oben auf seinem Weingut trieb. Doch im Ort vor allen Leuten mit diesem Flittchen herummachen – diese Demütigung durfte er Bérénice, ihrem Kind, nicht antun.

Die Kirchenbesucher hatten sich jetzt zerstreut, die meisten waren in ihre Autos gestiegen und losgefahren, einige jedoch bogen unter lauten Zurufen in die kleine Gasse neben dem Rathaus ein.

»Um sich im Cochon d'Or volllaufen zu lassen.« Verächtlich schnaubte Denise durch die Nase. Sie blickte sich um. Vielleicht tauchte Hippolyte ja doch noch auf. Aber der Platz blieb leer, und so hinkte sie auf die offene Kirchentür zu.

Am Altar brannten noch die Kerzen in den hohen Leuchtern, daneben standen kleine Kisten, gefüllt mit Trauben als Gaben der Weinbauern.

Denise blieb stehen und starrte auf das große hölzerne Kreuz. Lange war sie nicht mehr hier gewesen.

Nur nicht daran denken, nie mehr! Die Vergangenheit ist vergessen, kann nicht mehr gutgemacht werden, nie mehr, nie mehr. Vergessen der Tag ihrer Hochzeit. Vergeben alle Schuld?

Nein, niemals. Es gab kein Vergessen, und es gab kein Vergeben. Niemals.

4

Mai 1957
Saint-Emile

An einem wolkenlosen Tag im Mai heirateten Denise Déschartes und der ältliche Apotheker Etienne Aubry. Schweigend nahmen die wenigen Gäste in der hohen, dunklen Kirche von Saint-Emile Platz und warteten, bis die Braut am Arm ihres Onkels dem Bräutigam entgegenschritt, der sie mit blassem, verzerrtem Gesicht erwartete. Jeder wusste, dass Etienne hoffnungslos in Denise' schöne Schwester Fleur verliebt gewesen war, doch diese hatte ihn abgewiesen. Die ganze Stadt tuschelte über den Grund für die überstürzte Heirat, und jeder ahnte, dass Etienne Denise aus seinem tiefen Gefühl für Anstand und Pflicht heraus heiratete. Neugierige Blicke folgten der Braut auf ihrem Weg zum Altar, und keinem blieb die sanfte Rundung unter ihrem weißen Kleid verborgen, auch wenn sich Denise krampfhaft den Strauß Maiglöckchen vor die Taille hielt.

Gerade noch rechtzeitig kam Fleur und drückte sich hastig in die letzte Bank, ihren kleinen Koffer stellte sie neben sich. Direkt nach der Trauung wollte sie Saint-Emile verlassen und mit dem Mittagszug nach Paris fahren, um an einer renommierten Sprachenschule zu studieren. Das zumindest war die Version, die ihre Mutter Joselle kannte und den neugierigen Kundinnen ihrer Schneiderei erzählte.

Im Anschluss an die Trauung wurde auf der Treppe der Kirche ein Foto gemacht, dabei stand Fleur mit ihrem Koffer links neben dem Bräutigam, während Denise zu seiner Rechten vergeblich Etiennes Blick suchte. Anschließend gingen die Gäste gut gelaunt in das beste Restaurant der Stadt, um ein üppiges Menü zu genießen. Fleur hatte sich zuvor verabschiedet. Ein leichter Wind wehte von den Weinbergen herunter, als sie in Begleitung ihrer Mutter durch die stille Straße zum Bahnhof von Saint-Emile ging.

»Die Wolken verändern sich«, sagte Joselle. »Sie künden den Mistral an. Schau hinauf!« Ihre Tochter warf nur einen flüchtigen Blick nach oben, sie spürte, dass ihre Mutter den Abschiedsschmerz hinter einem unverfänglichen Gespräch verbergen wollte. Tröstend hängte sie sich bei Joselle ein, und schweigend bogen sie in die Allee mit den alten Platanen ein, die schnurgerade auf die Gare Saint-Emile zuführte. Erst als sie bereits zwischen lärmenden Menschen auf dem Bahnsteig standen, brach Joselle das Schweigen.

»Warum Paris?«, klagte sie. »Glaubst du wirklich, Tante Babette hat dir das Geld vererbt, um Sprachen zu studieren? Und warum Deutsch?«

Fleurs Interesse an der deutschen Sprache hatte nur einen Grund: Alle anderen Kurse waren bereits ausgebucht, aber das verschwieg sie.

Joselle ließ nicht locker. »Warum ausgerechnet diese Sprache? Es ist noch gar nicht so lange her, dass die Deutschen in Frankreich einmarschiert sind und …«

»Maman, der Krieg ist seit zwölf Jahren vorbei«, protestierte ihre Tochter unkonzentriert. Fleur hatte Schuldgefühle, denn ihre Mutter kannte nur die halbe Wahrheit. Vormittags wollte sie schon die Schule besuchen, doch sie hatte noch andere Pläne.

In Paris fing das Leben an, und sie wollte ein Teil davon werden. Paris, das war Dior, der zehn Jahre zuvor seine beispiellose Karriere begonnen hatte, als er mit der Ligne Corolle, dem New Look, eine Sensation ausgelöst hatte. Paris bedeutete Balenciaga mit seinen großen Abendroben sowie Elsa Schiaparelli und ihrem extravaganten Stil. Paris, das war das Herz der Welt, und es schlug zwischen der Place Vendôme und der Avenue Montaigne.

»Aber in den Ferien kommst du nach Hause?«, drängte Joselle auf ein Versprechen. Als Fleur zögerte, redete sie hastig weiter: »Wenn es dir auf der Schule nicht gefällt, kannst du jederzeit bei mir in der Schneiderei anfangen, sie auch übernehmen, wenn ich einmal nicht mehr bin.«

Jetzt wandte sich Fleur ganz ihrer Mutter zu. Joselle Déschartes war eine füllige Frau mit hellem Teint und gekräuselten grauen Haaren, die sie mit Kämmen achtlos hochsteckte. Auf ihrem Gesicht lag der enttäuschte verhärmte Ausdruck einer Frau, die nie von einem Mann wirklich geliebt worden war und die wusste, dass sich das nicht mehr ändern würde.

»Vielleicht komme ich im August«, beantwortete Fleur zögernd Joselles Frage.

»Beide Töchter verlassen mich«, klagte Joselle. »Wie soll es mit mir und dem Salon weitergehen? Ich werde nicht jünger, und meine Kundinnen bleiben vielleicht weg, wenn sie die Stickereien von Denise vermissen. Du weißt, wie begabt deine Schwester darin ist.«

Fleur unterdrückte ein kleines Lächeln, wenn sie an die »Damen der Gesellschaft« in der kleinen Provinzstadt dachte und an die »Entwürfe« ihrer Mutter, die sie Kleidern aus den Modejournalen nachempfand. Nur die Stickereien von Denise waren außergewöhnlich schön und phantasievoll.

»Wenn Denise weiterhin arbeiten will, kann sie das doch«, meinte Fleur.

»Aber nein«, protestierte Joselle rasch. »Denise soll ihre Ehe nicht aufs Spiel setzen. Etienne will nicht, dass seine Frau arbeitet. Die Leute würden anfangen zu reden, wenn Denise in der Schneiderei ihrer Mutter sticken würde.«

»Etienne Aubry ist ein borniertes Muttersöhnchen, und das mit zweiundvierzig«, erklärte Fleur spöttisch. »Denise hat ihre Ausbildung als Stickerin mit Auszeichnung abgeschlossen, sie liebt ihren Beruf, und jetzt darf sie ihn nicht mehr ausüben, nur weil dieser Langweiler es nicht will.«

Joselle rang nach Atem. »Wie kannst du so über deinen Schwager reden! Etienne gehört zur guten Gesellschaft. Im Übrigen will Denise gar nicht mehr arbeiten. Sie genießt ihren sozialen Aufstieg.«

»Maman, mach dich selbst nicht so klein!«, antwortete Fleur leise.

Joselle überhörte die Bemerkung und ereiferte sich:

»Glaub mir, mein Kind, wenn du einmal einen Mann liebst, wirst du seine Wünsche auch respektieren und dich unterordnen. Du bist nicht so stark, wie du denkst, ich kenne dich besser.«

Fleur reagierte nicht darauf, sie wollte im Moment des

Abschieds keinen sinnlosen Streit beginnen. Sie wusste, wie stolz ihre Mutter auf die »gute Partie« ihrer Tochter war. Das verschaffte auch ihr mehr Ansehen bei den Kundinnen. Beide schwiegen, denn jetzt, so kurz vor der Trennung, brachten sie kein Wort über die Lippen.

Ich werde sie nicht mehr sehen – eine dunkle Ahnung stieg in Joselle hoch, nahm ihr den Atem und drückte ihr Herz zusammen. Als der Zug einfuhr, wischte sie sich verstohlen rasch mit der Hand übers Gesicht, um die Tränen vor ihrer Tochter zu verbergen.

Ein Gefühl von Schuld und schlechtem Gewissen ergriff Fleur, die die Verzweiflung ihrer Mutter spürte, während sie sich auf ein neues Leben in Paris freute.

»Ich komme in den Sommerferien«, versuchte sie ihre Mutter noch einmal zu trösten, doch Joselles Tränen flossen jetzt hemmungslos. Fleur umarmte sie hastig, stieg in den Zug und suchte in ihrer Tasche nach dem kleinen weißen Tuch, mit dem sie ihrer Mutter Lebewohl zuwinken wollte. Joselle reichte ihr schnell den Koffer durchs Fenster und versuchte, Fleur mit einem Lachen das schlechte Gewissen zu nehmen und ihr vorzugaukeln, dass auch sie sich glücklich fühlte, wenn nur ihre Tochter es war.

Die Türen wurden geschlossen, und Fleur beugte sich weit aus dem Fenster und winkte mit dem Tuch, bis ihr der Arm seltsam schwer wurde und sie ihn sinken ließ. »Maman«, flüsterte sie noch einmal, als der Zug den Bahnhof verlassen hatte und sie Joselle in der Gruppe winkender Menschen nicht mehr erkennen konnte.

*

Denise hatte das Gefühl, ersticken zu müssen, als sie Etiennes Haus betrat und sich in den dunkel getäfelten Räumen umsah. Dicke Perserteppiche schluckten jedes Geräusch, und während sie mit Etienne die breite Treppe zum Schlafzimmer emporstieg, hielt sie sich krampfhaft an dem Geländer fest. Sie spürte seine Nähe auf eine quälende Weise und verlangsamte mit jeder Stufe ihre Schritte. Sie wusste, dass Etienne sie nur geheiratet hatte, weil sie schwanger geworden war. Jeder in der Stadt wusste es, und das war das Beschämende. Er war in ihre Schwester verliebt gewesen. Einmal hatte Fleur seinem ständigen Drängen nachgegeben und sich mit ihm verabredet. Sie wollte ihm dabei klarmachen, er solle mit den ewigen Nachstellungen aufhören, sie könne ihn nicht leiden. Doch Fleur vergaß die Verabredung und fuhr mit einer Freundin nach Marseille. Als Etienne mit einem großen Blumenstrauß vor der Tür stand, bot sich Denise als Ersatz an, und Etienne ging mit ihr in das schöne Restaurant, das er für sein erstes Rendezvous mit Fleur ausgesucht hatte. Denise schürte seine tiefe Enttäuschung und gab sich verständnisvoll, nannte das Benehmen ihrer Schwester rücksichtslos und egoistisch. Und sie hörte ihm zu. Diesem Mittagessen folgten Spaziergänge in den Lavendelfeldern und kleinere Ausflüge in die Umgebung. Denise machte sich immer sorgfältig zurecht und versuchte, sich mit der Brennschere Locken zu drehen, wie Fleur sie von Natur aus hatte. Sie kopierte mit ihrer Kleidung Fleurs unnachahmliche Eleganz und betonte in jeder Hinsicht ihre Ähnlichkeit mit der Schwester. Sie wusste, dass sie Etienne nicht besonders gefiel, doch sie war geduldig, und so schüttete der einsame Junggeselle ihr sein Herz aus. Er erzählte von seiner Liebe zu Fleur, wie sie angeblich mit ihm spiele und ihn hinhalte, bis Denise ihm geschickt zu verstehen gab, dass Fleur kein Interesse an ihm habe. Ihre Schwester wolle nach Paris, erklärte sie, griff nach Etiennes Hand und drückte sie mitfühlend. Vielleicht war das der Moment gewesen, in dem Etienne Denise zum ersten Mal wirklich wahrnahm, vielleicht auch endlich die Ähnlichkeit mit Fleur bei ihr entdeckt hatte. Denise besaß nicht die zarte Schönheit, die dunklen, vollen Locken und die schmale Taille von Fleur. Aber sie hatte die gleiche Haarfarbe und die ovale Form von Fleurs Gesicht. An diesem Nachmittag erkannte Etienne die Aussichtslosigkeit seiner Liebe.

Fleur hätte die erste Frau in seinem Leben sein sollen. Jahrelang hatte er auf den Moment gewartet, ihr endlich seine Liebe zu gestehen, doch niemals hatte er gedacht, dass sie ihn abweisen könnte. Zunächst hatte er in ihrer konsequenten Ablehnung mädchenhafte Schüchternheit gesehen, denn letztendlich war sie nur die Tochter einer kleinen Schneiderin, deren Mann vor Jahren das Weite gesucht hatte. Wieso sollte sie ihn also abweisen?

Aber Denise öffnete ihm die Augen. Voller Verständnis machte sie ihm klar, dass Fleur andere Pläne habe, die nie, aber auch wirklich niemals ein Leben an Etiennes Seite in Saint-Emile beinhalteten. Denise brachte ihm Güte und Verständnis entgegen und sah Fleur sogar ein wenig ähnlich, und so kamen sie sich schließlich bei einem Abendspaziergang im Mondschein näher. Er ließ es zu, dass Denise sanft seine Hand nahm und sie in den Ausschnitt ihrer Bluse legte. Zum ersten Mal umschlossen seine Finger eine warme weibliche Brust, und so kam eines zum anderen. Sie trafen sich immer heimlich, denn Etienne dachte keinesfalls an eine Heirat mit Joselle Déschartes' anderer Tochter Denise. Dann aber kam die Eröffnung, die ihn fast zerschmetterte: Denise war schwanger.

Die Leute in Saint-Emile tuschelten bereits über ihn und die Tochter der Schneiderin, und seine Mutter stellte ihn zur Rede. Er war ein Ehrenmann, und so bat er eines Sonntagvormittags Joselle um die Hand ihrer Tochter Denise. Joselle dachte zuerst, sich verhört zu haben. Wieso Denise, liebte er denn nicht Fleur?

Auch an diesem Tag, dem Tag der Hochzeit, wollte das Getuschel nicht verstummen, Etienne liebe eigentlich Fleur. Während Denise jetzt vor Etienne die Treppe hinaufstieg und sich scheu umsah, erkannte sie schlagartig die Bescheidenheit und Ärmlichkeit, in der sie aufgewachsen war. Die ständige Unordnung, die Enge der Zimmer, in denen Stoffrollen an den Wänden lehnten und Schachteln mit Knöpfen und Bändern den Weg versperrten. Fast konnte sie Etiennes Mutter verstehen, die aus ihrem Unmut über die unscheinbare Schwiegertochter aus kleinsten Verhältnissen keinen Hehl gemacht hatte.

Etienne griff an ihr vorbei und öffnete die Tür zum Schlafzimmer. Auch hier waren die Wände mit dunklem Holz getäfelt, und die schweren Samtvorhänge in braungrüner Farbe vermittelten einen beklemmenden Eindruck.

»Schließ die Tür und setz dich! Ich habe mit dir zu reden«, sagte Etienne ruhig, und Denise folgte sofort seiner Anweisung. Sie ließ sich auf der Kante des Bettes nieder, in dem sie ab jetzt ihre Nächte mit ihm verbringen würde, und drehte nervös ihren schmalen Ehering, den ein kleiner Rubin zierte. Etienne rückte sich den einzigen Sessel zurecht und ließ sich in die weichen Polster fallen.

»Denise«, begann er und machte eine Pause.

»Ja?« Die junge Frau sah hoch und schaute ihn an. Etiennes Rücken war leicht gekrümmt, und über der breiten Stirn war das dünne Haar sorgfältig nach hinten gekämmt. Seine blauen Augen blickten sie streng an, und Denise empfand zum ersten Mal fast Zuneigung für diesen Mann, der mit zweiundvierzig Jahren ältlich und ein wenig absonderlich wirkte, wie sie es in Gedanken formulierte. Sie mochte nicht an jenen ersten Abend denken, als Etienne sie ungeschickt umarmte und sie entjungferte, auch nicht an seine weiteren Umarmungen in den folgenden Wochen. Aber schließlich wusste sie aus Andeutungen ihrer Mutter, dass keine Frau »an diesen Dingen« Spaß oder Freude hatte.

»Denise«, setzte Etienne noch einmal an, »wir beide wissen, welche der Schwestern Déschartes ich liebe. Aber nun bist *du* schwanger, und durch meine Heirat mit dir stehe ich zu meiner Verantwortung. Auch ich möchte eine Familie und Kinder haben. Du bist fleißig, und du wirst lernen, den Haushalt vorbildlich zu führen und mir eine treue und ergebene Ehefrau zu sein. Wenn du dazu bereit bist, werden wir gut miteinander auskommen. Ich gebe dir das, was du wolltest: ein gutsituiertes Leben an der Seite eines geachteten, wohlhabenden Mannes. Dem wirst du Rechnung tragen müssen. Tust du das nicht, werden sich unsere Wege sehr bald trennen. Ansonsten können wir zusammen ein gutes Leben führen. Willst du das?«

Denise konnte nicht sprechen, ihre Brust hob und senkte sich, ihr Atem ging rasch, und eine tiefe Röte überzog ihr Gesicht. Sie sah auf ihre Füße hinunter, die in teuren weißen Satinschuhen steckten. Noch nie hatte sie solche Schuhe besessen. Sie hatte einen angesehenen, reichen Mann heiraten wollen, sie hatte sich ein Kind gewünscht, sie hatte beides bekommen. Das Gefühl des Glücks stellte sich dennoch nicht ein. Sie hatte den Mann haben wollen, der Fleur liebte, sie hatte ihn ihrer Schwester wegnehmen wollen, hatte Siegerin sein wollen in einem ungleichen Wettbewerb.

Doch in diesem Moment begriff Denise: Sie war nicht die Siegerin, sie hatte sich mit dem begnügen müssen, was ihre Schwester verschmäht hatte. Wie immer hatte sie gegen Fleur verloren.

Denise ballte die Hände zu Fäusten. Sie hörte nicht mehr darauf, was Etienne noch über die Pflichten sagte, die auf sie zukamen. Eines Tages, schwor sie sich, eines Tages, Fleur, werde ich die Siegerin sein. Und Denise wusste, dieser Tag würde kommen.

5

Juni 1957
Florenz

»O mio babbino caro – Väterchen teures höre …« Schmeichelnde Töne aus Puccinis Oper Gianni Schicchi drangen durch das offene Fenster von der Straße herauf. Denise lag im abgedunkelten Zimmer der Pension Michelangelo und lauschte auf die Stimme der jungen Sängerin. Jeden Abend erschien sie um sechs Uhr in Begleitung eines Geigers auf dem Platz und sang aus Opern von Puccini. Ihr Repertoire umfasste fünf Arien. Wenn die letzten Töne der fünften Arie, die der Mimi aus La Bohème, »Mi chiamano Mimi«, verklungen waren, fing sie von vorne an: »O mio babbino caro.« Die beiden jungen Leute standen direkt unter den Fenstern der Pension und verließen die Piazza della Signoria gegen neun Uhr Abends wieder. Denise war mit Opernmusik nicht vertraut, sie erinnerte sich nur an die amerikanischen Schlager, die ihre Mutter Joselle beim Nähen und Bügeln hörte. Es war Etienne, der Denise hier in Florenz von dem italienischen Komponisten Giacomo Puccini erzählte, dessen Arien diese junge Frau mit schmelzender Stimme sang, was von den Touristen mit reichlich Münzen belohnt wurde.

Denise streckte sich auf dem breiten Bett, dem *matrimoniale*, aus und ließ sich von der Musik in eine Melancholie versetzen, die ihr Unglück noch verstärkte. Sie war vor dem gleißenden Licht des heißen Nachmittags in die Kühle des Zimmers geflohen, hatte Etienne allein mit den Schwestern Emily und Florence Parry in die Uffizien gehen lassen. Etienne war erleichtert gewesen, als sie Kopfschmerzen vorgab und in der Pension blieb. Schon nach wenigen Tagen hatte Denise erkannt, dass sich Etienne seiner ungebildeten Frau schämte. Sie konnte seine Erwartungen nicht erfüllen.

Aber auch sie fühlte sich um eine romantische Hochzeitsreise betrogen. Die lange Zugfahrt in der ersten Klasse hatte sie noch genossen, aber dann war ihre Enttäuschung groß gewesen, als Etienne sie nicht in ein schönes Hotel, sondern in eine Pension führte.

»Die Lage könnte nicht besser sein, direkt an der Piazza della Signoria«, hatte er seine Wahl gerechtfertigt, während sie in einem schmalen Haus aus der Renaissance in einen wackligen Aufzug stiegen und in den zweiten Stock rumpelten. Dort befand sich die Pension Michelangelo der Signora Maria Sardi, einer Witwe, die ihren Mann bereits in den ersten Tagen des Kriegs verloren hatte. »Er ist für den Duce gestorben«, erklärte sie den Eheleuten Aubry, als sie sie in ihr Zimmer geleitete. Der Raum war hoch, die Wände dunkel gestrichen, und an der Decke konnte man Reste alter Freskenmalereien erkennen. Die beiden Fenster gingen auf die Piazza hinaus, mit dem Blick auf Michelangelos Statue des David. »Eine Kopie«, hatte Etienne seine junge Frau belehrt. »Das Original steht in der Accademia di Belle Arti.«

»Aha.« Das war Denise' uninteressierte Antwort gewesen. Sie kannte Michelangelo nicht, genauso wenig, wie sie von dem Maler Botticelli gehört hatte, dessen Bilder sie bereits am ersten Tag in den Uffizien bewundern musste. Ihr war so übel gewesen, denn vor dem Eingang zu den Uffizien mussten sie über eine Stunde in der Sonne anstehen.

An diesem Abend wurden die Aubrys den anderen Gästen vorgestellt. Sehr schnell hatte Denise erkannt, dass sie hier fehl am Platz war. Die insgesamt zehn Gäste der Signora Sardi besuchten jedes Jahr um diese Zeit Florenz, um »sich den Kunstgenüssen dieser wunderbaren Stadt hinzugeben«, wie Signora Sardi erklärte. Außer einem Pater aus Rom kamen alle anderen Gäste aus England. Etienne saß Denise am Esstisch gegenüber und unterhielt sich mit den Schwestern Parry in einem Englisch, das sogar in Denise' Ohren schauderhaft klang, obwohl sie die Sprache nicht beherrschte. Manchmal kommentierte eine der beiden Schwestern aus London kichernd Etiennes Bemerkungen mit: *»Nice, o, so nice, Mister Aubry.«* Denise konnte die beiden älteren Frauen vom ersten Moment an nicht leiden, denn ihr offensichtliches Interesse an dem gebildeten Mister Aubry grenzte seine schwangere Ehefrau klar aus.

Der schön gedeckte Tisch, geschmückt mit Blumen und einem Kerzenleuchter, die blütenweißen Stoffservietten und das Silberbesteck schüchterten Denise ein, und so war sie dankbar für Etiennes Vorschlag, sie solle auf dem Zimmer bleiben und dort ein leichtes Essen einnehmen. Signora Sardi hatte volles Verständnis für die blasse schwangere Frau und ließ ihr jeden Abend eine besondere Mahlzeit servieren. Denise war erleichtert. Sie liebte diese ausgedehnten Abendstunden, die Etienne mit den englischen Schwestern verbrachte, den alten Jungfern, wie Denise sie in Gedanken boshaft titulierte. Anschließend tranken die drei noch einen Verdauungskräutertee im Aufenthaltsraum. Wenn Etienne dann ins Zimmer kam, war Denise meist schon eingeschlafen.

Die Tage jedoch vergingen nur schleppend. Denise konnte den Museumsbesuchen nichts abgewinnen, und die Stadtbesichtigungen langweilten sie. Einmal ging Etienne mit ihr in eine Trattoria in der Via Rosina, in der es lebendig und laut zuging. Sie aß dort wunderbare Spaghetti, ohne dass jemand ihre Tischmanieren missbilligend zur Kenntnis nahm. Auch der Ponte Vecchio mit den vielen kleinen Schmuckständen hatte ihr gefallen. Leider kaufte Etienne nichts für sie, und sie musste erkennen, dass ihr wohlhabender Mann schlichtweg geizig war. Er gab nie Trinkgeld, wenn sie in einem der kleinen Cafés auf einer Piazza saßen, um kühle Granita di limone oder einen Espresso zu trinken.

So war sie froh, wenn der Tag endlich zu Ende ging und sie hier in der Abgeschiedenheit des Raums in dem breiten Bett vor sich hin träumen konnte. *»Un bel di vedremo …«*, klang es aus *Madame Butterfly* von unten herauf. Es war eine traurige Musik, die Denise' Herz berührte und sie zum Weinen brachte.

Oder war es nicht vielmehr die traurige Hochzeitsreise zweier Menschen, die sich nicht liebten, die nur zusammengefunden hatten, weil sie beide einsam waren? Etienne hatte sie geheiratet, dafür sollte sie dankbar sein, das hatte ihre Mutter schon vor der Hochzeit betont.

»Er ist anständig, nicht jeder Mann hätte so gehandelt«, hatte Joselle ihrer Tochter eingeschärft. »Und durch diese Heirat steigst du gesellschaftlich auf.« Sie hatte recht.

Das war schließlich Denise' Wunsch gewesen. So gesehen war Etienne der Verlierer, denn er hatte eine andere geliebt.

Auch wenn sich ihre Pläne verwirklicht hatten, Glück fühlte sich anders an, das wusste Denise, obwohl sie das große Glück noch nie erlebt hatte.

Sie hing ihren trübsinnigen Gedanken nach, während sie der Musik lauschte, und schreckte hoch, als die Tür heftig aufgestoßen wurde und Etienne hereinkam. Wortlos durchquerte er das Zimmer und blieb vor ihrem Bett stehen.

»Wie war's im Museum?«, fragte sie tonlos und sah beunruhigt zu ihm hoch.

»In den *Uffizien.*« Etiennes Stimme eskalierte. »*Uffizien*, das Museum heißt *Uffizien.* Wie oft soll ich dir das noch sagen! Leider bist du ungebildet und hast nicht den geringsten Ehrgeiz, dir ein gewisses Grundwissen anzueignen.«

Denise schwieg. Bisher war Etienne höflich und distanziert geblieben, aber diese schroffe Art verletzte sie. Schließlich waren die Uffizien ein Museum, warum also war Etienne so aggressiv?

»Emily, Florence und ich blieben nicht lange dort, wir saßen dann auf der Piazza San Lorenzo und haben einen Aperitif getrunken und uns sehr nett unterhalten. Die Schwestern sind wirklich sehr gebildete Frauen.«

Denise erkannte sofort die Spitze gegen sich und schwieg. »Komm, steig aus dem Bett!«

Etienne streckte in einer herrischen Geste die Hand nach ihr aus. »Komm, komm her!«

Fragend sah Denise ihn an, setzte sich auf und schlüpfte in ihre kleinen Pantoffeln.

Etienne zog sie vor den Spiegel. »Hier, schau dich an!«, forderte er sie auf.

Denise wusste, dass die Schwangerschaft sie nicht hatte schöner werden lassen. Die Haare wirkten glanzlos und strähnig, ihr Gesicht war blass, und das rosa Baumwollnachthemd konnte ihre leicht hängenden Brüste nicht verbergen. »Lass mich!« Sie versuchte, sich aus Etiennes Griff zu befreien. Schlagartig veränderte sich die Situation zwischen ihnen. Etienne hatte sie erschreckt, verstört sah sie ihn an, vermied aber immer noch den Blick in den Spiegel.

»Was siehst du, wenn du dich anschaust?« Etienne ließ ihren Arm los, umfasste mit einer Hand ihr Kinn und drehte ihr Gesicht gewaltsam zum Spiegel. Als sie schwieg, beantwortete er selbst seine Frage: »Du siehst eine junge Frau, bleich, ungepflegt, ungebildet und schlecht gelaunt. Du hast keine Tischmanieren und weißt nicht, wie man sich unterhält. Du hast keine Ahnung von Literatur, Malerei oder auch nur vom täglichen Leben, wenn es deinen beschränkten Horizont übersteigt. Ich habe mehr von dir erwartet, mehr Einsatz, mehr Interesse. Mehr Dankbarkeit«, fügte er nach einer Pause hinzu und ließ sie abrupt los.

Dankbarkeit. Das also war es. Sie sollte dankbar sein, dass er sie geheiratet hatte, sie, das ungebildete, unscheinbare Mädchen, obwohl er doch in Fleur verliebt war. Fleur, die jetzt in Paris lebte, frei und ungebunden, die keinem Menschen dankbar sein musste und die sich in der Hauptstadt einen attraktiven reichen Mann angeln würde, der sie liebte und den auch sie lieben konnte.

»Ja, ich bin nun mal nicht Fleur«, reagierte sie heftig, »ich bin Denise, und ich bin deine Frau.«

Fast erwartete sie, dass Etienne das Wort aussprach, das sie auf seinem Gesicht ablesen konnte: leider. Doch er beherrschte sich. »Du bist eine eigenartige Frau«, sagte er nur und beobachtete sie, als sie nervös an ihren Haaren und ihrem zerknitterten Hemd herumzupfte. Langsam ließ er sich auf dem kleinen grünen Samtsofa nieder, das direkt unter dem Fenster stand. »In den vergangenen zwei Wochen habe ich versucht, dir näherzukommen, doch es ist mir nicht gelungen.«

Denise verstand nicht, was er damit sagen wollte. Nachts hatten sie nebeneinander gelegen, jeder auf seiner Seite des breiten Bettes, und Denise war erleichtert gewesen, dass Etienne nie versucht hatte, sich ihr zu nähern.

»Ich meine nicht das Körperliche«, fuhr Etienne fort und räusperte sich. »Während deiner Schwangerschaft würde ich dich niemals anrühren. Ich meine, seelisch, geistig. Doch du verschließt dich und lebst so ganz für dich. Eine Ehe sollte anders sein, man muss sich verstehen, das habe ich dir schon am Abend unserer Hochzeit gesagt. Ich bemühe mich, Denise, obwohl ich dich nicht liebe. Ich habe dich geheiratet und kann Erwartungen an dich stellen, die du erfüllen musst.«

»Was meinst du damit?«, flüsterte Denise.

»Du musst lernen, Denise, lernen«, betonte er. »Du bist so ungebildet, hast von nichts eine Ahnung. Du weißt einfach nichts. In deinem Hirn scheint absolute Leere zu herrschen.« Als Denise schwieg, fuhr er fort: »Du kannst Kontakt zu deiner Mutter halten, doch ich möchte, dass du begreifst, in welcher Beschränktheit du und deine Schwester aufgewachsen seid. Ich will, dass du dich bildest, Bücher liest, die ich dir gebe, dich so kleidest, wie ich es von meiner Frau erwarten kann. Auch musst du lernen, wie man einen perfekten Haushalt führt. Und deswegen«, fügte er nach einer kleinen Pause hinzu, »werde ich meine Mutter bitten, noch bei uns wohnen zu bleiben, bis sie dir all das beigebracht hat, was ich an ihr so bewundere.«

Denise erschrak zutiefst. Sie hatte sich vorgestellt, dass nach der Hochzeit ihr gutes Leben beginnen würde, in einem großen Haus als geachtete Ehefrau Etiennes, die Besuche empfing und ein Hausmädchen hatte. Ihre Schwiegermutter war in ihren Träumen nicht vorgekommen.

»Vor allem musst du kochen lernen.« Etiennes Stimme klang ruhig und bestimmt. »Von meiner Mutter kannst du alles lernen, was du als meine Frau beherrschen sollst.« Etienne erhob sich. Für ihn war alles gesagt, und er zweifelte keinen Moment daran, dass sich Denise fügen würde. »Ich gehe jetzt zum Abendessen, bleibe aber nicht lange. Unser Zug fährt morgen früh um sieben Uhr.«

Nachdem er die Tür hinter sich zugezogen hatte, verkroch sich Denise im Bett und zog die seidene Steppdecke bis zum Kinn. So lag sie auch noch, als das Hausmädchen klopfte und ihr auf einem Tablett Salat, Käse, Salami und Weißbrot brachte. Das hatte sich Denise für den letzten Abend gewünscht, doch sie verspürte keinen Hunger und blieb reglos liegen, das Tablett neben sich. Sie starrte hinauf zur Decke mit dem verblichenen Gemälde zweier Engel, die, verbunden mit einem breiten flatternden Band, auf das Bett herunterlächelten. Denise kam es vor, als grinsten sie höhnisch und als wüssten sie, dass sie Etienne hereingelegt hatte, um ein gutes Leben zu führen, heute aber ihre gerechte Strafe erhalten hatte.

»Mi chiamano Mimi …«, klang es von der Piazza herauf.

*

Zurück in Saint-Emile

Jeden Morgen, bevor Etienne in die Apotheke hinunterging, brachte er Denise das Frühstück ans Bett: Kräutertee, Eisentabletten, dunkles Brot, Butter, Honig und Obst. Er sah ihr zu, wie sie lustlos herumkaute und die Vitamintabletten schluckte. Dazwischen musste sie ihm über das Buch berichten, das sie gerade las.

Bereits am Tag nach ihrer Rückkehr aus Florenz hatte ihr Etienne einen Roman des berühmten Schriftstellers Gustave Flaubert übergeben. Sie sollte *Madame Bovary* lesen und jeden Morgen mit ihm darüber sprechen. Denise quälte sich durch die ersten Kapitel des Buches, dem sie nichts abgewinnen konnte und das so tragisch endete. Es dauerte nicht lange, und Etienne gab aus Ungeduld und Resignation die morgendliche Abfragestunde wieder auf. Für ihn war Denise ein hoffnungsloser Fall.

Denise blieb lange im Bett liegen. Auch von ihrer Schwiegermutter wurde sie nicht gestört. Marguerite Aubry hatte wenig Lust, ihrer ungeliebten Schwiegertochter Kochen und Haushaltsführung beizubringen. Sie wollte nur eines: in dem Haus bleiben, das sie vor siebenundvierzig Jahren am Tag ihrer Hochzeit betreten hatte.

Hier hatte sie ihren einzigen Sohn geboren, und hier war vor dreißig Jahren auch ihr Mann gestorben. Marguerite war immer für Etienne da gewesen, und das sollte auch so bleiben. Und je weniger ihre Schwiegertochter verstand, desto unentbehrlicher wurde Marguerite für ihren geliebten Sohn. Für Denise hatte sie nur Verachtung übrig. Das Mädchen hatte Etienne bösartig in eine Falle gelockt, in die ihr harmloser Sohn hineingetappt war.

Während Marguerite in der Küche ein spätes Mittagessen vorbereitete, quälte sich Denise mühsam aus dem Bett. Schon beim Waschen spürte sie ein leichtes Ziehen im Rücken, doch sie achtete nicht weiter darauf. Sie wollte endlich ihre Mutter besuchen und ihr Fotos von Florenz zeigen. Zu erzählen gab es ja wenig. Denise zog ihr weißes Batistkleid an, das am Saum und an den Ärmeln einen Spitzenbesatz hatte, fuhr sich mit der Bürste durch die Haare und ging ins Erdgeschoss hinunter. Die Tür zur Apotheke war geschlossen, und Denise war froh darüber. Es bedeutete, dass Etienne Kunden hatte und sie ihm nicht begegnen würde. Ihr war ein wenig schwindlig, als sie die Küche betrat, in der Marguerite mit dem Rücken zu ihr vor der Anrichte stand. Als sie ihre Schwiegertochter kommen hörte, drehte sie sich um und wies mit einem Messer auf den Tisch.

»Hier, du kannst mir helfen. Ich zeige dir, wie man ein Kaninchen häutet. Das ist eines von Etiennes Lieblingsgerichten, Kaninchen in Weißweinsauce mit …«

Mit was Etienne das Kaninchen gerne aß, hörte Denise nicht mehr. Der Anblick des toten Tieres, dessen starrer Blick direkt auf sie gerichtet schien, war zu viel für sie. Sie erbrach sich auf den Küchenboden und konnte sich gerade noch an der Tischkante festhalten, bevor sie fast ohnmächtig auf dem Boden zusammenbrach.

Eine Stunde später saß Denise bei ihrer Mutter und erzählte ihr von dem Kaninchen. »Marguerite wollte Blandine häuten«, klagte sie.

Joselle schüttelte verständnislos den Kopf. »Was redest du für einen Unsinn! Du bist überreizt, Kind, dein Kaninchen Blandine ist schon lange tot, und wir haben es doch selbst im Vorgarten begraben. Damals warst du zwölf Jahre alt.«

»Das weiß ich doch«, antwortete Denise eigensinnig und immer noch den Tränen nahe. »Aber dieses tote Kaninchen sah aus wie Blandine.«

»Deine Schwangerschaft macht dich überempfindlich«, wusste Joselle als Einziges zu sagen, während sie in dem dampfig heißen Raum verbissen weiterbügelte.

Denise hatte sich mehr Mitgefühl von ihrer Mutter erwartet, sie wollte hören, wie schwer ihr Leben im Apothekerhaus sei, sie wollte Mitleid und die uneingeschränkte Zuwendung ihrer Mutter.

»Marguerite hasst mich«, brach es aus ihr hervor. »Sie hat mich gezwungen, den Boden aufzuwischen, und gesagt, ich käme in Zukunft nicht ums Häuten herum. Ich will nicht mehr in das Haus zurück.«

Joselle erschrak und hielt inne. »Das geht nicht, du bist verheiratet. Was würden die Leute sagen? Das gäbe einen Skandal. Es wird sich schon alles finden«, fügte sie rasch hinzu und versuchte damit, Denise zu trösten.

»Etienne sagt, ich sei so ungebildet. Ich weiß, dass er mich deswegen verachtet. Warum durfte ich nicht aufs *Lycée des jeunes filles* gehen wie Fleur?«

Joselle wurde ungeduldig. »Weil du nicht gewollt hast. Darum. Du hast dich für nichts interessiert, und schon in der Grundschule waren deine Noten schlecht. Du wolltest ja gar nicht aufs Lyzeum. Aber du hast schon als Kind gerne genäht und gestickt. Darum habe ich dich nach der Grundschule eine Schneiderlehre machen lassen. Das hat dir doch auch gefallen.« Joselle hatte das Gefühl, ihre damalige Entscheidung rechtfertigen zu müssen.

Denise aber hörte nicht auf zu klagen. Sie war zu ihrer Mutter gekommen, um bemitleidet zu werden, und so setzte sie noch nach: »Fleur hatte auf dem Lyzeum ein schönes Leben, während ich den ganzen Tag in einer heißen, stickigen Schneiderei nähen musste.«

Joselle stellte ihr Bügeleisen mit einer heftigen Bewegung auf das Drahtgestell. »Was willst du eigentlich, Denise?«, fuhr sie ihre Tochter an. »Ich habe mein ganzes Leben in einer ›heißen, stickigen Schneiderei‹ verbracht, um euch zu ernähren. Ich weiß, ich war dir als Mutter nicht gut genug, du hast mir sogar die Schuld gegeben, dass euer Vater uns verlassen hat.« Joselles Stimme wurde lauter. »Du hast immer gesagt, du willst nicht so leben wie ich, in der Werkstatt würde man über mich verächtlich reden. Hast du das alles vergessen? Und«, setzte Joselle, wieder ruhiger geworden, hinzu, »du hast immer einen reichen Mann heiraten wollen, das war dein Ziel. Wenn ich es mir recht überlege, hast du schon vor vier Jahren versucht, dir Etienne zu angeln. Das war zu der Zeit, als er anfing, sich für Fleur zu interessieren, ihr unentwegt nachstellte und ihr täglich auflauerte. Es war schon fast eine Besessenheit. Es ist mir bis heute ein Rätsel, wie du es geschafft hast, dass er sich mit dir eingelassen hat. Also sei zufrieden! Du hast bekommen, was du gewollt hast.«

Denise erwiderte nichts. Mit großen Augen und aufgerissenem Mund starrte sie ihre Mutter an. Joselle wurde schlagartig klar, dass sie zu weit gegangen war. So hart war sie ihrer Tochter gegenüber noch nie gewesen. Diese Dinge hätte sie Denise nicht sagen dürfen. Was war nur in sie gefahren?

Sie ging um das Bügelbrett herum, zog sich einen Stuhl heran, setzte sich dicht neben Denise und griff nach ihrer Hand.

»Es tut mir leid, entschuldige, ich hab das alles nicht so gemeint. Ich liebe dich, und zwar genauso, wie ich Fleur liebe. Fleur ist gegangen, aber du bist hier.«

Joselle wollte Denise in den Arm nehmen, doch Denise wich ihr mit einer geschickten Drehung des Oberkörpers aus.

»So also siehst du mich«, stammelte sie fassungslos. Doch da spürte sie wieder den Schmerz im Rücken, spürte, wie ihr der Schweiß ausbrach und ihr schwindlig wurde. Tief atmete sie durch und hörte Joselle nicht mehr zu, die sich erhoben hatte.

»Es tut mir so leid, Denise, *ma petite*, ich wollte dich nicht aufregen. Aber du bist erwachsen, du musst die Konsequenzen deiner Handlungen selbst tragen. Du kannst dich nicht aufführen wie ein kleines ungezogenes Kind. Immer soll man dich bemitleiden. Da hat Etiennes Mutter nicht so unrecht, wenn sie …«

»O nein!«

Denise' Schrei ließ Joselle verstummen, und mit Entsetzen sah sie, wie ihre Tochter sich vor Schmerzen krümmte und ihre Hände verzweifelt auf den Unterleib presste.

»Blut, du blutest, mein Gott, Denise, das Kind!«

Denise wurde schwarz vor Augen, schmerzgekrümmt rutschte sie von ihrem Schemel herunter und hielt sich stöhnend am Bügelbrett fest, so dass es umstürzte und sie ins Leere griff. Sie spürte das Blut, das ihr warm die Beine hinunterlief und durch ihr weißes Batistkleid drang. Wieder zerriss ein Schmerz ihren Körper, wieder schrie sie auf, und ihre Stimme vermischte sich mit dem lauten Klagen ihrer Mutter. Dann sank Denise auf den Boden und verlor das Bewusstsein.

6

Juli 1957
Paris

Flirrende Julihitze lag über Paris.

Vor der Bar des Théâtres in der Avenue Montaigne stauten sich die Autos auf dem Gehsteig, und innen drängelten sich Modejournalisten und Fotografen aus der ganzen Welt.

Die großen Schauen der Haute-Couture-Häuser standen bevor, und alles drehte sich um Mode und Designer. Diors Stern verblasste, er war zudem schwer herzkrank, und man erwartete von ihm nichts Außergewöhnliches mehr. Man war gespannt, was Givenchy, Balenciaga und die anderen zeigen würden. Zwischen den Journalisten standen blasse, dünne Mädchen in schwarzen Wickelkleidern, in die sie zwischen den Anproben schlüpften und die sie schnell wieder ausziehen konnten. Sie tranken erschöpft ihren *café noir*, bevor sie zurück in die umliegenden Modehäuser hasteten, wo die Anproben meist bis spät in die Nacht hinein dauerten. Von Coco Chanel wusste man, dass sie keine Skizzen machte, niemals ein Kleid auf dem Papier entwarf, sondern an den Mädchen selbst ausprobierte, vor ihnen auf dem Boden herumrutschte, Falten steckte, Säume hob und senkte, Stoffe über die Mädchen warf, als seien sie Puppen.

Und mitten in dieser aufgeheizten Atmosphäre stand Fleur an der kleinen Theke der Bar. Unter den Leuten, die dazugehörten, empfand sie schmerzhaft ihre eigenen Misserfolge der vergangenen zwei Monate. An der Modeschule hatte man sie nicht einmal zur Aufnahmeprüfung zugelassen. Und ihre Bewerbungen und die Vorstellungsgespräche bei den großen Couture-Häusern hatten ihr nur Absagen eingebracht. Am Tag zuvor hatte ein Assistent von Pierre Balmain ihr erklärt, seine Zeit sei zu kostbar, um sie mit untalentierten Mädchen aus der Provinz zu vergeuden.

Fleur sah sich in dem lauten Gedränge um, während sie auf Maxime Malraux wartete. Sie trank ihren Kaffee in kleinen Schlucken, denn eine zweite Tasse konnte sie sich nicht leisten, und den Platz direkt an der Theke wollte sie nicht aufgeben. Andere drängelten nach, riefen über ihren Kopf hinweg dem Barkeeper ihre Wünsche zu und stießen sie dabei zur Seite. Fleur holte den Brief ihrer Mutter aus der Tasche und gab vor, konzentriert zu lesen, um nichts mehr bestellen zu müssen. Er war am Morgen mit der Post gekommen, doch sie hatte ihn erst jetzt geöffnet.

Liebe Fleur,
es freut mich, dass es Dir in Paris so gutgeht und Du in der Schule vorankommst. Ich freue mich auch für Dich, dass Du eine schöne Wohnung gefunden hast, die Du mit einer netten Freundin teilst. Obwohl ich dagegen war, dass Du nach Paris gehst, bin ich jetzt beruhigt und auch sehr stolz auf Dich.
Bei uns ist etwas sehr Schlimmes passiert: Deine Schwester hat eine Fehlgeburt erlitten. Sie war im sechsten Monat schwanger, und es wäre ein Sohn geworden. Es war furcht-

bar für sie. Sie ist vor meinen Augen hier in der Schneiderei zusammengebrochen, und obwohl sie sofort ins Krankenhaus gebracht wurde, kam jede Hilfe zu spät. Ihr ging es am Vormittag schon sehr schlecht, vielleicht hätte man ihr helfen können, wenn sie gleich den Arzt gerufen hätte. Aber das weiß man nicht.

Denise ist verzweifelt. Sie hat Angst vor einer Scheidung und glaubt sogar, Etienne wolle die Ehe annullieren lassen. Das ist natürlich alles Unsinn und findet nur im Kopf Deiner Schwester statt. Trotz der Fehlgeburt kann sie wieder schwanger werden.

Denise ist sehr in sich gekehrt, redet kaum und muss sich ständig von ihrer Schwiegermutter herumkommandieren lassen, angeblich, um Haushaltsführung und gutes Kochen zu lernen. Als ob ich das meinen Töchtern nicht beigebracht hätte!

An dieser Stelle musste Fleur lächeln, weil sie an Joselles chaotischen Haushalt dachte. Zu essen hatte es meist Suppe und dazu Baguette gegeben, einmal in der Woche ein kaltes gebratenes Huhn vom Markt oder einfach nur Salat mit einem Dressing ohne Geschmack.

Also, mein Kind, lerne weiter so fleißig, damit Du eine gute Stelle bekommst und Dein eigenes Geld verdienen kannst! Dann bist Du unabhängig von den Männern. In letzter Zeit, wenn ich mir Deine blasse Schwester ansehe, denke ich, nein, ich weiß es, das ist das Allerbeste.

In Liebe
Deine Mutter

Nachdenklich strich Fleur über die Seiten des Briefes. Für Denise empfand sie tiefstes Mitleid. Joselle machte sich Sorgen um ihre beiden Töchter, das konnte Fleur aus den Zeilen herauslesen, und tiefe Scham ergriff sie, als sie an die Lügengeschichte dachte, die sie ihrer Mutter aufgetischt hatte. Meist schwänzte sie den Deutschkurs, und da sie selten Hausaufgaben machte, kam sie im Unterricht nicht mehr mit. Ihre angeblich so schöne Wohnung bestand aus einem kleinen Zimmer im vierten Stock eines alten Mietshauses, direkt unter dem steil abfallenden Dach, in dessen dunkler Nische ihr Bett stand.

Manchmal stellte sich Fleur auf einen der beiden Stühle, um durch das schräge Fenster über die Dächer von Paris zu blicken. Dem Bett gegenüber befand sich eine Kochnische, die Fleur so gut wie nie benutzte, und direkt daneben führte eine Tür ins Bad, das die Verbindung zum zweiten Zimmer darstellte. Auf der anderen Seite in einem größeren Raum wohnte Maxime Malraux. Er war die »Freundin«, von der Fleur ihrer Mutter geschrieben hatte. Malraux interessierte sich nicht für Frauen, aber wusste Joselle überhaupt etwas über Homosexualität? Fleur war sich in diesem Punkt nicht sicher, also hatte sie zu einer Notlüge gegriffen, um Konflikte zu vermeiden.

Maxime war sechs Jahre älter als sie und arbeitete als freiberuflicher Modezeichner für große Couture-Häuser. Er hatte eine Ausbildung an der Modeschule, der Chambre Syndicale de la Haute Couture, mit Auszeichnung abgeschlossen. Sein großer Traum war, Assistent von Christian Dior zu werden, dessen Mythos er verfallen war, auch wenn man Dior gerade vom Thron stieß. Vor kurzem war vom Haus Dior ein persönlicher Assistent für den herzkranken Modeschöpfer eingestellt worden, ein schüchterner junger Mann, gerade mal zwanzig Jahre alt. Sein Name war Yves Saint-Laurent.

»Wer soll *das* denn sein?«, hatte Maxime gelästert, bevor er sich tagelang in seinem Zimmer einschloss.

Fleur hatte den begabten Designer in der Bar des Théâtres kennengelernt, als sie noch in einem Mädchenwohnheim lebte und sich oft stundenlang hier aufhielt, um den »Duft der großen Modewelt« einzuatmen, wie Maxime es spöttisch formulierte. Er hatte neben ihr an der Theke gestanden, während sie die Wohnungsanzeigen studierte. Sein Freund hatte ihn vor einigen Tagen verlassen, und jetzt brauchte er ganz schnell eine Untermieterin.

»Hättest du Lust, bei mir einzuziehen, meine kleine Provinzlerin?«

Er hatte sie geduzt und mit seiner lässigen Pariser Art eingeschüchtert. Doch bereits am nächsten Tag hatte sie das kleine Dachzimmer übernommen.

Später wollte sie wissen, wieso er gerade ihr das Angebot gemacht habe. Und Maxime erklärte: »Du hast das gewisse Etwas, du gehörst in die Modeszene, meine kleine Provinzlerin.«

In Gedanken versunken, legte Fleur jetzt den Brief auf die Theke und strich mit dem Zeigefinger zärtlich über die handgeschriebenen Zeilen ihrer Mutter. Da wurde sie unsanft gestoßen, und schwarzer Kaffee ergoss sich über Joselles Brief. Heftig fuhr Fleur zu dem Mann herum, der sie gestoßen hatte. Er war nicht groß, trug eine dunkle Sonnenbrille, die seine Augen verbarg, doch Fleur spürte den intensiven Blick, mit dem er sie ansah, bevor er sich entschuldigte.

»Es tut mir leid, aber das war eine Kettenreaktion. Ich wurde von hinten angerempelt, und da flog ich gegen Sie. Was ich nicht bereue.« Er lächelte, nahm aber die Brille nicht ab.

Fleur nickte ihm schlecht gelaunt zu und versuchte, mit einer Serviette den Kaffee abzuwischen.

»Mein Name ist Georges Bonnet«, hörte sie die Stimme des Mannes nahe an ihrem Ohr.

»Wie schön für Sie«, antwortete sie spöttisch.

Der Mann lachte amüsiert, bevor er die Gegenfrage stellte: »Und wie heißen Sie?«

»Fleur. Fleur Déschartes«, antwortete sie, ärgerte sich aber sofort über ihre bereitwillige Antwort.

Georges Bonnet griff in die Brusttasche seiner weißen Leinenjacke und legte eine Visitenkarte auf den fleckigen Brief. »Nun, Fleur Déschartes«, wiederholte er ihren Namen, »rufen Sie mich an! Sie haben das Zeug zu einem guten Model. Ich werde Fotos von Ihnen machen. Aber erst, wenn der Trubel der nächsten Wochen vorbei ist, sagen wir Anfang September.« Jetzt schob er seine Sonnenbrille auf die Stirn und beugte sich zu Fleur, um sie flüchtig auf die Wange zu küssen. Sie jedoch wich ihm geschickt aus, und er lachte wieder, nickte ihr gut gelaunt zu und bahnte sich einen Weg zum Ausgang. Fleur entging nicht, dass ihm die Mädchen nachsahen, ihm ein *»Salut, Georges«* zuriefen, *»à bientôt!«*. Alle schienen ihn zu kennen. Bevor er die Bar verließ, signalisierte er Fleur durch ein Zeichen mit der Hand, ihn anzurufen. Fleur reagierte nur mit einem kleinen Achselzucken, bevor sie den nassen, verfärbten Brief vorsichtig in die Tasche steckte. Das Café leerte sich, die Mittagspause in den

Couture-Häusern war vorbei, die Mannequins liefen über die Straße und zerstreuten sich. Auch die Journalisten waren gegangen, sicher um in ihren Redaktionen oder Hotels nachzusehen, ob ihre begehrten Akkreditierungen für die großen Schauen eingetroffen waren. Diese Einladungen und die Sitzordnung zu den Shows wurden jede Saison neu verteilt, hatte Maxime Fleur erzählt. Sie wartete noch einige Minuten auf ihn, dann verließ auch sie die Bar, verärgert darüber, dass er sie versetzt hatte.

Draußen warf Fleur noch einen flüchtigen Blick auf die Visitenkarte. Sie kannte den Namen Georges Bonnet nicht, er gehörte nicht zu den großen Modefotografen wie Richard Avedon oder Irving Penn. Sicher war er nur ein Angeber, der mit jedem Mädchen schlief. Nicht umsonst kannten ihn alle. Achtlos warf Fleur die Visitenkarte auf die Straße und machte sich auf den Heimweg.

Sie ging bis zum Rond Point, dann überquerte sie die Champs-Elysées und blieb in der Mitte auf einer Verkehrsinsel stehen. Sie sah hoch zum Arc de Triomphe, verhangen im Dunst des heißen Sommertags.

Genau an diesem Ort, umgeben vom brausenden Verkehr dieser Stadt und mit dem Blick auf den Arc de Triomphe, fühlte sie sich glücklich. Denn hier, genau hier, war Paris, *ihr* Paris.

*

Die Sonne ging unter und verlor an Kraft, doch in der Dachwohnung wurde es noch heißer und stickiger. Fleur saß im Schneidersitz auf ihrem Bett, einen Block auf den Knien, und rechnete. Mit dem kleinen Erbe ihrer Tante

Babette konnte sie noch einige Monate finanziell überleben, aber was kam dann? Sie zahlte Schulgeld, obwohl sie selten am Unterricht teilnahm. Die täglichen Kosten und die Miete überstiegen den Etat, den sie sich in Saint-Emile ausgerechnet hatte. Zudem war sie überzeugt gewesen, ein Stipendium an der Modeschule zu bekommen. Ratlos fing sie nun an, kleine Püppchen neben die Zahlen zu zeichnen, Entwürfe, wie sie sich die Mode für den Herbst vorstellte.

Dann holte sie den Brief ihrer Mutter hervor. Sie hatte ihn getrocknet, doch die Schrift auf der zweiten Seite war unleserlich geworden. Nachdenklich strich sie darüber. Sie empfand tiefes Mitleid mit ihrer Schwester. Wieso aber hatte Denise ihr nicht selbst geschrieben?

»Denise … Denise«, murmelte sie kopfschüttelnd. »Du führst jetzt das Leben, das du gewollt hast. Und du bist jung. Es wird eine neue Schwangerschaft geben, ein anderes Kind.« Sollte sie ihrer Schwester schreiben? Denise zeigen, wie sehr sie an ihrem Schicksal teilnahm?

Als ihr Vater vor zehn Jahren die Familie verließ, waren sie zwölf und zehn Jahre alt gewesen. Nachts, wenn ihre Mutter in der Schneiderei noch nähte, kuschelten sie sich im Bett aneinander, erzählten sich Geschichten und naschten Süßigkeiten, die sie sich heimlich von ihrem Taschengeld gekauft hatten.

Sie hatten eine gute Kindheit gehabt, eine schöne, sorglose Zeit, nicht zuletzt weil Joselle ihre Töchter niemals spüren ließ, wie hart sie das Geld verdiente.

Irgendwann aber hatte Fleur den Neid ihrer älteren Schwester gespürt, auch deren Hass auf das Elternhaus, auf die Ärmlichkeit, in der sie lebten. Denise wollte raus

aus diesem Milieu, aufsteigen in die Gesellschaft. Das hatte sie erreicht. Warum verhielt sie sich immer noch so ablehnend?

Ich werde Denise schreiben, nahm sich Fleur fest vor und steckte den Brief ihrer Mutter in das Kuvert zurück. Sie ist doch meine Schwester, sie soll wissen, dass ich sie immer noch liebe.

Fleur hob den Kopf und lauschte auf die Geräusche im Badezimmer, das Maxime von der anderen Seite aus betreten hatte, um leise an ihre Tür zu klopfen. Nach Fleurs mürrischem »Komm rein!« betrat er ihr Zimmer, blieb aber an der offenen Tür stehen. Er trug einen schmal geschnittenen grauen Anzug von Pierre Cardin, einem angesagten Designer. Fleur schämte sich ein wenig, denn sie trug nur Shorts und eine weiße Bluse, die sie aus dem hintersten Winkel ihres Schrankes gezogen hatte und die völlig zerknittert war.

»Wo warst du gestern? Ich habe zwei Stunden in der Bar auf dich gewartet.«

Maxime überging ihren Vorwurf, trat näher und ließ sich auf Fleurs Bett nieder. Elegant schlug er die Beine übereinander und umfasste seine Knie mit beiden Händen. »Finanzielle Probleme?«

»Nein, wieso denn? Mir geht es glänzend«, spottete Fleur. »Ich lebe im Luxus und weiß nicht, wohin mit meinem Geld.«

»Da komme ich gerade richtig«, erklärte Maxime. »Es tut mir ja so leid, dass ich gestern nicht da war, meine kleine Provinzlerin, aber ich mache es wieder gut. Versprochen. Ich habe mich mit meiner neuen Liebe getroffen. Heimlich«, betonte er, um Fleurs Interesse zu wecken. Doch sie reagierte nicht. Wie jedes Mal war sie verärgert über Maximes Anrede. Das wusste er, und das amüsierte ihn.

»Ich habe mich in Albert de Montherlant verliebt«, erzählte er weiter und machte eine wirkungsvolle Pause. »Du weißt schon, *die* Montherlants«, fügte er hinzu, als Fleur immer noch keine Reaktion zeigte. »Albert ist Anwalt und hat sich erst vor kurzem von seiner Frau getrennt. Scheidung soll folgen. Albert war immer ein Hetero, ein unglücklicher Hetero, und nun hat er sich in mich verliebt. Hörst du mir jetzt bitte zu?« Gereizt hob Maxime seine Stimme, weil Fleur weiterhin auf ihren Notizblock starrte. »Das betrifft nämlich auch dich«, sagte er.

Fleur erschrak. »Mich? Wieso? Willst du ausziehen und mich auf der vollen Miete sitzenlassen?«

»Nein«, beruhigte sie Maxime. »Aber es gibt ein Problem. Albert will sich nicht zu seiner Neigung bekennen. Das könne ihm beruflich schaden. Auch seine halbwüchsigen Söhne sollen nicht damit konfrontiert werden. Noch nicht.«

»Und was hat das mit mir zu tun?«

»Albert will dir einen Vorschlag machen, einen lukrativen Vorschlag.«

Fleurs Neugierde war geweckt. »Und der wäre?«

»Du sollst für einige Zeit seine Geliebte spielen. Du bekommst Geld dafür, und er kauft dir bei Chanel ein paar schöne Kleider. Du zeigst dich mit ihm in Restaurants, im Herbst in der Oper, auf Vernissagen und bei anderen Veranstaltungen.«

»Und ich muss sonst nichts dafür tun?«

»Schätzchen, er hat wirklich kein Interesse an dir. Du sollst die Geliebte nur *spielen*, verstehst du? Es soll so aussehen, als habe Albert nach der Trennung von seiner Frau eine schöne junge Geliebte. Ein Ablenkungsmanöver. Allerdings musst du einen Vertrag unterschreiben, dass du absolutes Stillschweigen bewahrst.« Maxime sah sie unsicher an.

Langsam klappte Fleur ihren Notizblock zu. Sie dachte an ihre Mutter Joselle, die sicher entsetzt sein würde, wenn sie erfuhr, dass Fleur eine Affäre mit einem verheirateten Mann hatte, auch wenn er getrennt von seiner Frau lebte. Getrennt ist nicht geschieden. So würde Joselle reagieren. Und sie durfte ihrer Mutter nicht erzählen, dass das Ganze nur ein Geschäft war. Aber wer interessierte sich außerhalb von Paris schon für Albert de Montherlants Liebesleben?

»Ich muss es mir überlegen. Lass mir Zeit!« Fleur zögerte.

»Zwei Stunden, mehr nicht.« Maxime erhob sich. »Dann will ich Albert Bescheid geben.«

Fleur nickte ihm zu, und er ging durch das Bad in sein Zimmer zurück. Auch Fleur stand auf. Sie stellte sich wieder einmal auf den Stuhl und sah über die Dächer von Paris. Sie war ein Teil dieser Stadt geworden, auch wenn die Stadt sie noch nicht aufgenommen hatte.

»Ich werde es schaffen«, murmelte Fleur. »Ich will hierbleiben, und ich werde es schaffen.«

Dann stieg sie von ihrem Stuhl herunter, ging durchs Bad und öffnete nach einem Klopfen die Tür zu Maximes Zimmer. An den Wänden hingen seine Skizzen, an die er kleine Stoffmuster gesteckt hatte. Auch auf dem Arbeitstisch, dem Boden und dem Bett hatte er Entwürfe ausgebreitet, alle sorgfältig geordnet und numeriert. Maxime rastete aus, wenn man sein »System«, wie er es nannte, durcheinanderbrachte, und so blieb Fleur an der Tür stehen.

Erwartungsvoll blickte er ihr entgegen. Er hatte sich umgezogen, trug jetzt ein weißes, enges Seidenhemd mit weiten Ärmeln und eine schmale schwarze Hose. Immer wieder bewunderte Fleur seine Eleganz, seine zierliche Figur und die außergewöhnliche Schönheit seines feingeschnittenen Gesichts. Maximes Mutter war Marokkanerin, und von ihr hatte er die dunklen, mandelförmigen Augen und den vollen Mund geerbt.

»Und?«

»Ich mache es«, erklärte Fleur. »Aber keine Kleider von Chanel, ihr Stil gefällt mir nicht, lieber von Balenciaga.«

»Das geht in Ordnung.«

Maximes Züge entspannten sich, er lächelte strahlend, kam auf sie zu und umarmte sie mit Tränen in den Augen.

»Das werde ich dir niemals vergessen«, sagte er. »Du wirst es nie bereuen, dass du mir geholfen hast. Ich stehe tief in deiner Schuld, meine kleine Provinzlerin.«

*

In den folgenden Monaten geriet Albert de Montherlant mit seiner jungen Geliebten immer mehr in den Fokus der Klatschpresse. Sie wurden beim Verlassen des Tour d'Argent fotografiert, auf einer Vernissage, bei einem Gastspiel der römischen Oper. Aus Saint-Emile schrieb

Joselle empört, dass sie sich ihrer eigenen Tochter schämen müsse. Jede ihrer Kundinnen würde sie auf Fleur und die Affäre ansprechen, denn letztendlich sei Albert de Montherlant noch verheiratet.

Die Zeitungen sind voll mit dieser Affäre. Damit hast Du Dir deinen guten Ruf verdorben, kein anständiger Mann wird Dich mehr heiraten.

Fleur hatte eine tiefe Abneigung gegen den fünfzigjährigen Albert de Montherlant. Er hatte ein glattes, nichtssagendes Gesicht, graue Schläfen, und sobald keine Kamera mehr auf sie gerichtet war, ließ er Fleur seine Geringschätzung spüren und behandelte sie mit herablassender Arroganz. In seinen Augen war sie nur eine kleine Abenteurerin, die sich für ein bisschen Geld verkaufte und ihren guten Ruf damit verspielte. Meist ließ er sie von seinem Chauffeur abholen und zu seiner Wohnung in der Avenue Hoche bringen. Von dort fuhren sie zu einer Veranstaltung, wo die Fotografen bereits auf sie warteten. Dann begann das Spiel, wie er es nannte. Er küsste Fleur auf die Wange, legte seinen Arm um ihre Schultern, und sie lachte ihn zärtlich an, während er ihr durchs Haar fuhr. Fleur fand ihn abstoßend, sein Parfum war zu aufdringlich, und seine Hände, die auf ihren nackten Schultern lagen, ließen sie frösteln.

Nach einigen Wochen bereits wollte sie die sogenannte Affäre beenden und beklagte sich bei Maxime.

»Albert ist charakterlos, eitel und egozentrisch. Wie kannst du diesen Mann nur lieben?«

Doch Maxime verspottete sie. »Schätzchen, du verträgst es nicht, dass er dir nicht zu Füßen liegt.«

Maxime fand den Mann mit den strahlend blauen

Augen und den grauen Schläfen attraktiv und behauptete, er könne sich vorstellen, mit Albert alt zu werden.

»Albert *ist* alt«, entgegnete Fleur und verletzte Maxime damit so sehr, dass er einige Tage nicht mehr mit ihr sprach.

*

Oktober 1957

Anfang Oktober ließ Alberts Frau Georgia in allen Zeitungen verkünden: »Ich will Albert zurück. Ich liebe ihn, und er ist immer noch mein Ehemann. Ich verzeihe ihm die Affäre mit Fleur Déschartes.«

Ein angeblicher Schnappschuss von ihr ging durch die gesamte Presse. Ihre beiden Söhne an der Hand, verließ sie nach einer Aussprache mit ihrem Mann das Haus an der Avenue Hoche. Die Stimmung der Leser schlug um, man bedauerte die Ehefrau und stempelte Fleur zu einem gewissenlosen Mädchen ab, das eine Ehe zerstören wollte. Fleur wagte sich kaum mehr auf die Straße, viele Leute erkannten sie, sprachen sie an und beschimpften sie sogar. Eine Woche später erfuhren Maxime und Fleur aus der Zeitung, dass Albert de Montherlant zu seiner Frau zurückgekehrt war.

Die Presse jubelte, als das glückliche Ehepaar im Restaurant Le Grand Vefour auf seine Versöhnung anstieß und den Kameras ein strahlendes Gesicht zeigte.

»Die vergangenen Monate waren ein großer Fehler«, erzählte Albert bereitwillig den Journalisten. »Ich bin glücklich, dass mir meine Frau verziehen hat. Meine Affäre mit Fleur Déschartes habe ich beendet.«

Nur Fleur wusste, dass er in Wirklichkeit seine Affäre mit Maxime beendet hatte. Für die Presse aber hatte »die Affäre des Sommers« auf ihre Art doch noch ein romantisches Ende gefunden.

Fleur erhielt von Albert die vereinbarte Summe, doch das Modehaus Balenciaga ließ seine Modelle abholen. Wie mit Monsieur de Montherlant abgesprochen, seien die teuren Kleider nur eine Leihgabe gewesen.

»Irgendwann«, schwor sich Fleur, »werde ich mir selbst Haute Couture leisten können, und niemand wird sie mir wegnehmen.«

Sie war wütend auf Albert, doch sie fühlte sich auch erleichtert, dass diese »Affäre« beendet war.

Maxime konnte nicht begreifen, dass Albert zu seiner Frau zurückkehrte. Er litt, weinte und drohte, sich umzubringen. Dann schwor er Rache, rief Alberts Frau an und erzählte ihr die Wahrheit. Doch Georgia blieb kühl und erklärte, Albert habe ihr seinen kleinen Ausrutscher in die Homosexualität gebeichtet, er wisse jetzt ganz genau, dass er nur Frauen lieben könne. Insbesondere sie, Georgia, seine geliebte Frau und die Mutter seiner Söhne.

So wurden Maxime und Fleur zu Verlierern in einem Spiel Albert de Montherlants, der seiner sexuellen Neugier nachgegeben und verborgene Wünsche ausgelebt hatte.

Fleur machte sich große Sorgen um Maxime. Sie versteckte seine Rasierklingen und die große Stoffschere, und sie spülte alle Schlaftabletten, die sie fand, in die Toilette. Maxime tobte, als er sie suchte, doch dann brach er in Fleurs Zimmer weinend zusammen, klammerte sich an sie und nannte sie seine einzige Freundin.

»Niemals werde ich vergessen, dass du für mich da bist«, schluchzte er in ihren Armen.

Als er am nächsten Tag nicht herüberkam, klopfte Fleur beunruhigt an seiner Tür und war erleichtert, als er sie hereinrief. Maxime saß an seinem Tisch und zeichnete. Statt einer Begrüßung schwenkte er eine Skizze in der Hand.

»Schau dir diesen Entwurf an! Damit werde ich berühmt werden, ich, Maxime Malraux, die neue lebende Legende nach Christian Dior.«

Maxime wirkte überdreht, sein Gesicht war stark gerötet, und übergangslos brach er in Schluchzen aus. »Da, lies! *Le roi est mort!*«

Fleur kam an den Tisch heran, hob eine Zeitung hoch und las: *Christian Dior ist tot. Le roi est mort. Der große Modeschöpfer starb am 24. Oktober 1957 nach einem Herzanfall im italienischen Montecatini.*

Mit der Zeitung in der Hand blieb sie vor Maximes Tisch stehen und wartete geduldig, bis er sich langsam beruhigte, tief durchatmete und aufstand.

»Ich«, sagte Maxime langsam und legte die rechte Hand auf sein Herz, als leiste er den Eid auf die französische Fahne: »Ich, Maxime Malraux, werde der neue Star nach Christian Dior. Auch ich werde zum Mythos werden, ich werde Christians wirklicher Nachfolger sein.«

Maxime vergaß Fleur. Ohne sie weiter zu beachten, setzte er sich wieder auf den Stuhl, nahm seinen Stift und zeichnete. Fleur drehte sich wortlos um und verließ den Raum.

Le roi est mort.

Doch Maxime hatte nur die Schlagzeile gelesen und das kleinere Foto übersehen, das einen schmächtigen jungen Mann mit Brille zeigte, der an einer Mauer lehnte, ganz versunken in seiner Trauer.

Der Nachfolger steht bereits fest: Yves Saint-Laurent. Vive le roi!

7

Oktober 1957
Paris

Die alten Kastanienbäume entlang der Avenue Montaigne reckten ihre kahlen Äste in den trüben grauen Herbsthimmel. In der Nacht hatte es stark geregnet, und der Sturm hatte die gelben Blätter auf die Straße geweht. Zwischen dem nassen Laub lagen die glänzenden braunen Kastanien, und Fleur ging vorsichtig, um nicht auszurutschen. Sie fror, denn ihre Füße waren kalt und nass, als sie die leere Bar des Théâtres betrat.

Nur wenige Gäste saßen um diese Jahreszeit an den kleinen runden Tischen. Ein paar Hausmannequins aßen in ihrer Mittagspause eine Portion Salat. Diese Mädchen führten täglich den reichen Kundinnen die Modelle vor, wenn die Starmannequins längst zu Fotoshootings irgendwo auf der Welt gereist waren. Fleur setzte sich an den letzten Tisch in der Ecke und griff nach der Zeitung, die jemand dort zerknittert zurückgelassen hatte.

Ein Journalist hatte die »Affäre des Sommers« noch einmal aufgegriffen. Man sah Albert mit seiner Frau und den Söhnen an der Côte d'Azur, auf einem kleinen Foto daneben war Fleur mit Albert abgebildet, eine alte Aufnahme vom Juli, als die beiden einen Ball in einem Schloss nahe von Paris besuchten. Fleur trug eine weiße, bestickte Abendrobe von Balenciaga.

Das endgültige Aus einer Sommeraffäre. Albert de Mon-

therlant verbringt glückliche Ferien mit seiner Familie. Die Exgeliebte Fleur Déschartes spielt keine Rolle mehr.

Verärgert warf Fleur die Zeitung auf den Stuhl. Wie lange noch würde sie nur die abgelegte Geliebte eines alternden Mannes sein, der sich letztendlich doch für seine Frau entschieden hatte?

Sie bestellte sich ein Kännchen heißen Tee, um sich aufzuwärmen. Doch dann erschrak sie. Hatte sie überhaupt genügend Geld dabei? Sie griff nach ihrer Handtasche, stellte sie vor sich auf den Tisch und wühlte ihr Portemonnaie heraus. Während sie mit dem Zählen der wenigen Münzen beschäftigt war, rückte jemand einen Stuhl zurecht und setzte sich zu ihr an den Tisch. Unwillig sah sie hoch.

»Kennen wir uns?«, fragte sie distanziert. »Ich habe Ihnen nicht erlaubt, sich zu mir zu setzen.«

Sie griff nach der kleinen, geschwungenen Kanne, goss sich Tee in die Tasse und nahm einen Schluck.

»Du hast mich vergessen?«, fragte der Mann und legte seine Kamera auf den Tisch.

Da fiel es Fleur wieder ein.

Er hatte sie an dem Tag angesprochen, an dem sie auf das Angebot von Albert de Montherlant eingegangen war.

»Ich möchte Fotos von dir machen«, hörte sie den Mann sagen, der sich noch einmal vorstellte: »Georges Bonnet.«

Fleur atmete tief durch. Ein paar Tage zuvor hatte sie bei Maxime die *Vogue* durchgeblättert. »Hier«, hatte Maxime ihr gezeigt, »diese Fotos hat Georges Bonnet gemacht, der neue Star.« Und sie hatte ihn damals für einen kleinen, miesen Fotografen gehalten, der Mädchen ansprach, um mit ihnen ins Bett zu gehen. Ja, sogar seine Karte hatte sie weggeworfen.

Jetzt war sie gehemmt, weil er sie duzte. Aber sie wollte nicht als dummes Provinzmädchen dastehen, und so überhörte sie die Anrede.

Er tastete die Taschen seiner Lederjacke nach Zigaretten ab.

»Du hast einen schlechten Ruf weg.« Mit dem Kopf deutete er grinsend auf die Zeitung, die noch auf dem Stuhl lag.

Fleur schwieg, was sollte sie auch sagen? Dass alles nur ein Geschäft gewesen war, auf das sie sich leichtsinnigerweise eingelassen hatte? Aus Geldnot? Aus Hilfsbereitschaft ihrem Freund gegenüber und aus der Freude heraus, ein paar Haute-Couture-Kleider zu besitzen, die ihr dann weggenommen wurden?

Sie blieb stumm, um die Schweigeklausel in dem Vertrag mit Albert de Montherlant nicht zu brechen. Sie beobachtete Georges, wie er eine Packung filterloser Zigaretten aus der Innentasche seiner Jacke zog und sich eine davon in den Mund steckte.

»Darf ich?« Wortlos nickte Fleur, und er zündete sich die Zigarette an. Er beobachtete jede ihrer Bewegungen, seine Augen wurden schmaler, und ihm schien nicht die geringste Kleinigkeit zu entgehen. Es machte Fleur verlegen, und immer wieder fuhr sie sich nervös durch die langen Haare.

Von Maxime wusste sie, dass Georges zweiundvierzig Jahre alt war. Er hatte ein schmales, braungebranntes Gesicht und viele kleine Fältchen um die graublauen Augen, die er immer wieder zusammenkniff. Er strahlte Unruhe und Nervosität aus, und als er an seiner Zigarette zog, sah es aus, als wäre es seine letzte vor einem Entzug. Der Barkeeper brachte ihm einen Pernod, und Georges prostete Fleur kurz zu. Während er rasch sein Glas leerte, beobachtete er sie weiterhin.

»Hast du morgen Zeit?« Ohne ihre Antwort abzuwarten, holte er eine verbeulte Visitenkarte aus seiner Jacke und schob sie ihr in die Hand. »Nicht verlieren!«, schärfte er ihr ein. »Und morgen früh bist du pünktlich um sieben Uhr an dieser Adresse.« Er stand auf und warf ein paar Geldscheine auf den Tisch. »Du bist eingeladen. *Salut!*« An der Theke wechselte er noch ein paar Worte mit dem Barkeeper, dann verließ er das Bistro.

Fleur überlegte fieberhaft. Sie war aufgeregt und nervös. Was erwartete sie am nächsten Morgen, vor allem, was erwartete sich Georges von ihr? Sie war nach Paris gekommen, um Modeschöpferin zu werden, aber es war ihr bisher nicht gelungen. Doch sie musste Geld verdienen, zumal Maxime zu seinem neuen Freund Thierry gezogen war und sie unbedingt die ganze Dachwohnung übernehmen wollte. Als Mannequin konnte man viel Geld verdienen. Und so trank sie entschlossen ihren Tee aus und wünschte sich in Gedanken eine große Karriere auf den Titelbildern der Modemagazine. Ihre Mutter sollte stolz auf sie sein.

*

Am nächsten Tag regnete es stark. Kein Taxi war frei, und so hetzte Fleur bis zum Boulevard Saint-Germain und dort in die Metro. Völlig durchnässt kam sie an der

Station Gare de l'Est an. Es war immer noch dunkel, und es regnete weiter, als Fleur die angegebene Straße entlanghastete. Es dauerte eine Weile, bis sie begriff, dass die Nummer 11 a das Hinterhaus der Nummer 11 war und sie durch eine Toreinfahrt gehen musste, die in einen verwahrlosten Innenhof führte. Sie sah sich zögernd um. Sie zweifelte daran, dass Georges Bonnets Atelier in einem so heruntergekommenen Anwesen lag. Erst als sie das Schild mit den Initialen G. B. entdeckte, ging sie auf die Holztür zu, an der die dunkelgrüne Farbe abblätterte. Während sie noch die Klingel suchte, wurde die Tür von innen geöffnet, und Georges zog sie in einen großen Raum.

»Endlich!«, herrschte er sie an. »Was glaubst du, wer du bist? Seit einer Stunde warten hier zehn Leute auf dich und … *Mon dieu*, wie siehst du denn aus?«

»Ich hatte keinen Schirm, und ich dachte, ich finde sofort ein Taxi und …« Unsicher und völlig durchnässt stand Fleur vor ihm.

»Ich meine dein Make-up«, antwortete er kopfschüttelnd. »Du siehst ja grauenvoll aus! Elise, übernimm sie, *vite, vite!* Dieser furchtbare Lidstrich, wie kann man sich nur so verunstalten!«

Fleur schwieg beschämt. Sie war um fünf Uhr aufgestanden, um sich die Haare zu waschen und zu schminken.

Elise, eine junge Frau, nahm Fleur am Arm und schubste sie durch den großen Raum. Überall standen Scheinwerfer, von der Decke herab baumelte eine weiße Leinwand, auf mehreren Ständern hingen Kleider, und darunter standen offene Schuhschachteln. Auf einem langen Tisch lagen Hüte, Modeschmuck und Handschuhe in einem wirren Durcheinander. Fleur hatte keine Zeit, sich weiter umzusehen, da Elise sie vor einem Schminktisch auf einen Stuhl drückte. Eine Lampe ging an und leuchtete ihr Gesicht aus. Ein Mann trat hinter sie, griff ihr grob in die Haare, warf im Spiegelbild einen prüfenden Blick auf sie und setzte dann die Schere an. Irgendjemand legte ihr einen hellblauen Kittel um, und während der Mann an ihren Haaren herumschnitt, beugte sich Elise über sie und wischte ihr mit einem feuchten Tuch das Make-up aus dem Gesicht und den dunklen Balken von den Augenlidern. Als sie endlich einen kurzen Blick in den Spiegel riskieren konnte, stieß sie einen Schrei aus. Der Stylist schnitt ihr ungerührt die langen Locken ab, auf die sie seit ihrer Kindheit so stolz gewesen war. Doch da kam Georges, legte ihr beruhigend die Hand auf die Schulter und versicherte, aus ihr einen Star zu machen. Da dachte Fleur an die unbezahlte Miete und die Kleider, die sie kaufen wollte, und wischte sich verstohlen die Tränen aus den Augen.

Nach zwei Stunden wurde eine Pause eingelegt, und Fleur durfte sich im Spiegel ansehen. Sie erkannte sich nicht wieder. Ihre Haare waren ganz kurz geschnitten, die Augenbrauen stark betont. Sie staunte über den schönen Schwung ihrer Brauen. Dazu hatte Elise auf ihr Gesicht zarten Puder aufgelegt, der ihren blassen Teint noch hervorhob, und ihre vollen Lippen mit einem tiefroten Lippenstift betont.

»Das ist die neue Fleur, unverwechselbar, unverwechselbar schön.« Georges stand hinter ihr und sah sie prüfend im Spiegel an, und die Leute im Studio klatschten Beifall, der nicht ihr, sondern Georges galt.

Nach der Pause musste Fleur Kleider anprobieren. Ihre Taille wurde durch breite Gürtel betont, so fest angezogen, dass sie kaum atmen konnte, und dann fing Georges an zu fotografieren.

Aus irgendeiner Ecke rauschte Opernmusik auf. »Wagner«, flüsterte ihr Elise zu. »Georges kann nur bei Wagner fotografieren. Andere Dinge gehen bei ihm übrigens auch nur mit Wagner«, fügte sie anzüglich hinzu. Doch Fleur verstand die Anspielung nicht und hatte auch keine Zeit, darüber nachzudenken.

»Entspann dich, Fleur, zeig's mir, *chérie!* So ist es schön, nicht so steif, den Kopf hoch, nicht *so* hoch, *mon dieu!* Verstehst du denn gar nichts? Öffne die Lippen, öffne die Lippen, habe ich gesagt.«

Georges wurde ungeduldig. Wie durch einen Schleier hindurch sah Fleur die vielen Leute, die um ihn herumstanden und jede Anweisung von ihm sofort befolgten. Anderes Licht, den Scheinwerfer weg, den Scheinwerfer an, nicht so hell, dunkler ... Einen Stuhl, einen schwarzen, schlichten Rollkragenpullover, Ballerinas, schmale Hosen ... Nicht so steif ...

Fleur konzentrierte sich, sie lächelte, sie warf den Kopf in den Nacken, sie ließ sich Kleider anziehen, ausziehen, fast nackt stand sie vor den Leuten. Sie hatte kein Gefühl mehr, was richtig oder falsch war, sie spürte die Konzentration im Raum, und die Erregung von Georges übertrug sich auf sie. Die Scheinwerfer waren auf sie gerichtet, Wagners ekstatische Klänge von *Tristan und Isolde* brausten auf, und Fleur verlor jede Hemmung. Sie folgte den Anweisungen, sie lächelte, sie lachte in die Kamera, sie verbog ihren Körper, sie wirkte unschuldig, erotisch, sie ließ sich in jede Pose fallen, die Georges ihr vorgab. Mehr noch, sie fing an, mit der Kamera zu spielen, mit Georges zu kokettieren. Das hier war eine eigene Welt, und sie spürte, sie war Teil davon geworden.

Nach über zehn Stunden gab Georges seine Kamera an den Assistenten weiter und trocknete sich die Stirn.

»Ça suffit, das genügt.« Er kam auf Fleur zu und fuhr der Erschöpften durch die kurzen Haare. Dann wandte er sich an seine Mitarbeiter. *»A new star is born!«*, rief er, und die Leute klatschten Beifall. Als Fleur sich strahlend bedankte, fiel ihr Blick auf eine Frau, die an einem Tisch lehnte und sie aus schrägen Augen beobachtete. Fleur wusste noch nicht, dass dies Georges Bonnets Frau Adrienne war, die ihr von diesem Moment an mit Eifersucht und Hass begegnen würde.

Aber Fleur wusste auch nicht, dass Georges mit jedem Mädchen schlief, das er »gemacht« hatte.

8

November 1957
Saint-Emile

Es war kalt geworden. Regen hatte am Morgen eingesetzt und rauschte in grauen Kaskaden vom Himmel. Denise stand in der Confiserie La Danseuse mit den vielen Ballettfotos an der Wand und wartete geduldig auf ihre Schokoladentorte. Sie vermied den Blick in den goldgerahmten Spiegel hinter der Theke. Sie wollte ihr blasses, unglückliches Gesicht nicht sehen. Sie wusste zudem, dass ihr der dunkelgrüne Hut nicht stand, er passte auch farblich nicht zu ihrem blauen Kostüm, doch sie hatte es sich angewöhnt, niemals ohne Hut aus dem Haus zu gehen – wie alle Damen der Gesellschaft in Saint-Emile. Und zu denen wollte sie gehören, denn das war ihr Ziel gewesen, als sie Etienne geheiratet hatte.

Während sie wartete, sah sie durch das Schaufenster hinaus in den tristen Samstagnachmittag. Der November fing an, und jetzt wäre ihr Kind zur Welt kommen. Sehnsucht und tiefer Schmerz ergriffen sie. Erst nach der Fehlgeburt hatte sie erkannt, wie leidenschaftlich sie sich dieses Kind gewünscht hatte.

Etienne verhielt sich ihr gegenüber distanziert, machte ihr aber nach der Fehlgeburt unmissverständlich klar, dass er bald wieder ein Kind haben wollte. Schließlich hatte der Arzt erklärt, Denise könne jederzeit wieder schwanger werden. Für sie war es nicht leicht, wieder zur

Tagesordnung überzugehen. Sie weinte oft nachts heimlich in ihr Kissen, während Etienne auf seiner Seite des Bettes mit dem Rücken zu ihr laut schnarchte. Sie konnte den Verlust nicht so schnell verkraften, wie es Etienne offenbar tat.

Marguerite Aubry wohnte noch immer im Haus, obwohl Denise der Meinung war, bereits genug von ihr gelernt zu haben. Als sie ihren Mann darauf ansprach, erklärte er kurz angebunden: »Sie bleibt. Wenn es häusliche Probleme gibt, sprecht euch aus! Ich will damit nichts zu tun haben.«

Jede der beiden Frauen fürchtete, von Etienne vor die Tür gesetzt zu werden, und so einigten sie sich in feindseligem Stillschweigen auf ein weiteres Zusammenleben. Sie arrangierten sich, keine sprach schlecht über die andere. Marguerite kümmerte sich um das Kochen und den gesamten Haushalt, und Denise ging ihr dabei zur Hand.

»Madame Aubry, Ihre Torte. Ich lege das kleine Brot mit hinein.«

Denise schreckte aus ihren Gedanken hoch, und bevor sie den runden Karton in Empfang nahm, streifte sie noch schnell ihre gehäkelten Handschuhe über. Als sie die Confiserie verließ, hatte es aufgehört zu regnen, und so hängte sich Denise den Schirm über den Arm und balancierte die Tortenschachtel nach Hause.

Heute war Samstag, und wie jede Woche würde sie heute mit Etienne schlafen. Es gab keine Zärtlichkeit zwischen ihnen, und wenn Etienne zu ihr kam, schloss Denise die Augen, um ihre Tränen zu verbergen. Er tat ihr weh, und wenn er mit seinen Knien ihre Beine auseinanderdrückte, steigerte sich ihre Scham ins Unerträgliche.

Denise war jedes Mal erleichtert, wenn »es« vorüber war. Über das »es« hatte sie mit ihrer Mutter gesprochen, zögernd nur und in Andeutungen. Sie hatte nicht gewusst, wem sonst sie sich anvertrauen konnte. Joselle hatte sie auch sofort verstanden.

»Da müssen alle Frauen durch«, erklärte sie ihrer unglücklichen Tochter. »Halte die Luft an und denke an etwas Schönes!«

»Es … ist so demütigend, so …«, hatte Denise voller Scham gestammelt, doch Joselle hatte nur die Achseln gezuckt.

»Sei froh, dass er nur jeden Samstag zu dir kommt, dein Vater dagegen …«

Denise hielt sich die Ohren zu. Sie wollte nichts wissen über das Liebesleben ihrer Eltern, das nur zwölf Jahre gedauert hatte, bis sich ihr Vater »aus dem Staub machte«, wie Joselle es nannte. Er entzog sich der Verantwortung für die Familie, setzte sich in den Zug nach Marseille und kam nie mehr zurück. Irgendwann hatte Joselle dann erfahren, er sei mit einer Schlangentänzerin nach Mexiko durchgebrannt, und Jahre später erreichte sie die Nachricht, dass er dort in einem Etablissement mit schlechtem Ruf einem tödlichen Herzanfall erlegen war.

Denise ging die paar Stufen zur Apotheke hinunter. Im Schaufenster stand eine große Tafel, auf der die Pilze der Umgebung abgebildet und beschrieben waren. Die Pilzsorten, deren Verzehr tödliche Folgen haben konnte, waren mit einem schwarzen Kreuz gekennzeichnet. Um diese Jahreszeit schossen die Pilze in den nahe gelegenen Wäldern förmlich aus der Erde, und es gab kaum jemanden in Saint-Emile, der nicht Pilze sammelte. Anschließend brachten die Leute sie in die Apotheke, um sie von Etienne begutachten zu lassen. Man wollte ganz sichergehen und sich nicht mit einem guten Pilzragout vergiften.

»Ich habe dein Lieblingsbrot gekauft«, rief Denise in die stille Apotheke hinein, als sie die Tür öffnete. »Das dunkle, das du so gern zur Bouillabaisse isst.«

Doch Etienne war nicht da. Auf der Theke lag ein ausgebreitetes kariertes Handtuch mit Pilzen darauf. Daneben stand ein Korb, an dem Etienne einen großen Zettel befestigt hatte: *Mme Javier, acht Uhr.* Offenbar prüfte Etienne die Pilze hinten im Labor, und Madame Javier holte sie um acht Uhr ab.

Unschlüssig blieb Denise einen Moment stehen und wartete auf Etienne. Er schien die Türglocke nicht gehört zu haben. Es wurde bereits dunkel im Raum, und draußen rauschte wieder der Regen vom Himmel. Während Denise noch unschlüssig dastand, fiel ihr Blick auf einen Zeitungsausschnitt. Sie stellte den Karton ab, blickte sich verstohlen um und griff neugierig danach. Es war ein Foto von Fleur, sie lächelte einem Mann zu, der den Arm um ihre nackten Schultern gelegt hatte. An den Rand hatte Etienne das Datum gekritzelt, es war ein Ausschnitt aus der Pariser Tageszeitung, die Etienne abonniert hatte. Hier wurde die »Affäre des Sommers«, wie es in der Unterschrift hieß, noch einmal aufgewärmt. Verwundert legte Denise den Zeitungsausschnitt zurück auf den Tisch. Da entdeckte sie eine offene Schublade unter der Theke, die randvoll mit Zeitungsausschnitten war. Es dauerte einen Moment, bis sie begriff, dass ihr Ehemann Fotos von Fleur ausschnitt und sammelte.

Denise beugte sich mit rasendem Herzschlag über die Schublade und griff wahllos nach einem der ausgeschnittenen Fotos.

Albert de Montherlant mit seiner jungen Geliebten. Es war ein großes Bild, auf dem Fleur ein schulterfreies, besticktes Abendkleid trug.

Alberts Geliebte trägt Couture von Cristóbal Balenciaga. Nichts scheint ihm für dieses junge Mädchen aus der Provinz zu teuer zu sein.

Ich liebe meinen Mann, diese Frau hat sich in meine Ehe gedrängt. Wieder war Fleur abgebildet, diesmal allein, wie sie eine Straße überquerte.

Etienne hatte also nie aufgehört, sich nach Denise' Schwester zu verzehren. Nach der schönen Fleur, die ihn abgewiesen hatte und jetzt in Paris ein aufregendes Leben führte. Wieder griff Denise in die Schublade und zog ein weiteres Foto heraus. Mit einer Mischung aus Bewunderung und Neid betrachtete sie ihre Schwester in einem bestickten weißen Abendkleid. Sie lächelte ihren Begleiter an, der sie zärtlich auf die Schulter küsste. Darüber hatte Etienne mit dickem Stift ein Wort geschrieben: *Hure!*

»Was machst du da?«

Erschrocken fuhr Denise herum. Ihr Mann stand in der Tür und starrte zu ihr herüber.

»Nichts«, log sie hastig, »gar nichts, ich habe mir die Pilze angesehen und wollte dir sagen, dass ich für heute Abend eine Schokoladentorte gekauft habe.«

Ihr gelang ein freundliches, harmloses Lächeln, während sie das Foto rasch in die Schulbade zurückgleiten ließ und das Klopfen des eigenen Herzens im ganzen

Körper spürte. Etiennes Züge entspannten sich kaum merklich, doch er ließ Denise nicht aus den Augen, als er sich ihr näherte. Schnell griff sie nach dem runden Karton mit der Schokoladentorte, doch als sie zu den vier Stufen ging, die zur Wohnung der Aubrys führten, packte Etienne sie plötzlich am Arm.

»Etienne, lass mich los! Gleich fällt mir die Schachtel aus der Hand. Außerdem tust du mir weh.«

»Es geht dich nichts an, Denise, hörst du?« Seine Stimme klang leise und heiser. Denise hörte eine gefährliche Drohung heraus, die sie erschaudern ließ. »Es geht dich nichts an«, wiederholte er, und sein Griff um ihren Arm wurde härter. So fest, dass sie einen Schrei ausstieß. »Du wirst mir nicht mehr nachspionieren. Sollte ich dich noch mal dabei erwischen …«

»Du hast recht«, fiel sie ihm hastig ins Wort. »Es geht mich nichts an. Nichts, was du machst, geht mich etwas an. Auch wenn ich wirklich nicht weiß, was du jetzt gemeint hast. Ich habe dir nicht nachspioniert.«

Es war eine schwache Lüge, und Etienne durchschaute sie. Doch er schwieg und ließ Denise' Arm abrupt los. Wie gehetzt lief sie die vier Stufen zur Wohnung hoch und öffnete mit dem Ellbogen die Tür. Als sie sich umsah, stand Etienne mit dem Rücken zu der offenen Schublade und sah ihr nach.

Denise war zutiefst verstört. Etienne hatte ihr eine Seite von sich offenbart, die sie nicht kannte und die ihr Angst einjagte. Als sie in der Küche den Karton auf dem Tisch abstellte und ihren grünen Hut vom Kopf nahm, zitterten ihre Hände so stark, dass sich das Gummiband des Hutes in ihren Haaren verhedderte.

Sie war hinter Etiennes Geheimnis gekommen. Er verzehrte sich nach Fleur, und der Inhalt dieser Schublade bewies, wie abgöttisch er sie liebte, während er mit ihrer Schwester verheiratet war. Der Ausdruck seiner Augen, sein flackernder Blick, als er unter der Tür stand und zu ihr herübersah, verfolgten Denise noch tagelang. Etienne ängstigte sie, denn sie hatte in diesem kurzen Augenblick seine Besessenheit für Fleur erkannt. Er würde sein Geheimnis schützen und gegen sie verteidigen, egal, was für Folgen dies auch immer haben mochte.

*

Dezember 1957
Paris

An Weihnachten fuhr Fleur nicht nach Hause.

Sie schob wichtige Termine vor, die Wahrheit jedoch war, dass sie nicht zu ihrer Mutter fahren wollte. Joselle hatte ihr in vielen Briefen bittere Vorwürfe über die Affäre mit einem verheirateten Mann gemacht. Ganz Saint-Emile sei immer noch entsetzt, und sie als ihre Mutter habe schwer darunter zu leiden.

Fleur war müde. Sie hatte in den vergangenen zwei Monaten fast pausenlos gearbeitet, Modemagazine und Agenturen rissen sich um sie, seit im November die ersten Fotos von ihr erschienen waren. Eine deutsche Modezeitung mit dem Namen *Constanze* hatte sie kurzfristig für Aufnahmen gebucht. Georges hatte sie der Chefredakteurin empfohlen, und Fleur flog nach München, um vor dem Friedensengel in karierten Sommerkleidern mit enger Taille und weiten Röcken zu posieren. Diese Aufnahmen hatten ihr viel Spaß gemacht, und sie war auf ihre erste Gage sehr stolz. In den folgenden Wochen fotografierte sie Georges bereits für *Harper's Bazaar* und die *Vogue*. Die beste Modelagentur von Paris, Dorian Reed, nahm sie unter Vertrag.

Obwohl es das erste Weihnachten war, das sie nicht zu Hause verbrachte, blieb sie in Paris. Sie hatte ein schlechtes Gewissen und ahnte nicht, wie sehr Joselle und Denise über ihre Abwesenheit erleichtert waren. Joselle, weil man in der Stadt immer noch über Fleurs Affäre mit einem verheirateten Mann tuschelte, und Denise, weil sie ein Treffen zwischen Etienne und Fleur vermeiden wollte. Etiennes Verhalten, als er sie im Herbst vor der offenen Schublade überrascht hatte, beschäftigte Denise in vielen schlaflosen Nächten. Wenn sie dann die Augen schloss, sah sie ihn vor sich: das verzerrte Gesicht, den flackernden Blick. Die Erinnerung daran ließ sie nicht mehr los. Drei Tage vor Weihnachten, als Etienne an der letzten Stadtratssitzung des Jahres teilnahm, schlich sie sich in die Apotheke. Sie bezwang ihre Angst, und ihre Neugierde siegte. Hatte Etienne neue Fotos von Fleur gesammelt? Oder hatte er seine heimliche Leidenschaft aufgegeben? Doch die Schublade war verschlossen und der Schlüssel abgezogen.

*

Frühjahr 1958
Paris

Fleur blieb keine Zeit zum Nachdenken. Sie hetzte von Termin zu Termin. Georges bestimmte ihr Leben. Er ließ für sie eine spezielle Diät zusammenstellen und engagierte einen Tanzlehrer, mit dem sie täglich arbeiten musste. Fotografierten sie den ganzen Tag, arbeitete sie nachts mit ihrem Trainer.

Im Februar machte George mit ihr eine ganze Fotokampagne für die amerikanische und die französische Ausgabe der *Vogue* mit der Überschrift: *Eine Hommage an Paris und seine Haute Couture.*

Fleur arbeitete bis zur Erschöpfung und ging dabei weit über die Grenze ihrer Belastbarkeit. Sie fror erbärmlich, und das ständige Hungergefühl schwächte sie so sehr, dass Georges schließlich anfing, ihr Vitamintabletten und Aufputschmittel zu geben. Sie versetzten Fleur in einen angenehmen, fast euphorischen Zustand, und plötzlich konnte sie arbeiten, ohne müde zu werden. Sie war lustig, aufgekratzt, und es fiel ihr leicht, in jede Pose zu fallen, die Georges von ihr verlangte. Sie nahm sich selbst nicht mehr wahr, sie ließ sich schminken, stylen und frisieren, sie posierte vor der Kamera, lächelte, hetzte von Termin zu Termin. Ihre Karriere war nicht mehr aufzuhalten.

*

Reglos lag Denise in ihrem Bett und starrte durch das offene Fenster hinaus in einen warmen Frühlingsabend.

Vor einer Woche war sie mit dem Krankenwagen hierher in die Frauenklinik gebracht worden, doch es war zu spät gewesen.

Jeden Vormittag kam Joselle, um ihre Tochter zu trösten und ihr über die zweite Fehlgeburt hinwegzuhelfen.

»Du hast das Kind verloren, Denise, aber das ist nicht der Weltuntergang«, sagte sie beim ersten Besuch. »Du bist jung und gesund. Das nächste Mal wirst du es austragen können, ganz sicher.«

Doch Denise drehte ihr nur den Rücken zu und schwieg, bis ihre Mutter auf Zehenspitzen das Zimmer verließ und die Tür leise hinter sich zuzog. Denise verweigerte sich jedem und redete mit niemandem, kein Arzt, keine Schwester konnte sie dazu bewegen, ein Wort zu sagen. Sie verharrte in Sprachlosigkeit. So musste sie auch nicht preisgeben, was der Chefarzt ihr gesagt hatte: Seiner Ansicht nach werde sie nie ein Kind austragen können.

*

Auf dem Gang der Geburtenstation war es ruhig geworden. Die schnellen Schritte, das Lachen, die Unterhaltungen der jungen Väter und Verwandten waren verklungen, die Besuchszeit war vorbei.

Denise stahl sich leise aus ihrem Zimmer, ging die

Treppe hoch und blieb vor dem Fenster stehen, hinter dem die Neugeborenen in ihren kleinen Betten lagen. Sie presste ihre Handflächen gegen die Scheibe und stand reglos davor, bis einige der Babys zu schreien anfingen. Sie hatten Hunger, und Denise wusste, gleich würde man sie ihren Müttern zum Stillen bringen. Neben ihr stand eine ältere Frau. Sie winkte der Schwester in dem Raum zu und sprach dann Denise an:

»Welches ist Ihr Baby? Ist es ein Sohn oder ein Töchterchen?«

»Ein Mädchen«, flüsterte Denise, »ein kleines Mädchen.« Dann drehte sie sich um, rannte die Treppe hinunter und zurück in ihr Zimmer. Sie verkroch sich in den Kissen und wusste nur eines: Sie hatte dieses Kind so sehr gewollt, nicht für Etienne, nicht für ihre Ehe, nur für sich selbst. Ein Kind hätte ihrem Leben einen Sinn gegeben und ihr geholfen, die Tage an Etiennes Seite in ihrer freudlosen Belanglosigkeit zu ertragen.

*

9

Zwei Jahre später
April 1960
Paris

Der Regen hatte am Abend eingesetzt, das Wetter wurde schlecht, die Luft war kalt, und über dem Innenhof des Ateliers lag ein grauer Nebel wie im November. Georges hatte es sich in den Kopf gesetzt, in diesem trostlosen Umfeld Aufnahmen zu machen. Fleur in einem teuren Chiffonkleid vor den Mülltonnen, die Georges als malerisch bezeichnete.

Seit einigen Monaten bereits herrschte eine gespannte Atmosphäre. Fleur konnte nicht mehr. Zweieinhalb Jahre harter Arbeit lagen hinter ihr, Jahre des ständigen Fastens und Arbeitens bis zur totalen Erschöpfung. Immer mehr griff Georges in ihr Leben ein, und seine Frau zeigte ihr offen ihre Abneigung. Einmal hatte Adrienne sogar behauptet, Fleur habe Schuhe am Set gestohlen. Doch Georges verteidigte seinen Star, und plötzlich fanden sich die grauen Wildlederpumps in irgendeiner Ecke wieder.

Fleur erkannte Adriennes großen Hass nicht, doch sie war verwundert über ihre Eifersucht, denn letztendlich hatte sie keinen Grund dazu. Fleur schlief nicht mit Georges, er hatte kein einziges Mal den Versuch gemacht, sie ins Bett zu bekommen.

»Ich habe keine Lust mehr«, klagte Fleur am Set. Sie war müde, und sie wollte nach Hause, sich im Bett verkriechen und einen heißen Tee trinken. Sie hatte Hunger, doch sie durfte ja nichts essen.

»Eine Stunde noch. Hier, *chérie*, nimm einen Schluck Champagner!« Georges verständigte sich durch ein Zeichen mit seiner Frau, die Fleur ein volles Glas brachte. Eigentlich wollte Fleur nicht trinken, sie war müde, so furchtbar müde, und sie fror wieder so entsetzlich. Doch Georges überredete sie zu trinken. Ihr wurde schwarz vor Augen, sie spürte, wie ihr die Beine versagten und das Glas aus ihrer zittrigen Hand fiel, sie besaß keine Kraft mehr, es zu halten.

Ihre Gedanken verwirrten sich, sie schloss die Augen und ließ sich fallen. Es war ein angenehmes Gefühl, ein langsames Schweben, durchsetzt mit Bildern. Sie sah sich, wie sie im Jahr zuvor das Brautkleid bei Jeanne Lanvin tragen durfte und damit über den Laufsteg schwebte, sie sah, wie die Leute klatschten, doch sie hörte keinen Ton. Eingehüllt in Stille, fiel sie und fiel, und während sie zu Boden glitt, wusste sie, dass sie nicht einschlafen durfte, und wünschte sich doch nichts so sehr, wie loszulassen. Sie verlor jedes Gespür für Zeit, die Vergangenheit löste sich auf, der Druck, der auf ihr lastete, die Ängste, zu versagen, ausgetauscht zu werden, nicht mehr gut genug zu sein. Es war das Gefühl eines reinen Glücks, als sie weiter sank und sank …

Doch plötzlich war sie wieder da. Frierend lag sie auf dem Pelzmantel, in dem sie Georges hatte fotografieren wollen. Sie spürte, wie jemand eine Nadel aus ihrer Vene zog und einen Finger daraufdrückte. Doch sie rührte sich nicht und hielt die Augen geschlossen. Sie wollte nicht zurück in ihr Leben. Jedenfalls nicht so schnell. Sie hörte

Georges' Stimme, die sie erst nicht erkannte, so dünn klang sie und gepresst:

»Mein Gott, wir dachten, sie stirbt. Es tut mir leid, so furchtbar leid«, wiederholte er immer wieder, »aber in zwei Stunden müssen die Fotos im Kasten sein. Versteh mich bitte, Patrice! Die Aufnahmen müssen morgen früh in der Redaktion von *Vogue* sein, und Adrienne war der Meinung, sie könne eine stärkere Dosis vertragen.«

Eine männliche Stimme antwortete Georges, sie klang scharf und kalt: »Ach? Adrienne kann also beurteilen, wie hoch die Dosis sein darf, ja? Du pumpst das arme Mädchen mit Aufputschmitteln voll, und deine Frau meint, sie könne das verkraften? Du hast Glück gehabt, Georges, dass ich so schnell kommen konnte. Ihr Kreislauf war am Zusammenbrechen, ist dir das klar? Sie muss sofort in ein Krankenhaus.«

Fleur reagierte nicht und ließ die Augen geschlossen.

»Bitte nicht, Patrice!« Georges schien außer sich. »Adrienne und ich haben das Mittel illegal in Amerika gekauft und …«

Fleur hielt den Atem an. Das also war es. Wie hatte sie nur so gutgläubig sein können! Vor den Aufnahmen bot Adrienne ihr immer ein Glas Champagner an. Das war bereits zur Gewohnheit geworden, fast wie ein Ritual, bevor die Musik einsetzte und Georges die Kamera hob. »Nur zum Auflockern, Schätzchen«, hatte Adrienne jedes Mal gesagt und ihr das Glas gereicht. Schon nach wenigen Schlucken fühlte sich Fleur dann wunderbar, voller Energie und Kraft.

»Wenn sie gestorben wäre, hätte ich euch angezeigt, das sage ich euch.«

»*Mon dieu*, jetzt mach nicht so eine große Sache daraus! Sie ist ja nicht gestorben«, erklärte Adrienne. »Reg dich ab!«

Georges dagegen entschuldigte sich immer wieder, und Fleur erkannte an seiner Stimme, dass er zutiefst betroffen war. »Ich verspreche dir, ich werfe das Zeug weg. Ich hatte keine Ahnung, wie gefährlich es ist. Aber bitte, Patrice, lass sie nicht in ein Krankenhaus einliefern! Das gibt einen Skandal, der uns vernichtet. Wir werden uns um Fleur kümmern, nicht wahr, Adrienne? Wir nehmen sie zu uns und werden alles Nötige für sie tun.«

»Nein«, hörte Fleur sich sagen, »nein, ich will nicht.«

Und da wurde ihr bewusst, dass sie zum ersten Mal während der Zusammenarbeit mit Georges diesen Satz formuliert hatte:

Nein, ich will nicht.

Es klang wie eine Befreiung, und als sie die vier Worte ausgesprochen hatte, lächelte sie und schlug die Augen auf. »Ich will nach Hause.«

Neben ihr kniete der Mann, der ihr die Spritze gegeben hatte, und beugte sich jetzt über sie. Er lächelte sie an, als er sich vorstellte: »Dr. Chaubert, Patrice Chaubert.«

»Wir nehmen Fleur zu uns.« Adriennes Stimme klang gehetzt, und Fleur ahnte, dass sie panische Angst vor den Konsequenzen ihres Handelns bekam.

»Nein«, wiederholte Fleur, »ich will nicht. Ich will nach Hause.«

»Natürlich, Fleur, dann machen wir es so«, beruhigte sie Doktor Chaubert.

Und wieder lächelte Fleur und fühlte sich nach langer

Zeit zum ersten Mal gut, fast glücklich. Sie hatte sich in diesem Moment ihre Freiheit zurückgeholt.

*

Juni bis Oktober 1960
Paris

»Wieso kommt Dr. Chaubert immer noch, obwohl du längst gesund bist?«

Ginette lehnte an der Tür und beobachtete Fleur, die ihre Fleischbrühe löffelte. Fleur schoss das Blut ins Gesicht, was Ginettes scharfem Blick nicht entging.

Ginette war die Concierge im Haus und hatte Fleur in den vergangenen Wochen gepflegt und für sie gekocht, wie Dr. Chaubert sie angewiesen hatte.

»Ich kann dich vor ihm nur warnen«, fuhr sie fort. »Dieser Typ ist sicher verheiratet.«

»Woher willst du das wissen?« Fleur versuchte, ihre Verlegenheit zu verbergen.

»Ich kenne die Männer. Er *ist* verheiratet, und, das sage ich dir gleich, er wird sich nicht scheiden lassen.«

»Das geht dich nichts an, außerdem weißt du gar nichts«, entgegnete Fleur.

Ginette lachte nur spöttisch auf.

Jeder im Haus wusste, dass Ginette früher am Boulevard Saint-Denis auf den Strich gegangen war, doch seit sechs Jahren residierte die Vierzigjährige als Concierge in ihrer Loge, und niemand kam ungesehen an ihr vorbei. Das vierstöckige Gebäude in der Rue de Rennes mit seinen ausgetretenen Treppen und dem alten, oft defekten Fahrstuhl gehörte Monsieur Alphonse Perrin, der mit seiner Frau am Boulevard de Charonne in einer gepflegten Wohnung lebte. Er war ein ehemaliger Freier von Ginette, und ihm verdankte sie den sozialen Aufstieg in eine bürgerliche Existenz. Jeden Mittwochnachmittag blieben die geblümten Vorhänge am Fenster der Conciergerie geschlossen, denn Alphonse Perrin machte dann seinen wöchentlichen Hausbesuch. Doch die Mieter mochten die kleine, zierliche Frau mit den rotgefärbten Haaren, die für jede Gelegenheit einen lockeren Spruch bereithielt.

»Sie kleidet sich mit einem gewissen Charme«, hatte Maxime Malraux einmal festgestellt, als er noch hier wohnte. Damals inspirierte ihn ihr nachlässiger, aber phantasievoller Stil zu einer Kollektion in edler »Schlampen-Couture«.

Da Ginette gut zuhören konnte, fanden sich immer wieder Mieter bei ihr ein, um mit ihr über ihre Probleme zu sprechen. Ginette schien das Leben in allen seinen Facetten und Abgründen zu kennen. Fleur war ihr dankbar für die Fürsorge der vergangenen Wochen und hatte sich mit einem Kleid aus der Kollektion Yves Saint-Laurent revanchiert.

»Wieso kommt er immer noch?«, insistierte Ginette jetzt.

»Ich habe keinen Hunger mehr«, wich Fleur der Frage aus. »Und danke, die Suppe war sehr gut. Aber ich bin gesund, und du musst mich nicht mehr versorgen.«

»Dann kommt Dr. Chaubert wohl nicht mehr, wenn du gesund bist.« Ginette kam ans Bett und nahm das Tablett mit dem leer gegessenen Teller.

»Manchmal will er noch nach mir sehen.«

»Na ja, lügen kannst du zwar schlecht, aber mir kann's egal sein, ich hab dich gewarnt. Du handelst dir mit diesem Mann nur Kummer ein. Du bist so ein romantischer Typ, der an die große Liebe glaubt, ein gefundenes Opfer für abgebrühte Männer wie diesen Chaubert. Ich kann dir nur raten: Arbeite wieder, und verdiene dein eigenes Geld! Mach dich nie von einem Mann abhängig!«

Mit den Ellbogen öffnete Ginette die Tür und verließ die Dachwohnung. Fleur hörte sie noch die Stufen zum dritten Stock hinuntergehen, wo sie in den Aufzug stieg, der sie rumpelnd nach unten brachte.

Fleur streckte sich auf ihrem Bett aus. Ginette hatte sie vor Patrice gewarnt, doch es war zu spät. Seit drei Wochen war sie bereits seine Geliebte. Seine heimliche Geliebte, denn Ginette hatte recht, er war verheiratet. Das aber hatte Fleur bis jetzt erfolgreich verdrängt. Er liebte sie, hatte er gesagt, war da nicht die natürliche Folge, dass er sich scheiden ließ?

Nachdenklich erhob sich Fleur. War sie wirklich zu gutgläubig, wenn sie ihn so vorbehaltlos liebte? Nackt ging sie ins Badezimmer und stellte sich auf die Waage. Sie hatte in den vergangenen Wochen drei Kilo zugenommen. Sie war schlank, sehr schlank, aber sie besaß nicht mehr ihre extrem schmale Taille, und auch ihre Wangen waren runder geworden. Georges würde ausrasten, wenn er sie jetzt sehen könnte. Er liebte ihre hohen Wangenknochen, die ihrem Gesicht auf Fotos das Außergewöhnliche verliehen.

Vor sechs Wochen musste sie erst wieder an ein normales Essverhalten gewöhnt werden. Sie erbrach jedes Stück

Fleisch, jedes Gramm Butter, fast jede Suppe, die Ginette nach den strengen Vorgaben von Patrice für sie kochte. Erst seit zwei Wochen aß sie wieder »normal«, wie Patrice es ausgedrückt hatte. Die ganze Zeit über hatte sie nicht an ihre Figur gedacht. Es machte Spaß, wieder einen *gâteau au chocolat* zu essen, den Patrice ihr mitbrachte, und all die Gerichte, die Ginette für sie zubereitete.

Langsam ging Fleur zurück und ließ sich aufs Bett fallen. Fing jetzt alles wieder von vorne an? Diäten, Pillen und Hunger, der zu qualvollen Magenschmerzen führte? Georges bedrängte sie mit Anrufen. Er ließ ihr ausrichten, sie müsse ihre Verträge einhalten, sonst sei er gezwungen, andere Models zu buchen.

Doch Fleur hatte nicht nur wieder Freude am Essen entwickelt, sondern sie empfand auch keine Lust mehr, zu arbeiten und Fotos unter extremen Bedingungen zu machen. Sie sagte die anstehenden Termine ab, da sie immer noch krank sei und für ein paar Monate eine Auszeit nehmen wolle.

Ihre Tage verbrachte sie mit Spaziergängen durch die Stadt, saß im Jardin du Luxembourg und leistete sich bei Angelina, dem berühmten *salon du thé* unter den Arkaden der Rue de Rivoli, eine heiße Schokolade und Maronentörtchen. Sie schlenderte durch den Louvre und machte eine Stadtrundfahrt. Sie erlebte Paris als Touristin, und das bereitete ihr großen Spaß. Viele Tage aber verbrachte sie zu Hause und wartete auf Patrice. Dann lief sie in ihrer Wohnung herum, beobachtete die Tauben auf den Dächern, hörte ihrem Gurren zu und verlor sich in Träumen. Träumen, in denen sie als Frau von Patrice ein wundervolles Leben führte.

Fleurs Ersparnisse waren nicht hoch und schmolzen schnell zusammen, denn sie hatte eine große Leidenschaft: Haute-Couture-Kleider, die ein Vermögen kosteten. So sagte sie bei Lanvin zu, in der nächsten großen Schau zu laufen. Das Couture-Haus war begeistert, und Jeanne Lanvin versicherte ihr am Telefon, einen großen Teil ihrer Kollektion auf sie abzustimmen.

An einem Freitag sollte Fleur um zehn Uhr zur ersten wichtigen Anprobe dort sein. Sie hatte einige Tage lang gefastet und machte sich sorgfältig zurecht. Doch da hörte sie den Aufzug im dritten Stock halten und die schnellen Schritte von Patrice die letzten Stufen heraufkommen. Bevor er klopfen konnte, öffnete sie die Tür.

»Ich muss weg«, sagte sie bedauernd. »Ich habe gleich eine Anprobe.«

Patrice hörte ihr jedoch nicht zu und schob sie ins Zimmer zurück. »Pack bequeme Sachen ein, schnell! Wir fahren für ein paar Tage in die Normandie.«

Fleur zögerte, denn sie wusste, welche Folgen das haben würde, wenn sie den Termin bei Lanvin einfach platzen ließ. Trotzdem entschied sie sich für eine Woche mit Patrice in der Normandie.

*

Bei ihrer Ankunft fing es zu regnen an. »Das Haus gehört mir, ich habe es von meiner Mutter geerbt«, erzählte Patrice, während sie in einen Kiesweg einbogen. Vorsichtig lenkte er den Wagen zwischen Rosenbüschen hindurch, deren erste Blüten im Regen zitterten.

Das Haus war nicht groß, es bestand nur aus zwei Räumen und einer kleinen Küche, doch Fleur fand es romantisch mit seinen gebohnerten Holzböden, dem großen Kamin und den geblümten Vorhängen.

Es regnete fast die ganze Zeit, aber Fleur war glücklich. Sie und Patrice hatten Zeit füreinander, und bedingt durch das Wetter, verließen sie das einsam gelegene Haus kaum. Sie schliefen miteinander, sie redeten, und Fleur erzählte von ihrer Kindheit und ihrem bisherigen Leben.

Patrice fuhr zum Einkaufen nach Deauville und schärfte Fleur ein, während seiner Abwesenheit niemandem aufzumachen. Keiner durfte wissen, dass der bekannte Arzt dieses Mal nicht mit seiner Frau und der Tochter hier war, sondern mit seiner Geliebten.

Fleur liebte es, morgens neben ihm aufzuwachen, ihm zärtlich die Haare aus der Stirn zu streichen und sich an seine Brust zu kuscheln. Wie schön muss es sein, mit ihm zu leben, dachte sie in diesen Momenten der Stille und einer Zusammengehörigkeit, die nur Illusion war. Die Zeit verstrich schnell, und an dem traurigen letzten Tag liefen sie am Strand entlang. Ein starker Wind war aufgekommen, und sie lauschten auf das einsame Rufen der Möwen, die in den grauen Wolkenhimmel aufstiegen.

Fleur blieb stehen und sah aufs graue Meer hinaus. »Wie schön das ist«, murmelte sie.

Da nahm Patrice sie in die Arme und zog sie an sich. »Ich liebe dich«, flüsterte er. »Ich werde dich lieben, solange ich lebe.«

Solange ich lebe. Es war ein Versprechen für die Zukunft, und Fleur glaubte daran.

*

Zurück in Paris, vergingen für Fleur die Wochen nur langsam, denn sie verbrachte die Zeit mit Warten auf Patrice. Er kam unregelmäßig, und wenn er kam, war er in Eile und hatte meist nur eine Stunde Zeit, die sie dann im Bett verbrachten. Die innige Nähe zwischen ihnen, die zärtliche Vertrautheit von Deauville gab es nicht mehr.

Im August kam Ginette herauf, um Fleur auszurichten, Patrice erwarte sie abends in der Brasserie Lorraine an der Place des Ternes, um acht Uhr. Die Concierge enthielt sich jeden Kommentars, beschwerte sich nur schlecht gelaunt, dass sie es satt habe, für alle Mieter die Telefonate anzunehmen.

»Bei dir muss ich ständig bis hierauf laufen, um dir die Termine deines Liebhabers weiterzugeben.«

»Das musst du Monsieur Perrin sagen«, erwiderte Fleur. »Er soll endlich Leitungen im ganzen Haus legen lassen. Es ist auch für uns Mieter lästig, wenn man nur in der Conciergerie telefonieren kann.«

Fleur war aufgeregt und überlegte lange, was sie anziehen sollte. Es war das erste Mal, dass sich Patrice mit ihr in einem Restaurant treffen wollte. Bedeutete es, dass er mit seiner Frau gesprochen, ihr von Fleur, seiner großen Liebe, erzählt hatte?

Fleur zählte die Stunden, bis sie endlich ein Taxi rufen und zur Place des Ternes fahren konnte.

Patrice erwartete sie an einem Tisch hinter einer Marmorsäule. »Hier laufe ich keinem von meinen Freunden oder meiner Familie über den Weg«, erklärte er bei der Begrüßung, und Fleurs Freude verflog.

Patrice wirkte extrem nervös, zündete sich eine Zigarette an und drückte sie sofort wieder aus. Kaum hatte er bestellt, griff er nach Fleurs Hand.

»Georges sagte mir, dass du bei Jeanne Lanvin einen wichtigen Termin hast platzen lassen. Hoffentlich nicht meinetwegen.« Er schien besorgt.

»Doch, das war an dem Tag, als wir in die Normandie fuhren. Es war mir nicht so wichtig.«

»Das hättest du mir sagen müssen, das konnte ich doch nicht ahnen! Fleur«, seine Stimme wurde eindringlich, »du darfst deine Karriere nicht wegen mir vernachlässigen, hörst du?«

»Ich denke nicht, dass ich das tue.« Doch dann setzte sie hinzu: »Ich weiß nicht, wie es weitergehen soll, ich habe Angst davor, wieder in diesen Kreislauf zu geraten: Diäten, Pillen, die anstrengenden Aufnahmen …«

»Aber das ist doch dein Beruf!«, unterbrach Patrice sie. »Damit verdienst du Geld, viel Geld. Aber du darfst dich nicht mit Aufputschmitteln und Drogen vollpumpen lassen! Werde erwachsen, Fleur, entscheide selbst, wie du leben willst! Sport und eine ausgeklügelte Diät reichen aus. Du bleibst gesund und kannst deinen Beruf ausüben. Du musst dich nicht so manipulieren lassen, wie das in den vergangenen Jahren durch Georges passiert ist.«

Patrice' Stimme klang ernst und besorgt, als er ihre Hände mit seinen Fingern umschloss. Für einen Moment schwieg er, und Fleur spürte, dass es nicht ihre Karriere war, die ihn beschäftigte. Instinktiv zog sie ihre Hand weg, und Patrice lehnte sich auf dem roten Ledersofa zurück. Nervös griff er nach seinem Glas, trank aber nicht, sondern stellte es wieder auf den Tisch.

»Die Tage in der Normandie waren sehr schön, Fleur,

und ich habe dir gesagt, dass ich dich liebe. Das ist die Wahrheit, aber, wie gesagt, ich will nicht, dass du dein Leben für mich aufgibst. Ich bin verheiratet, und das darfst du nicht vergessen … Ich muss dir leider noch etwas sagen …« Er machte eine kleine Pause, nahm ein Stück Brot und zerbröselte es nervös auf seinem Teller.

»Was meinst du?«, fragte Fleur beunruhigt.

»Ich habe es mir nicht leichtgemacht, glaube mir«, begann er, und aus Fleurs Unruhe wurde Angst.

»Morgen früh werde ich für einige Wochen an die Côte d'Azur fahren, mein Schwiegervater besitzt dort eine Villa. Die ganze Familie ist schon dort.« Unsicher sah Patrice sie jetzt an und fuhr sich nervös durch seine dichten blonden Haare.

»Du gehst mit mir aus, um mir das zu sagen?«

»Ich bleibe nur vier Wochen«, fuhr er fort, offensichtlich erleichtert, dass Fleur die Nachricht scheinbar ruhig aufnahm. »Weißt du, Fleur, meine Frau hat gespürt, dass ich sie betrüge, und so habe ich ihr die Wahrheit über uns beide gesagt. Ich musste ihr einfach versprechen, mich von dir zu trennen. Und jetzt machen wir eine zweite Hochzeitsreise, das hat sie vorgeschlagen. Mir bleibt ja keine andere Wahl«, fügte er noch hastig hinzu. »Bitte, Fleur, versteh mich!«

Fleur blieb immer noch ruhig, doch sie fühlte sich leer und verstört. Gleichzeitig empfand sie große Wut, aber auch Mutlosigkeit und Selbstverachtung. Ginette hatte recht gehabt: Sie bedeutete ihm nichts. Er hatte bloß seinen Spaß mit ihr haben wollen, und sie war darauf eingegangen.

»Weißt du«, fuhr Patrice beunruhigt fort, da Fleur immer noch schwieg, »in meiner Ehe geht es doch schon lange nicht mehr um Liebe, so wie wir sie erlebt haben, du und ich, Fleur. Es geht um andere Dinge: unsere Tochter und die Zusammengehörigkeit unserer Familie. Meine Frau hat immer zu mir gestanden.«

»Ich will es nicht wissen, hör auf!«

Fleur sprang auf, griff nach ihrem Täschchen und rannte aus dem Lokal. Draußen musste sie sich erst einen Weg durch die Leute bahnen, die vor der Brasserie warteten, um einen Tisch zu bekommen.

»Hallo Fleur, *comment ca va?*«, grüßte sie ein Kellner auf der Terrasse eilig, bevor er mit einem Stapel Teller im Restaurant verschwand. Er kannte sie von einem ihrer letzten Fotoshootings, das hier gemacht worden war. Georges hatte sie unter der roten Markise vor den hohen Körben mit Muscheln und Austern fotografiert.

Sie reagierte kaum auf den freundlichen Gruß des Kellners und blieb wie betäubt stehen. Ihr Atem ging schnell, und ihre Augen füllten sich mit Tränen.

»Komm, ich bring dich heim.« Patrice tauchte neben ihr auf und nahm sie am Arm. Bevor sie widersprechen konnte, schob er sie auf der Straße weiter zu seinem Auto, und sie ließ es zu.

Während der Fahrt nach Hause blieb sie stumm. Sie hatte ihr Gesicht abgewandt und starrte zum Fenster hinaus, als sie die Avenue Wagram hochfuhren und am angestrahlten Arc de Triomphe vorbei in die Champs-Elysées einbogen. Einmal warf sie einen kurzen Seitenblick auf Patrice. Sein Gesicht war angespannt und blass, doch auch er blieb stumm.

»Ich begleite dich noch«, erklärte er, als sein Wagen vor

ihrem Haus hielt. Ginette war nicht mehr in ihrer Loge, und Fleur ging die Treppe in den vierten Stock voraus. Als sie die Tür zu ihrer Wohnung aufschloss, sah sie Patrice an. Jetzt war der Moment der Trennung gekommen. Sie spürte, wie sich ihr Herz zusammenzog und Tränen der Verzweiflung über ihre Wangen liefen. Patrice stand ihr schweigend gegenüber, bevor er zögernd seine Hände um ihre Taille legte. Er zog Fleur an sich, und sie spürte seine Erregung, als sein Atem schneller ging und er plötzlich fordernd zupackte. Und Fleur wehrte sich nicht. Während Patrice sie bereits küsste, machten sie ein paar Schritte in die Wohnung hinein, und er drückte mit dem Fuß die Tür hinter sich zu. Fleur dachte nicht mehr nach. Sie dachte nicht an die Zukunft, nicht an die Vergangenheit, nicht an das, war er ihr soeben im Restaurant gesagt hatte. Es gab nur die Gegenwart und das verzehrende Gefühl von Leidenschaft. Noch nie hatte Fleur sich so erlebt, noch nie so empfunden, nie gewusst, wie es war, wenn der Körper sich auflöste in Ekstase und Lust. Jetzt gab es nur noch Patrice und sie auf dem breiten Bett.

*

Fleur bewegte sich nicht und hielt ihre Augen geschlossen. Doch durch die Lider hindurch sah sie, dass Patrice sich hastig und leise anzog, um sie nicht zu wecken. Bis zu dem Moment, als er vorsichtig die Tür öffnete, hoffte sie noch, er würde sie in die Arme nehmen und sagen, alles werde gut. Doch Patrice schlich sich verstohlen aus ihrem Bett und auch aus ihrem Leben, denn sie hörte nichts mehr von ihm.

Anfang Oktober flog sie zu einem Shooting für die deutsche Modezeitung *Constanze* nach Düsseldorf. Doch die Chefredakteurin war enttäuscht von ihr. Sie hatte Fleur anders in Erinnerung. »Ein nächstes Shooting für uns wird es erst geben, wenn Sie Ihre alten Maße wiederhaben«, erklärte sie.

Auf dem Heimflug versuchte Fleur, ihre peinigenden Zukunftsängste zu verdrängen. Zwar hatte ihre Agentin sie wieder in die Kartei aufgenommen, doch nur mit der Auflage, die vier überflüssigen Kilos so schnell wie möglich wieder loszuwerden. Fleur hatte es ihr versprochen, obwohl sie wusste, dass sie dieses Ziel nicht erreichen konnte. Zutiefst verzweifelt hatte sie nicht preisgegeben, was sie seit einigen Tagen wusste: Sie war schwanger.

Gegen Abend landete sie auf dem Flughafen Roissy. Im Taxi nach Hause kämpfte sie gegen Müdigkeit, Übelkeit und tiefste Verzweiflung an. Wie sollte es weitergehen, wie konnte sie die Zukunft bewältigen? Als der Wagen vor dem Haus in der Rue de Rennes hielt und sie ausstieg, erschien Ginette an der Tür. Offensichtlich hatte sie auf Fleur gewartet.

»Monsieur Patrice hat angerufen, du sollst heute Abend um acht Uhr in die Brasserie kommen. In welche, hat er nicht gesagt.« Nachdem sie die Freude auf Fleurs Gesicht gesehen hatte, fügte sie spöttisch hinzu: »Du musst wissen, wie du dein Leben verpfuschst. Mir kann es ja egal sein.«

Als Fleur sich rasch umzog, schien die Müdigkeit verflogen. Patrice wollte sie sehen! Sie wusste, welches Restaurant er gemeint hatte: die Brasserie Lorraine. Das war ein gutes Zeichen. Sicher wollte er ihr etwas sagen.

Es konnte auch nur bedeuten, dass er Sehnsucht nach ihr hatte.

Es war noch ein ungewöhnlich warmer Abend, und so entschied sich Fleur für ein rotes Chiffonkleid, das sie bei einem Shooting getragen und anschließend gekauft hatte. Es war schulterfrei, nur ein asymmetrischer Träger hielt das enge, in kleine Fältchen gelegte Bustier. Bei den Aufnahmen hatte man das Kleid noch hinten zusammenstecken müssen, da es ihr zu weit gewesen war. Jetzt passte es, denn obwohl man ihr die Schwangerschaft noch nicht ansah, waren ihre Brüste bereits voller geworden. Der wadenlange, weite Rock umspielte beim Gehen ihre Beine, bauschte sich ein wenig und zeichnete die Konturen des Körpers nach. Es war ein gewagtes Kleid, vor allem für die Brasserie, doch Fleur wollte an diesem Abend besonders schön sein.

Als das Taxi an der Place des Ternes hielt, sah sie Patrice bereits am versteckten Tisch hinter der Marmorsäule sitzen.

»Hallo Fleur, *comment ça va?*«, rief der Kellner ihr wieder zu, der zu dieser Jahreszeit hinter einem langen Tisch stand, auf dem jetzt wieder in großen Körben Austern und Muscheln angeboten wurden.

Patrice erhob sich sofort, als er Fleur kommen sah. Er wollte sie zur Begrüßung umarmen, doch sie wich der Berührung aus und setzte sich auf das abgewetzte rote Sofa neben ihn. Er bestellte Austern und Champagner, aber beim Anblick der Austern befiel Fleur eine heftige Übelkeit. Am Champagner nippte sie, musste aber gegen ihren starken Widerwillen gegen Alkohol ankämpfen. Sofort stellte sie das Glas auf den Tisch zurück.

»Wie schön du bist, Fleur«, flüsterte Patrice ihr ins Ohr und schob mit einer zärtlichen Bewegung eine Haarsträhne aus ihrem Gesicht. »Ich glaube, du wirst von Mal zu Mal schöner, falls das überhaupt möglich ist.« Er nahm ihre Hände und drückte kleine Küsse auf die Innenseite.

»Ich hatte so große Sehnsucht nach dir«, schmeichelte er. »Ich habe unsere letzte gemeinsame Nacht nicht vergessen können.«

»Warum hast du dich dann nie gemeldet?«, fragte sie und sah ihm direkt in die Augen. Auch Patrice sah gut aus, er war braungebrannt und wie immer elegant gekleidet in einen dunklen Anzug und ein hellblaues Hemd, das die Farbe seiner Augen betonte.

»Warum willst du mich sehen?« Fleurs Herz klopfte. War jetzt der richtige Moment, um ihm von der Schwangerschaft zu erzählen? Doch sie wollte zuerst wissen, warum er sie eingeladen hatte.

»Ich muss zu einem Ärztekongress nach Cannes, und ich dachte, ich nehme dich mit, wenn du willst, natürlich. Eine Woche Côte d'Azur, klingt das nicht wunderbar?«, fügte er hinzu, da Fleur nicht sofort antwortete.

Fleur fühlte den tiefen Stich maßloser Enttäuschung. Es hatte sich nichts geändert, er wollte einfach nur eine Gelegenheit nutzen, um mit ihr ein paar Nächte zu verbringen.

»Liebst du mich?« Fleur sah ihn ernst und forschend an. »Ich meine, liebst du mich wirklich?«, fragte sie leise, und da beugte sich Patrice zärtlich zu ihr, schlang den Arm um sie und küsste sie.

Sie sahen den Paparazzo nicht, der sich angeschlichen hatte und sie fotografierte. Erst als das Blitzlicht aufflammte, fuhren sie erschrocken auseinander, doch es war zu spät. Sie waren ertappt worden.

Patrice sprang wütend auf, warf ein paar Geldscheine auf den Tisch, griff nach Fleurs Hand und zog sie unter den neugierigen Blicken der anderen Gäste hinter sich her. In Panik verließen sie die Brasserie. Patrice hielt sich seine Jacke vors Gesicht und flüchtete mit Fleur rasch in eine Nebenstraße. Er war wütend und beschuldigte Fleur, irgendeinem miesen Blatt einen Wink gegeben zu haben.

»Du wolltest damit eine Entscheidung provozieren, gib es zu!«, herrschte er sie an.

Fleur fühlte sich durch diese Anschuldigung so tief verletzt, dass sie nicht sofort reagieren konnte.

»Wie soll ich das jetzt meiner Frau erklären?« Patrice schien außer sich vor Wut, drehte sich grußlos um und lief mit großen Schritten zu seinem Wagen. »Die Côte d'Azur kannst du vergessen«, rief er ihr beim Einsteigen noch zu und ließ sie allein auf der Straße stehen.

Gedemütigt und vor Kummer wie versteinert, sah sie Patrice nach, der mit quietschenden Reifen losfuhr und keinen Blick mehr zurückwarf. Fleur ging zurück und sah sich um. Doch sie konnte keinen Paparazzo entdecken, und so hoffte sie, dass nur ein aufdringlicher Tourist sie erkannt und fotografiert hatte. Allmählich wurde sie ruhiger, überquerte die Place des Ternes und lief die Avenue Wagram hoch. Es war jetzt doch sehr kühl geworden, und sie fror erbärmlich in ihrem Chiffonkleid, bis endlich ein Taxi hielt. Es wird nur ein Tourist gewesen sein, versuchte sie, sich zu beruhigen.

Doch am nächsten Tag zierte das Foto von ihr und Patrice die Titelseite eines Boulevardblattes mit der Überschrift:

Erwischt!
Topmodel Fleur und Chefarzt Patrice Chaubert beim heimlichen Rendezvous

*

Patrice meldete sich nicht. Wie konnte er nur glauben, dass sie einen Fotografen engagiert hatte, um eine Entscheidung zu provozieren. In Gedanken ging sie alle Möglichkeiten durch. Hatte etwa der freundliche Kellner die Zeitung angerufen? Doch das ging zeitlich nicht auf. Gegenüber Ginette hatte Patrice nur von »der Brasserie« gesprochen, sie konnte also nicht wissen, wo sie sich getroffen hatten.

Fleur fühlte sich müde und leer, eine ständige Übelkeit schwächte sie, und sie konnte sich zu nichts mehr aufraffen.

Eine Woche später klopfte es ungeduldig an ihre Tür, und als sie öffnete, stand Patrice vor ihr und trat sofort ein.

»Was willst du?«

Patrice antwortete nicht sofort, er blieb stehen. Als er sich für sein Verhalten in der Brasserie entschuldigte, sah er sie nicht an.

»Du musst mich verstehen.« Jetzt drehte er sich zu ihr um. »Bei mir zu Hause war nach dem Erscheinen des Fotos die Hölle los. Meine Frau hat nicht mehr mit mir geredet, mein Schwiegervater drohte, mich aus der Klinik zu entlassen, und meine Tochter wollte nichts mehr mit mir zu tun haben.«

Fleur antwortete nicht. Sie ahnte, was er sagen wollte,

sie ahnte das endgültige Aus ihrer Beziehung, ihrer Liebe, die so schön begonnen hatte, als Patrice sich an diesem kalten Frühlingsabend für sie einsetzte. Er hatte ihr das Gefühl gegeben, für sie da zu sein.

»Meine Frau hat mir verziehen, und ich habe ihr versprochen, dass ich mit dir Schluss mache, endgültig.«

Er schien verunsichert, weil Fleur immer noch schwieg, sich nur müde gegen die Wand lehnte und ihn ansah.

»Wir wagen einen Neuanfang, und dieses Mal will ich mich an mein Versprechen halten, das ich meiner Frau gegeben habe.«

Fleur wandte sich ab, damit er ihre Tränen nicht sah, und blickte durch das Dachfenster in den grauen Himmel. Sie reagierte immer noch nicht, so als habe sie nichts gehört.

»Hast du mich verstanden?« Die Stimme von Patrice wurde lauter. »Fleur, hast du mich verstanden?«, wiederholte er eindringlicher, weil sie sich nicht bewegte. Da drehte sie sich langsam um.

»Ja«, antwortete sie und atmete tief durch: »Ja, Patrice, ich habe dich verstanden. Und auch ich habe dir etwas zu sagen: Ich bin schwanger.«

Er wurde blass und starrte sie an. Ungläubig, bis sich Wut auf seinem Gesicht zeigte. Er kam auf sie zu und packte sie rücksichtslos am Arm: »Das hast du dir fein ausgedacht. Du versuchst es mit allen Mitteln, meine Familie zu zerstören, ja? Zuerst engagierst du einen Paparazzo, und dann willst du mich mit einem Kind erpressen.«

Seine Reaktion verletzte Fleur tief. Sie schüttelte seinen Arm ab und ging ein paar Schritte auf das Fenster zu.

Als Patrice unsicher hinter sie trat und sie umarmen wollte, stieß sie ihn mit einer heftigen Bewegung zurück. »Geh!«, flüsterte sie heiser. »Geh sofort und komme nie wieder!«

Niemals, das schwor sich Fleur, niemals würde sie sich noch einmal so verletzen lassen, wie Patrice sie verletzt hatte. Aber sie würde auch niemals wieder einen Mann so lieben können, wie sie Patrice liebte.

Sie hörte, dass Patrice in die Tasche seiner Lederjacke griff und etwas herausholte. Er riss eine Seite aus seinem Notizblock und schrieb etwas darauf. Aus dem Augenwinkel heraus sah Fleur, wie er einen Zettel auf den Tisch legte.

»Das ist die Adresse und die Telefonnummer eines Kollegen, der den Eingriff durchführen wird. Du musst mich verstehen, aber dieses Kind kann nicht geboren werden. Du brauchst keine Angst zu haben, er ist ein exzellenter Chirurg. Es wird alles gutgehen, und es wird keine gesundheitlichen Folgen für dich geben. Die Kosten übernehme ich natürlich. Du musst dir keine Gedanken machen, ich bin für dich da. Soweit mir das möglich ist«, setzte er nach einer kleinen Pause hinzu. »Du darfst keine Zeit mehr verlieren«, schärfte er ihr noch ein.

Als Fleur nach wie vor nicht reagierte und in Schweigen verharrte, ging er zur Tür, blieb stehen und redete dann mit abgewandtem Gesicht leise von der Verantwortung, die er schließlich den Menschen gegenüber habe, die ihn liebten. »Manchmal kann man im Leben nicht das tun, was man möchte. Bitte verstehe mich doch, Fleur! Es gibt nun mal Verpflichtungen, denen man sich nicht entziehen kann.«

Fleur wurde schwarz vor Augen, Schweiß brach ihr

aus, und sie konnte kaum atmen. Doch plötzlich brachen Wut und Verzweiflung aus ihr heraus:

»Ständig sprichst du von Verantwortung deiner Familie gegenüber, aber was ist mit deiner Verantwortung für das Kind, das ich erwarte, Patrice, und für mich, die Frau, der du gesagt hast, dass du sie liebst?« Alle Dämme brachen, als sie auf ihn zutrat und mit ihren Fäusten auf ihn einschlug. »Du Feigling, du Mistkerl, du …«

Mit einem geschickten Griff packte Patrice ihre Fäuste und drückte ihre Arme fest an ihren Körper. »Ja, ich weiß, wie du dich fühlst. Fleur, es tut mir leid, wirklich. Ich bin nun mal verheiratet, und das hast du gewusst, auch, dass ich meine Frau nicht verlassen kann. Ich habe dich nie belogen. Ich habe dir nie etwas vorgemacht, war immer ehrlich zu dir. Begreif doch, dass eine Abtreibung die einzige Lösung ist, und ich denke, das weißt du auch.«

»Weiß ich das?« Fleurs Stimme klang jetzt tonlos und verzweifelt, aber Patrice hatte sich bereits umgedreht und öffnete die Wohnungstür.

»Adieu und … und alles Gute.« Seine Stimme klang heiser, und er räusperte sich, verharrte noch einen kurzen Moment, bevor er die Wohnung verließ und die Tür fest hinter sich schloss.

Fleur hörte ihn die Treppe zum dritten Stock hinuntergehen, hörte den Aufzug langsam heraufrumpeln, und sie lauschte ihm nach, als er Patrice nach unten brachte.

»Patrice«, flüsterte sie. »Patrice.«

Wie sollte sie leben ohne ihn, ohne das Glück, ihn zu lieben, ohne seine Umarmung, sein Lächeln, die Stunden mit ihm? Er ist es nicht wert, geliebt zu werden. Ginette hat recht … sie hat recht.

Stille umfing sie, draußen setzte leiser Regen ein, als sie sich endlich aus ihrer Erstarrung löste und sich kerzengerade aufs Bett setzte. Leere und Hilflosigkeit überwältigten sie, und die Angst vor der Zukunft schnürte ihr die Kehle zu.

*

November 1960
Saint-Emile

Im frühen Morgenlicht wirkte die schmale Rue Boursicault noch verlassener als sonst. Ein Polizist, der auf dem Weg zum Dienst war, fühlte sich beobachtet, hob den Kopf und winkte Denise zu, die müde am offenen Fenster lehnte.

Die ganze Nacht hatte sie in der Schneiderei ihrer Mutter durchgearbeitet, um das grüne Cocktailkleid für Madame Binet zu nähen. Sie hatte sogar noch Zeit gefunden, das Oberteil zu besticken, und es hatte ihr Spaß gemacht, die kleinen Steine nach einem selbstentworfenen Muster aufzunähen. Sie war müde, aber sie fühlte sich lebendig wie schon lange nicht mehr. Während sie dem Polizisten nachsah, wie er auf die Place de la Victoire einbog, überlegte sie, ob sie schnell zum Bäcker laufen sollte, um frische Croissants zu holen.

Sie schloss das Fenster und ging zu der Schneiderpuppe, über die sie das Kleid gezogen hatte. Es war die Kopie eines Modells von Givenchy, und Joselle hatte es noch zugeschnitten, bevor der Arzt ihr absolute Bettruhe verordnet hatte.

Seit einer Woche verbrachte Denise die meiste Zeit bei Joselle. Der Zustand ihrer herzkranken Mutter verschlechterte sich dramatisch, und der Hausarzt hatte angedeutet, dass man mit dem Schlimmsten rechnen müsse. An Tagen, an denen der Mistral von Süden wehte, ging es Joselle besonders schlecht. Sie bekam keine Luft mehr, rang nach Atem und konnte auch nicht mehr an der Nähmaschine arbeiten. Denise hatte sie die ganze Nacht husten und keuchen hören, Joselles Atemnot verschlimmerte sich von Tag zu Tag.

Rasch zog Denise ihren Mantel über und lief zur Boulangerie. Sicher würde ihre Mutter sich über frische Croissants freuen. Als sie zurückkam, ging sie auf Zehenspitzen die Wendeltreppe hinauf in die Wohnung, um in der Küche Kaffee zu kochen. Leise warf sie einen Blick in Joselles Zimmer, die endlich in einen unruhigen Schlaf gefallen war. Erleichtert zog sich Denise in die Küche zurück und setzte sich an den kleinen Tisch, um zu frühstücken.

Während sie aß, griff sie nach einer Ausgabe der *Vogue*, von deren Cover Fleur in die Kamera lächelte. Sie trug eine weiße Bluse mit roten Tupfen, ihr Lippenstift hatte die gleiche Farbe.

Daneben lag ein altes Boulevardblatt mit einer groß aufgemachten Überschrift. Auf dem Foto saß Fleur mit einem Mann in einem Lokal, der sich zu ihr beugte und sie küsste. *Erwischt!*, stand darüber. Wie sehr musste ihre Mutter sich aufgeregt haben, als sie dieses Foto gesehen hatte. Denise wusste auch, wie tief enttäuscht Joselle war, dass Fleur sie nie besuchte. Sie lebte in Paris ein freies, ungebundenes Leben als berühmtes Starmannequin, verdiente viel Geld und nahm sich die Männer, wie sie wollte, während ihre Mutter einem langen, qualvollen Sterben entgegensah.

Tiefer Neid auf Fleur ergriff Denise. Was für ein schönes, aufregendes Leben ihre Schwester hatte, während sie in einem düsteren großen Haus mit einem ungeliebten Mann und seiner Mutter ihre Tage verbrachte. Denise ertrug Etienne, sie ertrug Marguerite Aubry, sie ertrug das Leben in Saint-Emile. Sie vergaß, dass sie sich dieses Leben gewünscht, ja es mit einer Schwangerschaft erzwungen hatte. Vor ihrer Hochzeit hatte sie sich als strahlende Ehefrau an der Seite eines geachteten Mannes gesehen, im Kreis einer Familie mit mehreren glücklichen Kindern. Es war anders gekommen.

Ein Gefühl von Kummer und Bedrückung verdrängte den Neid auf Fleur. Auch ein Gefühl von Schuld nistete sich in ihren Gedanken ein. Schuld zu sein, dass sie kein Kind austragen konnte. Denn zwei Monate zuvor hatte sie ihre dritte Fehlgeburt erlitten. Dieses Mal hatte sie das Kind bereits Anfang des dritten Monats verloren. Und mit jeder Fehlgeburt erkannte sie schmerzlicher, wie sehr sie sich ein Kind wünschte, nicht für Etienne, nicht für den Erhalt ihrer Ehe, sie wollte ein Kind, das zu ihr gehörte und dem sie ihre ganze Liebe schenken konnte. Tränen liefen ihr über die Wangen, wie so oft in letzter Zeit.

»Denise?« Joselle rief mit schwacher Stimme nach ihr. Sofort hastete Denise ins Schlafzimmer. Ihre Mutter hatte sich aufgerichtet, sie atmete keuchend und umklammerte den gedrehten Bettpfosten, bis sie sich wieder auf die Kissen zurückfallen ließ.

Die Vorhänge waren fest zugezogen, und die Lampe, die während der ganzen Nacht gebrannt hatte, leuchtete trüb und ließ die schweren, altmodischen Möbel noch beklemmender aussehen.

»Ich mache dir Frühstück und warte dann noch, bis Madame Binet das Kleid abholt«, sagte Denise. »Doch dann muss ich leider gehen. Etienne möchte nicht, dass ich … dass seine Frau in der Schneiderei arbeitet«, fügte sie verlegen hinzu und vermied es, ihre Mutter anzusehen.

»Natürlich. Er hat recht. Du bist die Frau eines geachteten Bürgers. Du gehörst zu ihm«, verteidigte Joselle, nach Atem ringend, ihren Schwiegersohn.

Denise zog die Vorhänge auf und öffnete weit das Fenster. Frische Morgenluft strömte ins Zimmer und erleichterte Joselle für kurze Zeit das Atmen. Sie hielt die Augen geschlossen, bis Denise mit dem Frühstückstablett zurückkam.

»Ich habe zwei Croissants für dich geholt, sie sind ganz frisch.« Denise stellte das Tablett vorsichtig aufs Bett, schenkte Joselle Kaffee ein und zerteilte ein Croissant. Dann zog sie sich den Stuhl heran, auf dem Joselles Morgenrock lag, schob ihn zur Seite und setzte sich dicht ans Bett. Doch sie war zu scheu, um nach der Hand ihrer Mutter zu greifen, und so blieb sie steif sitzen, bis Joselle gefrühstückt hatte.

»Du kannst ruhig gehen«, erklärte Joselle zwischen zwei Hustenanfällen. »In einer Stunde kommt Lisette. Du weißt schon, meine alte Schulfreundin. Sie hilft mir beim Waschen und Anziehen, kocht das Mittagessen und bleibt dann bis zum Abend.«

»Ich sehe dann gegen acht Uhr nach dir«, versprach Denise. Sie stand auf und brachte das Tablett in die Küche, bevor sie nach unten in die Schneiderei ging. Sie musste nicht lange warten, bis Madame Binet kam, die von dem Kleid begeistert war.

»Sie sind eine echte Künstlerin, Denise. Man wird mich um das Kleid beneiden.«

Denise strahlte, denn Madame Binet war Joselles anspruchsvollste Kundin, und ihr Lob machte Denise für einen kurzen Moment glücklich. Nachdem Madame Binet gegangen war, hängte Denise ein Schild an die Tür, dass die Schneiderei wegen Krankheit vorübergehend geschlossen sei.

Ihre Schritte wurden langsamer, als sie die Place de la Victoire überquerte und die Stufen in das Souterrain der Apotheke hinunterging. Sie wollte Etienne Bescheid sagen, dass sie zurück sei, dass es ihrer Mutter aber nicht gutging.

»Etienne?«

Es blieb still. Unschlüssig stand Denise in der Apotheke und sah sich um. Auf der Theke standen mehrere Kartons, wohl die Lieferung einer Pharmafirma. Da fiel ihr Blick auf die Schublade »Fleur«. Der Schlüssel steckte, und ohne nachzudenken, ging Denise zur Theke und zog die Lade auf. Sie war bis zum Rand gefüllt mit Fotos, sorgfältig ausgeschnitten aus Modemagazinen und Zeitungen. Zuoberst lag der Ausschnitt aus dem Boulevardblatt, das sie gerade bei ihrer Mutter gesehen hatte: *Erwischt!* Auch Etienne hatte dieses Foto mit Fleur und ihrem Liebhaber aufgehoben. Wie schön ihre Schwester war und wie glücklich sie darauf aussah! Lange starrte

Denise, von quälendem Neid gepeinigt, auf das Bild in ihrer Hand. Da spürte sie plötzlich, dass sie nicht mehr allein war. Sie erschrak, bewegte sich nicht, doch ihre Knie zitterten, und sie wagte kaum zu atmen. Sie wusste, wer hinter ihr stand.

Nach einem unerträglichen Moment des Schweigens drehte sie sich langsam um. Etienne stand in der Tür zum Labor. Schweißtropfen hatten sich auf seiner Stirn gebildet und liefen über sein blasses Gesicht. Mit ein paar Schritten durchquerte er den Raum, und mit einer heftigen Bewegung stieß er Denise zur Seite. Sie taumelte und hielt sich an der Theke fest. Als Etienne die Schublade hastig zustieß, nutzte sie diesen Moment. Sie hastete die Stufen zur Wohnung hoch und lief weiter die Treppe in den ersten Stock hinauf. Einmal stolperte sie und wäre beinahe gestürzt. Sie hörte Etiennes keuchenden Atem hinter sich, als sie die Tür zum Schlafzimmer aufriss. Doch sie konnte sie nicht mehr schließen, denn Etienne drückte mit aller Kraft dagegen und stand dann im Zimmer. Denise wich rückwärts zum Bett, während sie ihn nicht aus den Augen ließ. Langsam kam er auf sie zu, und sie erkannte die Gefahr, die von ihm ausging. Trotzdem sprach sie aus, was sie so lange zurückgehalten hatte: »Du bist nicht normal, Etienne. Du sammelst Fotos von Fleur, einer Frau, die dich ausgelacht hat, die nichts von dir wissen wollte, die …«

Etienne stand jetzt ganz nahe vor ihr und schlug zu. Er schlug nur einmal, aber mit voller Wucht. Denise taumelte, stieß mit dem Knie an den eisernen Pfosten des Bettes und fiel rücklings auf die Kissen. Sie schrie auf, der Schmerz im Knie schoss durch ihren Körper, und ihr Gesicht brannte von dem heftigen Schlag. Als Etienne sich auf sie warf, versuchte sie, sich auf die Seite zu rollen, doch sein Gewicht drückte sie fest auf das Bett, so dass sie sich nicht mehr bewegen konnte. Dann packte er sie, drehte sie um und riss ihr den Rock herunter. Er schob einen Arm unter ihren Bauch und hob ihren Unterleib hoch, bis sie auf die Knie kam. Mit eisernem Griff hielt er sie fest und drang keuchend von hinten in sie ein, obwohl sie, während sie mit dem Kopf gegen das metallene Kopfteil des Bettes prallte, schrie und wimmerte und ihn anflehte, aufzuhören.

Doch auf ihr Schreien hin wurden seine Stöße noch härter, noch heftiger, bis er sich endlich zurückzog, aber nur, um sie dann grob auf den Rücken zu drehen und ihre Arme mit eisernem Griff aufs Bett zu drücken. Wieder drang er in sie ein und beschimpfte sie wütend: »Du Hure«, keuchte er, »du verdammte Hure!«

Endlich ließ er von ihr ab, und mit letzter Kraft zog Denise die Decke über ihren geschundenen Körper. Als sie wimmernd den Kopf hin und her warf, sah sie Marguerite im Türrahmen stehen, aschfahl im Gesicht, den Mund zu einem Schrei geöffnet, ohne dass sie einen Ton herausbrachte. Sie war Zeugin eines Verbrechens geworden, das ihr geliebter Sohn begangen hatte. Als Denise' verzweifelter Blick sie traf, verschwand sie wie eine gespenstische Vision.

Verletzt und gedemütigt spuckte Denise ihrem Mann ins Gesicht und schrie ihn hasserfüllt an: »Fleur wird dich niemals lieben. Sie verachtet dich, hörst du? Sie verachtet dich«, schrie sie immer und immer wieder. »Fleur kann jeden Mann lieben, nur dich nicht, hörst du? Du bist für sie abstoßend, sie empfindet nur Mitleid mit dir, sie lacht über dich …«

Es verschaffte Denise Genugtuung, zu sehen, zu spüren, wie hart ihre Worte Etienne trafen. Sie wollte ihn verletzten, sie wollte ihn leiden sehen. Doch als sie versuchte, vom Bett aufzustehen, schlug Etienne noch einmal zu.

Sie spürte den Schmerz nicht mehr. Ausdruckslos starrte sie ihn an. Beide schwiegen und rührten sich nicht, sahen sich nur voller Hass an. Und da sprach Denise den einen Satz aus, der ihr Leben verändern und ihr Schicksal bestimmen sollte. Sie wollte sich rächen, Etienne verletzen, demütigen, wie sie selbst erniedrigt worden war.

»Ich bin wieder schwanger«, sagte sie mit plötzlich ruhiger Stimme, während sie auf Knien ihren Rock suchte und mühsam und zitternd zur Tür kroch. Dort richtete sie sich am Griff schwankend auf. »Und vielleicht hast du gerade dein Kind getötet.«

Der Ausdruck auf Etiennes Gesicht veränderte sich und wechselte von Erstaunen und Ungläubigkeit in Scham und Bestürzung.

Denise wankte, ohne Etienne noch eines Blickes zu würdigen, kerzengerade zur Tür hinaus. »Ich gehe zu meiner Mutter«, rief sie über die Schulter. Etienne rührte sich nicht, blieb in der Mitte des Zimmers stehen.

Unten im Erdgeschoss war es still, doch Denise ahnte, dass Marguerite hinter der Tür ihres Zimmers stand und horchte. »Deine Mutter hat uns beobachtet«, rief sie laut. »Sie hat gesehen, was du mit deiner Frau gemacht hast, mit deiner schwangeren Frau!«

Mit einem Gefühl des Triumphes verließ Denise das

Haus. In diesem Moment der Rache fühlte sie keinen Schmerz mehr.

Erst als sie sich Joselles Wendeltreppe hochschleppte und sich am Geländer festkrallte, spürte sie das brennende Stechen im angeschwollenen Knie. Jetzt kamen die Schmerzen wieder zurück, heftig zerrissen sie ihr den Unterleib, brannten im Gesicht, auf dem Hals. Der Kopf dröhnte und tat weh, sie konnte den Mund kaum öffnen.

Beim Anblick ihrer Tochter fuhr Joselle mit einem Schrei aus ihren Kissen hoch. Erst in diesem Moment begriff Denise, dass ihr Gesicht geschwollen sein musste und sich blau verfärbte.

»So hat mich Etienne zugerichtet«, klagte sie, »obwohl ich schwanger bin.«

»Du bist schwanger? Das hast du mir gar nicht erzählt. Und dann tut dir dein Mann so etwas an? Komm her, meine Kleine!« Joselle erhob sich ächzend. »Komm, ich mache dir einen Umschlag, meine arme Kleine«, wiederholte sie und vergaß über das sichtbare Leid der Tochter ihre eigene Krankheit. Zart strich sie mit der Hand über Denise' geschundenes Gesicht. Es war eine zaghafte, hilflose Geste, doch die spröde Berührung brachte Denise zum Weinen. Niemals hatte sie in der Kindheit körperliche Zärtlichkeit von der Mutter erfahren. Joselle aber strich weiterhin ratlos und ungeschickt über das Gesicht und die Haare ihrer Tochter. Ein wenig steif stand Denise vor ihr, voller Erwartung, bis Joselle sie endlich an sich zog. So standen Mutter und Tochter eng umschlungen in der stillen Wohnung, und da begann Joselle zu singen, leise nur, mit sanfter Stimme und ein wenig keuchend. Es war ein Kinderlied, mit dem sie vor vielen Jahren ihre beiden Töchter in den Schlaf gesungen hatte.

»Au clair de la lune, mon ami Pierrot
Prête-moi ta plume pour ecrire un mot.«

Denise weinte und schluchzte, und an den weichen Busen ihrer Mutter geschmiegt, war sie überzeugt, dass jetzt alles anders werden würde. Joselle gab ihr Liebe und Fürsorge, Etienne würde seine Tat bereuen, und sogar Marguerite würde sich ihres Sohnes schämen und alles tun, um der schwangeren Schwiegertochter das Leben zu erleichtern. Endlich bekam sie, wonach sie sich immer gesehnt hatte: Mitleid, Zuneigung und Aufmerksamkeit.

»Je n'ai pas de plume,
Je suis dans ma lit.«

Denise wagte kaum zu atmen, sie wünschte sich, dieser Moment solle ewig dauern, nie zu Ende gehen. Und eingehüllt in den leisen Gesang und die Liebe ihrer Mutter, vergaß sie, dass sie gar nicht schwanger war.

10

Paris

Ginette saß in ihrer Loge und beugte sich über eine aufgeschlagene Zeitung, die vor ihr auf dem Tisch lag. *Bekannter Chefarzt prügelt sich mit dem Modefotografen Georges Bonnet vor dem Hotel Ritz. Geht es um Fleur Déschartes?* Das Foto zeigte die beiden sich prügelnden Männer, die sich vor dem Eingang des Hotels auf dem Boden wälzten.

Alles, was Fleur macht, gerät außer Kontrolle und wird zu einer Katastrophe, dachte Ginette kopfschüttelnd und winkte durch ihr Fenster dem alten Ehepaar Dupont aus dem zweiten Stock freundlich zu. Die beiden blieben stehen und fragten nach Fleur Déschartes aus der Dachwohnung. Sie hatten vor Wochen die Paparazzo-Aufnahme von Fleur und dem Chefarzt und jetzt das neue Skandalfoto in der Zeitung gesehen. Ginette gab sich desinteressiert, doch als das Ehepaar das Haus verlassen hatte, zündete sie sich eine Zigarette zur Beruhigung an. Jeder fragte nach Fleur. Sie stand im Mittelpunkt des Interesses der anderen Mieter, und keiner verstand, warum das berühmte Starmannequin in der kleinen Dachwohnung hier in diesem Haus wohnte und nicht in einem Luxusappartement im achten Arrondissement. Nur Ginette wusste, dass Fleur ihre hohen Gagen in Haute-Couture-Kleidern angelegt hatte und keine großen Ersparnisse besaß. Nach Ansicht der Concierge hätte Fleur jeden

Mann haben können, einen Herzog oder Rennfahrer oder einen der vielen Millionäre, die nach Paris kamen und sich hier die schönsten Mädchen aussuchten. Doch Fleur war eine Romantikerin. Sie hatte an die große Liebe geglaubt und wurde so grausam im Stich gelassen, als sie schwanger wurde. Und jetzt war auch noch ihre Mutter gestorben. Heute fuhr Fleur zur Beerdigung, und wenn sie sich nicht beeilte, verpasste sie noch ihren Zug.

»Na endlich«, murmelte Ginette, als der Aufzug im Erdgeschoss hielt und Fleur mit einem kleinen Koffer ausstieg. Fleur kam die zwei Stufen herunter, und als sie vor Ginette stand, umarmten sie sich, doch Fleur löste sich rasch.

»Ich muss mich beeilen.«

»*Salut* und alles Gute!« Ginette blieb an der offenen Haustür stehen und rief Fleur noch nach: »Pass auf dich auf!«

Fleur hörte sie nicht mehr. Sie hastete die Rue de Rennes entlang und blieb vor der Brasserie Lipp stehen. Auf der anderen Seite des Boulevard Saint-Germain-des-Prés drängelten sich die Leute auf der Terrasse des Deux Magots, um einen Platz an den kleinen Tischen zu ergattern. Fleur sah nur kurz hinüber zu den Menschen, die an diesem Abend lachten und sich amüsierten, während sie zum Begräbnis ihrer Mutter fuhr.

Sie öffnete die Tür des ersten Taxis am Stand vor der Brasserie. Ich fahre nach Hause, schoss es ihr durch den Kopf, als sie auf der Rückbank den kleinen Koffer neben sich verstaute. Das Zuhause, das sie seit drei Jahren mied. Während der Monate mit Patrice hatte Fleur jedes Gespür für Zeit und Realität verloren. Doch die Wirklichkeit holte sie jetzt ein. Ihr Zuhause war für immer verloren, jetzt, da ihre Mutter gestorben war.

*

Saint-Emile

Der Nachtzug aus Paris hatte Verspätung, und so verpasste Fleur in Marseille ihren Anschluss. Als sie endlich in Saint-Emile eintraf, war es bereits drei Uhr nachmittags. Aus Marseille hatte sie Denise ein Telegramm geschickt, doch als sie aus dem Zug stieg, erwartete sie niemand. Mit ihrem Koffer und einem Strauß Lilien, die sie in Marseille gekauft hatte, lief sie die Rue de la Gare entlang. Am Tag von Denise' Hochzeit war sie zum letzten Mal hier gewesen. Diese Straße war sie mit ihrer Mutter entlanggegangen, und sie hatte ihr versprochen, im Juli nach Hause zu kommen. Sie hatte ihr Versprechen damals nicht gehalten, war nie mehr nach Saint-Emile gekommen und hatte auch den letzten Wunsch ihrer Mutter, sie noch einmal zu sehen, nicht erfüllt.

Fleur bog eilig in die Straße zum Friedhof ein, sicher wartete Denise dort auf sie. Doch vor dem großen Tor stand niemand. Fleur ging langsam den schmalen Kiesweg zum Grab der Familie Déschartes entlang. Ihre Schritte knirschten auf dem Kies. Sie legte die weißen Lilien auf das frische Grab, direkt neben einen großen, imposanten Kranz. Sie las die Schrift auf dem breiten weißen Band: *In ewigem Gedenken an meine geliebte Schwiegermutter Joselle Déschartes.* Außer Etiennes auffälliger Ehrung hatte jemand die Tote mit einem großen Strauß Sonnenblumen bedacht. Dann blieb Fleurs Blick an einem außergewöhnlichen Kranz hängen. Er war aus rotem und grünem Weinlaub gebunden, und dazwischen leuchteten ein paar Hagebuttenzweige heraus. Auf der Schleife stand: *Nun aber bleiben Glaube, Hoffnung, Liebe, aber die Liebe ist die Größte unter ihnen.* Fleur beugte sich hinunter, drehte die Schleife herum, doch es stand kein Name darauf. *Glaube, Hoffnung, Lieb*e, noch einmal las Fleur den Satz. Er passte auf ihr eigenes Leben. Sie hatte Patrice geglaubt, als er sagte, dass er sie liebe, und sie hatte gehofft, er würde sie heiraten. Doch er hatte sie verlassen.

Am Grab ihrer Mutter empfand sie den Schmerz über die Trennung von Patrice genauso heftig wie den Schmerz über den Tod ihrer Mutter, vielleicht sogar noch stärker. Sie erschrak über ihre Gefühle. Sie war gekommen, um über den Verlust ihrer Mutter zu trauern, und nicht, um ständig an Patrice zu denken, den Mann, der sie verlassen hatte und dessen Kind nicht leben sollte. Er wollte es nicht. Und sie selbst? Was war mit ihr, was wollte sie?

Ein Schwindelgefühl packte sie. Tief atmete sie durch und ließ sich vorsichtig auf dem feuchten Fundament des steinernen Engels nieder, der seine breiten, moosbewachsenen Flügel über das Grab ihrer Familie ausbreitete.

Fleur fühlte sich nach der Nachtfahrt im Zug erschöpft. Sie schloss die Augen und verbarg ihr Gesicht in den Händen, bis sich langsame Schritte auf dem Kiesweg näherten.

Fleur hob den Kopf und sah der Frau entgegen, die mit schleppenden Schritten auf das Grab zuging. Es war Denise. Sie zog das rechte Bein ein wenig nach, sie war dicker geworden, und ihr Gesicht schien aufgedunsen. Fleur erhob sich vom Steinsockel und ging Denise entgegen. Doch ihre Schwester wich einer Umarmung aus und begrüßte sie nur mit einem kühlen Nicken des Kopfes. Es war Fleur unangenehm, wie Denise den Blick über ihr schwarzes Kostüm gleiten ließ, an dem kleinen Hut hängenblieb und dann wieder abwärts zu den teuren Satinhandschuhen wanderte. Fleur erkannte den Neid im Blick ihrer Schwester und fühlte sich beschämt. Sie war zu elegant gekleidet für eine Beerdigung in Saint-Emile. Für die Beerdigung der eigenen Mutter, um die sie sich nicht mehr gekümmert hatte.

»Es tut mir so leid, dass ich nicht rechtzeitig da war, aber mein Anschlusszug in Marseille …«

»Daran bist du selbst schuld, du hättest ja schon gestern kommen können.« Denise' Stimme hatte den streitsüchtigen Ton nicht verloren, den Fleur so gut kannte. »Ich habe nicht gedacht, dass du überhaupt erscheinst«, fuhr Denise fort, »du hast dich hier nie mehr blicken lassen, obwohl Maman es sich so gewünscht hat.« Und mit gesenktem Kopf sprach sie einen Satz aus, der sie große Überwindung kostete: »Maman hat dich geliebt, du warst ihre Lieblingstochter, das weißt du auch. Und trotzdem hast du sie im Stich gelassen.«

Fleur schwieg betroffen. »Das habe ich nicht gewusst«, flüsterte sie mit erstickter Stimme. »Es tut mir ja so leid.« Sofort schossen ihr wieder Tränen in die Augen.

»Du bist egoistisch und feige«, erklärte Denise mit ruhiger Stimme. »Du bist gegangen und hast dein eigenes schönes Leben geführt. An uns hast du nicht mehr gedacht.«

»Das ist nicht wahr«, verteidigte sich Fleur. »Das ist nicht wahr«, wiederholte sie mit leiser Stimme. »Ich habe kein schönes Leben gehabt. Bis auf die letzten Monate, da …« Ihre Stimme verlor sich in der Stille des Friedhofs. Sie sprach nicht weiter, denn Denise hörte ihr nicht zu. Sie hatte sich abgewandt, bückte sich und nestelte die Schleife von Etiennes aufwendigem Kranz zurecht.

Als sie sich wieder aufrichtete, wechselte sie das Thema: »Meine Schwiegermutter Marguerite hat eine sehr schöne Messe für Maman lesen lassen, und Etienne hat ein paar gute Bekannte, alles Honoratioren der Stadt, zu einem festlichen Leichenschmaus eingeladen.« Als Fleur sich nicht beeindruckt zeigte, fügte sie hinzu: »Ins Crocodile, das ist das beste Restaurant in der ganzen Umgebung. Sehr teuer.«

»Das wird Maman sicher freuen«, antwortete Fleur ironisch.

Die Prahlerei ihrer Schwester schien ihr unerträglich. Denise wurde blass und presste ihre Lippen aufeinander. Sofort fühlte sie sich wieder der schönen Schwester unterlegen.

»Entschuldige«, murmelte Fleur, »lass uns nicht streiten! Ich fühle mich auch nicht gut, weil ich Maman nicht mehr besucht habe, glaube mir!«

Denise lachte hart auf.

»Hat sie, ich meine«, fragte Fleur vorsichtig, »musste sie sehr leiden? Ich wusste nicht, dass sie so schwer krank war.«

»Sie hat es dir geschrieben.« Denise' Reaktion war heftig. »Maman hat von ihrer Herzkrankheit erfahren, schon kurz bevor du damals Saint-Emile verlassen hast.

Sie wollte dich nicht beunruhigen. Die Berichte in der Presse über dich waren auch nicht die beste Medizin, glaube mir! Sie hat sich geschämt für dich.« Denise' Stimme wurde lauter. Sie konnte nicht mehr an sich halten. »Du hast Maman im Stich gelassen«, schrie sie ihrer Schwester ins Gesicht. Doch dann presste sie beide Hände auf den Mund und schwieg erschrocken. Sie konnte am Grab ihrer Mutter nicht allen Hass und Neid loswerden, die sie seit Jahren empfand. Auf Fleur, die Frau, die ihr Mann Etienne liebte, der so sehr von ihr besessen war, dass er heimlich ihre Fotos sammelte. Etienne, der sie gedemütigt und vergewaltigt hatte, weil er Fleur nicht bekommen konnte. An ihr hatte er seinen Hass, seine Wut und seine Frustration ausgelassen. Wegen Fleur, die offenbar jeden Mann bekam, Fleur, die Schöne, die Erfolgreiche. Die Egoistin, die sich nahm, was sie wollte. Sogar jeden Mann, den sie wollte, egal ob er verheiratet war.

»Es tut mir so leid«, antwortete Fleur leise und fing zu weinen an. »Wenn ich gewusst hätte, wie schwer krank sie ist …«, wiederholte sie.

»Dann wärst du auch nicht gekommen«, unterbrach Denise sie scharf. Eines gab Denise nicht zu: Sie war froh gewesen, dass Fleur nicht mehr gekommen war. Die todkranke Joselle hatte ihr in der letzten Zeit ihres Lebens die Liebe und Geborgenheit gegeben, nach der sie sich immer gesehnt hatte, von der sie nicht genug bekommen konnte. Und im Stillen dachte Denise jetzt, dass es diese kostbare Zeit nicht gegeben hätte, wenn Etienne sie nicht vergewaltigt und geschlagen hätte. Diese Erkenntnis ließ sie jetzt versöhnlicher werden.

»Sie ist einfach eingeschlafen«, erzählte sie. »Als ich am Morgen kam, war sie tot, sie war noch warm.«

Fleur wurde bei dieser Schilderung sofort wieder übel. Von der langen Zugfahrt übermüdet, wurde ihr schwarz vor Augen, Schweiß lief ihr den Rücken hinunter, und mit einem leichten Stöhnen sank sie zurück auf den Sockel des steinernen Engels.

Misstrauisch beobachtete Denise ihre Schwester. »Geht es dir nicht gut?«

Fleurs Gesicht war blass, und mit einer Hand strich sie über die feuchte Stirn. »Ich habe seit gestern Nachmittag nichts mehr gegessen«, wich sie aus.

»Schade, dass du nicht ins Crocodile gekommen bist, das Essen war wirklich gut. Es gab Fasan mit Trüffeln und vorher eine wunderbare *foie gras.*«

Bei dem Gedanken an Gänseleberpastete überfiel Fleur erneut Brechreiz, den sie kaum noch unterdrücken konnte. Sie atmete tief durch und presste ihre Hand vor den Mund.

Denise musterte sie kritisch, und als es Fleur wieder besserging, zeigte sie auf den großen Kranz. »Ist der nicht schön? Auch da hat Etienne keine Kosten gescheut.«

»Mir gefällt der aus Weinlaub besser, von wem ist der?«, fragte Fleur, um Denise von sich abzulenken.

»Das ist eine lange Geschichte.« Denise gab ihre feindselige Haltung auf und setzte sich neben ihre Schwester. »Lisette, ihre einzige Freundin, hat mir nach Mamans Tod von Pierre erzählt.«

»Wer ist Pierre?« Fleur wurde neugierig.

»Maman hat Pierre Dumont geliebt.«

»Den Weinhändler?« Fleur konnte es nicht glauben. »Und? Wann war das?«

»Ein paar Jahre nachdem unser Vater verschwunden war. Da hatten wir schon von seinem Tod erfahren«, antwortete Denise.

»Und?«

»Nichts und. Pierre Dumont war verheiratet und ist es noch immer, aber sie haben sich geliebt. Maman hat nie eine Affäre mit ihm angefangen. Sie wollte sich nicht in eine Ehe drängen. Für sie war ein verheirateter Mann tabu.« Hier wurde Denise' Tonfall anzüglich. »Sie hat gesagt, sie sei nicht eine von denen, die eine Ehe zerstören. Das könnte sie sich nicht verzeihen, da wolle sie lieber verzichten. Das hat mir jedenfalls Lisette so erzählt.«

»Nun ja«, antwortete Fleur mit schwacher Stimme, »das muss jeder für sich selbst entscheiden. Niemand darf über einen anderen Menschen richten. Dazu hat man kein Recht.«

Denise fuhr hoch: »Maman hat nicht über dich gerichtet, wie du es nennst. Sie war nur traurig, dass du in den Zeitungen als …«

»Hör auf!« Jetzt war es Fleur, die mit scharfer Stimme reagierte. »Lass es gut sein!«

Denise schwieg und sah in den Himmel hinauf. »Die Wolken verändern sich, sie künden den Mistral an.«

Fleur erschrak. Genau diese Worte hatte Joselle damals auf dem Weg zum Bahnhof gesagt.

»Warum sagst du das?«, fragte Fleur.

»Weil es wahr ist, schau doch hinauf!« Denise deutete mit dem Kinn nach oben. Doch Fleur sah nicht hoch, sie sah ihre Schwester an. Denise wirkte älter als fünfundzwanzig: ein verhärmtes Gesicht, zusammengepresste Lippen und strähnige Haare. »Ich richte nicht über dich«, sagte sie leise, indem sie den Faden wieder aufnahm. Sie sah auf ihre Hände hinunter und drehte ihren schmalen Ehering mit dem kleinen Rubin, längst zur Fessel geworden, aus der sie sich nicht befreien konnte.

»Maman schrieb in ihrem letzten Brief, dass du wieder schwanger bist.« Als Denise schwieg und alle Farbe aus ihrem Gesicht wich, erschrak Fleur. Hatte Denise dieses Kind auch verloren?

Denise fuhr sich ratlos über die Stirn. Durch Fleurs Bemerkung fühlte sie sich in die Enge getrieben, sie wurde nervös. Während sie weiterhin mit ihrem Ehering spielte, sah sie auf das frische Grab, auf das der Schatten des steinernen Engels fiel. Der Friedhof war ein heiliger Ort, da sollte man nicht lügen.

»Weißt du noch«, fragte sie leise ihre Schwester und hielt den Blick auf ihre Hände gesenkt, »als wir Kinder waren, kamen wir hierher, um uns die Wahrheit zu sagen. Wir glaubten, die Seelen der Toten seien hier, und deshalb wäre es eine Sünde, an diesem Ort zu lügen.«

Fleur nickte, während ihr bereits wieder die Tränen in die Augen stiegen. »Ja, irgendwer in der Schule hat uns das erzählt, und wir haben es geglaubt.«

»Weißt du …« Nach kurzem Zögern wandte sich Denise entschlossen an ihre Schwester. Jetzt war die Gelegenheit da, sich jemandem anzuvertrauen. Fleur war ihre Schwester, und sie würde sie nicht im Stich lassen oder sie verraten. Sie musste jemandem die Wahrheit eingestehen, denn die Zeit verstrich, und sie steuerte auf eine Katastrophe zu. Seit jenem furchtbaren Tag rührte Etienne sie nicht mehr an. Weder erwähnte er die Vergewaltigung mit einem Wort, noch kam eine Entschuldigung über seine Lippen. Er blieb kühl, ein wenig abwartend, doch Denise spürte, dass er sie unablässig beobachtete.

»Ich bin gar nicht schwanger«, flüsterte sie und blickte sich scheu um. »Aber Etienne darf es auf keinen Fall wissen«, fügte sie sofort hinzu.

»Was heißt das?«, fragte Fleur verständnislos.

»Ich … ich weiß nicht, wie ich aus der Sache herauskommen soll. Mutter hat sich so gefreut und gehofft, die Geburt noch zu erleben. Aber …«

Denise schwieg, denn der Kiesweg knirschte unter den Füßen einer alten Frau, die in der Nähe Blumen auf ein Grab legte und ein kurzes Gebet sprach. Dann nickte sie den beiden Schwestern zu und entfernte sich wieder.

»Ich habe es nur so gesagt, einfach so.«

Denise wollte ihrer Schwester aus Scham nichts erzählen von dem furchtbaren Tag, geschweige davon, dass Fleur der Auslöser für Etiennes brutale Reaktion gewesen war. Denise hatte sich ihrer Mutter anvertraut, den Vorfall aber verharmlost und Etienne sogar in Schutz genommen. Denn eines wollte Denise auf keinen Fall sein, eine einsame geschiedene Frau. Joselle hatte ihr geraten, die Sache einfach zu vergessen, das sei besser so, Männer seien eben triebgesteuert. Sicher würde es Etienne leidtun, aber Männer könnten sich eben nicht über die eigenen Gefühle äußern.

»Wenn Etienne erfährt, dass ich nicht schwanger bin, dann trennt er sich von mir.« In Denise' Augen standen Verzweiflung und Panik, als sie nach Fleurs Hand griff und sie fest umklammerte. »Er hat es mir schon nach der letzten Fehlgeburt angedroht. Er will ein Kind, ein eigenes. Ich weiß nicht, was ich tun soll.«

Fleur erwiderte instinktiv den Druck von Denise' Hand.

»Ich weiß nicht, Denise, mir scheint, du bist nicht glücklich mit Etienne. Warum hast du dann solche Angst vor einer Trennung?«

»Ich will keine Scheidung, niemals. Ich könnte die Demütigung hier in der Stadt, die Verachtung der Leute nicht ertragen.«

»Unsinn.«

»Das verstehst du nicht«, schnitt ihr Denise das Wort ab. »Außerdem«, setzte sie nach einer kurzen Pause leise hinzu, »wünsche ich mir selbst so sehr ein Kind. Weißt du, damals, als ich schwanger wurde und Etienne mir den Antrag machte, da …«

»Da hast du ihn hereingelegt«, ergänzte Fleur den Satz, als Denise verstummte.

»Ja«, gab ihre Schwester offen zu. »Ja, das habe ich. Ich wollte schwanger werden, damit er mich heiratet. Doch ich verlor das Kind und dann das zweite und auch ein drittes. Erst da habe ich begriffen, wie sehr ich mir immer ein Kind gewünscht habe.« Denise' Stimme war nur noch ein tonloses Flüstern. Als Fleur keine Antwort gab, sondern nur einen erstickten Laut ausstieß, warf Denise ihrer Schwester einen forschenden Blick zu. »Geht es dir nicht gut?«

Fleur war blass geworden und wischte sich den Schweiß von der Stirn.

»Mir ist so schlecht, entschuldige! Gleich geht es mir wieder besser.«

Denise beobachtete sie misstrauisch. Und dann erkannte sie die Wahrheit: Fleur bekam ein Kind. Ausgerechnet ihre Schwester, die sowieso schon alles hatte, Geld, Ruhm und Liebe. Während sie kein Kind austragen konnte und seit Wochen eine Lüge lebte, war Fleur schwanger. Doch sie schien unglücklich zu sein. Scheu griff Denise nach Fleurs Hand. Sie spürte, dass jetzt nicht der Moment war, Fragen zu stellen. Noch nicht.

So saßen die Schwestern auf dem Sockel des steinernen Engels und hielten sich an den Händen, wie sie es als Kinder getan hatten, als noch kein Neid und Hass zwischen ihnen stand.

Sie sahen den Mann nicht, der sich hinter einem hohen Grabstein aus schwarzem Marmor versteckte und die beiden durch die Zweige einer Zypresse hindurch beobachtete. Es war Etienne. Er verbarg sich dort und konnte den Blick nicht von Fleur wenden, der Frau, die in ihm geheime sexuelle Wünsche geweckt hatte, Fleur, die er tief verachtete, aber gleichermaßen begehrte.

Er stand im Verborgenen und beobachtete sie, wie er ihr schon seit zehn Jahren heimlich nachspionierte. Als Fleur dreizehn Jahre alt war, hatte er sie zum ersten Mal bemerkt. Das war in der Kirche gewesen, die sie mit ihrer Mutter und der Schwester sonntags besuchte. Die Mädchen hatten gekichert und geflüstert, und er hatte sie unauffällig, den Kopf über das Gesangbuch gebeugt, beobachtet.

Er belauerte Fleur, wenn sie nachmittags aus der Schule kam. Damals schon hatte er sich vorgestellt, mit seinen Händen ihre kleinen, festen Brüste zu umspannen, mit seinen Lippen ihre weiche Haut zu küssen und sie zu streicheln, dort, wo noch kein Mann sie berührt hatte.

Er hatte Fleur gewollt. Seit zehn Jahren beherrschte sie seine Gedanken und seine sexuellen Phantasien. Sie hatte ihn abgewiesen und ihn sogar ausgelacht. »Jeder Mann kann sie haben«, hatte ihm Denise ins Gesicht geschrien, »jeder, nur du nicht, Etienne. Sie verachtet dich.«

Dafür musste Fleur büßen. Keine Frau durfte ihn auslachen, niemand hatte das Recht dazu. Etienne ballte die Fäuste, während er zu den Schwestern hinüberstarrte, bis sie sich erhoben und auf dem Kiesweg den Friedhof verließen.

Sie hatten ihn nicht bemerkt.

*

Marguerite Aubry war eine einfache Frau. Einfach in ihrem Denken und in der Liebe zu ihrem einzigen Sohn, den sie nie in Frage stellte und den sie immer bewunderte. Als ihr Ehemann starb, war Etienne zehn Jahre alt gewesen, und wie selbstverständlich wuchs er in die Rolle von Marguerites Partner hinein. Sie war glücklich mit ihm und vermisste ihren verstorbenen Ehemann keinen Tag. Doch kurz nach Etiennes zweiundvierzigstem Geburtstag wurde diese Idylle zerstört: Marguerites geliebter Sohn ließ sich von Denise Déschartes, Tochter der Schneiderin Joselle, verführen und mit einer Schwangerschaft erpressen. Selbstverständlich hatte Etienne sich als Ehrenmann erwiesen und sie geheiratet.

Marguerite hasste Denise, denn sie hatte ihr den geliebten Sohn genommen. Doch als sie vor einigen Wochen Zeugin der Vergewaltigung geworden war, änderte sich alles. Marguerites Welt brach zusammen. Wenn sie jetzt die Augen schloss, sah sie ihren Sohn vor sich, der auf seine Frau einschlug und ihr Gewalt antat. Nach diesem entsetzlichen Erlebnis war Marguerite Aubry eine gebrochene Frau.

Heute hatte sie Denise zum ersten Mal wiedergesehen. Ihre Schwiegertochter war an dem »bewussten Tag« aus dem Haus gegangen und bis zu Joselles Tod bei ihrer Mutter geblieben. In dieser Zeit hatte Marguerite tiefe Ängste ausgestanden, Denise könnte ihren Sohn anzeigen oder weitererzählen, was passiert war. Nicht auszudenken, wenn man in Saint-Emile über Etiennes Untat reden und er vielleicht sogar verhaftet würde.

Als sie von Joselles Tod erfuhr, hatte sie Etienne veranlasst, eine teure Beerdigung für seine Schwiegermutter zu bezahlen. Der Schein musste gewahrt bleiben, und offensichtlich hatte Denise Etienne nicht angezeigt und geschwiegen.

Während der Beerdigung und bei dem Essen im Crocodile hatten beide Frauen jeden Blickkontakt vermieden. Denise hatte nur kurz erklärt, Fleur habe ihren Zug in Marseille verpasst, sie würde sie auf dem Friedhof treffen. Aus diesem Grund hatte sie sich noch während des Essens entschuldigt. Kurz vor dem Nachtisch hatte auch Etienne unter einem gemurmelten Vorwand das Restaurant verlassen, während sich die wenigen Trauergäste weiterhin bei gutem Rotwein und Käse bestens unterhielten.

Marguerite stand jetzt am Fenster der Apotheke und wartete ungeduldig auf Etienne. Sie ahnte, dass er zum Friedhof gegangen war, um Fleur zu sehen. Sie wusste, dass ihr Sohn die schöne Fleur verzweifelt liebte, denn auch sie kannte Etiennes Schublade unter der Theke und hatte einen unbeobachteten Augenblick genutzt, um sie zu öffnen. Das war noch vor dem »bewussten Tag« gewesen.

Es wurde bereits dunkel, und die alten, gebogenen Straßenlaternen warfen schon ihr trübes Licht über den leeren Platz, als sie endlich Etienne kommen sah. Er hielt den Kopf gesenkt, ging geradewegs auf das Haus zu und die Stufen zur Apotheke hinunter. Marguerite hörte, wie er die Tür aufschloss und öffnete. Ihr Herz fing heftig zu schlagen an, fast bereute sie die Entscheidung, die sie getroffen hatte.

Überrascht blieb Etienne stehen, als seine Mutter in die Apotheke kam. Sie trug einen kleinen Koffer, und über ihrem Arm hing ihr brauner Mantel.

»Ich möchte mit dir reden.« Marguerites Stimme zitterte, während sie nervös an ihrem Mantel herumnestelte. »Ich habe nicht viel Zeit, mein Zug geht in einer halben Stunde. Ich fahre zu meiner Schwester Françoise nach Avignon. Sie ist einsam und kann mit ihrem Rheuma kaum mehr laufen. Ich werde ihr in den nächsten Monaten zur Seite stehen.« Als Etienne schwieg und sie nur anstarrte, sprach sie weiter: »Ich komme wieder, wenn Denise das Kind bekommen hat. Nachdem sie den … deinen brutalen Angriff überstanden hat, wird sie das Kind austragen können, das hoffe ich zumindest. Für Denise und auch für dich.«

Wieder schwieg Etienne. Seine Gedanken weilten bei Fleur, wie sie auf dem grauen Steinsockel gesessen und nicht auf ihren hochgerutschten Rock geachtet hatte, der den Blick auf ihren Schenkel freigab. Das hatte Etienne erregt, und die Vorstellung, ihn mit seiner Hand zu berühren, entlangzugleiten bis …

»Hast du mir nicht zugehört?« Marguerites Stimme wurde lauter. »Ich habe Lisette Dupont gebeten, den Haushalt zu übernehmen und auf Denise zu achten, während ich weg bin. Denise soll dir nicht ausgesetzt sein«, fügte sie leise hinzu und bemühte sich, das Weinen zu unterdrücken. »Sie kann in meinem Zimmer im Erdgeschoss schlafen, und Lisette wird das kleine Zimmer übernehmen. So ist sie in ihrer Nähe.«

»Willst du mich überwachen lassen?« Etienne reagierte gereizt und war doch froh, dass seine Mutter verreiste. Er empfand tiefe Scham, dass sie Zeugin der Vergewaltigung geworden war. Verstohlen warf er ihr einen Blick zu. Sie schien gealtert, ihr Gesicht wirkte verhärmt, und an den Augen erkannte er, dass sie in den vergangenen Wochen viel geweint hatte. »Es tut mir so leid«, sagte er, als ihm der Kummer bewusst wurde, den er seiner Mutter bereitet hatte.

Doch Marguerite ging schweigend an ihm vorbei. An der Tür drehte sie sich noch einmal um. »Ich möchte, dass du dich Denise gegenüber anständig verhältst, dich entschuldigst und dich von ihr fernhältst. Wir können froh sein, dass sie dich nicht angezeigt hat. Du musst alles tun, damit kein Gerede aufkommt und nichts nach außen dringt. Ist das klar?«

Etienne nickte, doch dann brachen die Worte aus ihm heraus: »Es tut mir wirklich leid, entsetzlich leid. Bitte, Maman, glaube mir!« Er verbarg sein Gesicht in den Händen.

»Das musst du nicht mir, sondern deiner Frau sagen.«

Marguerites Stimme klang hart und unversöhnlich, und Etienne ließ seine Hände sinken.

»Ich möchte aber, dass du mir verzeihst«, bat er eigensinnig wie ein kleiner Junge.

Marguerite schüttelte langsam den Kopf. »Das kann ich nicht vergessen«, sagte sie leise, doch die Qual, die sich auf Etiennes Gesicht zeigte, brach ihr fast das Herz. Er litt, er bereute, das spürte sie, und mit Tränen in den Augen hob sie ihre Hand und strich ihm zart über die Wange.

»Adieu«, murmelte sie zärtlich. Während sie schon in der Tür stand, sagte sie noch über die Schulter hinweg: »Denise wollte mit Fleur in das Haus ihrer Mutter gehen. Ich habe mit ihr vereinbart, dass sie hierher zurückkehrt, sobald Lisette gekommen ist. Bis zur Geburt des Kindes hast du Zeit, deine Ehe in Ordnung zu bringen.«

Ohne weiter auf Etienne zu achten, drehte sie sich um und verließ die Apotheke. Die Tränen liefen ihr übers Gesicht, denn Etienne war ihr Sohn, und sie liebte ihn, egal, was er getan hatte.

Marguerite glaubte, Etienne bereue seine Tat zutiefst. Sie schluchzte in ihr Taschentuch und ahnte nicht, dass ihr geliebter Sohn nichts bereute, außer dass er seiner Mutter Kummer bereitet hatte.

Es war schon fast dunkel und still in der Apotheke. Etienne machte das Licht an. Einen Moment verharrte er, warf einen raschen Blick durchs Fenster, dann ging er zur Theke, holte aus seiner Hosentasche einen kleinen Schlüssel und öffnete die Schublade. Wahllos griff er hinein und zog ein Foto heraus, das Fleur in einem enganliegenden Badeanzug zeigte. Sie bog ihren Körper dem

Fotografen entgegen und lächelte mit leicht geöffneten Lippen in die Kamera. *Georges Bonnet für Vogue*, stand darunter. Etienne nahm das nächste Foto und dann wieder eins und das nächste, bis der Platz auf der Theke nicht mehr ausreichte. Heftig schob er die Waage zur Seite, so dass sie krachend zu Boden fiel. Dann raffte er die restlichen Zeitungsausschnitte aus der Schublade zusammen, ging langsam in die Knie, streckte die Hände in die Luft und ließ die Fotos auf sein Gesicht flattern.

»Du wirst mir gehören«, flüsterte er. »Eines Tages wirst du mir gehören … für alle Ewigkeit, Fleur Déschartes. Und ich werde dich leiden lassen für alles, was du mir angetan hast.«

11

Oktober 2001
Paris

Maxime Malraux erwachte im Zustand panischer Verzweiflung und beschloss, heute nicht aus dem Haus zu gehen. Diese ungewöhnliche Entscheidung entsprang einer tiefen Depression und emotionaler Irritation. Langsam quälte er sich hoch, indem er sich am Rand des großen Bettes abstützte, dann griff er nach dem seidenen Morgenrock, der, achtlos hingeworfen, am Boden lag. Maxime schlief immer nackt, doch heute würde er bei einem zufälligen Blick in den Spiegel den Anblick seines alternden Körpers nicht ertragen können. So schlüpfte er noch im Sitzen in den Morgenrock und stand mit einem Ruck auf. Abgeschlagen tappte er barfuß in sein Arbeitszimmer hinüber und stand dort dem Chaos einer erfolglos durchgearbeiteten Nacht gegenüber. Im grauen Licht des Morgens sah er sich mit Unmengen von Skizzen konfrontiert, die er noch sortiert hatte, bevor er ins Bett gegangen war. Auf dem Boden lagen zerknüllte Zeichnungen, der Papierkorb war randvoll mit unbrauchbaren Ideen.

Maxime machte die Arbeitslampe an und beugte sich über die Skizzen, in der Hoffnung, irgendetwas zu entdecken, was ihn für die nächste Kollektion weiterbringen könnte. Als er sich wieder aufrichtete, spürte er Schmerzen in den Ellbogen, dem Rücken und den Knien. Maxime hasste es, alt zu sein, und er hasste es, sich morgens so schlecht zu fühlen.

Auf blanken Sohlen ging er zu der breiten Fensterfront, zog die Vorhänge auseinander und sah auf die Place Vendôme hinunter, auf der in diesem Augenblick die Laternen erloschen und die Säule in der Mitte in herbstlichen Frühnebel gehüllt war. Maxime lächelte in Erinnerung daran, wie er als Elfjähriger bereits hier über den Platz gegangen war, um sich in den Schaufenstern der Modeschöpferin Elsa Schiaparelli die eleganten Kreationen anzusehen. Elsa Schiaparelli war längst tot und nur noch ein Name aus ferner Vergangenheit. Würde es ihm auch so ergehen?

Unruhig fuhr er sich durch die dichten Haare und lehnte sich müde gegen die Fensterscheibe. Sein Blick streifte das Hotel Ritz und wanderte zum Haus Nummer 12. Hier war der Komponist Frédéric Chopin gestorben, dessen Musik ihn durch die Kindheit begleitet hatte. Als Sohn eines strengen Vaters, eines erfolgreichen Rechtsanwalts, war er in einer großen Wohnung an der Place Saint-Sulpice aufgewachsen. Er liebte und verehrte seine Mutter, eine schöne Marokkanerin, die ganze Tage damit zubrachte, auf dem Flügel zu spielen. Sie liebte Chopin, und Maxime saß auf dem Sofa im Musikzimmer, hörte ihr mit Bewunderung zu und sah sie an. Kurz vor seinem siebzehnten Geburtstag war sie an Brustkrebs gestorben. Seit dieser Zeit wollte Maxime nie mehr Chopin hören, der Schmerz über ihren Tod schien nie verwunden. Immer hatte sie sich nach ihrer Heimat Marokko gesehnt, nach der Sonne und den Farben dieses Landes. Sie war der einzige Mensch gewesen, der ihn selbstlos geliebt hatte, und nach einer solchen Liebe hatte er dann sein Leben lang gesucht. Jetzt im Alter war diese Sehnsucht nach Liebe und echter Zuneigung größer denn je. Er war einsam, er kannte *tout le monde*, wie er gern betonte, doch er hatte keinen einzigen wirklichen Freund. Er lebte allein in einer Wohnung mit den Ausmaßen einer Villa, eingerichtet von einem chinesischen Stararchitekten. Der gesamte Schlafbereich mit seinen vier Räumen und Bädern, der Sauna und dem Whirlpool war im luxuriösen asiatisch-europäischen Stil eingerichtet, der Arbeitsbereich war kühl und minimalistisch gehalten, und die Wohnzimmer und die beiden Speisezimmer waren modern und exklusiv möbliert. An den Wänden hingen Bilder zeitgenössischer Maler und zweier Impressionisten, die ihn ein Vermögen gekostet hatten. Die weitläufige Küche war mit allem technischen Komfort ausgestattet, perfekt in den Farben Silber und Schwarz. Direkt von der Küche aus führte eine Treppe hinauf in das Appartement seiner Haushälterin.

Die Neugestaltung der Räume hatte ihn mehr gekostet als ein Haus an der Côte d'Azur. Damals hatte er sein Label an die Firmengruppe GGIF, die General Group of International Fashion, verkauft, eine Finanzgruppe, die bereits viele berühmte europäische Label kontrollierte. Sie setzten Maxime unter massiven Druck. In den vergangenen Jahren war der Umsatz der Couture Maxime Malraux drastisch zurückgegangen, nur der weltweite Verkauf der exklusiven Parfums, der Taschen und Schuhe brachte einen hohen Gewinn. Maxime wandte sich vom Fenster ab und griff nach dem Hörer des Telefons. Er wählte die interne Nummer, die ihn mit seiner Haushälterin Josephine verband, und hinterließ ihr seine Wünsche auf dem Anrufbeantworter. Er gab Anweisungen für sein Frühstück und legte die Termine für den Masseur und die Kosmetikerin fest. Seinen Butler und Chauffeur Alain brauchte er heute nicht, auch das sollte Josephine weitergeben. Maxime fiel noch etwas ein: »Rufen Sie im Atelier an, ich werde heute nicht zur Anprobe kommen.«

Er legte auf und ging in sein Badezimmer, das ganz in schwarzem Marmor gehalten war. Er vermied jeden Blick in den Spiegel, als er an den beiden Waschbecken mit ihren vergoldeten Armaturen in Form von Schlangen vorbeiging. Vor dem Frühstück wollte er heiß duschen und sich zurechtmachen.

Er spürte einen bitteren Geschmack im Mund, denn er hatte während der Nacht zu viele Zigaretten geraucht. Er verabscheute sich dafür, denn Nikotin schadete seiner Haut und beschleunigte den Alterungsprozess. Doch im Moment brauchte er Nikotin, immer öfter auch Kokain, um kreativ zu sein.

Maxime fühlte sich leer und ausgebrannt. Er wusste selbst, dass er jedem Trend nur noch hinterherlief. Aber was hieß schon Trend, es gab sowieso keine einheitliche Stilrichtung mehr, keine Sensationen wie damals, als Dior den New Look kreierte.

Am Tag zuvor hatte Bérénice Mouret vorgeschlagen, er solle seine erfolgreichsten Modelle aus den fünfziger Jahren neu interpretieren. Das hatte er heute Nacht versucht. Während er alte Skizzen durchsah, musste er an Fleur denken, den einzigen Menschen, der ihm vertraut und ihm bedingungslos seine Zuneigung geschenkt hatte.

Fleur hatte ihn wie einen Bruder geliebt. Er aber hatte

sie hintergangen und betrogen, um Karriere zu machen. Maxime verachtete sich dafür, nie hatte er sich vom Gefühl der Schuld befreien können. Jetzt aber war der Zeitpunkt gekommen, um sich zur Wahrheit zu bekennen. Er wusste es, seit Bérénice zum ersten Mal vor ihm gestanden hatte. Aber er war zu feige dazu. Schon immer litt er unter seiner Feigheit, seiner Unfähigkeit, sich mit anderen Menschen auseinanderzusetzen.

Maxime stellte sich unter die Dusche, und der heiße Strahl prasselte auf seinen Nacken, so dass die Schmerzen allmählich nachließen. Bevor der Masseur kam, wollte er sich noch ein straffendes Kollagenvlies aufs Gesicht legen. Er ahnte, wie er heute aussah: eingefallen und faltig, trotz des mehrfachen Liftings, auch seine Lippen waren im Alter dünn und schmal geworden.

Wie so oft spielte er in Gedanken die Möglichkeit durch aufzugeben. In Würde alt werden, keine Operationen mehr, kein Kollagen, keine Diäten. Er hielt dem Druck nicht mehr stand, jede Saison eine Kollektion entwerfen zu müssen, die besser, schöner, sensationeller war als die der vergangenen Saison.

Du bist alt. Maxime starrte sich jetzt mit selbstquälerischer Verbissenheit im Spiegel an. Alt … alt … alt …

Er sollte den Weg frei machen für junge Talente mit innovativen, frischen Ideen, er sollte sich zurückziehen. Heute konnte er nicht mehr so intensiv arbeiten, wie er es noch vor einigen Jahren gekonnt hatte, denn die Leere in seinem Inneren ließ ihn verzweifeln. Jeder neue Tag machte ihm Angst. Es war so schwer, jeden Morgen aufzustehen, wenn man den Glauben an das eigene Können verloren hatte. Immer hatte er das Mittelmaß gehasst, und doch wusste er längst, dass Maxime Malraux nur noch Mittelmäßiges kreierte, das er dann zu etwas Besonderem aufbauschte. Langsam schlüpfte Maxime in seinen vorgewärmten Bademantel. Als junger Mann hatte er geglaubt, mit dem Alter kämen Weisheit und Abgeklärtheit. Er hatte nicht geahnt, wie erbarmungslos das Altern war und wie sehr es verletzte, ausgetauscht zu werden.

Er hörte, wie Josephine leise sein Schlafzimmer betrat, das große Tablett auf sein Bett stellte und sofort wieder verschwand. Er wartete, bis sie die Tür diskret hinter sich geschlossen hatte, und ging zurück. Er frühstückte gern im Bett. Wie immer trank er morgens Tee und Orangensaft, aß Obst, meist eine indische Mango oder eine Ananas, und dazu gab es einen Naturjoghurt. Er griff nach dem frischgepressten Saft und trank ihn mit kleinen Schlucken, während er einen zerstreuten Blick auf die aktuelle amerikanische *Vogue* warf. Die Modewelt war erbarmungslos, sie ging über ihn hinweg, und das war das Grausamste, was ihm passieren konnte.

Maxime lehnte sich in die schwarzen Seidenkissen zurück und schloss die Augen, während er sich kleine Stücke der Mango in den Mund schob.

Allahu akbar … aschhadu ana lailallaha illahah … Er erinnerte sich an die Klänge aus seiner Kindheit, als er mit seiner Mutter Marrakesch besucht hatte. Dort, wo seine Wurzeln lagen. Die Stimme des Muezzins, so fremdartig und so durchdringend und hoch unter der heißen Sonne Marokkos. Das Leben war so schnell vorbeigegangen, und er war am Ende angekommen. Maxime spürte es und konnte doch nichts dagegen tun.

»Rot, leuchtendes Rot. Maxime will Koralle, nicht dieses Kirschrot, das keiner Frau steht und sie nur älter macht. Ist das so schwer zu verstehen?«

»Das ist Koralle. Bérénice, sag doch auch mal was!« Rauls Stimme überschlug sich fast, als er von Bérénice eine Stellungnahme verlangte.

Um das russische Model Nastassja stand das Team von Maxime: Camilla, Raul, Cathérine und June. June war die Jüngste und beteiligte sich nicht an der Diskussion. Gelangweilt biss sie in einen Apfel. Sie konnte sich alles erlauben, denn sie war die Tochter von Jim Grant, dem alternden amerikanischen Rockstar, der mit sechzig Jahren noch ganze Hallen füllte und einer der reichsten Männer Amerikas war.

Während sich das Team um Farbnuancen stritt, stahl sich Bérénice aus dem Raum und hörte gerade noch, dass Maxime der heutigen Anprobe fernbleiben werde. Sie holte ihre Handtasche aus ihrem Atelier, lief die Treppe hinunter und verließ das Haus. Es war Freitag, und Bérénice schlenderte langsam die Avenue Montaigne entlang bis zum Rond Point. Sie genoss das warme Herbstwetter.

Während der Anprobe hatte jemand erzählt, Jean Bergé sei im Deux Magots mit einer blutjungen Chinesin gesehen worden. Also war er zurück in Paris. Nach der Vernissage von Georges Bonnets Witwe hatte er versprochen, sich zu melden, wenn er aus New York und Schanghai zurück sei. Er hatte sie beruhigend in den Arm genommen, sie nach Hause gefahren und mit ihr noch einen Whiskey getrunken. Dann war er gegangen. Doch er hatte sie zuvor geküsst, als sie nebeneinander auf ihrem alten Sofa saßen. Der Kuss war schön gewesen, und Bérénice hatte ihn nicht vergessen. Aber es war nur ein Kuss gewesen, nichts weiter. Sicher hatte Jean den Abend längst vergessen.

*

Als Bérénice die Petite Galerie des Arts betrat, war Adrienne Bonnet damit beschäftigt, die Fotos ihres Mannes von den Wänden zu nehmen.

»Wir haben geschlossen«, rief sie über die Schulter zur Tür, doch als sie Bérénice erkannte, drehte sie sich um und kam auf sie zu. »Gestern war der letzte Tag der Ausstellung. Sie werden nicht mehr viel sehen«, sagte sie bedauernd.

»Ich weiß, ich bin ein paarmal hier vorbeigegangen«, erwiderte Bérénice. »Ich möchte ein Foto von Fleur kaufen, geht das?«

Adrienne ging zu dem langen Glastisch, auf dem sich die gerahmten Fotos stapelten.

»Ich verkaufe Ihnen nichts«, sagte sie, »aber ich schenke Ihnen eines. Suchen Sie sich was aus!«

Bérénice bedankte sich, und ohne zu überlegen, griff sie nach dem Schwarzweißfoto, das ihr so gut gefallen hatte. Fleur sah ernst und forschend in die Kamera, nur ein kleines Lächeln lag auf ihren Lippen.

»Eine gute Wahl«, versicherte ihr Adrienne. »Das ist Fleur, so wie sie war.«

Sie steckte das gerahmte Bild in eine Tragetasche mit dem Logo der Galerie und drückte diese Bérénice in die Hand. Heute trug sie ein grünes, plissiertes Kleid von Issey Myake. Adrienne bemühte sich, extravagant auszusehen, doch sie hatte ein stark gealtertes Gesicht, das in scharfem Kontrast zu ihren tiefschwarzgefärbten Haaren stand. Ihre Ohrläppchen wurden durch die schweren Amethystohrringe weit nach unten gezogen, und ihre Figur, die sie selbst vielleicht als mädchenhaft zierlich empfand, war ausgemergelt, wenn auch noch sehr agil.

»Nun?«, fragte Adrienne spöttisch. »Gefalle ich Ihnen nicht? Das muss es nicht, ich gefalle mir auch nicht mehr.«

Ihre Bemerkung brachte Bérénice in Verlegenheit, und sie überging sie. »Ich hätte noch ein paar Fragen, will aber nicht aufdringlich sein. Haben Sie etwas Zeit?«

Adrienne lachte laut auf. »Zeit ist genau das, was man in meinem Alter im Überfluss hat. Wissen Sie was? Wir setzen uns in den Hof, denn draußen ist es noch warm. Möchten Sie ein Glas Pouilly Fumé mit mir trinken? Ich mag diesen frischen, leichten Weißwein von der Loire.«

»Gern.« Bérénice nickte. Adrienne verschwand in einer kleinen Küche, die zur Galerie gehörte. Als sie zurückkam, schwenkte sie in einer Hand die Weinflasche und in der anderen zwei Gläser und einen Korkenzieher.

»Kommen Sie!«, forderte sie Bérénice auf, die ihr in den kleinen Innenhof folgte. Während sich Bérénice in einen der alten Korbstühle setzte, öffnete Adrienne die Flasche und füllte die Gläser. Bérénice sah sich um. Ihr gefiel der kleine Innenhof mit seinen dichten Oleandersträuchern, an denen braune Blätter und ein paar letzte rosa Blüten hingen.

»Die Galerie und das Haus gehören mir«, erzählte Adrienne und prostete Bérénice im Stehen zu. »Dort drüben vis-à-vis von hier wohne ich.« Sie zog sich den zweiten Korbstuhl heran und setzte sich. »Georges und ich gingen Anfang der sechziger Jahre nach New York. Wir kauften uns ein Haus in den Hamptons. Damals waren die Preise noch niedrig. Nach Georges' Tod vor zwölf Jahren verkaufte ich es mit großem Gewinn und kam nach Paris zurück.«

Adrienne hatte ihr Glas ausgetrunken und schenkte sich sofort nach. »Schmeckt Ihnen der Wein nicht?« Sie sah Bérénice an und stieß einen kleinen Schrei aus. »Jetzt sehe ich es erst, ich bin ja eine so unaufmerksame alte Schachtel!«, rief sie. »Sie haben sich die Haare schneiden lassen, à la Fleur, stimmt's? Steht Ihnen gut«, fuhr sie fort, bevor Bérénice antworten konnte. »Sind Sie sicher, dass Sie nicht mit Fleur verwandt sind?«

Während Bérénice mit einer Antwort zögerte, sprach Adrienne bereits weiter: »Also, was wollen Sie wissen?«

»Alles, einfach alles über Fleur«, bat Bérénice und sah zu, wie Adrienne sich zum zweiten Mal nachschenkte, während sie selbst an ihrem Glas nur nippte. »Wie war ihr Nachname?«, wollte sie wissen.

»Kindchen, das ist genau die Frage, die ich Ihnen nicht beantworten kann. Wir kannten die Mädchen nur mit ihren Vornamen. Bettina, Suzy, Fleur. Lediglich die Agenturen kannten die vollständigen Namen. Aber um es gleich vorwegzunehmen, Fleurs Agentin war Dorian Reed, die ist Anfang der Siebziger gestorben, und die Agentur wurde nicht weitergeführt. Also bleibt ihre erste Frage unbeantwortet.« Bedauernd hob Adrienne ihre knochigen Schultern. »Aber ich kann Ihnen sonst vieles erzählen«, fuhr sie lebhaft fort. »Interessiert es Sie, wie sie entdeckt wurde?«

Schon bevor Bérénice nickte, fing Adrienne an zu erzählen, als habe sie nur auf dieses Stichwort gewartet.

»Georges hat sie in der Bar des Théâtres aufgelesen. Dann bestellte er sie zu Probeaufnahmen, und ich erinnere mich noch, dass sie völlig durchnässt und viel zu spät zum Termin kam. Sie sah grässlich aus mit ihren Locken, ihrem Make-up und dem schwarzen Lidstrich. Doch Georges machte aus dem kleinen Provinzmädchen in kürzester Zeit eine Göttin der Haute Couture.« Adrienne seufzte tief auf. »Ich war eifersüchtig«, bekannte sie und nahm einen weiteren Schluck. »Es war etwas Besonderes zwischen meinem Mann und ihr, eine Symbiose, sobald Georges seine Kamera auf sie richtete. Fleur gab sich ihm hin, sie machte alles, was er verlangte. Es war eine Hingabe, die weit über jede Sexualität hinausging. Sie müssen wissen«, erzählte Adrienne weiter, nachdem sie noch einmal getrunken hatte, »Georges schlief mit allen Mädchen, die er fotografierte, das machte mir nichts aus, aber mit Fleur schlief er nicht. Zwischen meinem Mann und ihr bestand eine Verbindung, die ich nie zu ihm hatte. Und deswegen habe ich Fleur gehasst, ich muss es ganz offen zugeben. Ich liebte Georges, ich betete ihn an. Mein ganzes Leben lang war ich verrückt nach ihm gewesen. Und dann kam dieses schöne Mädchen, das ihn liebte, ohne es zu wissen. Davon gehe ich aus. Auch er liebte sie, aber er rührte sie nie an. Georges forderte alles von ihr. Alles. Sie waren abhängig voneinander, doch sie wollten es nicht wahrhaben, nicht einmal vor sich selbst. Und dann fing sie eine Beziehung mit Patrice an, einem Arzt und Freund meines Mannes. Georges tobte, denn Fleur erschien einfach nicht mehr zu den Fotoshootings, und bei Lanvin Castillo wartete man stundenlang auf sie, aber sie kam nicht zur Anprobe. Das sprach sich herum, und sie wurde nicht mehr gebucht. Sie gab für diesen Mann alles auf.«

»Wissen Sie, wo Fleur gewohnt hat?«, fragte Bérénice dazwischen, als Adrienne ihre Erzählung kurz unterbrach, um einen Schluck zu trinken.

»Kindchen, ich weiß es nicht, ich habe so ein furchtbar schlechtes Gedächtnis, und es ist ja schon über vierzig Jahre her.« Fast entschuldigte sie sich für ihre Vergesslichkeit. »Georges drehte durch, denn er wusste, dass Patrice verheiratet war und sich mit Fleur nur heimlich in ihrer Wohnung traf. Georges war von der Idee besessen, die beiden auseinanderzubringen. Zum Schutz von Fleur, wie er behauptete. Ja, und dann hat Patrice sie verlassen.«

»Wer war dieser Patrice, wie war sein Familienname?«

Bérénice hatte atemlos zugehört, Adrienne zuckte die Achseln. »Ich weiß es einfach nicht mehr, wirklich, Kindchen, mein Gedächtnis ist so schlecht geworden.«

»Was war dann mit Fleur? Wie hat sie es verkraftet?«

»Irgendwann rief sie Georges an und flehte ihn an, ihr noch eine zweite Chance zu geben, sie brauche dringend Geld, da sie ein Kind erwarte.«

»Sie war schwanger?«, rief Bérénice.

Der Alkohol beflügelte Adrienne, und sie kam in Fahrt. »Als Georges hörte, dass sie schwanger war, raste er vor Eifersucht und verweigerte ihr jede Hilfe. Er fing damals an, mit anderen Mädchen zu fotografieren. Mit der rothaarigen Suzy und …«

»Was ist aus dem Kind geworden?« Bérénice hielt den Atem an.

Adrienne hob bedauernd die Hände. »Ich weiß es nicht. Fleur zog sich zurück, und erst nach Monaten tauchte sie plötzlich wieder auf. Sie erklärte Georges, es gebe kein Kind, sie habe abgetrieben, das sei der Wunsch des Vaters gewesen. Auch das schockierte Georges. Sie müssen wissen, Abtreibung war damals verboten, und Frauen setzten sich oft großer gesundheitlicher Gefahr aus. Nach diesem Geständnis war alles anders. Die Magie zwischen Georges und ihr gab es nicht mehr. Mein Mann konnte nicht verstehen, dass sie sich so billig verkauft hatte, und er hasste seinen Freund Patrice für das, was er Fleur angetan hatte. Er lauerte ihm eines Abends vor dem Hotel Ritz auf, und die beiden prügelten sich. Das ging durch die gesamte Presse. Georges hatte sich unmöglich gemacht. Als er Anfang der sechziger Jahre ein Angebot von der amerikanischen *Vogue* bekam, blieb uns nichts anderes übrig, als nach New York zu gehen. Doch seine große Zeit war vorbei. Die hatte er mit Fleur«, fügte Adrienne im Ton tiefsten Bedauerns hinzu und schenkte sich ein neues Glas ein.

»Die Flasche ist leer, ich hole noch eine.«

Sie erhob sich und schwankte durch den Hof in die Galerie. Es war still, und nur von weitem hörte man das Rauschen des Verkehrs auf dem Boulevard Saint-Germain-des-Prés.

»Denken Sie bitte nach, wie war Patrice' Nachname?«, rief ihr Bérénice entgegen, als sie mit der zweiten Flasche in der Tür stand.

»*Chérie*, ich weiß es nicht. Tut mir leid, ich habe ein so schlechtes Namensgedächtnis, sagte ich das nicht schon?«

Seufzend kam sie zum Tisch und ließ sich vorsichtig auf

ihrem Korbstuhl nieder, den Oberkörper kerzengerade aufgerichtet. Sie zog die Augenbrauen hoch, spitzte die Lippen und seufzte noch einmal, plapperte aber dann weiter: »In den drei Jahren mit Fleur hatte auch ich eine sehr schwierige Zeit. Ich war unglücklich und wollte mich mehrmals von Georges trennen. Bis ich erkannte, dass er uns beide brauchte. Und letztendlich war ich seine Ehefrau, und ich wusste, ich würde Fleur überleben, genau wie ich die vielen kleinen Flittchen überlebt hatte, mit denen Georges schlief. Ich vermisse ihn so sehr, ich vermisse ihn jeden Tag«, klagte sie unvermittelt, senkte den Kopf und strich sich über die dunklen Augenbrauen. Doch dann veränderte sich ihre Stimme, sie wurde sachlich und unpersönlich, als sie Bérénice bat, sie jetzt zu entschuldigen.

»Ich bin müde, ich habe in den vergangenen Tagen einfach zu viel gearbeitet.«

Offensichtlich bereute sie es, aus Einsamkeit und unter dem Einfluss des Alkohols so viel preisgegeben zu haben. Sie erhob sich, indem sie sich an der beschädigten Lehne des Korbstuhls hochzog.

»Einmal«, fügte sie noch hinzu, »und daran erinnere ich mich noch, ich glaube, wir waren damals zu Aufnahmen in Rom, erzählte Fleur meinem Mann und mir von ihrer Schwester und ihrer Kindheit in der Provence. In irgendeinem kleinen Ort …«

»Saint-Emile?« Bérénice' Herz schlug heftig, als sie nach Adriennes Arm griff und sie festhielt.

»Ja, ja, ich glaube, so hieß der Ort. Aber ich habe doch ein so schlechtes Gedächtnis, wie oft soll ich Ihnen das noch sagen?« Adrienne seufzte und befreite sich aus Bérénice' Griff.

»Hallo?«, hörten die beiden eine Männerstimme aus der Galerie.

»Oh, ich habe vergessen abzusperren«, sagte Adrienne verwirrt, flatterte in ihrem Plisseekleid zur Tür und kam sofort wieder zurück.

Hinter ihr tauchte Jean Bergé auf.

»Ihr Freund ist da«, rief sie anzüglich durch den stillen Innenhof. Der Fotograf nahm seine Sonnenbrille ab, kam mit einem Lächeln auf Bérénice zu und küsste sie auf beide Wangen. Ein wenig förmlich, fand sie, wahrscheinlich hatte er den Kuss von damals längst vergessen. Jean trug eine dunkle Lederjacke, deren Kragen hochgestellt war, einen Rollkragenpulli und Jeans. Er war braun gebrannt und sah »verdammt gut aus«, wie Adrienne durch den Hof posaunte.

»Jean wird im Februar eine Ausstellung seiner Fotos in der Galerie machen, Eröffnung ist in der Zeit der Couture-Shows«, verkündete sie.

»Adrienne, Süße, musst du immer alles ausplaudern?«

Die Frage beantwortete Adrienne mit einer koketten Bewegung ihres Kopfes und ließ dabei ihre langen Ohrgehänge klirren.

»Hätten Sie Lust, mit mir essen zu gehen?«, flüsterte Jean Bérénice zu, bevor Adrienne neben ihnen stand.

»Nein, tut mir leid.« Bérénice lehnte ab. In Sekundenschnelle hatte sie eine Entscheidung getroffen. »Ich muss mich beeilen, ich will den Abendzug nach Marseille nehmen und zu meiner Mutter fahren.«

»Ich kann Sie zur Gare de Lyon bringen, und wir essen unterwegs etwas.« Jean blieb hartnäckig. »Ich kenne ein sehr nettes kleines Restaurant in der Nähe des Bahnhofs.«

Wieder lehnte Bérénice ab. Sie wollte sich durch nichts und von niemandem von ihrem Entschluss abbringen lassen, auch von Jean nicht. Gerade von Jean nicht, der sich monatelang nicht bei ihr gemeldet hatte.

Sie küsste Adrienne zum Abschied auf beide Wangen. Doch dann konnte sie sich eine Frage nicht verkneifen: »Wissen Sie, was aus Fleurs Kind geworden ist?«

»Chérie!« Adrienne reagierte genervt und hängte sich bei Jean ein. »Haben Sie nicht zugehört? Es gab kein Kind, Fleur hat abgetrieben.«

*

Bérénice hastete die Rue Bonaparte hinunter bis zum Quai Voltaire. Doch auch hier bekam sie kein Taxi, und fast bereute sie es, Jeans Angebot abgelehnt zu haben. Sie vergaß jede Vorsicht, rannte auf die Straße und winkte mit beiden Armen, bis endlich ein Taxi hielt und der Fahrer sie schlecht gelaunt durch den dichten Freitagabendverkehr nach Hause brachte. Sie hetzte die vier Stockwerke hoch, denn sie konnte es kaum erwarten, Fleurs Foto auszupacken und es genauer anzusehen. Sobald sie aus Saint-Emile zurückkam, wollte sie es aufhängen. Sie setzte sich damit aufs Sofa, aufmerksam prägte sie sich jedes Detail dieses Gesichts ein. In den vergangenen Wochen hatte sie mehrmals an der Petite Galerie des Arts vor dem Schaufenster mit Fleurs großem Foto gestanden.

Wie schon oft suchte sie auch jetzt in ihrem Gedächtnis nach weiteren Erinnerungen. Doch es gab nur diesen einen Augenblick, als sich eine Frau über sie gebeugt hatte und die Feder ihres kleinen Hutes sie an der Wange kitzelte.

»Das ist Fleur, eine Tante«, hatte Denise gesagt, als die Frau sie küsste und ihr die Tränen über die Wangen liefen.

Hier riss der Film der Erinnerung, und was blieb, war ein unbestimmtes Gefühl von dunkler Angst.

Warum aber hatte ihre Mutter die Schwester verleugnet, deren Existenz ausgelöscht?

»Wir haben nur uns, Bérénice, wir brauchen auch niemanden«, hatte sie immer behauptet. Es gab keine Verwandten, keine Tanten und Onkel, der Vater Etienne Aubry war »ein böser Mensch«, und Großmutter Marguerite war gestorben, als Bérénice zwei Jahre zählte.

»Sie war eine böse Frau, die mir das Leben schwergemacht hat, mich ständig kontrollierte und mich belauerte. Etienne hatte zwei Frauen, seine Mutter und mich. Ich war froh, als sie starb«, hatte Denise ihr irgendwann einmal erzählt.

Bérénice musste sich jetzt beeilen. Sie stand auf, legte das gerahmte Foto vorsichtig auf den Tisch und ging ins Schlafzimmer, um ein paar Sachen in ihre Reisetasche zu werfen. Die Entscheidung, zu ihrer Mutter zu fahren, war richtig. Sie musste die ganze Wahrheit über die Vergangenheit erfahren, und die fing in Saint-Emile an, bei Denise Aubry-Déschartes, ihrer Mutter.

12

Saint-Emile

In Marseille hatte Bérénice den Anschlusszug verpasst und musste auf die nächste Verbindung warten. Sie war die Einzige, die nach zweimaligem Umsteigen am frühen Nachmittag in Saint-Emile aus dem Regionalzug stieg. Nur ein alter Mann döste auf der einzigen Bank des Bahnsteigs vor sich hin, sah kurz hoch und tippte mit seinem Finger grinsend an den ausgebeulten Hut. Dann sank sein Kopf wieder auf die Brust.

Bérénice nickte ihm zu, stieg die Treppe zur alten Unterführung hinunter und schlug den Weg in die Rue de la Gare ein. Ihre Mutter ahnte nicht, dass sie kam, und Bérénice zweifelte plötzlich an ihrer Entscheidung. Denise hatte die ganzen Jahre geschwiegen, warum also sollte sie ihr heute die Wahrheit sagen? Gab es überhaupt eine Wahrheit?

Bérénice' Schritte wurden langsamer, je näher sie dem Haus in der Rue Boursicault kam. Einen kurzen Moment zögerte sie, bevor sie entschlossen die Tür öffnete. Tief über eine Seidenbluse gebeugt, saß Denise an der ratternden Nähmaschine. Als die Türglocke schrillte, hob sie den Kopf, und beim Anblick ihrer Tochter fuhr sie mit einem erschrockenen Laut hoch, während die Maschine auf der Bluse weiterratterte. Das entlockte Denise einen weiteren unwilligen Ausruf.

»Hallo«, begrüßte Bérénice ihre Mutter und versuchte, ihrer Stimme einen harmlos munteren Ton zu geben. »Ich dachte, du bist krank.«

»Nun«, Denise war sichtlich verlegen, »es geht mir wieder besser.«

Nervös zog sie die Seidenbluse aus der Maschine. »Wieso hast du nicht angerufen, dass du kommst?« Ihre Stimme klang misstrauisch, als sie ihrer Tochter einen raschen Blick zuwarf und die Fäden aus der Bluse zog.

»Ich wollte dich überraschen. Es war einfach ein spontaner Einfall.«

Mutter und Tochter sahen sich schweigend an. In dem Gesicht von Bérénice war nichts zu erkennen als Freundlichkeit, und Denise entspannte sich.

»Komm, gehen wir rauf in die Küche! Ich mache dir einen Kaffee«, schlug sie vor, und Bérénice folgte ihr die Wendeltreppe hinauf. Oben mussten sie erst einmal Stoffrollen und mehrere Kartons zur Seite schieben, um in die Küche zu gelangen.

»Maman, du musst endlich entrümpeln, das Chaos verschlimmert sich von Jahr zu Jahr. Du musst lernen wegzuwerfen. Seit Jahrzehnten hebst du alte Schnittmuster, Stoffe und alles Mögliche auf. Jetzt kommt man nicht einmal mehr in die Küche. So kannst du doch nicht leben!«

»Das ist nur vorübergehend«, erwiderte Denise abwehrend. »Irgendwann entrümple ich, aber dann werfe ich vielleicht genau die Sachen weg, die ich noch brauche. Das ist schwierig, sehr schwierig.«

Auch in der Küche herrschte Durcheinander, und Bérénice zwängte sich auf den Klappstuhl, der unter dem Fenster an dem kleinen Tisch stand. Sie erzählte von der

Zugfahrt und dass sie den ersten Anschlusszug in Marseille verpasst hatte. Denise kochte Kaffee und stellte ihn mit einem Korb Croissants auf den Tisch. Sie waren nicht mehr frisch, doch Bérénice war hungrig. Denise blieb schweigend an den Herd gelehnt stehen und sah ihrer Tochter zu, wie sie aß und den heißen Kaffee trank. Plötzlich wandte sie ihren Kopf ab und sah durch die fast blinden Fensterscheiben hinaus in den trüben Himmel.

»Ich bin keine Närrin«, begann sie unvermittelt, ohne Bérénice anzusehen. »Du bist gekommen, um mich auszufragen. Du setzt mich unter Druck«, fügte sie klagend hinzu und presste ihre Lippen aufeinander.

Bérénice blieb einen Moment still und legte das zweite Croissant zurück in den Korb.

»Es ist richtig. Ich bin gekommen, um mit dir zu sprechen. Ich will die Wahrheit wissen«, sagte sie ruhig.

»Was soll das sein?« Denise lachte gekünstelt auf. »Du kennst die Wahrheit, du weißt, ich war dir immer eine gute Mutter, auch als dein Vater sich von mir scheiden ließ. Ich weiß nicht, was es sonst noch zu erzählen gibt.«

»Hör auf, so feige zu sein!« Bérénice' Stimme bebte, und ihr Herz schlug heftig. Sie war gekommen, um sich mit ihrer Mutter auszusprechen. Doch jetzt stand Feindseligkeit zwischen ihnen. Denise drehte ihrer Tochter den Rücken zu und machte sich an der Spüle zu schaffen.

»Ich weiß nicht, was du meinst«, flüsterte sie, während sie heißes Wasser über einen Stapel ungespülter Teller laufen ließ.

Bérénice sah, wie die Hände ihrer Mutter zitterten, und sie erkannte, dass auch Denise sich vor diesem Moment gefürchtet hatte. Dem Moment, in dem Béréncie zu ihr kam, um die Wahrheit einzufordern.

»Wer war Fleur?«

Bérénice hörte sich selbst die Frage stellen und war erstaunt, wie ruhig ihre Stimme klang, ruhig und unnachgiebig. Denise drehte den Hahn zu, blieb aber mit dem Rücken zu ihrer Tochter stehen, und trotzdem nahm Bérénice ihre Angst wahr.

»Sag mir einfach, ob Fleur deine Schwester, also meine Tante war.«

Denise atmete ein wenig keuchend, doch dann drehte sie sich abrupt um und sagte, ohne Bérénice anzusehen: »Ja, sie war deine Tante, das ist richtig.«

Sie lehnte sich fest gegen die Spüle und verschränkte die Arme vor der Brust.

»Fleur und ich wuchsen hier auf.« Hastig sprach sie weiter, damit Bérénice keine weiteren Fragen stellen konnte: »Fleur war schön, und sie war der Liebling unserer Mutter. Sie durfte auf das *Lycée des jeunes filles* gehen, während ich eine Schneiderlehre machen musste.«

Denise schlug mit einem Klagelaut ihre Hände vors Gesicht. Schweigend beobachtete Bérénice sie und erkannte, dass Denise ihr ein Theater vorspielte, um ihr Mitleid zu erregen. Doch sie schwieg, und ihre Mutter ließ die Hände wieder sinken.

»Als Fleur zwanzig Jahre alt war«, erzählte Denise nach einem kleinen Seufzer weiter, »ging sie nach Paris. Einfach so. Sie verließ Maman und mich und ging weg. Das war an dem Tag, als ich deinen Vater heiratete. Sie verließ Saint-Emile am Tag meiner Hochzeit. Verstehst du, wie rücksichtslos das war? Sie wollte bei meinem großen Tag nicht dabei sein, und Maman war traurig, dass ihre Lieblingstochter sie verließ. Also hatte auch sie keinen Spaß an dem großen, an *meinem* großen Fest. Fleur war eine Egoistin.«

»Und weiter?« Bérénice ging auf die Klagen ihrer Mutter nicht ein. Denise weinte und putzte sich die Nase, doch Bérénice durchschaute sie. Die Mutter wollte sie nach wie vor daran hindern, weitere Fragen zu stellen.

»Fleur wurde ein Starmannequin«, erzählte Denise schließlich. »Aber wir existierten nicht mehr für sie. Wir waren ihr nicht fein genug, obwohl ich mit Etienne Aubry verheiratet war. Aber sie wollte von uns, von Maman und mir, nichts mehr wissen. Wir erfuhren nur durch die Klatschpresse von ihrem Lebenswandel und den unzähligen Affären. Sie ging ihren eigenen Weg und tauchte erst am Tag von Mamans Beerdigung wieder auf.«

»Und dann?«

»Was, dann?« Denise' Stimme eskalierte in schriller Hysterie. »Was heißt, *dann?* Nichts … nichts … Eines Tages ist sie verschwunden, und ich habe sie nie wiedergesehen.«

»Du lügst, das spüre ich.«

Bérénice versuchte, sich zu beherrschen, obwohl ihre Hände zitterten und ihre Stimme fast versagte.

»Du lügst«, wiederholte sie, »ich sehe es dir an. Ich weiß es, denn ich habe eine Erinnerung an sie. Fleur hat sich über mich gebeugt und mich aus meinem Kinderwagen gehoben. Sie küsste mich, und ich weiß noch ganz genau, dass sie einen kleinen Hut trug und die Feder mich kitzelte.«

Denise' Gesicht wurde aschfahl. »Nein, nein, das bildest du dir ein. Das muss irgendeine Frau hier aus Saint-Emile gewesen sein. Du warst so ein hübsches Kind und … Nein, nein, nicht Fleur, nein, nein, nicht Fleur.«

»Wo ist Fleur jetzt? Wo lebt sie? Oder ist sie gestorben?«

»Das weiß ich nicht, ich weiß es nicht«, rief Denise gequält. »Hör auf, mir Fragen zu stellen! Fleur war ein … ein lebenshungriges, egoistisches Ding, eine, die es mit allen trieb. Ja, so war sie. Ich habe den Kontakt zu ihr verloren, und sie hat sich nie mehr gemeldet. Sie ging weg, einfach so. Aber das hat unser Vater ja auch getan. Eines Tages war er verschwunden, und wir haben ihn nie wiedergesehen. So war Fleur auch. Sie fuhr nach Marseille und nahm dort das nächste Schiff nach Nordafrika. Dort wollte sie zuerst einmal bleiben, doch ihr großes Ziel war Brasilien, glaube ich. Das ist alles.« Denise rang nach Atem und presste beide Hände auf ihr Herz.

Bérénice wartete schweigend ab, bis sich ihre Mutter beruhigt hatte. »Warum hast du mir nie von ihr erzählt oder mir Fotos von ihr gezeigt? Das wäre doch normal gewesen.«

»Ich wollte sie vergessen, so wie sie uns vergessen hat. Wir haben sie aus unserem Leben gestrichen.«

»Was heißt *wir?* Ich dachte, Großmutter Joselle war schon tot?« Denise verbarg etwas, und Bérénice spürte es genau.

»Nun, *ich* strich sie aus meinem Leben und später auch aus deinem. Ich wusste ja, dass sie nicht mehr zurückkommen würde.«

»Woher hast du das gewusst?«

»Ich wusste es eben.«

»Wer hat dir erzählt, dass sie mit dem Schiff nach Nordafrika fuhr? Woher weißt du das, hat sie sich mal gemeldet?«

Denise drückte die Hände gegen ihren Busen und atmete keuchend ein. »Ich bekomme Herzschmerzen, schnell, hole mir mein Medikament, es steht auf dem Nachttisch!«

Bérénice erhob sich rasch und ging ins Schlafzimmer, suchte die kleine Flasche und sah sich dabei flüchtig um. Auch hier herrschte Chaos, doch es hielt sich in Grenzen. Auf dem breiten Fensterbrett stapelten sich neben- und übereinander verstaubte Ordner, und Stoffrollen lehnten an den Wänden. Schnell ging sie zurück und sah Denise zu, wie sie einige Tropfen in Wasser auflöste und dann das Glas austrank.

»Also, Maman, woher weißt du, dass Fleur ein Schiff nach Nordafrika nahm und dann nach Südamerika wollte?«

»Ein entfernter Verwandter aus Marseille hat es mir geschrieben. Fleur hatte ihn vor ihrer Abreise noch besucht.«

»Wie heißt dieser Verwandte?«

»Soll das ein Verhör werden?« Wieder brach Denise in Tränen aus. »Ich habe nichts zu verbergen, und dieser Cousin ist längst gestorben.«

Bérénice überlegte, Denise blockte die Fragen geschickt ab, also wechselte sie das Thema. Sie empfand Mitleid mit ihrer Mutter, und doch wollte sie jetzt nicht nachgeben, da sie offensichtlich der Wahrheit auf der Spur war.

»Warum hast du dich scheiden lassen? Hat das etwas mit Fleur zu tun?«

»Es war dein Vater, der sich von mir getrennt hat«, verteidigte Denise sich. »Er ist jähzornig, gewalttätig, er hat mich geschlagen. So, jetzt weißt du auch das. Werde glücklich damit! Ich habe dir alles gesagt, wovor ich dich schützen wollte.«

»Ich bin erwachsen, du musst mich nicht mehr schützen. Ich will einfach nur die Wahrheit erfahren.«

Denise überhörte den Einwand, mit fahrigen Händen fuhr sie sich über die Schürze und nestelte an den Trägern herum.

»Ich musste dich vor ihm schützen«, betonte sie noch einmal, »also verbot ich dir, ihn zu sehen.«

Bérénice' Erinnerung an ihren Vater war ungenau. Hatte er ihr nicht viele Spielsachen geschenkt und sie seine Prinzessin genannt? Hatte er nicht sogar eine Türglocke mit ihrem Lieblingslied installieren lassen?

Frère Jacques, Frère Jacques, dormez-vous?
Sonnez le matines,
Ding, dang, dong …

Dieses *Ding, dang, dong* hatte sie noch im Ohr. Aber einmal, da klang es so unheimlich, oder hatte sie das nur geträumt?

Wieder erinnerte sie sich schemenhaft an einen dunklen Abend. Ihre Mutter rannte über die Place de la Victoire und zerrte sie an der Hand hinter sich her. Bérénice war barfuß, und es war so kalt, dass ihre Füße schmerzten und brannten. Aber sie musste noch sehr klein gewesen sein. Später hatte sie erfahren, dass sie nach diesem Abend sehr lange krank gewesen war. Danach wohnten sie in dem Haus in der Rue Boursicault, und sie durfte nicht mehr zurück zu ihrem Vater in das Apothekerhaus. Bérénice überlegte. Sie war damals schon in den Kindergarten gegangen, also musste sie vier Jahre alt gewesen sein.

»Dein Vater ist böse«, hatte Denise ihrer kleinen Tochter stets eingeschärft. »Er liebt uns nicht, glaube mir!«

Jeden Tag brachte Denise Bérénice zur Schule und holte sie auch wieder ab, während sich die anderen Kinder längst alleine auf den Weg machen durften. Für Bérénice war diese Fürsorge ihrer Mutter peinlich gewesen, erst als sie aufs Gymnasium ging und mit dem Schulbus fuhr, ließ die Überwachung allmählich nach. Doch das Feindbild »Dein Vater ist böse« hielt Denise aufrecht. Und irgendwann hatte sich Bérénice daran gewöhnt, nur eine Mutter, aber keinen Vater zu haben. Manchmal aber hatte sie gespürt, dass Etienne sie beobachtete, dass er sie verfolgte, wenn sie als junges Mädchen aus der Schule kam.

»Willst du Hippolyte treffen?« Da Bérénice in Gedanken versunken schien, lenkte Denise das Gespräch rasch auf die Gegenwart. Wieder drehte sie Bérénice den Rücken zu und holte einen Becher aus dem Hängeschrank über der Spüle. Während sie sich Kaffee einschenkte, sprach sie schnell weiter: »Aber ich warne dich. An deiner Stelle würde ich das nicht tun. Diese Deutsche wohnt mit ihrem Hund bei ihm, obwohl ihr beide noch nicht geschieden seid.«

»Das spielt keine Rolle.« Bérénice verteidigte ihren Mann und wollte nicht zugeben, wie tief es sie traf.

Denise trank ihren Kaffee in langsamen Schlucken aus und stellte den Becher in die Spüle. »Ich muss jetzt weiterarbeiten«, erklärte sie. »Meine Kundin holt die Bluse heute Abend ab. Wenn du was brauchst, sag es mir.«

Sie verließ die Küche und signalisierte damit, dass das Gespräch beendet war. Bérénice erhob sich und folgte ihr. Tief in Gedanken beobachtete sie Denise, wie sie die Treppe hinunterstieg, mit dem gesunden Bein voran, das steife zog sie von Stufe zu Stufe nach. Bérénice ging in die Küche zurück, spülte das Geschirr ab und strich die Krümel von der fleckigen Tischdecke. Dann wandte sie sich zum Bad, dessen Tür angelehnt war. Sie ging aber nicht auf, ohne dass Bérénice energisch dagegendrückte. Der Anblick, der sich ihr bot, entsetzte sie. Auch hier lagerten Stoffrollen, in der Badewanne stapelten sich Schachteln mit Knöpfen und Nähseiden, und nur das Waschbecken war frei. Kopfschüttelnd verharrte Bérénice einen Moment und ging zur Treppe. Direkt daneben lag auf dem Boden ein hoher Stapel alter Modehefte. Offenbar räumte Denise hier ständig um, doch wegwerfen konnte sie nichts. Aber wie schaffte sie das nur jeden Tag mit ihrem steifen Bein?

Bérénice stieg die Wendeltreppe hinunter und blieb auf der letzten Stufe stehen. Stumm sah sie ihrer Mutter zu, die unter dem nachdenklichen Blick ihrer Tochter nervös weiternähte.

»Wenn du willst, bleibe ich zwei Tage hier und miste die Wohnung aus. Du kannst doch nicht in diesem Chaos leben!«

»Nein.« Denise reagierte heftig. »Nein, das will ich nicht! Du musst mich auch nicht wie eine senile Alte behandeln, die nicht mehr ganz richtig im Kopf ist. Alles, was obenauf liegt, brauche ich noch. Ich möchte nicht, dass du irgendetwas anrührst, hast du verstanden?«

»Nun, wenn du nicht willst, dann eben nicht.« Es war

ein Friedensangebot von Bérénice gewesen, doch Denise hatte es als Bevormundung empfunden.

»Ich bringe dann mal meine Tasche hoch.« Bérénice hatte sie auf dem Zuschneidetisch abgestellt, als sie nach oben gegangen waren.

»Wie lange willst du hierbleiben?« Denise ließ die Maschine weiterrattern, ohne ihre Tochter anzusehen.

»Ich weiß nicht, vielleicht bis morgen Abend. Ich muss noch einmal mit dir reden«, fügte sie hinzu.

»Es gibt nichts zu reden, hast du das immer noch nicht verstanden?«, erwiderte Denise heftig.

»Fleur war schwanger. Was ist aus dem Kind geworden?«

Abrupt hörte das Rattern auf. Denise saß erstarrt auf ihrem Arbeitsstuhl und legte die Hände in den Schoß. Doch dann erhob sie sich langsam und rückte den Stuhl an den Nähmaschinentisch. Mit einer Hand fuhr sie sich durch das graue Haar, und mit der anderen strich sie ihre Schürze glatt.

»Es gab kein Kind«, sagte sie, jede Silbe akzentuierend. »Hörst du? Es gab kein Kind. Ja, ich erinnere mich, Fleur war schwanger, aber sie hat abgetrieben. Auch das war eine Sünde, die sie begangen hat.«

»Woher weißt du das so genau?« Bérénice wurde misstrauisch.

Denise kam auf sie zu, packte sie an beiden Armen und schrie schluchzend auf: »Es gab kein Kind, verstehst du? Fleur hatte kein Kind!«

Unwillig befreite sich Bérénice aus dem Griff ihrer Mutter. Denise schien außer sich zu sein.

»War ich dir nicht immer eine gute Mutter? Sag es

mir! War ich dir nicht immer eine gute Mutter?« Denise konnte nicht aufhören zu schreien und zu schluchzen. »Habe ich nicht alles für dich getan, bevor du dich an diesen Weinbauern gehängt hast, einen Versager, ein Nichts, einen Mann, der dich in jener Nacht alleingelassen hat, obwohl er wusste …«

»Sei still!« Jetzt schrie auch Bérénice. »Sei still!«

»Ich bin der einzige Mensch, der dich liebt.« Denise konnte nicht aufhören, sich zu rechtfertigen. »Du hast nur mich, wenn ich sterbe, wirst du allein sein.«

Tief betroffen beobachtete Bérénice ihre Mutter. Zum ersten Mal erkannte sie, dass Denise litt, dass sie seit Jahren gelitten hatte. Aber warum?

»Maman.« Bérénice wurde nachgiebig. »Es tut mir leid, ich wollte nicht, dass du dich so aufregst.«

Doch Denise beruhigte sich nur langsam. Sie lehnte sich an den Holztisch, auf dem die Nähmaschine stand, nahm automatisch die Seidenbluse hoch und legte sie auf das Bügelbrett.

»Wenn du gekommen bist, um mich zu quälen, kannst du gleich wieder gehen.« Denise kniff die Augen zusammen und blinzelte Bérénice feindselig an.

»Gut, dann gehe ich.« Bérénice griff nach ihrer Tasche und ging zur Tür. »Ja, ich denke wirklich, es ist das Beste, wenn ich wieder gehe. *Salut*, Maman.«

Sie wartete an der Tür, doch Denise rührte sich nicht und forderte ihre Tochter nicht zum Bleiben auf. So verließ Bérénice langsam das Haus, blieb aber stehen und beobachtete ihre Mutter durch das Schaufenster. Denise stand unbeweglich an der Nähmaschine und machte keinerlei Anstalten, ihr nachzukommen und sie zurückzuhalten.

So ging Bérénice zur Place de la Victoire. Unentschlossen blieb sie stehen. Sie sollte sich beeilen, wenn sie den Regionalexpress nach Marseille erreichen wollte. Doch dann traf sie eine Entscheidung.

*

Sie war hierhergekommen, um die Lücken ihrer Erinnerung zu schließen. Und es gab noch jemanden, der das ermöglichen konnte, nur einen einzigen Menschen neben Denise. Bérénice zögerte. Der Mut verließ sie, dann aber ging sie entschlossen auf das schmale Haus der Apotheke zu. Heute war Wochenmarkt auf dem Platz, aber Bérénice hatte kein Auge für die üppigen Sonnenblumen und die getrockneten Lavendelsträuße in ihren bunten Töpfen. Kaum nahm sie das Lachen und Feilschen der vielen Leute wahr, die hierherkamen, um einzukaufen, sich zu unterhalten und den neuesten Klatsch zu hören. Bérénice drängelte sich durch die Tische mit frischem Obst, Gemüse und Käse hindurch. Die Terrasse des Cafés La Danseuse war um diese Zeit brechend voll, denn nach dem Einkaufen trafen sich viele Hausfrauen hier und tranken zusammen Kaffee. Bérénice hatte den Markt immer geliebt, und in den Jahren, als sie oben im *Maison Bleue* wohnte, war sie jeden Freitag heruntergeradelt, um hier einzukaufen. Anschließend hatte sie sich mit ihrer Mutter im Café getroffen und kleine überzuckerte Maronentörtchen gegessen.

Bérénice lächelte beim Gedanken an diese Markttage. Sie hatte sich die ganze Woche darauf gefreut. Dann atmete sie tief ein und ging rasch zur Apotheke am Ende des Platzes. Kurz davor verlangsamten sich jedoch ihre Schritte. Seit ihre Mutter sie vor sechsunddreißig Jahren aus dem Apothekerhaus gezerrt hatte, war sie nicht mehr hier gewesen. Noch ein paar Meter, dann stand sie vor dem Gebäude. Sie hatte eine Entscheidung getroffen, und sie wollte sie nicht revidieren. Sie holte tief Luft, bevor sie die Treppe zum Eingang der Apotheke hinunterstieg. Fünf Stufen, vier, drei, dann zwei, jetzt drückte sie vorsichtig die alte Türklinke. *Ding, dang, dong.* Es klang wieder unheimlich, nicht fröhlich wie ein Kinderlied.

Draußen war es noch hell, doch in dem Raum war es dämmrig, ein Geruch nach Moder und Kräutern erfüllte die Luft. Ein alter Mann mit schütterem grauem Haar stand mit dem Rücken zur Tür und sortierte kleine Flaschen in eine Schublade. Als er sich umdrehte, klopfte Bérénice' Herz so laut, dass sie glaubte, man könne es in der tiefen Stille hören. Der alte Mann war Etienne Aubry, ihr Vater.

»Hallo«, flüsterte sie heiser, blieb aber an der Tür stehen, die langsam hinter ihr zufiel, während die Glocke leise bimmelte.

Als Etienne sie an der Tür stehen sah, entrang sich ein gequälter Aufschrei seiner mageren Brust. »Fleur«, stammelte er, während er sich mit seinen Händen an die Theke klammerte.

»Ich bin nicht Fleur«, sagte Bérénice leise und kam langsam näher. »Ich bin Bérénice, deine Tochter.«

»Ja, ja, ich weiß, natürlich. Ich weiß, entschuldige, ich hatte nur plötzlich diese Vision, diese Erinnerung, du siehst ihr so ähnlich.«

Etienne schien sich gefangen zu haben. Er kniff die

Augen hinter der dicken Brille zusammen und blinzelte Bérénice entgegen. Er war grau im Gesicht, und seine Reaktion erschreckte Bérénice, denn sie glich dem Entsetzen ihrer Mutter, als sie diese nach Fleur gefragt hatte.

»Was willst du?«, fragte er tonlos. »Was suchst du hier?«

»Die Wahrheit«, antwortete Bérénice, »einfach nur die Wahrheit.«

»Welche Wahrheit? Was redest du für einen Unsinn?«

Etienne atmete laut, und es klang wie das Schnauben eines angeschossenen Tieres. Vielleicht lag es an diesem Atmen, an der Zerbrechlichkeit des alten Mannes, dass Bérénice sich ihm gegenüber hilflos fühlte. Er war ihr Vater, doch er weckte keine Emotionen in ihr. Aber war dieser schmächtige Mann wirklich gewalttätig gewesen, wie Denise es behauptete?

»Lass die Vergangenheit ruhen!«, sagte Etienne mit müder Stimme. »Du kannst sie nicht mehr ändern. Lebe dein Leben, Bérénice, und komme nicht mehr hierher zurück, hörst du? Nie mehr. Und stelle keine Fragen. Es ist das Beste für dich, glaube mir!«

Bérénice fröstelte. Die Stille des Raums, der Geruch nach Moder, nach Freudlosigkeit und trostloser Vergangenheit erschreckte sie zutiefst. Sie sah an Etienne vorbei, und ihr Blick fiel auf die paar Stufen, die zur offenen Tür der Wohnung führten. Hinter ihr führte die Treppe in den ersten Stock hinauf.

Dort hatte sie gesessen, es war dunkel gewesen und kalt. Maman, wo bist du? Komm nach Hause! Entsetzen hatte sie gepackt, es war so dunkel, und dann …

Wieder entglitt Bérénice die Erinnerung. Sie versuchte, sich gegen diese Gefühle der Angst, des Entsetzens zu wehren, und schaute Etienne an. Die Einsamkeit des alten Mannes schien greifbar, und auch sie glich der von Denise. Obwohl Etienne ein angesehener, reicher Mann war, stand er in seinem hohen Alter noch Tag für Tag in diesem dunklen Raum, um Medikamente und selbstgemischte Kräutertees zu verkaufen. Denise saß in ihrer Schneiderei und nähte für andere Leute. Die beiden waren sich so ähnlich, fast schienen sie verbunden in ihrer Trostlosigkeit, doch bei Etienne spürte Bérénice noch etwas anderes, Rastlosigkeit, Angst und …

Etienne ignorierte jetzt Bérénice, überging ihre Anwesenheit und konzentrierte sich wieder auf seine Fläschchen. Sie blieb stehen, als er sie auch weiterhin nicht beachtete, verließ sie mit einem gemurmelten Gruß die Apotheke und flüchtete von diesem Ort der Hoffnungslosigkeit.

Auf der Place de la Victoire, inmitten des Gedränges und lauten Rufens, des Lachens und Feilschens der Leute, fiel ihr ein, was sie bei Etienne noch gespürt hatte: Schuld.

Ziellos ließ sie sich treiben, lief zwischen den Ständen hindurch, schaute auf das Obst und Gemüse, ohne zu sehen, was vor ihr lag. Im Café La Danseuse setzte sie sich auf die Terrasse und bestellte einen Kaffee. Sie nahm ihre Umgebung kaum wahr, und sie hatte jedes Gefühl für Zeit verloren. Beim zweiten Kaffee beobachtete sie schließlich die Marktfrauen, die anfingen, ihre Waren einzupacken, in Lieferwagen zu verstauen und die Tische zusammenzuklappen. Auch das Café leerte sich allmählich, und die Leute gingen mit ihren vollen Taschen nach Hause.

Der Regionalzug nach Marseille war längst weg, der Anschluss nach Paris nicht mehr zu erreichen. Doch zu ihrer Mutter wollte Bérénice nicht zurück, denn jedes Gespräch würde in Streit ausarten. Sie verließ das Café, überquerte die Place de la Victoire und setzte sich auf eine Bank neben dem abseits gelegenen Boule-Platz. Sie sah den alten Männern zu, die an diesem warmen Herbstabend mit aufgekrempelten Hemdsärmeln ihre Kugeln warfen und dazwischen ein Glas Pastis tranken, von dem sie eine Flasche auf einem wackligen Gartentisch deponiert hatten. Auch das schien sich nie zu verändern. Bérénice erinnerte sich daran, wie sie mit Hippolyte manchmal hier gesessen hatte. Sie musste lächeln, als ihr Hippolytes Worte einfielen: »Wenn ich alt bin, spiele ich hier auch Boule, und du schaust mir zu.«

Ohne nachzudenken, griff sie in ihre Tasche, holte ihr Handy heraus und wählte die Nummer des *Maison Bleue.*

*

Es läutete lange, doch Bérénice wartete, bis Hippolyte schließlich ein gereiztes »Hallo« in den Hörer rief.

»Hippolyte? Ich bin es, Bérénice.«

Eine kleine Pause entstand, und seine Stimme klang zurückhaltend, als er antwortete: »Schön, dass du anrufst. Gibt es irgendeinen Grund?«

»Ja, ich bin in Saint-Emile. Ich habe mich mit meiner Mutter gestritten, mit meinem Vater gesprochen und den letzten Zug nach Marseille verpasst. Das ist die Kurzversion.«

Hippolyte lachte. »Wo bist du jetzt?«

»Unten, auf unserer Bank am Boule-Platz.«

»Bleib dort sitzen! Ich hole dich ab.«

Hippolyte legte sofort auf, und Bérénice ließ ihr Handy langsam in die Tasche gleiten. Dann holte sie ihren kleinen Taschenspiegel heraus. Rasch fuhr sie sich mit der Hand durch die kurzen Haare und zog die Lippen nach. Ob Hippolyte ihre neue Frisur und der dunkelrote Lippenstift auffallen würden? Ihre eigene Mutter hatte ihr kaum einen Blick geschenkt. Und wie würde Hippolyte auf die Veränderung reagieren, würde sie ihm gefallen? Sie hatte ihren Mann seit dem Tag nicht mehr gesehen, an dem er sie verließ.

Nach einer halben Stunde bremste ein Pick-up direkt vor Bérénice, und Hippolyte sprang heraus. Stumm sahen sie sich an und blieben zögernd voreinander stehen, bis er sie an sich zog. Als sie sich vorsichtig voneinander lösten, lächelten beide. »Wie schön du bist«, ergriff Hippolyte das Wort. »Du hast dir die Haare schneiden lassen, das steht dir gut. Und wie immer elegant gekleidet.«

»Unsinn«, wehrte sie ab. »Nur eine Hose und ein Pullover.«

»Du siehst immer elegant aus, egal, was du trägst«, stellte Hippolyte fest. »Auch wenn du ganz einfach gekleidet bist.«

Bérénice unterdrückte ein Lächeln. Der graue Pullover war aus teurer Kaschmirwolle, und die Hose stammte aus Maximes letzter Herbstkollektion. Sie kletterte auf den Beifahrersitz, und schweigend fuhren sie über den Platz und dann die steinige Bergstraße zum *Maison Bleue* hinauf. Hippolyte konzentrierte sich aufs Fahren, und Bérénice beobachte ihn verstohlen. Er hatte sich verändert. Er war wieder schlank und sehnig, sein Gesicht sonnengebräunt, und er strahlte Selbstsicherheit und Energie aus. Er gehört hierher, dachte Bérénice. Er ist glücklich hier.

Als sie an dem alten Olivenbaum vorbeifuhren, zog Hippolyte sie spontan an sich, und beide lächelten. Sie dachten an den Morgen ihrer Hochzeit, als Bérénice den Weg heraufgeradelt kam, um sich noch vor der Zeremonie in Hippolytes Arme zu werfen.

Vor dem Haus hielt Hippolyte an, sprang heraus, ging um den Pick-up herum und half Bérénice beim Aussteigen.

»Schön, dass du da bist«, sagte er und lächelte sie an. »Komm!«

Bérénice fühlte sich befangen, als sie das Haus betrat, in das sie vor zwanzig Jahren als junge Braut gekommen war und das sie vor vier Jahren verlassen hatte. Es roch nach getrocknetem Lavendel und dem Bohnerwachs, mit dem die Holzböden behandelt wurden. Ein Geruch der Vergangenheit, die schön begann und in einem Alptraum endete.

»Ich hätte einen Lammbraten und Rosmarinkartoffeln anzubieten. Hast du Hunger?«

Bérénice nickte. »Sehr sogar«, bekannte sie, »ich habe bei meiner Mutter nur ein altes Croissant gegessen.«

Sie war froh, als Hippolyte ihr vorschlug, sich vor dem Essen noch im Bad frisch zu machen.

»Kann ich bei dir duschen?«, fragte sie, denn jetzt war es Hippolytes Zuhause und sie nur sein Gast.

»Selbstverständlich. Es ist alles so, wie es immer war. Der Mann, der das Weingut übernommen hatte, dieser

Elsässer, stellte unsere Möbel auf den Speicher, und als ich zurückkam, waren sie alle noch da. Ich habe nur ein neues Bett gekauft und verschiedene Küchengeräte installieren lassen. Ansonsten ist es so wie früher.«

Wie früher, hämmerte es in Bérénice' Kopf, während sie die Treppe hochstieg. Nichts war so wie früher, alles hatte sich verändert.

»Du kannst meinen weißen Bademantel anziehen, wenn du magst«, rief Hippolyte aus der Küche herauf, als sie in dem großen, alten Badezimmer stand.

Der Boden war schwarz-weiß gefliest, und unter dem Fenster stand die altmodische Badewanne mit den geschwungenen Füßen. Auf der anderen Seite des Raums befand sich noch immer der große Holzschrank, dessen Tür meist von allein knarrend aufsprang, wenn man daran vorbeiging. Das Holz und das altmodische Schloss hatten sich durch Dampf und Feuchtigkeit verzogen, doch er sah immer noch so schön und beeindruckend aus. Über dem Waschbecken mit dem Sockel hing der Spiegel mit dem breiten Goldrand, der an vielen Stellen abgesplittert war. Bérénice stellte ihre Tasche auf den Korbstuhl neben der Badewanne und zog sich aus. Dann ging sie unter die Dusche, wusch sich die Haare und schlüpfte in Hippolytes weißen Bademantel, der ordentlich auf einem Kleiderbügel am Haken hing. Hippolyte hatte immer streng auf Ordnung geachtet, das hatte von Anbeginn der Ehe zu Spannungen und Streitereien geführt.

Bevor Bérénice nach unten ging, fuhr sie sich mit der Bürste durch die Haare und tupfte sich Parfum auf den Hals, die Handgelenke sowie in die Kniekehlen. Wieder zog sie ihre Lippen mit dem tiefroten Stift nach.

»Bist du fertig?«, rief Hippolyte ungeduldig.

»Ich komme sofort«, antwortete sie, zögerte aber noch. Sie konnte nicht widerstehen und zog die Tür des knarrenden Schranks auf. Sie sah alles rasch durch, hob sogar die korrekt gestapelten Handtücher hoch, doch nirgends gab es ein Anzeichen einer weiblichen Anwesenheit. Nicht einmal eine Zahnbürste stand in dem zweiten Glas auf der Ablage. Auch in dem kleinen Kasten, in dem Hippolyte seine Toilettensachen aufbewahrte, fand Bérénice nichts Entsprechendes.

Sie hatte ein schlechtes Gewissen, weil sie Hippolyte nachspionierte. Eigentlich ging es sie überhaupt nichts mehr an, aber trotzdem fühlte sie sich erleichtert, als sie nichts entdeckte. Offensichtlich wohnte hier keine junge Deutsche, wie ihre Mutter behauptet hatte. Als Bérénice zur Tür ging, sah sie Hippolytes blauen Pullover auf dem Wäschekorb liegen. Es gab diesen Pullover also noch. Bérénice hatte ihn Hippolyte vor acht Jahren geschenkt, auf einer Reise nach Irland. Sie nahm ihn hoch und presste ihr Gesicht in die weiche Wolle. Sie atmete Hippolytes Geruch ein und schloss die Augen. Der Pullover erinnerte sie an ein Erlebnis in Irland, als sie bei strömendem Regen mit dem alten Mietwagen in einer sumpfig weichen Wiese stecken geblieben waren. Bérénice lachte in Gedanken daran auf: Plötzlich war eine Kuhherde aufgetaucht und gezielt auf ihr Auto zugetrampelt. Bérénice hatte aufgeschrien, doch direkt vor dem Wagen bremsten die Kühe und starrten neugierig zu ihnen hinein. Als die Schrecksekunde vorbei war, lachten Bérénice und Hippolyte und konnten kaum mehr aufhören. Es wurde bereits dunkel, und die Kühe drehten wieder um und trotteten über die Wiese davon. Irgendwann kam ein Bauer und bot ihnen ein Zimmer auf seinem Hof an: ein kleiner Raum mit einem schmalen Bett und großblumigen Tapeten. Dort verbrachten sie eine wunderbare Nacht. Und am nächsten Tag hatte Bérénice in einem kleinen Dorf in der Nähe für Hippolyte diesen Pullover gekauft. Selbst gestrickt von der Inhaberin des kleinen Ladens, aus Wolle von einheimischen Schafen, wie sie stolz erklärt hatte. Dachte Hippolyte noch an Irland, wenn er ihn trug?

»Wo steckst du denn? Das Essen wird kalt.«

Hippolytes Stimme riss Bérénice aus ihren Überlegungen. Schnell lief sie die Treppe hinunter in die große Küche. Hippolyte stand mit dem Rücken zu ihr am Herd. Er hatte ein Feuer im Kamin gemacht und auf den langen, dunklen Holztisch Teller und Gläser gestellt, dazu weiße Stoffservietten gelegt.

»Ich habe deinen blauen Pullover gesehen, du hast ihn ja noch.«

»Warum soll ich ihn nicht mehr haben?« Hippolyte warf einen kurzen Blick über die Schulter.

»Nun, ich meine …«

Hippolyte drehte sich zu ihr um und stellte eine Platte mit dem geschnittenen Fleisch auf den Tisch. »Du willst wissen, ob ich mich noch an Irland erinnere, stimmt's?«

Als Bérénice nickte, sah er ihr fest in die Augen. »Natürlich erinnere ich mich.«

Er ging zum Herd zurück und holte die Rosmarinkartoffeln aus dem Backrohr. Bérénice setzte sich und betrachtete die Sträuße aus getrockneten Lavendelblüten und Rosmarin an dem Holzbalken über dem Tisch. Das war neu, stellte sie fest, das war etwas typisch Weibliches.

Hippolyte stellte die Schüssel mit den Kartoffeln auf den Tisch. Er hatte noch frischen Salat zubereitet, den er auf kleine Teller verteilte, und zum Schluss schenkte er Rotwein in die Gläser, in denen sich der Schein des Kaminfeuers spiegelte. Als sie den ersten Schluck tranken, fuhr Bérénice mit einem Schrei von ihrem Stuhl hoch. Ein großer Hund kam unter dem Tisch hervorgekrochen, schüttelte sich und sah Bérénice mit einem unergründlichen Blick aus braunen Augen an.

»Das ist nur Tristan. Er ist zahm und tut dir nichts.«

»Seit wann hast du einen Hund?« Vorsichtig setzte Bérénice sich wieder und beobachtete Tristan, der jetzt aus einer Keramikschüssel Wasser schlabberte.

»Er gehört mir nicht, ich habe ihn nur für eine Woche in Pflege.«

War das der Beweis, dass es in Hippolytes Leben eine Frau gab? Hatte ihre Mutter doch nicht gelogen?

»Und? Wem gehört er?«

»Marie-Luise, meiner … Freundin«, sagte Hippolyte zögernd. »Sie ist für eine Woche nach Deutschland gefahren.«

»Ich hasse Hunde«, erklärte Bérénice ein wenig zu laut.

In Hippolytes Augen blitzte Ironie auf, als er sie jetzt ansah. »Alle Hunde oder nur den von meiner Freundin?«

»Alle Hunde«, behauptete Bérénice und fühlte sich in die Enge getrieben.

Schweigen senkte sich über den Tisch, und Bérénice vermied den Blickkontakt mit Hippolyte.

Da griff er nach ihrer Hand. »Komm, lass uns das Essen genießen, ich freue mich, dass du da bist. Der Moment zählt, sonst nichts.« Er hob sein Glas und prostete ihr zu. »Guten Appetit!«

Das Lamm schmeckte köstlich, wie immer, wenn Hippolyte gekocht hatte. Allmählich löste sich Bérénice' verkrampfte Stimmung und sie erzählte von Fleur, der Fotoausstellung, dem Gespräch mit ihrer Mutter und der Begegnung mit ihrem Vater, den sie seit frühester Kindheit nicht mehr gesprochen hatte, da ihr Denise jeden Kontakt strengstens verboten hatte. Auch ihr Vater hatte nie den Versuch unternommen, sie zu treffen. Hippolyte hörte aufmerksam zu.

»Ist das nicht seltsam? Plötzlich erfahre ich, dass Maman eine Schwester hat. Angeblich weiß sie nicht einmal, ob Fleur noch lebt.«

Hippolyte zuckte die Schultern. »Das ist nichts Besonderes«, war seine Meinung. »In vielen Familien gibt es ein schwarzes Schaf, das irgendwann von der Bildfläche verschwindet, auswandert und zur Familie keinen Kontakt mehr hat. Ich habe mit meinen Eltern auch jahrelang nicht mehr gesprochen, das weißt du doch.«

»Ja, aber irgendwie ist das anders.«

»Vielleicht taucht sie eines Tages wieder auf, wer weiß.«

»Daran habe ich auch schon gedacht«, überlegte Bérénice.

»Erzähle mir von Paris! Wie geht's dir in deinem Job?« Hippolyte wechselte das Thema. Weit mehr als eine unbekannte Tante interessierte ihn Bérénice. Und sie erzählte von Maxime Malraux und seinem seltsamen Verhalten, als er sie zum ersten Mal gesehen hatte.

»Er war der Erste, der mich Fleur genannt hat.«

»Dann ist es doch das Beste, du fragst ihn. Aber überlege es dir! Ich denke, du solltest dich nicht mit der Vergangenheit belasten.«

»Willst du das auch nicht? Dich mit der Vergangenheit belasten?«

Bérénice sah ihn an, doch auf seinem Gesicht konnte sie keine Regung erkennen. Aber sie spürte, dass er glücklich oder zumindest zufrieden war. Er hatte dieses Haus immer geliebt, und jetzt gehörte es wieder ihm.

»Es ist so schön hier«, sagte sie leise, »so friedlich. Das hatte ich fast vergessen.« Und als er schwieg, fragte sie ihn: »Wie geht es deinen Eltern, hast du dich mit ihnen versöhnt?«

»Vor einem Monat habe ich ihnen geschrieben, und da erfuhr ich, dass mein Vater bereits seit drei Jahren tot ist. Stell dir das vor! Meine Mutter hat sich nie bei mir gemeldet. Das ist völlig absurd, mein Vater stirbt, und meine Mutter verständigt mich nicht einmal.«

Hippolyte war sichtlich erregt und warf Tristan ein Stück Fleisch zu, das der Hund in der Luft aufschnappte.

»Wahrscheinlich hatte sie keinen Mut dazu«, meinte Bérénice.

»Ja, das ist es wohl. Ich denke oft daran, wie mein Vater, dieser selbstgerechte Macho, das Weingut in den Ruin getrieben hat. Den aufwendigen Ausbau damals vor unserer Hochzeit hat er mit einem Kredit bezahlt und dafür eine Hypothek aufgenommen. Wenn ich das gewusst hätte …«

»Du warst jung, gerade vierundzwanzig Jahre alt, und wir waren beide froh, dass sie nach unserer Hochzeit in diesen Anbau gezogen sind. Wir hatten das Haus für uns.«

Hippolyte hörte ihr nicht zu. Wieder warf er Tristan ein großes Stück Fleisch hin.

»Mein Vater hat mich zehn Jahre lang im Unklaren gelassen, Bérénice, zehn Jahre. Er hat mich auf Promotion-Tour in ganz Frankreich herumgeschickt und inzwischen hier das Weingut heruntergewirtschaftet.«

»Für uns waren es doch glückliche Jahre«, gab Bérénice zu bedenken. »Hast du das vergessen?«

»Nein. Natürlich nicht. Es war eine wunderbare Zeit. Ich habe dich auf diese Reisen mitgenommen, und meine Mutter hat hier das Haus versorgt. Ja, wir waren glücklich. Aber ich war nur der Handlanger meines Vaters und dann noch …« Wütend griff Hippolyte nach dem Weinglas und trank es in einem Zug aus. »Wir waren naiv und ahnungslos. Wir haben das Leben genossen, und inzwischen ging es mit *La Maison Bleue* steil bergab.«

»Dein Vater hat uns das Gefühl gegeben, alles im Griff zu haben.«

Hippolyte lachte spöttisch auf. »Und dann kaufte er auch noch dieses Haus am Meer, wieder mit einer Hypothek auf die Weinberge. Ich dachte ja, er kauft einen Alterssitz von seinem Ersparten. Weißt du noch, als er uns eines Abends zu sich rief und mir feierlich das Weingut übergab? Ich sei jetzt vierunddreißig, genau im gleichen Alter wie er, als sein Vater ihm das Gut übergeben hatte. Dann reisten sie ab, und erst allmählich wurde mir das ganze Desaster bewusst.«

Bérénice schwieg.

»›Mein Lebenswerk‹«, höhnte Hippolyte. »Genau das

hat er gesagt: ›Ich übergebe dir mein Lebenswerk.‹ Ein verschuldetes, heruntergekommenes Weingut!«

Hippolyte war mit der plötzlichen Leitung und den finanziellen Problemen überfordert gewesen, und auch Bérénice hatte erst mühsam lernen müssen, das große Haus allein zu versorgen. Doch für sie war es das Schmerzlichste, dass Hippolyte sich vor ihr zurückzog und sie den Grund dafür nicht kannte. Er wollte allein mit den Schwierigkeiten fertig werden. Damals hatte sie gedacht, ein Kind würde die Verbundenheit, das Lachen und vielleicht sogar die Sorglosigkeit zurückbringen. Ein Kind …

»Manchmal telefoniere ich inzwischen mit meiner Mutter«, unterbrach Hippolyte ihre Gedanken, denn er hatte sich wieder beruhigt. »Sicher werde ich sie demnächst besuchen. Es ist Zeit, mein Leben in Ordnung zu bringen und mit der Vergangenheit abzuschließen«, setzte er ruhig hinzu und kraulte Tristan die seidigen Ohren.

»Du meinst, auch die Sache mit uns abzuschließen?«

Hippolyte antwortete darauf nicht, sondern zuckte nur vage mit den Schultern. »Du musst unbedingt unseren Weißwein probieren«, lenkte er ab. »Eigentlich hat ihn ja noch mein Vorgänger angebaut, aber ich denke, es ist trotzdem unser erster Wein.«

Feigling!, schoss es Bérénice durch den Kopf. Keine Antwort ist auch eine Antwort.

Hippolyte stand auf, holte eine angebrochene Flasche aus dem Kühlschrank und stellte sie mit zwei neuen Gläsern auf den Tisch. »Probier ihn bitte! Er ist gut. Unser erster Wein. Er schmeckt ein wenig wie Sancerre. Im Katalog bezeichnen wir ihn als jungen Weißwein mit trockener Frische und vielfältigen Aromen von Früchten und wilden Kräutern.«

»Er ist ausgezeichnet. Du weißt, ich mag Weißwein. Wie geht es denn mit dem Weingut?« Sie wagte kaum zu fragen, sie wollte nicht hören müssen, dass sich Hippolyte wieder in Schwierigkeiten befand.

»Gut«, antwortete er. »Wir können sehr zufrieden sein. Frank ist mein Teilhaber, und wir haben den hiesigen Bankdirektor mit ins Boot geholt. Du weißt ja, es ist Bernard, mein alter Schulfreund, und er glaubt an mich. Ich denke, in zwei Jahren haben wir es geschafft.«

»Dann bist du jetzt glücklich?« Bérénice sah ihn an.

»Ja«, antwortete Hippolyte, »ja, ich bin glücklich. Ich habe in der letzten Zeit auch viel nachgedacht. Es gibt für alles im Leben den richtigen Zeitpunkt. Um hierher zurückzukehren, war jetzt genau der richtige Moment. Vor ein paar Jahren wäre ich noch gescheitert.«

Bérénice schwieg und dachte an die vergangenen vier Jahre in Paris. Hippolyte war meist unterwegs gewesen, und wenn sie beisammen waren, konnten sie so schnell nicht zueinander finden. Zwischen ihnen standen der Kampf um die finanzielle Existenz in Paris, sein geringes Einkommen, ihre Traurigkeit und ihre Unfähigkeit, Hippolyte zu verzeihen.

»Magst du noch etwas?«

Als Bérénice verneinte, stand Hippolyte auf und räumte das Geschirr in die Spülmaschine.

»Wann geht morgen dein Zug?«, wollte er wissen.

»Um vier Uhr nachmittags.«

»Ich werde das Gästezimmer für dich herrichten, aber vorher muss ich mit Tristan noch eine kleine Runde drehen.« Er beugte sich zu dem Hund hinunter, der es sich vor dem Kaminfeuer bequem gemacht hatte. »Komm, Kumpel!«, forderte er das Tier auf und nahm es am Halsband.

»Ich komme mit nach draußen und warte auf dich.« Bérénice erhob sich rasch und verließ mit Hippolyte und Tristan das Haus.

»Pass auf, dass du dich nicht erkältest!«, warnte Hippolyte sie. »Geh rein, wenn es zu kühl wird! Wir bleiben nicht lange.«

Bérénice zog den Bademantel fester um ihre Schultern und setzte sich auf die Bank neben der Haustür. Stille umfing sie. Sie atmete die frische Luft tief ein und sah sich um. Hinter den knorrigen Ästen des alten Olivenbaumes ging groß und silbern der Mond auf und weckte Erinnerungen an warme Sommernächte, an das Sirren der Zikaden und den Duft von Lavendel. Vom ersten Moment an hatte sie das *Maison Bleue* geliebt, bis Hippolyte das Weingut übernahm und er sich veränderte, schweigsam wurde und sich abkapselte. Er hatte sie an seinen Schwierigkeiten nicht teilhaben lassen.

»In guten wie in schlechten Tagen, Hippolyte«, hatte sie einmal zu ihm gesagt. »Wir haben's geschworen.« Doch er hatte sich immer mehr zurückgezogen. Dann waren sie nach Paris gegangen, und nach vier glücklosen Jahren war Hippolyte hierher zurückgekehrt, um »im Leben anzukommen«, wie er sich ausdrückte.

War sie auch im Leben angekommen? War sie glücklich in Paris, oder glaubte sie das nur? Hippolyte *war* glücklich, das konnte sie sehen, glücklich wie seit Jahren nicht mehr. War Marie-Luise der Grund dafür?

Jetzt hörte sie Hippolyte mit dem Hund reden, lachen, mit ihm um die Wette laufen. Dann tauchten die beiden zwischen den Rebstöcken wieder auf. Tristan bellte erfreut und schnappte nach einem Stöckchen, das Hippolyte ihm vor die Schnauze hielt. Der Hund tanzte und schwänzelte um Hippolyte herum, bis sie vor dem Haus ankamen. Hippolyte rang nach Atem, und Tristan legte sich schwanzwedelnd zu seinen Füßen.

»Gehst du jeden Abend mit ihm spazieren?«, wollte Bérénice wissen.

Hippolytes Atem beruhigte sich, und er nickte, während er sich zu Tristan hinunterbeugte und ihn kraulte. »Er ist mir ans Herz gewachsen.«

In der Ferne heulte ein Hund, und sofort sprang Tristan auf und antwortete mit lautem Gebell. Hippolyte und Bérénice lächelten sich an, doch Fremdheit stand zwischen ihnen, und so drehte Bérénice den Kopf zur Seite und zeigte auf das Schild, das ihr bei der Ankunft aufgefallen war: *Dégustez nos vins.*

»Veranstaltet ihr Weinproben?«

»Ja, in der Toreinfahrt. Im September war hier einiges los«, erzählte Hippolyte. »Frank und ich überlegen, ob wir nicht den Anbau in ein kleines Restaurant umfunktionieren. Mal sehen, Pläne haben wir genug.«

Er lachte und kam ganz nahe. Er blieb vor ihr stehen und sah sie an. Seine Silhouette hob sich dunkel gegen den Sternenhimmel ab, und da beugte er sich zu ihr herunter, kniete sich vor sie auf den Boden, verbarg sein Gesicht in ihrem Schoß und umschlang ihre Taille. Lange verharrten sie so, bis Bérénice vor Kälte zitterte. Hippolyte ließ sie sofort los. »Komm, lass uns reingehen, du frierst ja.« Er wollte sie von der Bank hochziehen, doch sie wandte ihm nur stumm ihr Gesicht zu. Er berührte mit seinen Lippen zart ihren Mund, sie aber ließ ihre Arme sinken und blieb ruhig sitzen. Da zog er sie zu sich heran, legte den Arm um ihre Schultern, und sie gingen ins Haus und die Treppe hinauf. Tristan blieb in der Küche vor dem Kamin, in dem das Feuer langsam herunterbrannte.

Oben stieß Hippolyte die Tür zum Schlafzimmer auf, und Bérénice folgte ihm wortlos. Im Finstern zogen sie sich aus und fanden blind den Weg ins Bett. Ihre Augen gewöhnten sich an die Dunkelheit, und sie lagen mit dem Gesicht dicht beieinander, spürten den anderen, sogen den vertrauten Geruch ein.

Ich liebe dich, Hippolyte, ich liebe dich so sehr. Ohne dich ist mein Leben sinnlos … Die Worte blieben ungesagt, Bérénice gestand ihre Liebe nicht ein. Wie hatte sie jemals an ihr zweifeln können? Wieso hatte sie ihm nicht verziehen? Wie hatte sie nur zulassen können, dass sie sich fremd wurden und die Liebe vergaßen?

Vielleicht empfand Hippolyte in diesem Moment das Gleiche. »Davon habe ich so oft geträumt«, flüsterte er und zog Bérénice so zart an sich, als sei sie eine Gestalt aus einem Traum und nicht Realität.

»Sag mir, dass du mir gehörst«, stammelte Bérénice und drückte ihren Körper noch enger an ihn.

»Ich gehöre dir«, antwortete Hippolyte. »Heute Nacht gehöre ich dir.«

»Streichle meine Brüste«, flüsterte sie, »mit deiner Zunge, so wie früher.«

Und er küsste sie und berührte sie, und sie liebten sich mit der Leidenschaft ihrer ersten Liebe.

Als Bérénice erwachte, dämmerte der Morgen herauf, und ein fahler Lichtstreifen drang in den Raum. Hippolyte stand nackt im Zimmer und sah durch die schmalen Ritzen des Fensterladens hinaus. Als sich Bérénice bewegte, drehte er sich um und kam zum Bett zurück. Er setzte sich, blieb aber von ihr abgewandt. Sie umschlang ihn mit ihren Armen und legte ihren Kopf an seine Schulter. Da fing Hippolyte zu reden an.

»Ich will es dir sagen. Jetzt und in diesem Augenblick.«

»Was meinst du?« Alarmiert hob Bérénice den Kopf.

»Damals, als ich hinunter in die Stadt ging.« Hippolyte sprach langsam, leise. »Ich hatte meine ganzen Ersparnisse dabei. Es hatte sich an dem Abend in Saint-Emile eine Pokerrunde eingefunden, für die man sich anmelden musste. Ich gehörte dazu. Ich war entschlossen, Geld zu gewinnen, um die Schulden auf dem Weingut zu begleichen.«

»Das hast du mir nie erzählt, Hippolyte.«

»Es hätte nichts genützt. Du wolltest nur glauben, dass ich dich allein ließ, als es dir schlechtging. Du hast mir nicht vertraut, das war das Schlimmste für mich. Aber es war nicht so.«

Bérénice setzte sich abrupt auf. »Wie war es dann?«

»Unser Telefon war gesperrt, weil ich die Rechnung nicht mehr bezahlen konnte. Daher rief ich aus Saint-Emile unsere Nachbarin Mireille an und bat sie, nach dir zu sehen und dich ins Krankenhaus zu fahren, falls es nötig sei.«

»Aber sie ist nicht gekommen.«

»Nein, später hat sie mir gestanden, dass sie es vergessen hat, da ihr Sohn überraschend zu Besuch kam.«

Bérénice ließ sich wieder in die Kissen fallen. Sie zog die Bettdecke hoch und blieb starr liegen, als Hippolyte leise weitersprach.

»Ich war naiv, ich hatte nicht gewusst, dass es sich um Profis handelte, die durch die Städte zogen, verbotene Pokerrunden veranstalteten und die Leute abzockten. So verlor ich mein Erspartes und das Weingut, das haben diese Burschen dann an Hubert Schickele verkauft. Es war entsetzlich, ich hatte mein ganzes Erbe verzockt und uns um unsere Existenz gebracht. Ich war so verzweifelt, und als ich dann nach Hause kam ...«

Bérénice lag ganz still. Sie erinnerte sich an jenes Gefühl des Glücks, nach sechzehn Jahren endlich schwanger zu sein, als sie schon nicht mehr daran geglaubt hatte, jemals ein Kind zu bekommen.

Sie war im vierten Monat gewesen, als Hippolyte an diesem Abend hinunter in die Stadt ging und sie allein ließ. Sie hatte bereits seit einigen Stunden ein Ziehen im Unterleib gespürt. Doch Hippolyte verließ sie und war auch nicht da, als die Wehen einsetzten. Sie hatte gespürt, dass das Kind herauswollte, hatte die Beine hochgelegt, mit aller Kraft zusammengepresst und mit beiden Händen verzweifelt dagegengedrückt. Aber das Kind drängte aus ihrem Leib, und keine Macht der Welt konnte es zurückhalten. Sie hatte um Hilfe geschrien, geweint und geschluchzt und wusste doch, dass es vorbei war. Endlich nahm sie die Hände hoch, die voller Blut waren. Reglos war sie in der Dunkelheit liegen geblieben, bis sie wagte, auf das zuckende Bündel Mensch zwischen ihren Beinen zu sehen. Es konnte nicht leben, und sie hatte ihm nicht helfen können, länger in ihrem Leib zu bleiben.

»Es hat geschrien«, flüsterte Bérénice jetzt, »es war schrecklich. Ich bin mir sicher, es hat geschrien. Und das viele Blut …«

Hippolyte neigte sich zu ihr herunter, sein Gesicht war über ihr, und sie spürte die Wärme seines Körpers, den Trost seiner Hände, die sie streichelten.

»Es war ein Sohn, und wir haben nicht auf ihn aufgepasst, wir haben sein Leben nicht geschützt …« Sie konnte nicht vergessen.

Hippolyte umschloss sie fest mit seinen Armen. »Im Krankenhaus hat doch der Arzt gesagt, es sei nicht lebensfähig gewesen, auch wenn du früher eingeliefert worden wärst. Niemand ist schuld, hörst du Bérénice, niemand ist schuld«, betonte er. »Es hat auch sicher nicht geschrien, das war in deiner Phantasie. Bérénice, es war nur in deiner Phantasie. Es war nicht lebensfähig. Du musst endlich vergessen.«

Dann hüllte Schweigen sie ein, und sie umarmten sich und liebten sich und konnten sich nicht voneinander lösen.

Es war fast Mittag, als sie endlich aufstanden. Während Bérénice im Bad war, deckte Hippolyte vor dem Haus den Tisch für ein spätes Frühstück. Wortlos nahm Bérénice Platz und sah zu, wie Hippolyte ihr Kaffee einschenkte.

»Ich habe keinen Hunger«, wehrte sie mit beiden Händen ab, als Hippolyte ihr ein Stück Baguette, bestrichen mit Butter und Marmelade, auf den Teller legen wollte.

»Wann kommt Marie-Luise zurück?«, fragte sie dann, obwohl sie wusste, dass seine Antwort sie verletzen würde.

»Heute Abend«, erwiderte Hippolyte ruhig.

»Wirst du's ihr sagen?«, fragte Bérénice. »Ich meine, dass wir miteinander geschlafen haben.«

Hippolyte zuckte mit den Schultern und pfiff dann Tristan zurück, der einem Schwarm Vögel nachjagte.

Bérénice stellte abrupt ihre Tasse ab. »Lass uns hinaufgehen, jetzt. Bitte.«

»Wenn du willst.«

Hippolyte erhob sich, und sie stiegen zwischen dem duftenden Thymian und dem üppigen Basilikum den steinigen, schmalen Weg den Hügel hinauf. Oben blieben sie stehen und sahen zu den Lavendelfeldern hinüber, dann gingen sie zu dem alten Mandelbaum, unter dem Hippolyte ein kleines Holzkreuz aufgestellt hatte. Es trug die Inschrift: *Für unseren Sohn, der nicht leben durfte.*

Und Hippolyte nahm Bérénice an der Hand, und so standen sie still, bis er ihr mit einer zärtlichen Geste die Haare aus der Stirn strich.

»Es wird alles gut werden, jetzt, da du endlich die Wahrheit kennst, du wirst sehen.«

*

Am Nachmittag brachte Hippolyte Bérénice zum Bahnhof. Schweigend warteten sie auf den Regionalzug nach Marseille.

»Warum hast du nie mit mir gesprochen? Weil du so ein verdammter Dickkopf bist? Weil du glaubst, als Mann müsstest du alles allein mit dir ausmachen?«, brach es plötzlich aus Bérénice heraus. »Oder war es einfach nur falscher Stolz?«

»Nein. Du hast mir nicht vertraut, das war es. Du hättest mir nicht geglaubt, sondern es nur als feige Ausrede angesehen. Das wollte ich nicht.«

»Wir hätten darüber reden sollen.«

»Wann denn?« Hippolyte lachte auf. »Du hast mir keine Gelegenheit dazu gegeben. Die vergangenen vier Jahre hast du mich nur spüren lassen, dass ich ein Versager bin, ein feiger Hund, der sich davonschleicht und sich betrinkt, während seine Frau eine Fehlgeburt erleidet. Und dann auch noch das Weingut, die Existenz, am Pokertisch verzockt.« Hippolyte sah ihr in die Augen. »Ich habe erst nach vielen Jahren mit jemandem darüber gesprochen, und zwar mit Marie-Luise. Das hat mir gutgetan und …«

»Dann ist sie ja genau die Richtige für dich«, unterbrach Bérénice ihn scharf. Da fuhr der Zug ein, und Hippolyte küsste sie noch schnell auf beide Wangen, half ihr beim Einsteigen und hob ihre Tasche hinauf. Als der Zug abgepfiffen wurde und langsam aus dem Bahnhof rollte, winkte er, und Bérénice legte die Hand an das schmierige Fenster und drückte ihr Gesicht gegen die Scheibe.

Er hatte sie nicht mehr gefragt, ob sie ihm verziehen hatte. Doch sicher spürte er, dass sie es endlich konnte. Und sie liebte ihn mehr als je zuvor.

*

Dezember 2001
Paris

Bérénice wartete. Doch die Wochen vergingen, und Hippolyte meldete sich nicht.

»Heute Nacht gehöre ich dir«, hatte er gesagt, aber die Einschränkung »heute« hatte sie nicht wahrhaben wollen. Zweimal rief sie bei ihm an, doch als sich eine Frauenstimme meldete, legte sie jedes Mal rasch wieder auf.

Sie hatte Maxime um ein Gespräch gebeten, doch er lehnte ab, die Kollektion habe absolute Priorität. Beruflich verlangte er ihr alles ab, um seine ausgefallenen Visionen zu realisieren. Doch die Konzentration auf die Arbeit zwang sie, nicht an Hippolyte zu denken und ihre brennenden Fragen nach der Vergangenheit zurückzustellen, bis die Show vorüber war. Doch konnte sie das?

Hatte sie Hippolyte verloren? Jetzt, da sie die Wahrheit kannte? Jetzt, da sie bereit war für einen Neuanfang? Es schien zu spät. Jeder Tag, an dem er sich nicht meldete, brachte sie dieser Gewissheit näher. Ihre Sehnsucht nach ihm wuchs, und der Schmerz, ihn nicht zu sehen, ihn nicht umarmen zu können, wurde unerträglich.

Doch nicht nur Hippolyte beschäftigte ihre Gedanken, sie dachte auch viel an ihre Mutter und Fleur. Ein paar Tage vor Weihnachten rief sie Denise an, aber ihre Mutter behauptete, in Arbeit zu ersticken und keine Zeit zu haben.

»Ich werde auch an Weihnachten in der Schneiderei sitzen, denn an Silvester gibt es in Saint-Emile einen großen Ball, und da muss ich für mehrere Damen das Abendkleid nähen. Also ist es besser, du kommst dieses Mal nicht«, erklärte sie ihrer Tochter nach einer kurzen Pause.

Nachdenklich legte Bérénice auf. Letztendlich war sie froh darüber, nicht nach Hause fahren zu müssen. Auch ein weiteres Gespräch mit Denise würde nichts bringen. Sie kaufte für ihre Mutter eine Kette aus großen Türkisen und einen Schokoladenkuchen. Während sie die Geschenke verpackte, beschäftigten sich ihre Gedanken wieder mit Denise und deren Schwester. »Das ist Fleur, eine Tante.«

Wie Denise hatte ihr auch ihr Vater eindringlich geraten, die Vergangenheit ruhen zu lassen, es sei besser für sie. Oft sah sich Bérénice nachdenklich das Foto von Fleur an, das sie in ihrem Schlafzimmer aufgehängt hatte. Ein schönes Gesicht, ein sinnlicher Mund, große, ernste Augen. Das schien nicht die Frau zu sein, die Denise beschrieb: eine Egoistin, die sich die Männer nahm, wie sie wollte, und die sich nicht um ihre Familie gekümmert hatte, eine Frau, die plötzlich verschwand und von niemandem vermisst oder gesucht wurde.

Am 23. Dezember rief überraschend Jean Bergé an und lud sie zu einem Spaziergang ein. »Und ziehen Sie flache Schuhe an!«

Bérénice freute sich über die Einladung. Bevor sie Bergé traf, wollte sie in Saint-Emile anrufen. Zwanzig Jahre war sie mit Hippolyte verheiratet, sie waren nicht geschieden, und sie hatten im Oktober miteinander geschlafen. Konnte sie ihm da nicht schöne Weihnachten und ein gutes neues Jahr wünschen? Sie ließ es lange läuten, bis endlich auf dem Weingut jemand abhob.

»Hallo? Weingut *La Maison Bleue*, Marie-Luise am Apparat.«

»Ich möchte Hippolyte sprechen.«

Eine kleine Pause entstand.

»Es tut mir leid, er ist nicht da. Er macht noch einen Rundgang durch die Weinberge. Kann ich was ausrichten? Sie sind es doch, Bérénice, oder?«

»Ja, ich bin es. Sagen Sie Hippolyte nur, ich wünsche ihm schöne Weihnachten und ein erfolgreiches neues Jahr. Wenn er will, kann er mich ja zurückrufen.«

»Ich werde es ihm ausrichten«, antwortete Marie-Luise kühl.

Rasch legte Bérénice auf. Sie wartete noch eine Stunde, doch Hippolyte rief nicht zurück.

*

Jean gab sich sehr geheimnisvoll. »Wir gehen in mein Lieblingsviertel«, hatte er angekündigt. Sie fuhren mit der Metro, und als sie am Gare de Lyon umstiegen, wusste Bérénice Bescheid.

»Wir fahren zur Station St. Paul und gehen ins Marais, stimmt es?«

»Genau«, antwortete Jean, »ich liebe das Quartier.«

»Hier«, erzählte er, als sie kurz darauf durch die engen Straßen schlenderten und vor einer jüdischen Bäckerei stehen blieben, »hier, an dieser Ecke, in diesen beiden kleinen Straßen, habe ich im vergangenen Sommer meine schönsten Fotos gemacht. Oder hier, sehen Sie!«

Er nahm sie am Arm, ging mit ihr in die nächste Straße und zeigte auf ein kleines Restaurant. An der Fassade des

Hauses stand *Koscher Pizza* über der Eingangstür. Sie schlenderten weiter durch die schmalen Straßen, und Jean erzählte ein wenig über das Marais.

»Es ist das älteste Viertel von Paris, eine Zeitlang hatte der Adel hier residiert, inzwischen ist es ein vorwiegend jüdisches Viertel. Es ist aber auch sehr in Mode gekommen, das ist schade.«

In einer *Epicerie*, die exotische Kräuter anbot, kaufte Jean frischen Koriander. »Wir könnten in das Picasso-Museum in der Rue de Thorigny gehen«, schlug er vor.

Doch Bérénice schüttelte den Kopf. Es wurde langsam dunkel, und sie fand es schön, an Jeans Seite ohne wirkliches Ziel durch Paris zu laufen. So schlenderten sie weiter bis zur Place des Vosges.

Bérénice erinnerte sich an einen Tag, als sie und Hippolyte auf Wohnungssuche waren. Erschöpft und mutlos hatten sie hier auf dem Sockel eines der Springbrunnen gerastet.

»Dort, im Haus Nummer 6, hat der Schriftsteller Victor Hugo gewohnt«, erklärte Jean, und Bérénice nickte zerstreut.

Damals, an jenem Tag im Sommer, war sie mit Hippolyte schließlich in das Café Hugo unter den Arkaden gegangen, und sie hatten sich von ihrem letzten Geld einen Eisbecher gegönnt.

Nach ihrem ausgiebigen Rundgang durch das Marais ließen sie sich treiben, bis sie an der Rue de Rivoli landeten.

Jean blieb stehen. »Wohin jetzt?«

Obwohl sie allmählich müde wurde, schlug Bérénice vor: »Jetzt zeige ich Ihnen meinen Lieblingsplatz.«

»Da bin ich aber sehr gespannt.«

Sie liefen weiter, bis Bérénice endlich stehen blieb.

»Der Rond Point ist Ihr Lieblingsplatz?«, fragte Jean erstaunt.

Bérénice schüttelte den Kopf. »Abwarten«, sagte sie lächelnd.

Sie überquerten die Champs-Elysées, und hier endlich blieb Bérénice auf einer kleinen Verkehrsinsel in der Mitte der Avenue stehen.

»Hier«, sagte sie, »genau hier. Das ist für mich Paris.«

Der Verkehr brauste links und rechts an ihnen vorbei, und sie sahen die Champs-Elysées hoch bis zum angestrahlten Arc de Triomphe.

»Sieht er nicht phantastisch aus? Jedes Mal, wenn ich hier stehe, fühle ich mich als Teil dieser Stadt, lebendig und … glücklich«, beendete sie den Satz.

Jean lachte, was sie in dem Lärm nicht hören konnte, doch sie sah ihn an und lachte auch. Da zog er sie an sich und küsste sie.

*

Jean hatte die Nacht bei ihr verbracht und war sehr früh gegangen. Jetzt stand Bérénice im Bad und betrachtete sich im Spiegel.

Sie hatte mit einem fremden Mann geschlafen. Denn was wusste sie schon von Jean? Er war berühmt für seine beruflichen Erfolge und für seine vielen Affären. Einmal war sie mit ihm essen gewesen, das zweite Mal hatten sie die Ausstellung von Georges Bonnet in der Petite Galerie des Arts besucht, und er hatte sie geküsst. Über sich hatte er beide Male kaum etwas erzählt. Er verschwand, wann es ihm passte, und tauchte auf, wann immer er wollte.

Als sich Bérénice jetzt im Spiegel erblickte, sah ihr Gesicht rosig und glücklich aus. Die Nacht hatte ihr gutgetan. Sie hatte die tiefe Sehnsucht nach Hippolyte mit einem anderen Mann bekämpft. Überwunden hatte sie sie nicht.

Sie lächelte sich zu, als sie ihre Lippen dunkelrot nachzog, dann schlüpfte sie in ihren Mantel und verließ die Wohnung. Sie hatte Lust, sich einen kleinen Tannenbaum zu kaufen, ihn zu schmücken und auf den Couchtisch zu stellen.

13

Januar 2002
Saint-Emile

Es war noch dunkel. Nach und nach huschten schattenhafte Gestalten in die Kirche zur Frühmesse, die der alte Pfarrer jeden Tag zelebrierte, auch wenn nur noch ein paar alte Frauen und Männer dem Gottesdienst beiwohnten.

Denise saß zusammengekrümmt in der vorletzten Bank. Hier hatte sie schon als junges Mädchen gesessen, wenn ihre Mutter Joselle mit ihr und Fleur in die Frühmesse ging. Manchmal war Denise neben Fleur sogar eingeschlafen und erst aufgewacht, wenn die Schwester ihr einen schmerzhaften Stoß in die Seite verpasste. Dann fingen beide zu kichern an, so dass schließlich der Pfarrer Joselle bat, ihre Töchter zu Hause zu lassen, da es ihnen ja wohl an ernsthaftem Glauben fehle.

Denise lauschte auf die Stimmen der wenigen Gläubigen, die dem Priester im Wechselgesang antworteten. Heute war der Tag, den sie bis ins kleinste Detail vorbereitet und geplant hatte. Sie empfand Ruhe und Heiterkeit, denn sie hatte eine Entscheidung getroffen. Zur Lesung erhob sie sich nicht mit den anderen, sondern blieb sitzen und sah hinauf zu den Fenstern, hinter denen es allmählich heller wurde und ein trüber Januartag anbrach.

Die hellen Glöckchen des Ministranten bimmelten,

und die Köpfe senkten sich zur Wandlung. Die Messe ging dem Ende zu, auf das Denise ungeduldig wartete. Sie konnte nicht mehr zurück. Sie hatte an Bérénice einen Brief geschrieben, den ihre Tochter heute bekommen müsste. Bérénice würde sich nun ihr ganzes Leben lang Vorwürfe machen und tiefe Schuldgefühle empfinden, die sie nicht mehr losließen. Ende Oktober war ihre Tochter in Saint-Emile gewesen, einmal hatte sie kurz angerufen, nicht einmal an Weihnachten hatte sie ihre Mutter besucht, wobei Denise verdrängte, dass sie es so gewollt hatte.

Der Pfarrer hatte den Segen erteilt, die Schritte der wenigen Besucher hallten auf dem Steinboden, als sie dem Ausgang zustrebten. Der Messner löschte die Kerzen auf dem Altar, und nun erhob sich auch Denise. Das letzte Mal ging sie durch den Mittelgang, auf dem sie vor fünfundvierzig Jahren am Arm ihres Onkels auf den wartenden Bräutigam zugeschritten war. Sie hatte glücklich sein wollen wie viele andere Frauen auch, aber das Schicksal hatte es ihr nicht gegönnt.

Vor der Kirche blieb sie stehen, nickte einer Gruppe von alten Frauen zu und bog in die Straße zum Friedhof ein. Der Kies knirschte unter ihren Füßen, als sie den Weg zum Grab der Déschartes entlanghastete. Langsam ließ sie sich auf den kalten, feuchten Sockel unter dem steinernen Engel nieder. Hatte sie hier nicht schon einmal gesessen? Sie konnte sich nur schwer erinnern. War es damals mit Fleur? Am Tag der Beerdigung ihrer Mutter?

»Fleur …«, murmelte sie, und ein trockenes Schluchzen stieg in ihrer Kehle hoch. »Fleur, wie warst du entsetzt, als du erfahren hast, dass unsere Mutter ihre Ersparnisse und das Haus mir vererbt hatte. Aber du hast dich nie um Maman gekümmert, bist auch nicht gekommen, als sie im Sterben lag. Und Bérénice …«, flüsterte sie und sah auf das Grab ihrer Mutter hinunter. »Weißt du, Maman, nicht einmal an Weihnachten hat sie mich besucht. Aber das wird sie bereuen.«

In tiefer Erregung erhob sich Denise wieder und hastete den Kiesweg zurück zum Ausgang des Friedhofs, hetzte weiter und kam, schwer nach Atem ringend, zu Hause an.

Noch während sie die Tür aufschloss, schlüpfte sie aus ihrem Mantel, warf ihn achtlos über das Bügelbrett und stieg die Wendeltreppe zur Wohnung hinauf. In der Küche ließ sie sich auf den wackligen Klappstuhl fallen und streckte ihr linkes Bein aus. Sie kicherte vor sich hin, während sie es abbog und wieder ausstreckte.

Als Etienne sie damals geschlagen und vergewaltigt hatte, war sie mit dem Knie heftig an den Eisenpfosten des Bettes gestoßen. Wochenlange Schmerzen waren die Folge gewesen, sie konnte das Knie nicht abbiegen, denn Wasser hatte sich angesammelt, und es kam zu einer Infektion. Eine Versteifung des Kniegelenks drohte, doch Denise hatte sich behandeln lassen, und das Knie heilte vollständig aus. Aber sie wollte Rache, und so zog sie, wenn sie beobachtet wurde, das linke Bein weiterhin nach. Sie täuschte ein leichtes Hinken vor, und es war jedes Mal eine kleine Befriedigung, wenn sie auf Etiennes Gesicht Betroffenheit erkennen konnte. Es tat gut, ihm jeden Tag die Folgen seines Verbrechens vor Augen zu führen. Als sie nach der Trennung in das Haus ihrer Mutter zurückkehrte und die Schneiderei wieder eröffnete, hinderte ihr »Gebrechen« sie daran, vor den Damen der Gesellschaft auf dem Boden herumrutschen und deren Rocksäume abstecken zu müssen. Diese Demütigung hätte sie nicht auch noch ertragen können. Denn als geschiedene Frau war sie in das Leben zurückgestoßen worden, das sie bei ihrer Mutter so verachtet hatte.

Zuerst bemitleidete man Denise Aubry-Déschartes, die ihr Leben trotz ihres Gebrechens so tapfer meisterte. Einige Frauen gingen nicht mehr in die Apotheke von Etienne Aubry, der seine geschiedene Frau nicht angemessen versorgte, wie sie und das Kind es verdient hätten. Doch letztendlich war Etienne ein angesehener Mann, der sich als Stadtrat für das Wohl der Bürger einsetzte, und bald verstummten die Ressentiments. Er würde, hieß es nun, für sein Handeln vielleicht gute Gründe gehabt haben.

Denise erhob sich jetzt wieder und zog ihren großblumigen Morgenrock an. Die grellen Farben würden sie blass aussehen lassen, aber das war ja dann egal, wenn man sie fand. Aus dem Kühlschrank holte sie den Champagner, den sie am Tag zuvor gekauft hatte. Mit der Flasche und einem Glas setzte sie sich auf das abgeschabte Biedermeiersofa in ihrem Wohnzimmer. Es war still im Haus. Nur aus der Küche hörte man das eintönige *Tick-tock-tick-tock* der Wanduhr.

Sie hatte noch so viel Zeit. Den Champagner wollte sie erst kurz vor zwölf Uhr mittags trinken. Bis dahin würde sie einfach hier liegen und sich die Konsequenzen ausmalen, die ihr Handeln nach sich ziehen würde.

Es dauerte nicht lang, dann fing sie an zu frösteln, denn es war kalt in der Wohnung. Sie sollte sich etwas anderes anziehen. Im Schlafzimmer schlüpfte sie in ihr dunkelrotes, weit geschnittenes Jerseykleid. Sie war in den vergangenen Jahren dick geworden, und eine Taille war nicht mehr vorhanden. Aber die Farbe passte gut zu ihren grauen Haaren, und das Kleid war bequem und warm. Schwer ließ sie sich zurück aufs Sofa fallen und lauschte auf das Ticken der Küchenuhr. *Tick-tock-tick-tock.* Hier hatte sie mit Fleur gesessen, als sie ihr diesen Vorschlag gemacht hatte. Es war ein Geschäft gewesen, mehr nicht … und Fleur hatte es gewusst.

Zäh verrannen die Stunden, und als es endlich zwölf Uhr schlug, war Denise sicher, dass Bérénice ihren Brief bekommen hatte. Samstags war Bérénice immer daheim, das wusste Denise, sie erledigte ihre Hausarbeit.

Es war so weit.

Denise öffnete die Champagnerflasche und goss sich ein Glas ein. Hastig trank sie es aus. Sie mochte keinen Alkohol, doch heute musste sie sich Mut antrinken. Gleich ein zweites Glas, nur schnell, schnell, jetzt nicht mehr nachdenken, sie konnte nicht mehr zurück. Sie schloss die Augen und streckte sich auf dem schmalen Sofa aus. *Tick-tock-tick-tock*, klang es aus der Küche. *Tick-tock-tick-tock.*

Denise hatte in den vergangenen Monaten oft über ihre Tochter nachgedacht. Wieso konnte Bérénice nicht einsehen, dass sie alles für sie getan hatte, immer für sie da gewesen war? Bérénice besaß ihre ganze Liebe. Aber man durfte nichts erwarten, in der Liebe bekam man nichts zurück, das war die bittere Wahrheit.

»Bérénice«, flüsterte sie, »du bist doch mein Kind, mein geliebtes Kind.«

Du wirst es bereuen, dachte sie dann, dass du dich in den vergangenen Monaten nicht um mich gekümmert hast. Du wirst es bereuen, mich mit diesen Fragen bedrängt zu haben. Du wirst alles bereuen: deine Lieblosigkeit mir gegenüber, deinen Egoismus. Du bist genau wie Fleur.

Noch ein Glas, nur schnell, es war schon nach zwölf. Denise wurde schwindlig, aber das war ja gut so. Sie schloss die Augen, atmete schnell und hastig, und ihre Angst wuchs. Die heitere Gelassenheit der vergangenen Stunden war vorbei. Was blieb, war Angst. Aber sie hatte ja keine andere Wahl.

»Jetzt«, entschied sie, »jetzt!«

Der Zeitplan musste stimmen, sie durfte nichts falsch machen. Gleich würde Bérénice anrufen, außer sich vor Verzweiflung und Entsetzen. Und das sollte sie auch sein. Der Gedanke daran tröstete Denise. Schnell das nächste Glas und dann …

Sollte sie auf das Klingeln des Telefons warten? Dann würde sie wissen, dass Bérénice den Brief gelesen hatte. Vielleicht schaffte sie es dann noch, den Hörer abzunehmen.

Das nächste Glas, dann war die Flasche leer. Denise' Gedanken, verworren und zerrissen durch den Alkohol, umkreisten die Vergangenheit, ihre trostlose Gegenwart und die Zukunft, der sie sich verweigerte. Und ihre Angst wuchs noch einmal. Doch sie musste es tun, sie hatte sich entschieden.

Mit zitternder Hand griff sie nach der kleinen Schachtel, in der sie die Schlaftabletten gesammelt hatte. Sie schluckte eine nach der anderen, hastig und schnell. Nur nicht mehr nachdenken, nur noch ausführen, was seit Monaten ihren Sinn beherrschte!

Immer mehr verwirrten sich die Gedanken, noch eine Tablette, die nächste … Bald hatte sie alle geschluckt, obwohl sie anfing zu würgen. Die Schachtel war leer. Das Herz fing zu flattern an, zu rasen, der Atem ging keuchend, Denise' Kopf sank auf die Kissen. Die Uhr schlug … wie oft? Einmal nur?

In plötzlicher Panik tastete Denise nach dem Telefon, das auf dem Tisch neben dem Sofa stand. Ich will nicht … Ich will doch nicht … Ich hab es nicht gewollt … nicht gewollt …

Der Hörer entglitt ihrer Hand.

14

Januar 2002
Paris

Über dem Gare Saint-Lazare wölbte sich der Himmel in einem freudlosen Januargrau. Doch Bérénice gefiel der Ausblick aus den Fenstern von Jean Bergés Loft, das im Obergeschoss eines Hauses direkt gegenüber dem Bahnhof lag.

»Bist du fertig? Ich muss los, mein Flieger geht in drei Stunden.«

»Gleich«, antwortete Bérénice auf Jeans Frage, rührte sich jedoch nicht. Am Freitagnachmittag war sie mit ihm hierhergekommen, und jetzt konnte sie sich nur schwer aus dem Zusammensein lösen. Während sie noch versonnen auf die sonntägliche Straße hinuntersah, hörte sie Jean im hinteren Teil des Lofts die Schiebetüren seines großen Wandschranks öffnen und dabei fluchen, da er irgendetwas nicht fand. Jean fühlte sich wohl in seinem »künstlerisch gestalteten Chaos«. An den weißgekalkten Wänden hingen überdimensional große Schwarzweißfotos, die besten, die er je gemacht und für die er internationale Preise erhalten hatte. Zum Loft gehörte auch eine Küche in teuerstem Hightechstil, doch Jean kochte sich höchstens mal einen Kaffee. Das Zentrum des Lofts bildete ein provisorisches Atelier. Eine Kamera und zwei Scheinwerfer standen hier auf engem Raum beisammen. Auf dem schwarzgestrichenen Boden schlängelten sich

Kabel, über die Bérénice schon mehrmals gestolpert war, und an einer Stange hing eine weiße Leinwand von der hohen Decke herunter. Vor den Fenstern stand ein weißer Holztisch mit gedrehten Beinen, an denen die Farbe abblätterte. Ein Tisch mit »Vergangenheit«, wie Jean es nannte. Auf ihm herrschte ein wildes Durcheinander von Fotos. Kaum verborgen hinter einem japanischen Wandschirm, stand auf einem Podest sein Bett, und davor stapelten sich Bildbände über Architektur, Jeans große Leidenschaft.

Bérénice genoss die Beziehung mit ihm. Alles war einfach und unkompliziert. Wenn Jean sich einige Tage nicht meldete, stellte sie keine Fragen, und Jean erzählte auch nichts. Er sagte nicht, dass er sie liebe, sondern dass sie ihm gefiel. Seine Nähe erregte Bérénice, und so stürzte sie sich in die Affäre, um sich jung und lebendig zu fühlen und um zu vergessen.

Doch die Nacht mit Hippolyte, die tiefe Liebe, die Vertrautheit, die sie empfunden hatte, ließ sich nicht aus ihren Gedanken verbannen, sosehr sie es sich auch wünschte. Was blieb, war tiefe Eifersucht auf Marie-Luise, mit der Hippolyte offenbar das Glück erlebte, das Bérénice ihm seit Jahren verweigert hatte.

»Heute Nacht gehöre ich dir«, hatte er gesagt. Eine Reminiszenz an die erste Zeit ihrer Ehe, mehr offenbar nicht.

»Bleib so stehen, dreh dein Gesicht zur Seite, noch ein wenig«, hörte sie Jean hinter sich sagen. Automatisch folgte sie seiner Anweisung und wandte ihr Gesicht zur Seite. Sie hörte, wie er die Kamera vom Tisch nahm und fotografierte.

»Ich bin nicht geschminkt, und ich mag nicht, dass du mich so fotografierst«, protestierte sie schwach.

Doch Jean beachtete ihren Einwand nicht, sondern machte weiter. »Lass den Bademantel von den Schultern fallen, bis unter die Taille, nicht mehr. Du hast einen wunderschönen Rücken, und dann dieses weiche graue Licht dazu. Phantastisch! Jetzt das Gesicht zu mir, aber dreh dich nicht um! Schenk mir ein Lächeln. Ja, Darling, ja!«

Bérénice verkniff sich ein Lachen. Jean hielt seine Kamera vors Gesicht und ging dabei mit steifem Rücken ein wenig in die Knie, während er ihr weitere Anweisungen gab. Dann senkte er abrupt die Kamera.

»So. Ich hab's. Das werden großartige Bilder, glaube mir!« Er packte seine Kamera vorsichtig ein, kam zu Bérénice und umschloss sie mit seinen Armen.

»Ich liebe den Gare Saint-Lazare«, erzählte er. »Ich muss nur die Straße überqueren und kann mich jederzeit in den Zug nach Deauville setzen.«

»Und? Machst du das oft?« Bérénice wurde neugierig.

»Nie«, gab Jean zu und lächelte strahlend. »Aber ich könnte es tun. Das ist es. Außerdem gefällt mir der Bahnhof. Der Architekt Jules Lisch hat ihn für die Weltausstellung 1889 vergrößert und so gestaltet, wie er heute ist. Er ist schön, findest du nicht?«

»Doch, ja, er ist sehr schön«, bestätigte Bérénice.

Jean ließ sie los, und sie ging nach hinten, um sich rasch anzuziehen. Als sie zurückkam, stand Jean bereits ungeduldig an der offenen Tür des ehemaligen Lastenaufzugs, der direkt in das Loft heraufführte.

»Früher habe ich an der Place des Vosges gewohnt«,

erzählte er, während sie nach unten fuhren. »Aber die Wohnung war mir zu klein, und die Leute im Haus, die ganze Atmosphäre dort waren mir einfach zu bourgeois.«

Bérénice lächelte ironisch. Bourgeois, das war sein Ausdruck für alles, was ihn einengte und ihm unbehaglich war.

»Warum hast du mir das nicht erzählt, als wir dort spazieren gingen?«, wollte sie wissen, bekam aber nur ein Schulterzucken als Antwort.

Vor dem Haus wartete bereits ein Wagen auf Jean. Er verabschiedete sich unkonzentriert mit einem gehauchten Kuss auf Bérénice' Wange, stieg ein und winkte ihr noch kurz zu. Sie sah dem dunklen Mercedes nach, der ihn zum Flughafen Charles de Gaulle bringen sollte, dann überquerte sie die Straße und reihte sich in die lange Schlange derer ein, die vor dem Gare Saint-Lazare auf ein Taxi warteten. Es dauerte eine halbe Stunde, bis sie an die Reihe kam.

Auf der Fahrt nach Hause wühlte sie hektisch in ihrer Tasche nach dem Handy, bis ihr plötzlich einfiel, dass es wahrscheinlich noch in ihrer Wohnung auf dem Tisch lag. Sie hatte ihre Tasche für das Wochenende mit Jean nervös und in Hektik gepackt. Sicher hatte Tom Morton, Maximes Designer für die Taschen, schon mehrmals versucht, sie zu erreichen. Bérénice beugte sich zum Fahrer vor: »Können Sie bitte schneller fahren, ich habe es eilig.«

»Wer nicht«, brummte der Fahrer unfreundlich und zeigte hinaus auf den dichten Verkehr. Ungeduldiges Autohupen änderte nichts daran, dass auf dem Boulevard Haussmann nichts mehr voranging und es früher Nachmittag wurde, bis das Taxi endlich vor ihrem Haus hielt. Sie bezahlte und war erleichtert, dass sie wenigstens ihr Portemonnaie sofort fand.

Rasch stieg sie aus und lief ins Haus, vorbei am Briefkasten, aus dessen Schlitz Werbung quoll. Schnell öffnete sie ihn. Als sie die vielen Prospekte fast achtlos in den Korb unter den Kästen warf, entdeckte sie gerade noch einen Brief ihrer Mutter. Denise hatte ihr noch nie einen Brief geschrieben, nicht einmal an Geburtstagen oder Weihnachten. Verwundert steckte sie ihn ein und stieg die vier Stockwerke zu ihrer Wohnung hinauf.

Kaum hatte sie aufgesperrt, läutete das Telefon. Bérénice nahm ab und klemmte sich den Hörer zwischen Ohr und Schulter, während sie ihre Tasche fallen ließ und den Brief ihrer Mutter auf den Tisch legte. Es war nicht Tom Morton, der sich über ihre Unzuverlässigkeit beschweren wollte, sondern es meldete sich das Städtische Krankenhaus Saint-Emile.

»Madame Mouret? Endlich! Seit gestern Mittag versuchen wir, Sie zu erreichen. Einen Moment, Dr. Passot will Sie sprechen.« Es klickte, und sanfte Klaviermusik ertönte, dann eine Stimme, die Bérénice versicherte, sie werde sofort weitergeleitet. Ihr Atem hatte sich vom schnellen Treppensteigen noch nicht beruhigt, und jetzt schlug auch ihr Herz heftig. Hippolyte!, schoss es ihr durch den Kopf. Hatte er einen Unfall? Er fuhr immer zu schnell, wie oft hatte sie ihm schon …

»Madame Mouret? Dr. Passot hier, es geht um Ihre Mutter.« Und so erfuhr Bérénice, dass ihre Mutter, Denise Aubry, am Tag zuvor versucht hatte, sich mit einer Überdosis Tabletten das Leben zu nehmen. Doch eine

Kundin, eine Madame Levy, habe sie rechtzeitig gefunden. Denise hatte den Zwölfuhrtermin mit ihr offenbar vergessen, und als Madame Levy die Schneiderei betrat und laut rief, antwortete ihr nur ein Röcheln aus der Wohnung. Madame Levy lief hoch und verständigte dann sofort den Notarzt.

»Ihre Mutter hatte Glück«, sagte Dr. Passot. »Bei den Tabletten handelt es sich zwar nur um ein Medikament zur Beruhigung, ihre Mutter erlitt jedoch einen Schwächeanfall. Aber es geht ihr wieder gut.«

Bérénice' Bestürzung war so groß, dass sie kaum ein Wort fand, mit dem sie ihr Entsetzen hätte ausdrücken können.

»Ihrer Mutter geht es den Umständen entsprechend gut«, betonte Dr. Passot noch einmal, als Bérénice in Schweigen verharrte. »Sie wird medikamentös behandelt, und wir werden sehen, welche Art der Therapie für sie die richtige ist. Sie liegt auf der psychiatrischen Abteilung und wird überwacht. Das ist Routine, es soll nur ein weiterer Suizidversuch verhindert werden. Sie fühlt sich hier wohl«, fügte Dr. Passot hinzu, »aber sie spricht wenig. Ist irgendetwas passiert, weshalb Ihre Mutter ...«

»Nein, nein«, beteuerte Bérénice rasch und horchte angespannt auf die Stimme des Arztes.

»Ihre Mutter ist offenbar sehr einsam. Sie hat uns erzählt, dass Sie zu beschäftigt seien, um sie zu besuchen, auch an Weihnachten hätten Sie nichts von sich hören lassen. Sie macht Ihnen keinen Vorwurf daraus, aber sie ist sehr verletzt durch Ihr Verhalten.«

»Das entspricht nicht ganz der Wahrheit. Sie wollte nicht, dass ich an Weihnachten komme.« Bérénice verteidigte sich und begriff sofort, dass der Arzt dies als Ausrede empfand. Er ging auf ihre Rechtfertigung nicht ein, entschuldigte sich, er habe gleich einen Termin, und bat sie noch, ihre Mutter nicht zu besuchen.

»Vorläufig jedenfalls will Ihre Mutter Sie nicht sehen. Sie soll sich unter keinen Umständen aufregen. Auch keine Anrufe«, warnte er sie.

»Warum nicht?«

»Ihre Mutter fühlt sich durch Sie unter Druck gesetzt, sagt sie. Warum, werden Sie selbst wissen. Aber ich halte Sie auf dem Laufenden«, schlug Dr. Passot vor.

»Sagen Sie meiner Mutter …«, bat Bérénice, doch dann hielt sie inne. Was sollte sie diesem fremden Mann am Telefon schon sagen? »Richten Sie ihr aus, dass ich an sie denke«, beendete sie ihren Satz.

»Das werde ich tun«, sagte Dr. Passot, »versprochen. Wir bleiben in Verbindung.«

Langsam und wie betäubt legte Bérénice den Hörer auf. War sie schuld, dass ihre Mutter nicht mehr leben wollte?

Hätte sie Dr. Passot sagen müssen, dass ihre Mutter schon mehrere Male angedroht hatte, sich umzubringen? Mit tiefer Beschämung erkannte Bérénice, diese Androhungen nie wirklich ernst genommen zu haben. Das Telefon läutete wieder, und Bérénice hob rasch ab. Doch es war nicht Dr. Passot, der noch einmal anrief, sondern Tom Morton. Er sei krank und könne leider nicht kommen. Bérénice war erleichtert, dass die Besprechung ausfiel. Sie blieb einsilbig und konnte Tom kaum zuhören, der ihr die Symptome seines Infekts genau erläuterte. Während er noch sprach, fiel Bérénice' Blick auf den

Brief ihrer Mutter auf dem Tisch. Sie fiel Tom ins Wort, wünschte ihm gute Besserung und legte auf. Mit zitternden Fingern riss sie das Kuvert auf, zog ungeduldig den Brief heraus und las.

Meine Bérénice,

wenn Du diesen Brief bekommst, lebe ich nicht mehr.

Doch Du sollst wissen, wie sehr ich Dich geliebt habe. Als Du das letzte Mal hier warst, bist Du so voller Misstrauen gegen mich gewesen, so voller Abneigung, das hat mir sehr weh getan. Ich wollte nicht, dass Du weitere Fragen stellst, denn ich wollte Dich nicht belasten mit der Vergangenheit. Aber Du sollst wissen, dass der schönste Augenblick in meinem Leben der gewesen ist, als ich mit Dir auf dem Arm aus Paris nach Hause kam.

Schon während der ganzen Schwangerschaft war ich so glücklich gewesen, obwohl Etienne mich geschlagen und vergewaltigt hatte (am Beginn der Schwangerschaft). Nach dieser schrecklichen Tat benahm er sich in der folgenden Zeit jedoch fürsorglich und ließ mir absolute Freiheit, die ich nutzte, um zu meiner Schwester nach Paris zu fahren und mich dort in die Hände eines sehr berühmten, aber teuren Gynäkologen zu begeben; eine ärztliche Betreuung und Überwachung, die in Saint-Emile nicht möglich gewesen wäre. Etienne hatte keine Einwände, vielleicht war er sogar froh, mich nach seiner verbrecherischen Tat nicht um sich zu haben. Auch er wollte natürlich, dass ich nach drei Fehlgeburten dieses Mal das Kind austragen konnte. Immer wieder hatte er ja betont, er wolle ein eigenes Kind, eine Adoption komme für ihn niemals in Frage. Also fuhr ich nach Paris zu meiner Schwester Fleur, und als ich dann mit Dir, meiner

Tochter, auf dem Arm nach Saint-Emile zurückkehrte, schien über Jahre nichts mehr unser Glück zu trüben, bis Fleur kam und alles zerstörte.
Bitte stelle keine Nachforschungen mehr an, und stelle keine Fragen mehr! Lass es gut sein, es ist besser so. Du sollst mich immer liebhaben. Und bin ich Dir nicht eine gute Mutter gewesen? Daran musst Du denken, selbst wenn Dir irgendjemand etwas anderes erzählen sollte.
Du, meine Kleine, lebe Dein Leben, und werde glücklicher, als ich es letztendlich geworden bin!
Und verzeih mir, verzeih mir, was ich getan habe! Und stelle keine Fragen mehr! Es ist alles gut.
In großer Liebe
Maman

Tief getroffen starrte Bérénice lange auf den Brief. Immer wieder las sie ihn, langsam, Wort für Wort, Zeile für Zeile.

Im vergangenen Herbst hatte Denise zum ersten Mal über Etiennes Gewalttätigkeit gesprochen. Und jetzt war sogar eine Vergewaltigung daraus geworden, und das, als sie bereits schwanger war? Und trotzdem war sie bei ihm geblieben, sprach sogar von glücklichen Jahren. Bis Fleur kam und alles zerstörte. War sie der Grund gewesen, dass ihre Mutter Etienne verließ und er plötzlich zum »bösen Papa« wurde, den Bérénice nicht mehr sehen durfte? Wieso war ihre Mutter schwanger zu ihrer verhassten Schwester gefahren? Der Schwester, deren Existenz sie ihrer Tochter gegenüber eisern verschwiegen hatte? Kam der Bruch mit Fleur erst später? Als Bérénice im Herbst zu Etienne gegangen war, konnte man sein tiefes Entsetzen spüren. Und auch er hatte einen Namen gestammelt: Fleur.

Ihre Mutter war seit gestern in der psychiatrischen Abteilung, um einen zweiten Selbstmordversuch zu verhindern, hatte der Arzt erklärt. Aber vielleicht war ihre Mutter ja auch psychisch krank, und Dr. Passot hatte es ihr am Telefon nicht sagen wollen.

Bérénice las noch einmal den Brief … *Du sollst mich immer liebhaben. Und bin ich Dir nicht eine gute Mutter gewesen?*

Denise hatte den Brief am Freitag abgeschickt. Sie war davon ausgegangen, dass er an dem Tag in Paris ankam, an dem sie sich umbringen wollte. Hatte sie das so geplant? Und war sie so verzweifelt gewesen, dass sie die Anprobe mit ihrer Kundin vergessen hatte? Wieder ging Bérénice den Brief Wort für Wort durch, er barg zu viele Rätsel. Ihre Mutter beschwor sie, ihr eigenes Leben zu leben und die Vergangenheit ruhen zu lassen. Das hatte auch Etienne getan. In diesem Punkt waren sich beide offenbar einig.

War der Brief eine Rechtfertigung? Ein Vorwurf? Stand dahinter: Ich habe dich geliebt, du jedoch hast mich vereinsamen lassen? Hatte ihre Mutter gar nicht sterben wollen, war der Brief nicht vielmehr der Hilferuf einer einsamen Frau nach Aufmerksamkeit, nach mehr Zuwendung?

Doch dann fühlte Bérénice eine tiefe Scham angesichts dieses Gedankens. Sie unterstellte ihrer Mutter erpresserische Absichten. Vielleicht war sie wirklich zutiefst verzweifelt gewesen und hatte keinen Sinn mehr im Weiterleben gesehen. Bérénice musste es herausfinden. Alles

Grübeln führte ins Leere. Nur ihre Mutter konnte ihr sagen, warum sie sterben wollte. Bérénice musste nach Saint-Emile fahren. Sie würde den Nachtzug nehmen, dann konnte sie schon morgen früh im Krankenhaus sein.

*

Saint-Emile

Der Zug nach Marseille war überfüllt gewesen, und Bérénice hatte die Nacht neben einer alten Frau verbracht, deren Kopf immer wieder an ihre Schulter sank. Im Regionalzug war es eiskalt, und als Bérénice in Saint-Emile ausstieg, war sie übermüdet und durchgefroren. Wie immer in dieser frühen Morgenstunde war der Bahnsteig leer und auch die Rue de la Gare nur mäßig belebt. Hier im Süden herrschte bereits Frühling. Als Bérénice in die Rue Boursicault einbog, standen in den Vorgärten der hübschen Villen Jasmin und Mandelbäume in voller Blüte. Nur das Haus ihrer Mutter wirkte schäbig und der kleine Garten ungepflegt. Nicht einmal der Frühling gab ihm ein freundlicheres Aussehen.

Bérénice schloss die Tür auf und trat zögernd ein. Abgestandene Luft schlug ihr entgegen. Sie sah sich in der Schneiderei nicht um, sondern stieg zügig die Wendeltreppe hinauf. Im Wohnzimmer herrschte das übliche Chaos, Stoffrollen an den Wänden, alte Modezeitungen auf einem Stuhl und dem Boden. Der Tisch stand jedoch nicht mehr vor dem Sofa, offenbar hatte ihn jemand weggerückt. Eine leere Champagnerflasche, ein umgefallenes

Glas, eine abgebrochene Ampulle und die aufgerissene Verpackung lagen darauf. Wahrscheinlich hatte der Notarzt Denise noch rasch eine Spritze gegeben, bevor man sie ins Krankenhaus brachte. Bérénice rückte den Tisch wieder vor das Sofa und stellte das Telefon an seinen Platz. Auf diesem Sofa hatte ihre Mutter versucht, sich das Leben zu nehmen. Was war ihr in diesen Momenten durch den Kopf gegangen, woran hatte sie gedacht? War sie so verzweifelt gewesen, dass sie keinen anderen Ausweg sah als den Tod?

»Wieso, Maman, wieso?«, murmelte Bérénice und fröstelte, als sie die eigene Stimme in dem kalten, stillen Haus hörte.

Wieder befielen sie tiefe Bestürzung, Ratlosigkeit und das Gefühl von Schuld. Sie hatte sich nicht genügend um ihre Mutter gekümmert.

Tick-tock-tick-tock, klang es aus der Küche. Ein furchtbares Geräusch, sicher hatte Denise es gehört, als sie hier den Champagner austrank, bevor sie die Tabletten nahm. Maman … Bérénice stiegen Tränen in die Augen, als sie sich die trostlose Stunde vorstellte, die Denise hier verbracht haben musste.

Bérénice räumte den Tisch ab und ging in das kleine Badezimmer. Hier hob sie die Stoffrollen aus der Badewanne, zog sich aus und nahm eine heiße Dusche. Eingehüllt in ein großes Handtuch, wollte sie sich in der Küche Kaffee zubereiten, doch die Dose war leer. Auch im Kühlschrank fand sich nichts Essbares mehr. Denise hatte nichts hinterlassen, nicht einmal eine Scheibe Brot. Das sprach dafür, dass sie wirklich hatte sterben wollen.

Während Bérénice weitersuchte, kreisten ihre Gedanken um die Reise ihrer schwangeren Mutter nach Paris. Wieso hatte sie damals keine Angst gehabt? Hatte sie mit der anstrengenden Reise nicht eine weitere Fehlgeburt riskiert? Warum war sie zu ihrer Schwester gefahren, die sie als Egoistin bezeichnete und mit der sie sich offenbar nicht verstand?

Bérénice ging ins Bad zurück und zog sich an. Wieder überlegte sie. Sollte sie die Wohnung durchsuchen? Aber wonach? Was konnte sie finden?

Sie ging ins Schlafzimmer und zog die oberste Schublade der Kommode auf. Hier verwahrte Denise das Familienbuch. Bérénice schlug die Seite mit ihrem Geburtsschein auf, bestätigt von einem Pariser Standesamt mit der Unterschrift eines Beamten, der Chabrol hieß. Unter der Nummer, mit der die Geburt registriert worden war, stand:

Bérénice Marguerite Aubry, am 16. Mai 1961
Vater: Etienne Olivier Aubry
Mutter: Denise Anne Aubry geb. Déschartes

Es folgte die Urkunde von ihrer Taufe in der Kirche von Saint-Emile am 25. Mai 1961. Bérénice kannte das Stammbuch. Bei ihrer Hochzeit hatte sie es für das Standesamt gebraucht. Sie legte das in Leder gebundene Buch wieder zurück und durchwühlte die kleine Schublade, in der sich alte Quittungen befanden, ein rosa Kuvert mit Bérénice' ersten Locken, ein kleines Spitzentuch und eine Rolle Nähseide, in der eine Nadel steckte, sowie ein Bürstchen für Wollfusseln. Bérénice legte alles zurück und ruckelte ungeduldig, bis sich die Schublade endlich wieder schließen ließ. Was hatte sie erwartet? Sie wusste es nicht.

Eigentlich war sie ja gekommen, um mit ihrer Mutter zu sprechen. Doch als sie jetzt im Krankenhaus anrief und sich mit Dr. Passot verbinden ließ, blockte er ab und blieb konsequent bei seinem Besuchsverbot.

»Ich bin hier in Saint-Emile«, protestierte Bérénice. »Ich will meine Mutter wenigstens kurz sehen.«

Aber der Arzt ging darauf nicht ein. »Ihrer Mutter geht es wirklich gut, sie macht eine Diät, um abzunehmen, und treibt auch ein wenig Sport, eine große Hilfe gegen Depressionen. Dem Krankenhaus angeschlossen ist ein großes Therapiezentrum, in dem den Patienten Massagen, Gymnastik, Yoga und Bewegungstherapie zur Verfügung stehen. Darüber hinaus auch ein Schwimmbecken. Ihrer Mutter macht das Schwimmen große Freude.«

»Meine Mutter schwimmt?« Bérénice war fassungslos. »Kann sie das denn mit ihrem steifen Knie?«

Dr. Passot schien überrascht, als er nachfragte: »Wann hatte Ihre Mutter eine Versteifung im Knie?«

»Sie hatte einen Unfall, sie ist gestürzt. Aber das war noch vor meiner Geburt.« Plötzlich schoss Bérénice ein unsinniger Gedanke durch den Kopf. »Wir sprechen doch von Denise Aubry?«, fragte sie vorsichtig und lachte nervös auf.

Dr. Passot lachte verhalten und versicherte Bérénice, dass es sich wirklich um ihre Mutter handle. »Ich denke, Sie können sie dann in ein bis zwei Wochen besuchen, dann wird sie den Widerstand gegen Sie aufgegeben haben.«

Er verabschiedete sich und legte auf. Bérénice war irritiert. Wieso hatte man im Krankenhaus das steife Knie ihrer Mutter nicht bemerkt? Wieso konnte sie schwimmen?

Und dann kam Bérénice ein Verdacht: Denise hatte überhaupt kein steifes Knie. All die Jahre hatte sie ihr und allen Leuten ein Gebrechen vorgespielt, das nur in ihrer Phantasie existierte. Oder um Zuneigung und Aufmerksamkeit zu erzwingen.

Wut ergriff Bérénice. Ohne zu überlegen, war sie hierhergefahren, um ihre Mutter zu besuchen, und jetzt … Sie würde den Mittagszug nach Marseille nehmen, um dort um fünf Uhr den Anschluss nach Paris zu erreichen.

Auf dem Weg ins Erdgeschoss erinnerte sie sich, wie sehr sie ihre Mutter immer bedauert hatte. »Ich bin in ständiger Behandlung. Manchmal sind die Schmerzen erträglich, und ich kann das Bein normal bewegen, aber immer nur für kurze Zeit.« Hatte ihre Mutter all die Jahre nur simuliert? Wollte sie aus diesem Grund nicht, dass ihre Tochter sie im Krankenhaus besuchte?

Auf der letzten Treppenstufe warf Bérénice ihre Tasche auf den Boden und ging wieder nach oben. Sie musste sich Gewissheit verschaffen. Jeden Monat ging Denise zu einem Orthopäden, der ihr Knie behandelte und ihr Spritzen gab. Es musste also Unterlagen geben, die bewiesen, dass ihre Mutter nicht gelogen, dass sie die Wahrheit gesagt hatte. Wenn sie nur simulierte, gab es keine Arztrechnungen, Quittungen und Belege.

Bérénice ahnte, wo sie suchen musste. Im Schlafzimmer hatte sie im Herbst die verstaubten Ordner auf dem Fensterbrett liegen sehen. Sie nahm sich einen nach dem anderen vor und blätterte ihn sorgfältig durch. Sie fand alte Lieferscheine für die Schneiderei, nur in einem Ordner hatte Denise Arztrechnungen der vergangenen Jahre eingeheftet – aber Belege eines Orthopäden oder Rezepte für Massagen existierten nicht. Langsam klappte Bérénice den Ordner zu und legte ihn zurück auf einen der aufgetürmten Stapel. Da löste sich einer der Ordner und fiel auf den Boden. Als Bérénice ihn aufhob, sah sie ein kleines rotes Buch, das mit hinuntergefallen war. Überrascht hob sie das altmodische Poesiealbum auf und öffnete es. Auf der ersten Seite stand in großer, schwungvoller Schrift:

Für meine Schwester Denise, die morgen heiraten wird.

Eingerahmt war der Text von einem Herz aus aufgeklebten gepressten Lavendelblüten. Bérénice atmete tief durch und ließ sich mit dem kleinen Poesiealbum in der Hand auf das Bett ihrer Mutter fallen. Fleur! Endlich, endlich ein Zeichen von ihr, etwas, das ihre Existenz bewies. Staunend blätterte Bérénice weiter. Auf der nächsten Seite hatte Fleur ein Foto eingeklebt und daruntergeschrieben:

5. Mai 1951
Maman, Du und ich. Maman wollte ein »offizielles« Bild für ihre Schwester Babette zum Geburtstag, weißt Du noch?

Es war die Aufnahme eines professionellen Fotografen, dessen Name unten auf dem Bild weiß eingedruckt war. In der Mitte thronte auf einem Sessel Joselle in steifer Haltung und mit eingefrorenem Lächeln. Die beiden

Mädchen standen rechts und links von ihr. Denise und Fleur hatten eine gewisse Ähnlichkeit, das war nicht zu übersehen. Fleur war mit vierzehn Jahren bereits eine Schönheit, Denise dagegen wirkte wie eine gröbere Ausgabe der zarten Schwester. Beide trugen geblümte Kleider mit einem großen weißen Kragen, aber während Fleurs Haare in üppigen Locken auf die Schulter fielen, rahmten nur dünne, glatte Strähnen das runde Gesicht von Denise ein.

Das Foto auf der nächsten Seite war vom Dezember 1950.

Es zeigte Denise in einem langen Kleid mit einer breiten Schärpe, eine kleine Krone auf dem Kopf. Daneben stand Fleur. Sie war größer als ihre ältere Schwester, sehr dünn und trug Hosen. Auf dem Kopf trug sie ein Samtbarett mit Federn. Darunter hatte Fleur geschrieben:

Das war bei der Theateraufführung der Mädchengruppe unserer Kirche. Du wolltest unbedingt die Prinzessin spielen und hast so lange gebettelt, bis der Pfarrer Dir die Rolle gab. Du wolltest immer eine Prinzessin sein, das Mädchen, das den reichen Prinzen bekommt. Ich spielte in dieser Aufführung den Prinzen, da ich das größte und dünnste Mädchen war. Es wurde eine schöne Aufführung. Maman war so stolz auf uns beide.

Bérénice blätterte weiter. Endlich erfuhr sie ein paar Details aus der Kindheit von Fleur und Denise. Sie stieß auf ein Foto, das die beiden Mädchen eng umschlungen zeigte.

August 1945
Dieses Foto hat Tante Babette während unserer gemeinsamen Ferien in Avignon gemacht. Siehst Du die berühmte Brücke im Hintergrund?

Nachdenklich blätterte Bérénice weiter und fand wieder eine Seite mit eingeklebten Blütenblättern, dieses Mal waren es Rosen. Darunter zwei Fotos, eines von Fleur, eines von Denise.

In unseren Ferien in Marseille bei Tante Babette. Es tat uns so leid, dass Maman nicht mitkommen konnte, weil sie arbeiten musste. Auf dem Foto stehen wir in dem Park mit den Rosen, von denen wir einige Blüten getrocknet und Maman mitgebracht haben. Einige Blütenblätter habe ich behalten. Jetzt schenke ich sie Dir als Andenken an diese Ferien, an unsere Tante Babette und an eine Zeit, in der wir uns so nahestanden.

Hier, hatte Fleur unter das nächste Foto geschrieben, das die beiden Schwestern mit großen Lavendelsträußen zeigte, *hat uns Mamans einzige Freundin Lisette fotografiert. Ich glaube, das war 1950.* Die Mädchen standen neben ihren Fahrrädern und lachten in die Kamera.
Wir waren an diesem Tag in den Lavendelfeldern und brachten die Sträuße zu Maman. Wir schlichen uns leise ins Haus, Maman stand mit dem Rücken zu uns am Bügelbrett, und dann ließen wir die Lavendelzweige auf sie »regnen«. Maman tat so, als erschrecke sie furchtbar, und dann brachen wir alle in Lachen aus. Weißt Du noch, Denise, wir wollten sie glücklich machen. Denn Lisette hatte uns erzählt,

wie einsam Maman sei, wie ausgegrenzt sie leben müsse, weil unser Vater sie verlassen hatte. In der Stadt würde immer noch über sie getuschelt. Mir tat Maman so leid.
Doch als wir abends im Bett lagen, hast Du mir etwas Eigenartiges gesagt, dass Du nämlich niemals ein so trostloses Leben wie Maman führen möchtest. Immer nur schuften und nähen, um die Kinder zu ernähren, ertragen müssen, dass man verachtet wird und die Leute tuscheln.
»Ich will einen Mann, der mir ein gutes Leben bietet«, hast Du gesagt, »eine gesellschaftliche Stellung und dass alle Leute mich einladen und mich auf der Straße grüßen.«
Nun, Denise, jetzt heiratest Du Etienne Aubry. Dein Wunsch ist also in Erfüllung gegangen, und ich hoffe so sehr, dass Du glücklich wirst. Ich weiß, wir haben uns in den letzten paar Jahren nicht mehr gut verstanden. Aber warum, Denise, warum? Habe ich was falsch gemacht, habe ich Dich irgendwann einmal verletzt?

Immer wieder las Bérénice diese Zeilen. Lag hier der Schlüssel zu Denise' Verhalten? Nachdenklich blätterte sie durch die letzten Fotos: Klassenfotos, nach Jahreszahl eingeklebt, jeweils eines von Denise, das andere von Fleur. Dann ein Foto von Joselle. Sie saß in der Wohnung und lächelte ein wenig unsicher in die Kamera. Eine verhärmte Frau mit unordentlichen Haaren und dem Wunsch, auf dem Foto glücklich auszusehen.

Mamans Geburtstag im vergangenen Jahr.
Sie war so glücklich über die Torte, die wir ihr gebacken haben, und sie hat sich über unser Geschenk, den Seidenschal, so gefreut.

Bérénice blätterte weiter. Es gab nur noch ein einziges Foto, das die Mädchen in Shorts und karierten Blusen zeigte. Beide trugen Zöpfe und schirmten ihre Augen mit der Hand gegen die Sonne ab.

Juli 1950
Noch ein Foto, das Mamans Freundin Lisette von uns gemacht hat. Wir sind ganz früh morgens losgeradelt und haben Maman gesagt, wir würden zu den Lavendelfeldern fahren. Doch wir sind weitergeradelt, hinauf in die Berge zur Schlucht. Maman hatte es uns verboten, sie war immer sehr ängstlich. Je höher wir kamen, desto unheimlicher wurde es. Der Wind heulte, und die letzte Strecke mussten wir das Rad schieben. Es ging nur über Felsen, bis wir zur Absperrung kamen. Die Schlucht selbst konnten wir nicht sehen. Es war einsam und kalt dort oben, als wir an dem hohen Kreuz standen, und so rannten wir mit unseren Rädern wieder den Berg hinunter, fielen hin und kamen mit aufgeschürften Knien erst am späten Abend nach Hause, wo uns Maman erwartete und mit einer schallenden Ohrfeige begrüßte.

So, Denise, leider habe ich keine weiteren Fotos finden können. Mit diesem Album will ich ein paar Erinnerungen zurückholen, die zeigen, wie gut wir uns früher verstanden haben. Vielleicht schaust Du Dir manchmal dieses Buch an und versetzt Dich in unsere schöne gemeinsame Kindheit und Jugend zurück. Ich bin überzeugt, Du kannst dies nicht wirklich vergessen haben.
Ich hoffe, Dir gefällt dieses kleine Geschenk, denn morgen ist für uns beide ein wichtiger Tag: Du wirst heiraten, und ich

gehe fort von hier nach Paris. Wir haben beide bekommen, was wir wollten, und ich wünsche Dir von ganzem Herzen, dass du glücklich wirst.
Denise, wir stehen am Beginn eines neuen Lebens, lass uns noch einmal anfangen! Lass uns zurückkehren zu der Verbundenheit unserer Kindheit und Jugend, in der wir unzertrennlich waren!
Ich hoffe es so sehr, sei umarmt, Denise!
Es liebt Dich für alle Zeiten
Deine Schwester
Fleur

Langsam blätterte Bérénice noch einmal das schmale Buch durch, betrachtete lange die wenigen Fotos und las wieder die letzten Zeilen, die Fleur als Abschluss geschrieben hatte. Tränen stiegen Bérénice in die Augen, als sie das Album nachdenklich zuklappte. Warum hatte Denise ihre Schwester so gründlich aus ihrem Leben gestrichen, die ihr so liebevolle Worte geschrieben hatte? Was auch geschehen war, hier bot ihr Fleur eine Versöhnung an, die Denise offenbar ausgeschlagen hatte.

Lange blieb Bérénice sitzen und drehte das Album in ihren Händen. Dann erhob sie sich. Inzwischen war es Mittag geworden, und der Zug nach Marseille war weg. Sie würde den letzten nehmen müssen, der um sechs Uhr abends ging, mit dem erreichte sie wenigstens noch den Nachtzug.

Unschlüssig sah sie auf das Album hinunter, bis sie es entschlossen in ihre Tasche schob. Durfte sie das? Aber würde Denise es überhaupt bemerken? Sie schien das Poesiealbum ihrer Schwester im Wust der alten Ordner vergessen zu haben. Als Bérénice bereits an der Tür stand, sah sie sich noch einmal um. Nachdem sie sich entschlossen hatte, alles zu durchsuchen, wollte sie nichts übersehen. So ging sie zum offenen Schrank und wühlte in den Kleidern ihrer Mutter. Es hingen immer mehrere Sachen auf einem Bügel, einige Kleidungsstücke waren nur dazwischengepresst, andere lagen am Boden des Schranks auf den Schuhen.

Kopfschüttelnd griff Bérénice in das Fach über der Kleiderstange mit den Pullovern und Strickjacken. Als sie sie auseinanderschob, entdeckte sie einen grauen Karton. Neugierig zog sie ihn heraus und stellte ihn aufs Bett. Er enthielt alte Modezeitungen mit Fleur auf dem Cover. Rasch sah Bérénice sie durch, bis sie auf das abgerissene Titelblatt einer Illustrierten stieß. Es zeigte einen damals berühmten Filmstar mit »neuem Begleiter«. Doch eingeblendet war ein kleineres Foto Fleurs mit der Überschrift: *Ist Fleur Déschartes schwanger? Oder trägt sie nur eine Kreation aus Yves Saint-Laurents neuester Kollektion, der A-Linie?*

Fleur schien auf der Flucht vor dem Fotografen, denn sie hielt sich die Hand schützend vors Gesicht. Ihre Figur wirkte unförmig, aber das konnte an dem Mantel in Trapezform liegen. Nichts Ungewöhnliches, wie Bérénice fand. Sie kannte die A-Linie des bekannten Designers, jede Frau sah darin aus, als trüge sie ein Umstandskleid. Direkt hinter Fleur lief eine andere Frau, auch sie hielt sich die Hand vors Gesicht und schien nur versehentlich vor die Kamera des Fotografen gelaufen zu sein. Sie trug ebenfalls einen weiten Mantel, doch der sprang vorne auf und zeigte ein schmalgeschnittenes graues Kleid. Je länger Bérénice auf das Foto starrte, desto sicherer wurde sie: Die Frau im Hintergrund war Denise, ihre Mutter.

Bérénice' Herz fing an zu rasen, als ihr Blick auf das Datum der Illustrierten fiel: 10. Mai 1961.

Sechs Tage vor ihrer Geburt.

*

Die Terrasse des Cafés La Danseuse war voll besetzt, und Bérénice war froh, noch einen kleinen Tisch ergattert zu haben. Die Sonne schien warm, und die Stimmen und das Lachen der Gäste brachten Bérénice in die Normalität zurück. Doch ihre Nervosität blieb. Sie holte das abgerissene Titelblatt aus ihrer Tasche und betrachtete es. Für sie gab es keinen Zweifel, dass die Frau im Hintergrund ihre Mutter war. Bérénice trank ihren Kaffee aus und zwang sich zu einem kleinen Bissen von dem warmen Croissant. Sie spürte keinen Hunger.

Die Besitzerin des Lokals, eine ehemalige Ballerina der Oper von Marseille, kam zu ihr an den Tisch und begrüßte sie mit ausgesuchter Freundlichkeit. Sie sprach ihr tiefes Bedauern über das Geschehen aus, bis Bérénice gereizt antwortete, ihre Mutter sei ja nicht tot und alles nur ein bedauerlicher Unfall gewesen.

»Natürlich.« Die Antwort der ehemaligen Tänzerin klang ironisch, und als Bérénice kein Interesse an einer Unterhaltung zeigte, grüßte sie kurz und ging zurück ins Café. Obwohl Bérénice ruhig und verbindlich wirkte, spürte sie den eigenen Herzschlag im ganzen Körper. Sie zog das Titelblatt erneut hervor und sah es lange an. Sie irrte sich nicht, diese Frau im Hintergrund *war* Denise.

Sie musste mit jemandem sprechen. Vielleicht auch nur, um zu hören, das sei alles Unsinn und sie einfach überreizt und nervös.

Bérénice erhob sich rasch und verließ die Terrasse, die neugierigen Blicke der anderen Gäste im Rücken. Sie überquerte die Place de la Victoire in Richtung Boule-Platz. Es war still hier. In dieser Jahreszeit trafen sich die alten Männer in der Weinkneipe zum Kartenspielen. Bérénice setzte sich auf die Bank und nahm noch einmal das Titelblatt der Illustrierten aus der Tasche. Sie war unsicher geworden.

»Es gab kein Kind«, hatte Adrienne Bonnet ihr versichert. »Fleur hat abgetrieben.«

Bérénice musste mit jemandem reden, und sie wusste auch, mit wem. So holte sie ihr Handy aus der Tasche und tippte Hippolytes Nummer ein. Sie musste nicht lange warten, bis er sich meldete.

»Bitte, Hippolyte, können wir uns sehen? Ich bin unten am Boule-Platz. Es ist einiges passiert. Meine Mutter hat versucht, sich das Leben zu nehmen. Außerdem …« Sie sprach nicht weiter, denn im Hintergrund hörte sie Tristan bellen und die Stimme einer Frau, die mit dem Hund sprach.

»Ich komme«, antwortete Hippolyte, ohne zu zögern. »Ich bin gleich da.«

Das Warten fiel Bérénice schwer. Mehrmals stand sie auf und ging ein paar Schritte ungeduldig auf und ab. Dann endlich bremste Hippolytes Pick-up scharf vor der Bank, und er sprang heraus. Rasch lief er um den Wagen herum und kam auf sie zu.

Seit Oktober hatten sie sich nicht gesehen und nicht

gesprochen. Aber jetzt war er gekommen, weil sie seine Hilfe brauchte.

»Schön, dass du da bist.«

»Das ist doch selbstverständlich«, antwortete Hippolyte steif. Hatte er Marie-Luise damals erzählt, dass er mit ihr geschlafen hatte? Einen Moment sahen sie sich stumm an, dann nahm er Bérénice leicht am Arm. »Komm, setzen wir uns!«, schlug er vor. »Du hast Glück, dass ich zu Hause war.« Und er erzählte von der Weinmesse in einem der Loire-Schlösser, an der sie teilgenommen hatten. »Vor einer Stunde erst sind wir zurückgekommen.« Da sie nicht antwortete, fragte er: »Also, was ist los?«

»Meine Mutter liegt nach einem Selbstmordversuch auf der psychiatrischen Station im Krankenhaus. Aber ich darf sie nicht besuchen, weil sie mich nicht sehen will.«

»Das musst du akzeptieren«, antwortete Hippolyte ruhig. »Der Arzt weiß sicher, was das Beste für deine Mutter ist. Hat sie Tabletten geschluckt?«

»Ja, aber es waren nur Beruhigungstabletten, die nicht lebensbedrohend sind.«

»Nun«, antwortete Hippolyte vorsichtig, »das hört sich für mich nicht unbedingt so an, als hätte sie sterben wollen, sondern …«

»Ich weiß, was du sagen willst«, unterbrach ihn Bérénice. »Dieser Gedanke ist mir auch schon gekommen.«

»Es würde zu deiner Mutter passen. Hast du dich in den vergangenen Monaten nicht um sie gekümmert? Gab es Streit?«

Bérénice zuckte indifferent mit den Schultern. »Ja«, gab sie zögernd zu.

Hippolyte griff nach ihrer Hand und drückte sie sanft. »Weißt du, Denise hat dich immer erpresst. Wie oft bist du zu ihr gefahren, weil sie angeblich krank war oder irgendein furchtbares Leiden hatte, das sich dann plötzlich in Luft auflöste. Hauptsache, du warst bei ihr. Und ihr Knie …«

»Was meinst du mit dem Knie?«

»Manchmal konnte sie doch ganz normal laufen, dann wieder klagte sie über furchtbare Schmerzen, so dass sie ihr Knie nicht abbiegen konnte und hinkte.«

»Ja, ich weiß«, sagte Bérénice langsam. »Du warst stets misstrauisch – aber warum sollte sie denn simulieren? Ich habe ihr immer geglaubt.«

»Natürlich hast du das. Du bist ihre Tochter.«

»Du meinst also, sie wollte mich mit ihrem Selbstmordversuch nur erpressen?«

Hippolyte hob die Achseln. »Diese Frage kann ich dir nicht beantworten, aber es wäre eine Möglichkeit.«

Vorsichtig zog er sie an sich, und Bérénice legte den Kopf leicht an seine Schulter. Es fühlte sich so gut an.

Hippolyte sprach weiter: »Sie muss sehr verzweifelt gewesen sein, wenn sie zu diesem Mittel griff. Sie hat viel riskiert, auch wenn es einigermaßen harmlose Tabletten waren.«

Bérénice drückte ihren Kopf fester an seine Schulter und berührte mit ihrem Gesicht fast seine unrasierte Wange. Auch das tat gut.

»Sie ist alt, Bérénice, alt und einsam. Offenbar hat sie panische Angst, dich zu verlieren.«

»An Weihnachten wollte sie mich nicht sehen. Ich glaube, sie hatte einfach Angst vor meinen Fragen, die zu beantworten sie sich weigerte.« Bérénice hob den Kopf und sah Hippolyte an. »Sie hat mir einen Abschiedsbrief geschrieben. Willst du ihn lesen?«

Hippolyte sah sie an, und in ihren Augen las er die Bitte, es zu tun.

»Nein, Bérénice, dieser Brief ist nur für dich bestimmt. Aber du kannst mir sagen, was dich irritiert.«

Bérénice überlegte. Alles, dachte sie, einfach alles. Nichts fügt sich zusammen, nichts ergibt einen Sinn.

Als Hippolytes Handy klingelte, rückte sie ein wenig ab, und der Moment der Nähe war vorbei.

»Ja, ich komme …«

»Es tut mir leid.« Hippolyte steckte das Telefon wieder ein. »Frank ist mit dem Lkw gekommen. Wir müssen ausladen.«

»Ja, natürlich.« Eigentlich wollte sie ihm das Poesiealbum zeigen und darüber sprechen. Auch über die Vergewaltigung Etiennes und das Verhalten von Denise danach, ihre angeblich »glücklichen Jahre« mit ihrem Mann.

Da aber keine Zeit blieb, griff sie rasch nach der Titelseite in ihrer Tasche.

»Mache dir keine Sorgen!«, versuchte Hippolyte sie zu beruhigen. »Im Krankenhaus ist deine Mutter bestens aufgehoben. Du hast dir nichts vorzuwerfen. Du warst immer eine liebevolle Tochter.«

»Vielleicht in deinen Augen. Aber meine Mutter hat mir schon immer das Gefühl vermittelt, dass sie von mir enttäuscht ist, dass ich ihre Erwartungen nicht erfüllte.«

»Wie ich dir schon gesagt habe, du musst dir keine Vorwürfe machen.«

Hippolyte wollte aufstehen, doch da ergriff Bérénice seine Hand. »Es gibt etwas, das meine Mutter verschweigt«, sagte sie, »und das betrifft Fleur. Da bin ich ganz sicher.«

»Zum richtigen Zeitpunkt wirst du es herausfinden.«

Bérénice spürte, dass er wegwollte, deshalb erzählte sie noch hastig: »Als meine Mutter mit mir schwanger war, ist sie nach Paris gefahren. Sie ging das Risiko einer weiteren Fehlgeburt ein.«

»Und?« Hippolyte verstand nicht. »Worauf willst du hinaus?«

»Sie fuhr zu Fleur, ihrer verhassten Schwester. Irgendetwas stimmt da nicht, das spüre ich.«

»Du machst dir zu viele Gedanken. Was ist das?« Hippolyte zeigte auf das Titelblatt, das Bérénice jetzt in der Hand hielt.

»Hier, bitte schau es dir an!«

Hippolyte warf nur einen flüchtigen Blick darauf. »Das ist Brigitte Bardot, als sie jung war.«

»Ja, die Zeitung ist ja auch aus dem Jahr 1961.« Bérénice wurde ungeduldig. »Aber hier, das eingeblendete Foto, links unten.«

Hippolyte nahm ihr die abgerissene Seite aus der Hand und betrachtete intensiv das kleinere Foto.

»Fleur Déschartes, ist das deine Tante? Sie scheint sehr schön gewesen zu sein, soweit man das erkennen kann. Dieser Mantel sieht ja furchtbar aus!«

Hippolyte sah hoch. In Bérénice' Gesicht erkannte er ihre Enttäuschung. »Habe ich was Falsches gesagt?«

»Schau dir die Frau im Hintergrund an!«, forderte Bérénice ihn eindringlich auf.

Hippolyte blickte lange auf das kleinere Foto.

»Glaubst du, dass das Denise ist?«, half Bérénice nach. »Deine Mutter?«

»Ja, meine Mutter. Die Zeitung ist vom 10. Mai 1961, und am 16. Mai kam ich auf die Welt. Aber sieh dir meine Mutter an! Sie sieht schlank aus in dem grauen Kleid und hat keinen Bauch.«

Wieder betrachtete Hippolyte aufmerksam das Foto. »Ich weiß nicht. Wenn man genauer hinsieht, kann man schon einen kleinen Bauch erkennen. Was glaubst du denn?«

»Ach, gar nichts«, antwortete Bérénice einsilbig. Der Verdacht, der ihr beim Anblick des Fotos spontan durch den Kopf geschossen war, schien ihr plötzlich absurd, so absurd, dass sie ihn Hippolyte gegenüber nicht aussprechen wollte. So nahm sie ihm das Titelblatt aus der Hand und steckte es in ihre große Tasche zurück, nicht ohne seinen verstohlenen Blick auf die Uhr zu registrieren.

»Ich verstehe einfach nicht, warum meine Mutter mir die Existenz von Fleur verschwiegen hat.«

»Ich habe es dir im Herbst schon gesagt, in fast jeder Familie gibt es ein schwarzes Schaf oder böse Auseinandersetzungen, die zum endgültigen Bruch führen. Vielleicht wollte deine Mutter dich mit alldem nicht belasten.«

»Aber dieses Foto. Denise sieht nicht schwanger aus«, beharrte Bérénice.

»Du glaubst also, Denise sei gar nicht schwanger gewesen, ist es das?«

Bérénice nickte. Endlich hatte er verstanden, worauf sie hinauswollte.

»Denise Aubry ist doch auf dem Standesamt als deine Mutter eingetragen?«

»Ja, ja«, antwortete Bérénice. »Ich bin überreizt und sehe hinter allem einen Betrug oder eine Lüge meiner Mutter.«

»Das ist verständlich. Ich kann dir nur den Rat geben, warte ab, bis du sie im Krankenhaus besuchen kannst! Dann sprich mit ihr, vielleicht in Anwesenheit ihres Therapeuten.« Hippolyte erhob sich, dann beugte er sich zu ihr hinunter und strich ihr zärtlich über die Haare. »Du bist in einer schwierigen Situation, ich weiß. Deine Mutter belügt und erpresst dich, aber warum? Sie liebt dich, und sie will von dir geliebt werden. Wie sehr muss ein Mensch sich selbst hassen und wie gering muss sein Selbstwertgefühl sein, um zu solchen Mitteln zu greifen. Versuche, sie zu verstehen, und vor allem mach dir keine Vorwürfe! Du warst und bist eine gute Tochter.«

Noch einmal strich er über ihre Haare, und unwillkürlich hielt Bérénice seine Hand fest und drückte sie gegen ihre Wange. Doch da zog er sie schnell zurück.

»Wie geht es dir eigentlich in Paris?« Es sollte locker klingen, aber als Bérénice zu ihm hochsah, sah sie die Anspannung auf seinem Gesicht.

»Gut, wirklich gut. Die große Show ist in einigen Tagen, und der Job macht mir viel Spaß.«

»Und sonst? Gibt es einen Mann in deinem Leben? Du siehst irgendwie verändert aus.«

Hörte sie Eifersucht in seiner Stimme? »Ja.« Sie zögerte, doch sie wollte ihn nicht anlügen. »Noch nicht lange, erst seit ein paar Wochen. Es ist nur eine Affäre«, fügte sie rasch hinzu.

Warum sagte sie das? War Jean Bergé wirklich nur eine Affäre? Sie hatte bis jetzt kaum darüber nachgedacht.

»Er ist Modefotograf«, sagte sie, da Hippolyte schwieg.

»Nun, wenn er dich glücklich macht, ist es ja in Ordnung«, antwortete er förmlich. »Also, ich bin sehr müde, und es wartet noch eine Menge Arbeit auf mich.«

Beide erhoben sich. Stumm sahen sie sich an.

In Hippolytes Augen erkannte Bérénice einen heftigen Vorwurf, den er nicht aussprach.

»Wir sind getrennt«, erklärte sie schärfer als gewollt. »Ich bin frei, und schließlich hast du auch wieder eine Beziehung.«

»Ja natürlich, ich habe doch gar nichts gesagt.«

»Du hast mich nie angerufen, Hippolyte. Warum?« Das musste endlich heraus.

»Dasselbe kann ich dich fragen.« Seine Antwort kam prompt.

Ich liebe dich so, und ich habe es ja versucht, dachte Bérénice, doch sie sprach es nicht aus. Denn Hippolyte gehörte jetzt zu einer anderen, zu Marie-Luise.

Auch sie, Bérénice, war eine Beziehung eingegangen, aber sie erkannte in diesem Augenblick deren Bedeutungslosigkeit. Es war nur eine Affäre, die man jeden Tag beenden konnte, ohne dass sie Schmerz oder Enttäuschung hinterließ. Nichts, was es wert gewesen wäre, darüber zu sprechen oder deswegen zu leiden. Sie hätte es nicht erwähnen sollen.

So starrten sie sich an, bis Hippolyte Bérénice an sich zog. Er küsste sie nicht, sondern umfasste mit seinen Händen zärtlich ihr Gesicht. Als sie die Augen schloss, spürte sie seinen Mund, der flüchtig ihre Lippen suchte.

»Du musst die Vergangenheit vergessen«, sagte Hippolyte, als er sich von ihr löste.

Bérénice brauchte einen Moment, bis sie begriff. Sie sollten beide die Nacht im vergangenen Herbst vergessen. Das wollte er ihr damit sagen. Bewegungslos blieb sie stehen und sah ihm nach, als er rasch um seinen alten Wagen herumlief und die Tür aufriss.

»Vergessen?«, schrie Bérénice ihm in aufsteigender Wut und tiefer Enttäuschung nach. Diese Nacht, die Verbundenheit, das Vertrauen und die erlebte Leidenschaft sollte sie einfach so vergessen? Als wäre es nie passiert? Als hätte er sich ihr nie geöffnet und ihr seine andere Seite gezeigt, seine Verletzlichkeit, die Qual, die er in all den Jahren durchgemacht hatte? »Denkst du, was man vergisst, hat nie stattgefunden? Machst du es dir nicht zu leicht?«, schrie sie noch, obwohl er bereits in den Pick-up stieg.

»Du hast mich falsch verstanden«, rief Hippolyte. »Ich meinte die Vergangenheit mit deiner Mutter und auch alles mit Fleur, einfach alles.«

Er knallte die Wagentür zu, fuhr los und wandte sich nicht mehr nach ihr um.

Langsam ließ sich Bérénice auf die Bank fallen. Sie sollte vergessen. Doch sie konnte es nicht. Und plötzlich wusste sie, Hippolyte konnte es auch nicht.

*

Hippolyte raste die Bergstraße hoch und achtete nicht auf die Steine, die unter seinen Reifen links und rechts wegsprangen. Dann bremste er scharf, fuhr an den Wegrand und kletterte aus dem Wagen. Auf dem Beifahrersitz lagen Marie-Luises Zigaretten. Hippolyte rauchte seit zehn Jahren nicht mehr, doch jetzt griff er nach der Packung, zog eine Zigarette heraus und zündete sie sich an. Du Idiot!, beschimpfte er sich selbst. Du verdammter Idiot!

Bérénice brauchte seine Hilfe. Er aber hatte nichts Besseres zu sagen gewusst als den dummen Satz: Du musst die Vergangenheit vergessen! Und den hatte Bérénice auch noch falsch verstanden.

Er hatte ihr raten wollen, endlich mit Denise abzuschließen und zu erkennen, dass sie niemals frei sein würde, solange sie sich von ihrer Mutter manipulieren ließ. Aber er hatte niemals gewollt, dass Bérénice das Wochenende im Oktober vergaß, diese Nacht, die seit damals seine Gedanken und seine Gefühle beherrschte, als er endlich die Barriere niedergerissen hatte, die vier Jahre lang zwischen ihnen stand.

Auch für sie schien diese Nacht von Bedeutung gewesen zu sein, doch sie hatte in Paris eine neue Liebe gefunden. Eine Affäre, wie sie sagte, aber das konnte er nicht glauben. Bérénice und eine Affäre, das passte nicht zusammen. Er sollte sich freuen, dass Bérénice offenbar glücklich war, aber das war ihm nicht möglich.

Hippolyte warf die angerauchte Zigarette auf den Boden und zertrat sie. Dann stieg er wieder in seinen Pick-up, aber er fuhr nicht los.

Er hatte damals mit Marie-Luise gesprochen und ihr alles erzählt. Sie hatte ihn verstanden und ihn nicht verlassen. Sie war davon ausgegangen, dass es ein einmaliger Ausrutscher gewesen war, eine Reminiszenz an die Vergangenheit.

Hippolyte lachte bitter auf. Eine Reminiszenz an die Vergangenheit! Und offenbar auch für Bérénice nichts als eine sentimentale Erinnerung. Er war damals bereit gewesen für einen Neuanfang, doch sie anscheinend nicht. Denn hätte sie ihn sonst nicht angerufen?

15

Februar 2002
Paris

Der Umbau für die Show lief auf Hochtouren. Dieses Mal fand sie in den eigenen Räumen statt und nicht wie sonst im Palais Royal. Das Geschäft wurde vorübergehend geschlossen, die Schaufenster verhängt, und niemand außer den Mitarbeitern kam an dem Bodyguard vorbei, den Maxime am Eingang postiert hatte. Bérénice saß ein wenig abseits der Hektik und sah der PR-Chefin zu, die mit ihrer Assistentin an den Stuhlreihen entlanglief, die Sitzordnung durchsprach und mit Klebeband die Namenskärtchen an den Sitzen befestigte. Dieses Mal hatten sich auch die Chefredakteurinnen der amerikanischen, der englischen und der chinesischen Ausgabe der *Vogue* avisiert. Auf Junes Einladung hin rechnete man mit einem Dutzend reicher junger Erbinnen, It-Girls aus Europa und Amerika, aber keine hatte eine feste Zusage gemacht. Das große Medieninteresse war durch die Ankündigung des Hauses Malraux entstanden, Maxime wolle seine Klassiker in neuer Interpretation zeigen. All seine sensationellen Entwürfe, getragen von Filmstars in großen Hollywood-Produktionen, die Kreationen, die ihn vor Jahren weltberühmt gemacht hatten. Maxime nannte diese Gruppe der Show *Symphonie Classique* und wollte sie zur entsprechenden Musik von Sergej Prokofjew zeigen, doch dann einigte man sich auf Mozart.

Die Probe lief, Scheinwerfer wurden ein- und abgeschaltet, die Musik an- und abgestellt, es wurde gestritten, bis der Choreograph mit den Models die Schritte und den Ablauf ohne Begleitmusik einstudierte. Bérénice gefiel der puristische Rahmen in Weiß, der mit Buketts aus Lilien ergänzt werden sollte. Während sie der Probe zusah, ließ sie den Eingang nicht aus den Augen. Maxime hatte ihr für heute ein Gespräch zugesagt. Obwohl schon seit Stunden geprobt wurde, war der Designer noch nicht aufgetaucht.

»Kennst du die neuesten Gerüchte?« Cathérine stellte sich neben sie. »Ab nächster Saison wird die Haute-Couture-Kollektion eingestellt, es gibt nur noch die Prêt-à-porter.« Auch Bérénice kannte das Gerücht. Es sollten mindestens zweihundert Leute entlassen werden, darunter das gesamte Atelier für Stickereien, das Bérénice erst vor neun Monaten aufgebaut hatte.

»Nun, es steht ja noch nichts fest. Ich denke, der Erfolg dieser Show wird über die Zukunft entscheiden.«

Cathérine reagierte nicht, sie schien zu nervös, um richtig zuzuhören. Sie wirkte übermüdet und enttäuscht. Wenn auch sie entlassen wurde, stand sie mit zweiundvierzig Jahren vor dem Nichts, in ihrem Alter hatte sie keine berufliche Chance mehr.

Oben an der Treppe erschien jetzt das russische Model Nastassja in einem hellgrauen Abendkleid aus Chiffon, dessen Bustier besetzt war mit kleinen wehenden Blütenblättern aus dem gleichen zarten Stoff, bestickt mit winzigen Steinchen, die im Licht des Scheinwerfers aufglühten und wieder erloschen. Nach einer kurzen Pause trat das Starmodel Kate zu ihr. Sie trug die Kreation von Bérénice, eine chinesische Jacke aus gelbem Satin, mit einem theatralisch großen Kragen, bestickt mit Drachen und Vögeln. Bérénice war glücklich, denn dieses Modell war einfach sensationell.

Im Raum machten sich Müdigkeit und Gereiztheit bemerkbar. Die übliche Nervosität ging in Hysterie über, und jeder war unruhig, da zum ersten Mal in der Geschichte des Hauses der Designer den Proben fernblieb und sich nicht einmal entschuldigt hatte. Das ließ die Vermutungen über das Aus der Marke Maxime Malraux eskalieren.

Monate harter Arbeit, oft nächtelanger Überstunden lagen hinter dem großen Stab der Mitarbeiter. Überstunden, die von Maxime nicht bezahlt wurden. Und jetzt ließ er sein Team im Stich, obwohl alle bis zur Erschöpfung für seine Kollektion gearbeitet hatten. In den wichtigsten Stunden vor der entscheidenden Show war Maxime nicht da.

»Jetzt kommt die *Symphonie Classique*«, kündigte Cathérine ironisch an, »alte Klamotten, neu aufbereitet.« Doch auch sie musste zugeben, dass diese Gruppe Maximes Geniestreich war. Zwanzig Models kamen die Treppe herunter. Die ersten trugen Maximes berühmte rote Abendroben, dazwischen wurden die eleganten Kleider, die Hollywood-Kleider gezeigt, und zum Schluss sollten dann noch acht Starmannequins in den legendären schwarzen Kostümen auftreten.

»Bérénice?« Camilla, die Chefdirektrice, drängelte sich zu ihr durch und zog sie zur Seite. »Ich soll dir ausrichten, Maxime wartet draußen auf dich. Du sollst sofort kommen. Aber niemand darf wissen, dass er da ist«, flüsterte sie ihr noch schnell zu. Dann war sie wieder weg und lief die Treppe hinauf in den Backstage-Bereich, in dem ein Team von Stylisten die Frisuren und das Make-up der Models ausprobierten. Bérénice glitt von ihrem Hocker herunter, nickte Cathérine zu und ließ sich die Eingangstür öffnen. Draußen war ein nasser grauer Februartag, an dem kaum Licht am Himmel zu sehen war und jeder Pariser schlecht gelaunt durch die Straßen hastete. Vor dem Gebäude erwartete sie Maximes Chauffeur Alain.

»Kommen Sie! Rasch.«

Er lief ihr voraus zu Maximes Limousine, die er ein paar Häuser weiter vor dem Hotel Plaza geparkt hatte. Er öffnete Bérénice die hintere Tür und forderte sie auf einzusteigen. Er selbst blieb draußen, gegen die Fahrertür gelehnt, stehen.

Maxime saß auf der Rückbank in der Ecke. »*Salut*, Bérénice, wie ist die Probe gelaufen?«, wollte er wissen, kaum, dass sie Platz genommen hatte.

»Gut, ganz gut.« Bérénice blieb reserviert.

»Ich wollte Sie schon lange sprechen«, erzählte Maxime, der keinen Hehl aus seiner schlechten Laune machte. Besorgt fragte sich Bérénice, ob jetzt der richtige Zeitpunkt für dieses wichtige Gespräch war. Maxime wirkte unkonzentriert, sein Gesicht war blass, und tiefe Schatten lagen unter seinen Augen.

»Ich habe nicht viel Zeit«, stellte er klar, während er nervös seine Beine übereinanderschlug. Er schien unruhig und gehetzt, und Bérénice spürte, dass er sich auf kein langes Gespräch einlassen wollte. Aus seiner Jackentasche holte er einen kleinen Schlüsselbund, mit dem er nervös herumspielte.

»Von Camilla habe ich erfahren, dass Sie Fleurs Nichte sind, ist das wahr?«

»Ja, das ist wahr«, antwortete Bérénice. Als sie vor zehn Tagen aus Saint-Emile zurückgekommen war, hatte sie es der Direktrice erzählt.

»Woher wissen Sie das?« Unruhig huschte Maximes Blick über das Gesicht von Bérénice.

»Das ist eine lange Geschichte«, antwortete sie. »Eigentlich will ich nicht darüber reden.« Sie hatte keine Lust, mit Maxime über ihre Familie zu sprechen.

»Nun«, Maxime überging ihre Antwort und sprach weiter, »ich weiß nicht, ob Ihnen bekannt ist, dass Fleur und ich befreundet waren. Wir wohnten sogar einige Zeit zusammen. Doch dann kam es zu einem Streit, und irgendwann hörte ich, dass sie Paris verlassen hatte. Ein paar Wochen später rief mich der Besitzer ihrer Wohnung an. Er wollte wissen, was er mit ihren persönlichen Sachen machen soll, denn er beabsichtigte, die Wohnung zu verkaufen. Er war ein deutscher Industrieller und Fleurs Freund. Ich bot ihm meine Hilfe an und informierte Fleurs Schwester. Bei meinem Anruf erschrak sie, geriet sogar in Panik. Sie wollte die Sachen auf keinen Fall haben.«

»Woher kannten Sie die Telefonnummer meiner Mutter?« Bérénice hatte angespannt zugehört.

»Irgendwann hat Fleur sie mir gegeben, als wir noch zusammen in der Dachwohnung lebten.«

»Und dann?«

»Ich kaufte dem Deutschen die Wohnung ab. Vor der Renovierung bat ich meine damalige Haushälterin, die wenigen Sachen von Fleur in einen großen Schrank zu packen, falls sie zurückkäme. Nun, vielleicht wissen Sie, dass ich diese Wohnung in der Rue Saint-Honoré meinen Freunden zur Verfügung stelle, wenn sie Paris besuchen. Doch das wird mir jetzt zu viel, und ich will die Wohnung verkaufen. Hier.«

Jetzt drückte Maxime Bérénice die Schlüssel in die Hand. »Die Sachen Ihrer Tante befinden sich in dem kleinen Ankleidezimmer. Meine Haushälterin Josephine, die sich auch um die Wohnung kümmert, pflegt die Sachen und hält sie in Ordnung. Es ist nicht viel, aber …«

»Was sind das für Sachen?«

Müde zuckte Maxime mit den Schultern. »Ich weiß es nicht, ich habe mich nicht darum gekümmert. Was ich weiß, ist, dass in dem Schrank einige original Couture-Kleider aus den fünfziger Jahren hängen, Dior, Balenciaga, Givenchy. Neulich ließ ich sie einer Freundin von mir zeigen, sie leitet das kleine Musée de la Haute Couture an der Rive Gauche. Sie war begeistert. Ich denke, Bérénice, es wäre das Beste, wenn Sie diese Kreationen dorthin geben. Aber das müssen natürlich jetzt Sie entscheiden.«

Bérénice sah auf die Schlüssel in ihrer Hand.

»Haben Sie nie nach Fleur gesucht, sich nach ihr erkundigt?«

Sie hob ihr Gesicht und sah Maxime fest in die Augen. »Sie sagen doch, Sie waren befreundet.«

»Ja, das ist richtig«, erwiderte Maxime, »aber wir hatten keinen Kontakt mehr, und wissen Sie, ich stand damals am Anfang meiner internationalen Karriere, und da … Nun«, unterbrach er sich, »wie ich schon sagte, habe ich wenig Zeit.«

Er holte aus der Tasche seines dunklen Anzugs eine

Visitenkarte und übergab sie Bérénice: *Mme Béatrice Bellier. Musée de la Haute Couture.*

»Das ist die Chefin des Museums. Bitte setzen Sie sich, wenn Sie sich entschieden haben, bald mit ihr in Verbindung, ich möchte den Verkauf der Wohnung so schnell wie möglich abschließen.«

»Ja, natürlich.« Bérénice' Herz klopfte, und ihre Kehle war ausgetrocknet, als ihre Finger den Schlüsselbund fest umschlossen.

»Nach der Show werden wir uns ausführlicher unterhalten, das verspreche ich Ihnen.«

Maxime berührte leicht ihre Hand und raffte sich zu einem müden Lächeln auf. Dann klopfte er ungeduldig an die Fensterscheibe. Alain lief um den Wagen herum und öffnete für Bérénice die Tür.

»Danke«, sagte sie, zu Maxime gewandt. »Danke, dass Sie Fleurs Sachen aufbewahrt haben.«

»Ich habe Fleur geliebt«, antwortete Maxime leise, ohne Bérénice anzusehen. »Auf meine Art habe ich Fleur geliebt.«

*

Die Tür zur Wohnung in der Rue Saint-Honoré klemmte, als Bérénice sie aufschließen wollte. Sie musste heftig dagegendrücken, bevor sie aufsprang.

Hier also hatte Fleur vor vielen Jahren gelebt. Fleur, ihre Tante, deren Existenz Denise über Jahrzehnte geheim gehalten hatte. Fleur, das schöne Mannequin, die geheimnisvolle Frau, die verschwand und von niemandem vermisst wurde.

Es war still und kalt in der Wohnung, und Bérénice ging auf Zehenspitzen durch die Räume. Doch sehr schnell wurde ihr klar, dass hier nichts mehr an Fleur erinnerte. Was hatte sie auch erwartet? Die drei großen Räume waren elegant eingerichtet und ähnelten mehr einer Suite in einem Luxushotel. Bérénice warf einen kurzen Blick in die perfekt eingerichtete Küche und das anschließende kleine Esszimmer. Dann sah sie sich in dem Wohnraum um. Zwei große weiße Sofas, davor ein Glastisch, weiße Orchideen in ebenfalls weißen Keramiktöpfen. Ein Kamin, über dem ein großer venezianischer Spiegel hing. Die Tür zum Schlafzimmer stand offen, es hatte einen direkten Durchgang zu einem luxuriös ausgestatteten Bad. Gegenüber befand sich eine schmale Tür: offenbar das Ankleidezimmer. Bérénice' Herz klopfte stark, und ihre Hände zitterten, als sie eintrat und das Licht einschaltete. Sie sah sich um. Eine breite Schrankwand, ein Spiegel, ein Biedermeierstuhl, auf dem ein hoher Stapel von alten Ausgaben der *Vogue* lag. Das Cover des obersten Heftes zierte ein Foto von Fleur. Sie trug eine weiße Bluse mit schwarzen Tupfen und lächelte in die Kamera. Das Magazin war aus dem Jahr 1958. Bérénice sah die Zeitschriften nicht weiter durch, sondern öffnete den Schrank. Unter weißen Nesselhüllen hingen die Kreationen der großen Modeschöpfer der Vergangenheit auf breiten Samtbügeln. Bérénice zog ein Kleid heraus, das sie von einem der Fotos der Georges-Bonnet-Ausstellung kannte.

Fleur in einem Traum aus rotem Chiffon von Balenciaga im La Coupole. Es war eines der schönsten Fotos in der Petite Galerie des Arts gewesen.

Einer plötzlichen Regung folgend, zog Bérénice die Nesselhülle wieder über das Kleid, um es mitzunehmen. Hatte Maxime nicht gesagt, sie habe ein Recht auf Fleurs Sachen?

Flüchtig sah sie die Couture-Abendroben durch. Maxime hatte recht, die Kleider waren am besten in einem Museum aufgehoben. Bérénice öffnete die zweite Tür des Schranks, hinter der Schuhe in allen Farben standen. Dann ging sie in die Knie, denn im untersten Fach standen drei Kartons, angefüllt mit Fotos. Flüchtig wühlte Bérénice sie durch. Wenn sie die Sachen zu Hause hatte, konnte sie sich die Bilder genauer ansehen. In einem der Kartons lagen auch ein paar Bücher. Bérénice sah sie durch. Es waren mehrere deutsch-französische Schulbücher und ein paar Romane.

In der hintersten Ecke fand Bérénice einen länglichen rosa Karton, den sie herauszog und öffnete. Staunend holte sie vorsichtig eine Puppe heraus. Auf dem Köpfchen trug sie einen kleinen Strohhut mit einem seidenen rosa Band und dazu ein passendes Kleidchen, besetzt mit kostbarer Spitze. Die winzigen Schuhe waren aus Lackleder. Hatte diese teure Puppe Fleur gehört? Doch sie wirkte neu und unbenutzt. Vorsichtig legte Bérénice die Puppe zurück in den Karton und entdeckte erst jetzt auf dem Seidenpapier eine schmale Karte: *Meine liebe kleine Bérénice, viele Küsse von Deiner Tante Fleur zu Deinem ersten Geburtstag.*

Warum hatte Fleur diese Puppe für sie gekauft, aber nie abgeschickt? Als Bérénice das Seidenpapier vorsichtig über die Puppe zog, steckte noch ein Brief im Karton. Er war von Denise.

Fleur,
habe ich Dir nicht deutlich genug gesagt, Du sollst uns und unser Kind in Ruhe lassen? Anbei schicke ich Dir diese geschmacklose Puppe zurück und: Rufe nie wieder an! Etienne sieht es nicht gern, wenn Du uns dauernd belästigst. Also, lass uns endlich in Ruhe!
Denise

Das also hatte ihre Mutter geschrieben. Warum? War sie eifersüchtig auf ihre schöne Schwester, befürchtete sie, dass Fleur ihr die Liebe der Tochter stehlen würde? Noch einmal nahm Bérénice vorsichtig die kostbare Puppe heraus. Zart strich sie über das seidene Kleid, legte sie wieder behutsam in den Karton und schob ihn in den Schrank zurück. Doch dann überlegte sie: Diese Puppe war ein Geschenk an sie gewesen, also gehörte sie ihr. Kurz entschlossen nahm sie den rosa Karton wieder heraus, dabei glitt ein Brief aus dem Fach und fiel zu Boden. Jemand schien ihn achtlos zwischen Karton und Schrankwand gesteckt zu haben.

Neugierig hob Bérénice ihn auf, und als sie den Namen des Empfängers las, fing ihr Herz an zu rasen: Patrice Chaubert. Die Adresse war eine Klinik in Passy. Fleur hatte das Kuvert frankiert, aber nicht abgeschickt, nicht einmal zugeklebt.

Plötzlich fühlte Bérénice sich unbehaglich. Sie schnüffelte Fleur nach, durfte sie das? Wenn ihre Tante plötzlich nach Paris zurückkehrte? Doch dann steckte sie den Brief zur Puppe in den Karton. Maxime wollte, dass sie Fleurs Sachen durchsah und bald abholen ließ.

Bérénice ging mit dem Karton und ihrer Tasche in den

Wohnraum zurück und schlüpfte in ihren Mantel. Sie fröstelte und horchte in der stillen Wohnung auf die gedämpften Geräusche, die von der Rue Saint-Honoré heraufdrangen: das Hupen eines Autos, ein paar laute Stimmen, lautes Gelächter.

Zu Hause würde sie Madame Bellier anrufen, um ihr die Kleider anzubieten. Die Modemagazine, die Kartons mit den Modefotos und den wenigen Büchern konnte sie mit einem Kurier abholen lassen. Noch einmal ging sie zurück ins Ankleidezimmer, vielleicht fand sich noch etwas, das sie behalten wollte, oder einen Hinweis, wo Fleur jetzt lebte, eine Adresse in Brasilien vielleicht oder irgendwo sonst auf der Welt. Bérénice blieb vor dem geöffneten Schrank stehen und sah alles noch einmal durch. Sie hatte nichts übersehen. Doch dann konnte sie nicht widerstehen und zog die Nesselhülle von einer der Abendroben. Darunter kam ein langes weißes Kleid zum Vorschein, aus schwerem Duchesse mit einem mit schwarzen Blumen bestickten Bustier und einem weiten Rock. Givenchy.

Bérénice schloss die Augen und atmete tief den zarten Duft eines orientalischen Parfums ein. Und plötzlich wusste sie, sie kannte den Duft aus ihrer fernen Kindheit. Es war aber nicht der Moment, als sich Fleur über sie gebeugt und sie geküsst hatte. Es gab noch eine andere Erinnerung, und die verband sich mit Dunkelheit, mit Kälte und tiefem Entsetzen. Schweiß brach Bérénice aus, ihre Zähne schlugen aufeinander, Panik griff nach ihr und nahm ihr den Atem. Dieser entsetzliche Augenblick, wann war das gewesen? Doch das Erlebnis verharrte in Dunkelheit, und was blieb, war tiefe Angst.

Bérénice warf die Schranktür zu und hastete ins Wohnzimmer zurück. Sie klemmte sich den Karton mit der Puppe unter den Arm, nahm ihre Handtasche, hängte sich das rote Chiffonkleid über den Arm und rannte aus der Wohnung. Sie hetzte die zwei Stockwerke hinunter und rannte durch die große Halle mit ihrem schwarzweiß gekachelten Boden, hinaus auf die Rue Saint-Honoré. Sie hastete weiter, sah niemanden und stieß Leute an, die sich kopfschüttelnd nach ihr umdrehten. Sie lief die lange Straße entlang, am Grand Palais vorbei, die Avenue de l'Opéra hoch, bis sie endlich vor dem Opernhaus anhielt. Mit keuchendem Atem stand sie vor der Treppe, die hinunter zur Metrostation führte. Sie rührte sich nicht von der Stelle und empfand Trost dabei, die Nähe der vielen drängelnden Leute zu spüren, angerempelt zu werden, ihre Stimmen zu hören und inmitten der lärmenden Stadt zu stehen.

Als ihr Atem sich beruhigt hatte, lief sie am Opernhaus vorbei bis zu den Galeries Lafayette. Dann ging sie den Boulevard Haussmann hinunter bis zu ihrer Wohnung. Sie schloss die Tür auf und lehnte sich innen mit einem tiefen Aufatmen dagegen. Sie machte alle Lampen an, holte die Puppe aus dem Karton und setzte sie auf ihr Bett, daneben breitete sie das rote Kleid aus und strich über den zarten Stoff.

Im Wohnzimmer ließ sie sich auf das Sofa fallen. In der Überschaubarkeit der kleinen Wohnung entspannte sie sich allmählich, und das helle Licht vertrieb ihre Ängste und die dunklen Ahnungen einer fernen Vergangenheit.

*

Zu Hause angekommen, ging Maxime sofort ins Bad. Er wollte sich noch zurechtmachen, bevor Aziz kam. Doch seine Gedanken gingen zu dem Gespräch mit Bérénice zurück.

»Ich habe Fleur geliebt«, hatte er zu ihr gesagt. »Auf meine Art habe ich Fleur geliebt.« Es war das Bekenntnis eines müden alten Mannes, aber es entsprach der Wahrheit. Er mochte Fleur sofort, als er in der Bar des Théâtres neben ihr an der Theke gestanden hatte. Ein schönes Mädchen, vielleicht ein wenig zu dünn, aber gerade richtig für die Haute Couture. Das ausdrucksvolle Gesicht, die großen, dunklen Augen, der sinnliche Mund.

»Meine kleine Provinzlerin«, murmelte Maxime versonnen, als er sich zum Spiegel vorbeugte und kritisch übers Gesicht fuhr. Wie schnell die Jahre vergangen waren!

Fleur war der einzige Mensch gewesen, der bedingungslos zu ihm stand. Sie hatte ihn aufgebaut, wenn er an seinem Talent zweifelte, und sie war bei ihm, wenn er seine Depressionen durchlitt. Sie hatte an ihn geglaubt, ihm schließlich die große Chance seines Lebens vermittelt. Maxime et Fleur – und er hatte sie verraten.

»Judas«, sagte Maxime zu seinem Spiegelbild. »Du elender Judas!« Konnte er es jemals wiedergutmachen? Er musste es wenigstens versuchen.

Jetzt aber wollte er nicht an Fleur denken, sondern sich auf seine Verabredung mit Aziz vorbereiten. Vor einigen Wochen erst hatte er den zweiundzwanzigjährigen jungen Mann kennengelernt, als er ihn bei einem Escortservice buchte, und jetzt schien es ihm, als könne er nicht mehr ohne ihn leben. In Aziz' Armen vergaß Maxime die beruflichen Misserfolge der letzten Jahre, die Angst vor der aktuellen Show und die große, alles bestimmende Furcht vor dem Alter und dem Tod.

»Maxime?«

Maximes Herz schlug heftig, als er die weiche Stimme von Aziz hörte. Er war da.

Maxime verließ das Bad und ging hinüber ins Schlafzimmer zu Aziz, der sich rasch auszog und dann nackt vor ihm stand. Die Schönheit des jungen, glatten Körpers, sorgfältig von Haaren befreit, verschlug Maxime den Atem. Aziz kam mit einem Lächeln näher.

»Komm!«, schmeichelte er und streckte die Arme aus. »Wir haben nur eine Stunde.«

Maxime ließ seine Finger bewundernd über Aziz' festen Oberkörper gleiten. Er fuhr über die Brustwarzen, die sich unter seiner zärtlichen Berührung aufrichteten, und den durchtrainierten Bauch bis zu Aziz' Geschlecht, das unter Maximes Händen hart wurde.

Aziz löste den Gürtel von Maximes Morgenmantel.

»Komm!«, flüsterte er ihm ins Ohr. »Lass uns die Stunde genießen!«

Maxime stöhnte auf und folgte dem jungen Mann willenlos zum Bett. In dem Wissen um die eigene vollkommene Schönheit streckte Aziz sich aus. Für Maxime war er eine Droge. Er verschaffte ihm den höchsten Genuss, den der Designer jemals erlebt hatte, und in den Stunden mit ihm gab er dem alternden Mann das Gefühl von Jugend und seiner längst vergangenen Schönheit zurück. Eine kurze Ekstase, ein rasches Aufflackern, ein Aufbegehren gegen das Alter, den Tod, bevor die Angst und die tiefe Depression wieder nach Maxime griffen.

Maxime lag schlaflos in seinem Bett, das einige Stunden vorher Aziz mit ihm geteilt hatte. Noch vier Tage, dann fiel die Entscheidung. Würde die Modewelt ihn feiern oder sich endgültig von ihm abwenden?

Ein Gefühl des Überdrusses und der Langeweile ergriff ihn. Es gab diese Momente des Glücks nicht mehr, die er empfunden hatte, als er jung gewesen war, damals, als er Albert de Montherlant liebte und seinen großen Erfolg erlebte, diesen Erfolg, den er Fleur gestohlen hatte.

Als das Telefon läutete, nahm er ab. Es konnte Aziz sein, der ihn auf seiner Geheimnummer anrief, um ihm eine weitere Stunde in dieser Nacht zuzusagen.

Es war nicht Aziz. Es war Gerard Weinberg, der oberste Chef der GGIF, der ihm mitteilte, dass eine Entscheidung gefallen sei, eine Entscheidung, die sie sich nicht leichtgemacht hätten. Man habe Stunden bis in die Nacht hinein beraten und sei zu dem Schluss gekommen, es wäre unverantwortlich und den Investoren gegenüber nicht mehr zu vertreten, wenn Maxime Malraux weiterhin die Kollektionen für das Label Maxime Malraux entwerfe. Man habe sich für einen jungen Mann, einen begabten Designer, als Nachfolger entschieden. Die Entscheidung werde bis nach der Show zurückgehalten, erst dann solle eine Pressekonferenz einberufen werden.

»Es tut mir leid, Maxime, ich bedaure das sehr, und ich persönlich habe alles versucht, Sie zu halten. Aber genießen Sie die Show, sie wird wunderbar werden. Und, Maxime, alles Gute für die Zukunft!«

16

Bérénice schrak hoch, als das Telefon läutete. Sie saß auf dem Sofa, Fleurs Brief an Patrice lag vor ihr auf dem Tisch. Sie zögerte immer noch, ihn zu lesen. Unbestimmte Angst hatte sie erfasst, Angst, etwas zu erfahren, was sie nicht wissen wollte.

Sie ließ das Telefon lange läuten, bis sie endlich abhob. Es war Jean Bergé.

»Kommst du morgen zur Vernissage?«, wollte er wissen.

»Warum hast du dich so lange nicht gemeldet?«, antwortete Bérénice mit einer Gegenfrage.

»Ich musste die Ausstellung vorbereiten«, sagte Jean ausweichend. »Das ist eine Menge Arbeit, das weißt du doch. Hallo, bist du noch dran?«, rief er dann in den Hörer, da Bérénice schwieg. Es gab ein Gerücht in der Szene, Jean Bergé habe eine Affäre mit dem gerade mal zwanzig Jahre alten chinesischen Starmodel Suzy Choo.

»Ja. Ich weiß es nicht, Jean, vielleicht komme ich.«

»Du bist die Frau auf dem Poster, eines meiner besten Fotos. Du musst kommen, die Leute wollen dich sehen.«

»Du hast das Foto genommen, ohne mich zu fragen«, sagte Bérénice gereizt.

»Nun, dann komm oder komm nicht, wie du willst.« Auch Jean reagierte gereizt und legte grußlos auf.

Bérénice dachte über seine aggressive Stimmung nicht nach, ihre Gedanken kreisten um den Brief, der vor ihr lag. Sie hatte das Gefühl, in Fleurs ganz private Sphäre einzubrechen, und sie zögerte noch, das zu tun. Aber vielleicht enthielt der Brief Hinweise auf das Verschwinden ihrer Tante?

Durfte sie ihn lesen? Der Brief war nicht zugeklebt, also konnte ihn jeder herausnehmen. Langsam faltete sie ihn auseinander, legte ihn vor sich auf den Tisch und glättete ihn behutsam.

Patrice,
nie mehr wollte ich Dich sehen oder auch nur von Dir hören. Doch jetzt schreibe ich Dir, nachdem ich gestern den Artikel mit Deinem Foto im France Soir *gelesen habe.*
Du hast Dein Ziel erreicht: Dein Schwiegervater hat Dir seine Klinik übergeben. Auf dem Foto legst Du den Arm um die Schultern Deiner Frau, und vor Euch stehen die beiden Töchter, die jüngere ist wohl fünf Jahre alt.
Vor fünf Jahren hast Du mich zur Abtreibung unseres Kindes überreden wollen, jetzt endlich kenne ich den Grund: Du hast Dich für das eheliche Kind entschieden und gegen das Kind, das ich erwartete.
Durch diesen Artikel gestern sind mir Deine Lügen bewusst geworden, auch das Ausmaß meiner Naivität, meines blinden Vertrauens in Dich und in die Beteuerungen Deiner Liebe.
Als Du mir damals die Adresse in die Hand gedrückt und Dich aus meinem Leben geschlichen hast, hast du angenommen, ich würde das Kind abtreiben lassen.
Zuerst hatte ich nur eine elementare tiefe Angst vor diesem Eingriff und den eventuellen gesundheitlichen Folgen. Ich hatte schon zu viele Horrorgeschichten gehört, was andere Mädchen in der Modeszene durchgemacht haben, als sie ein Kind abtreiben ließen. Zuerst war nur diese Angst da, ein

Mutterinstinkt stellte sich erst später ein. Vielleicht in dem Moment, als ich meine Schwester nach der Beerdigung unserer Mutter traf.
Da schmiedeten wir einen Plan, zuerst spielerisch, bis Denise, meine Schwester, daranging, ihn konsequent auszuführen. Denise, eine Frau, deren Ehe nach mehreren Fehlgeburten am Ende schien, und ich, voller Angst vor den Konsequenzen einer Abtreibung. Doch dann erkannte ich die Gelegenheit, meinem, unserem Kind, Patrice, die Chance auf sein Leben zu geben. Und darüber war ich glücklich.
Denise ist mit einem wohlhabenden und angesehenen Mann verheiratet, der unbedingt ein Kind wollte – was lag also näher, als ihr mein Baby anzuvertrauen, das ihr Mann dann für sein eigenes halten sollte. Sie versprach mir hoch und heilig, dass ich immer die liebevolle »Tante« sein dürfe, es jederzeit sehen könne und so weiter. Sie versprach mir alles, doch hielt sie in den Jahren danach nichts.
Denise, die vortäuschte, schwanger zu sein, kam damals nach Paris und logierte in einer kleinen Pension in meiner Nähe, ich hielt mich während meiner ganzen Schwangerschaft fast ausschließlich in meiner Wohnung auf. Ginette, die Concierge (Erinnerst Du Dich an sie?), weihten wir ein. Sie besorgte uns einen guten Arzt, den sie aus ihrem Milieu (sie war Prostituierte) kannte und der es mit Personalien nicht so genau nahm. Dafür zahlte ihm Denise eine hohe Geldsumme, fast das ganze Erbe unserer Mutter. Als bei mir die Wehen einsetzten, ließ Ginette ihn kommen. Denise stellte sich ihm als Fleur Déschartes vor und mich als ihre Schwester Denise Aubry, die hochschwanger zu einem Familienbesuch nach Paris gekommen sei. Der Arzt warf einen flüchtigen Blick auf »meinen« Personalausweis

(natürlich war es der Ausweis von Denise), den er als Grundlage für folgende Angaben an das zuständige Standesamt benutzte.
Geburt von Bérénice Marguerite Aubry
am 16. Mai 1961
Zeit der Geburt: 21 Uhr 34.
Mutter: Denise Aubry geb. Déschartes
Vater: Etienne Aubry
Ort: Paris
Einen kurzen Moment hielt ich mein Kind, unser Kind, Patrice, im Arm. Dann nahm Denise die kleine Bérénice und verließ meine Wohnung. Sie blieb noch drei Tage in Paris und fuhr dann mit »ihrer« Tochter nach Saint-Emile zurück, wo ihr Ehemann »sein« Kind glücklich in die Arme schloss.
Ich jedoch verfiel in tiefste Depressionen. Ich war eine Verlorene in der Stadt Paris, einsam suchte ich das Vergessen im Alkohol, in kurzen, wechselnden Beziehungen. Die Unruhe, die Verzweiflung trieben mich in langen schlaflosen Nächten durch die Bars der Stadt, bis ich einen Deutschen traf, der mir eine berufliche Zukunft versprach. Seit einem Jahr wohne ich in einer Wohnung in der Rue Saint-Honoré. Sie gehört diesem Deutschen, dessen Geliebte ich geworden bin. Er finanzierte mir und meinem alten Freund Maxime Malraux ein eigenes Label: Maxime et Fleur.
Doch dann machte ich einen furchtbaren, nie wiedergutzumachenden Fehler: Ich ließ alles stehen und liegen, um kurz vor der entscheidenden Show nach Saint-Emile zu fahren. Ich wollte meine Tochter sehen, nachdem Denise alle meine Kontaktversuche abgeblockt hatte. Ich hatte entsetzliche Angst, der Kleinen könnte etwas zugestoßen sein.
In Saint-Emile hielt ich für einen kurzen Moment mein

Kind im Arm, es war ein Moment des vollkommenen Glücks, für den ich alles geopfert hatte. Denn als ich nach Paris zurückkam, war durch eine böse Intrige meines besten Freundes meine Zukunft zerstört.
Maxime hatte behauptet, ich sei mit einem neuen Liebhaber, einem schönen jungen Mann, in die Provence gefahren, obwohl er wusste, dass ich zu meiner Familie fuhr. Er machte bei meinem Freund eine Amour fou daraus. Maxime war auch der Einzige, der wusste, dass ich das Kind nicht abgetrieben hatte. Dass meine Schwester in Saint-Emile es als ihr Kind ausgab, hatte ich natürlich nicht preisgegeben. Ich sagte, dass es nach der Geburt adoptiert wurde. Er ist der Meinung, dass ich die Adoptiveltern nicht kenne.
Als ich gestern Dein Foto in der Zeitung sah, begriff ich, dass es sich lohnt zu kämpfen: um die Liebe, um die Familie und um mein Kind. Jahrelang habe ich zugelassen, dass andere Menschen mein Leben bestimmten, das fing mit Georges Bonnet an, ging mit Dir weiter und machte auch nicht halt bei meiner Schwester Denise, die sich bei mir das holte, was ihr zu ihrem guten Leben noch fehlte: ein Kind.
Heute, am 23. Februar 1965, fahre ich nach Saint-Emile, um mir meine Tochter Bérénice zurückzuholen.
Manchmal, Patrice, denke ich an unsere kurze Reise in die Normandie. Wir liefen an einem grauen, stürmischen Tag am Meer entlang, und da hast du mich ganz fest in die Arme genommen und mir gesagt, dass du mich lieben wirst, solange du lebst. Patrice, war das alles nur eine Lüge?
Fleur

PS: An der Gare de Lyon werfe ich diesen Brief ein, ich schicke ihn an die Adresse Deiner Klinik.

Bérénice bewegte sich nicht, atmete kaum.

»Fleur«, flüsterte sie unhörbar, »Fleur, was hat man dir bloß angetan, wie hast du gelitten! Fleur, Fleur.« Und dann kam ihr das Wort über die Lippen: *»Maman.«*

Langsam legte sie den Brief auf den Tisch. Doch dann nahm sie ihn wieder und las ihn erneut, einmal, zweimal, immer wieder. Tränen strömten ihr übers Gesicht, doch sie spürte es nicht.

Fleur, ihre *Mutter*, hatte diesen Brief nicht abgeschickt, offenbar war sie in Eile gewesen oder hatte einfach vergessen, ihn in die Tasche zu stecken.

Bérénice weinte und schluchzte und konnte keinen klaren Gedanken fassen. Sie sollte nach Saint-Emile ins Krankenhaus zu Denise fahren … Nein, das war nicht gut. Sie konnte Denise nicht gegenübertreten und ihr sagen, dass sie jetzt die Wahrheit kannte, dass ihr Kartenhaus aus Lügen zusammengefallen war.

Und bin ich Dir nicht eine gute Mutter gewesen?, hatte Denise in ihrem Abschiedsbrief geschrieben.

Bérénice' Tränen versiegten und ließen sie leer zurück. Als das Telefon klingelte, fuhr sie mit einem Schrei hoch. Jetzt erst bemerkte sie, dass es inzwischen Abend geworden war und sie im Dunkeln saß. Nach langem Läuten hob sie ab. Es war noch einmal Jean.

»Es tut mir leid«, sagte er. »Wir waren offenbar beide schlecht gelaunt, aber ich muss mit dir reden, Darling. Es ist etwas vorgefallen, was uns betrifft …«

Bérénice fühlte sich zu schwach, um sich auf eine Unterhaltung mit Jean einzulassen. »Lass mich in Ruhe«, unterbrach sie ihn, »bitte, lass mich einfach in Ruhe! Ich kann, ich will jetzt nichts hören. Und weißt du, warum?«, flüsterte sie in den Hörer. »Weil ... weil ich gerade erfahren habe, dass ich Fleur Déschartes Tochter bin.«

»Woher weißt du das?«

»Ich kann jetzt nicht darüber reden. Wenn es geht, komme ich morgen, okay?«

»Ja, natürlich.«

Bérénice hörte die Irritation in Jeans Stimme, doch sie ging nicht darauf ein, sondern legte den Hörer auf.

Reglos blieb sie auf dem Sofa sitzen, frierend in ihre alte Decke gehüllt.

Plötzlich schoss ihr der Gedanke durch den Kopf, dass Fleur gelogen haben könnte, dass sie diesen Brief an Patrice geschrieben hatte, um ihn zu erpressen, vielleicht weil sie Geld brauchte.

Doch dann beschämte der Gedanke Bérénice. Dieser Brief enthielt die Wahrheit. Eine Wahrheit, die nur Denise kannte und der sie sich nicht stellen wollte. Hippolyte hatte bei ihrem Gespräch Denise in Schutz genommen und Verständnis für sie gezeigt. Was aber würde er jetzt sagen, wenn er die Wahrheit erfuhr?

Hippolyte.

Sie musste ihn sprechen, sie musste es ihm erzählen. Sie kramte nach einem Taschentuch, wischte sich die Tränen ab und griff dann entschlossen nach dem Hörer. Angespannt lauschte sie dem Klingeln. Doch auf dem Weingut meldete sich wieder nur Marie-Luise.

Bérénice versuchte, ruhig zu bleiben, als sie nach Hippolyte fragte. »Hier ist Bérénice Mouret, es ist sehr wichtig.«

Ein Zögern am anderen Ende der Leitung, dann erklärte Marie-Luise, dass Hippolyte nicht da sei. »Er wird heute auch nicht mehr zurückkommen. Es tut mir leid. *Salut.*« Rasch legte sie auf.

Bérénice' Hand lag noch auf dem Hörer. Sie überlegte, ob sie noch einmal anrufen und Marie-Luise erklären sollte, sie *müsse* Hippolyte sprechen. Der einzige Mensch, den sie jetzt brauchte und nach dem sie sich sehnte, war er. Es waren seine Arme, in denen sie sich Trost versprach.

Hippolyte war damals nach jener Nacht mit ihr nach Paris gegangen. Obwohl sie ihm nicht verzeihen konnte, war er bei ihr geblieben. Das war ein Beweis seiner Liebe gewesen, und sie hatte es nicht erkannt. Und nun hatte sie ihn verloren.

Langsam zog Bérénice ihre Hand vom Telefon zurück.

*

Es war ein verrückter Einfall gewesen, das rote Chiffonkleid zur Vernissage anzuziehen. Sie wollte nicht provozieren, nicht auffallen, sie hatte es einfach gewählt, weil es Fleur gehörte. Fleur, ihrer *Mutter.*

Als Bérénice die Galerie betrat, richteten sich viele Blicke auf sie. Sofort bereute sie die Wahl ihres Kleides. Sie fühlte sich müde, verstört, verletzbar. Sie hatte sich in ihrer Wohnung verkrochen und war heute nicht zur Probe gegangen. Am Vormittag hatte Dr. Passot sie angerufen. Seiner Einschätzung nach könne sie ihre Mutter jetzt besuchen, die Patientin könne ein Gespräch nun verkraften.

»Verkraften? Was verkraften?«, wollte sie wissen, doch Dr. Passot überhörte den aggressiven Ton, und er verstand auch nicht, als sie erklärte, im Moment könne sie Denise Aubry nicht sehen. Jetzt brauche *sie* Zeit.

Dann eröffnete er ihr, dass man die Patientin leider nicht mehr länger stationär behandeln könne. Aber ihre Ärzte hätten eine Lösung gefunden.

»Unserem Haus angeschlossen ist die exklusive Seniorenresidenz Santa Emilia hier in der Nähe, eine schöne alte Villa. Sie liegt in einem Park, und jeder der Senioren hat ein eigenes, großes Appartement. Die Anlage ist mit Restaurants, einem Fitnesscenter sowie einem Kulturzentrum ausgestattet, also mit allem, was man braucht, um sich wohl zu fühlen. Auch medizinisch wäre Ihre Mutter dort in den besten Händen … Nun, was halten Sie davon?«, fragte er in munterem Ton, da Bérénice schwieg.

»Das klingt alles ganz wunderbar«, antwortete sie, »aber will meine … will sie auch dorthin?«

»Ja, Ihre Mutter ist begeistert, und sehen Sie, deswegen rufe ich an. Eine Wohnung ist dort frei geworden. Die Sache ist nur« – hier machte Dr. Passot eine Pause –, »das Ganze ist nicht gerade billig. Aber Ihre Mutter ist überzeugt, dass Sie ihr das finanzieren können. Sie sei Ihnen doch immer eine so aufopfernde Mutter gewesen.«

»Ach ja? Meint sie das?« Bérénice war so erschöpft, dass sie keine bessere Antwort darauf fand. »Ich komme, sobald ich aus Paris weg kann«, versprach sie schließlich dem Arzt. »Ich muss das durchrechnen. Schicken Sie mir die Unterlagen inzwischen zu.«

An dieses Gespräch dachte Bérénice, als sie inmitten der vielen Besucher stand, die zu Jeans Vernissage gekommen waren. Fleur … Maman … Immer wieder kehrten ihre Gedanken zu Fleur zurück.

»Bérénice!«

Adrienne Bonnet stellte sich auf Zehenspitzen und winkte sie zu sich. Bérénice drängelte sich zu ihr durch, doch kaum stand sie vor Adrienne, stieß die Galeriebesitzerin einen lauten Schrei aus.

»Das rote Kleid! ›Fleur in einem Traum aus rotem Chiffon im La Coupole.‹ Ich habe ein gutes Gedächtnis, auch wenn ich eine alte Schachtel bin, aber mein Gehirn funktioniert noch«, rief sie ihren Bekannten zu, die einen Kreis um sie bildeten und ihr lachend zuprosteten.

»Das ist Bérénice Mouret, das Model auf dem Plakat«, stellte sie Bérénice vor, »und sie ist …« Sie unterbrach sich selbst, um einen weiteren Gast zu sich zu winken, der die Galerie betrat. »Sie ist Fleur Déschartes Tochter«, verkündete sie dann den Umstehenden. »Jean hat mich gestern noch angerufen«, flüsterte sie Bérénice mit einem verschwörerischen Augenzwinkern zu.

Bérénice' Wut auf Jean stieg. »Wo ist er?«, wollte sie wissen.

»Er ist hier, aber nicht allein, sondern in Begleitung.« Adrienne ließ sich jedes Wort auf der Zunge zergehen, während sie Bérénice beobachtete und ihre mit Kajal umrandeten Augen schadenfroh funkelten.

»Ist doch okay.« Bérénice wandte sich ab und schloss sich den Leuten an, die in den zweiten Raum gingen. Adrienne Bonnet hielt Hof, stieß mit jedem mit Champagner an und ließ sich in ihrem auffallenden Kleid bewundern. Sie trug Vintage, ein Kleid von Yves Saint-Laurent aus den frühen Sechzigern, folkloristisch angehaucht mit pink und grünem Muster. Dazu trug sie lange Ohrringe, ebenfalls aus Saint-Laurents Schmuckkollektion der sechziger Jahre.

An der Schwelle zum zweiten Raum hörte Bérénice, dass Adrienne einen Schrei ausstieß, und drehte sich unwillkürlich um. Sie sah noch, wie Adrienne einen großen weißhaarigen Mann umarmte, heftig auf ihn einredete und dann mit dem Kopf zu Bérénice zeigte. Doch die verschwand schnell im zweiten Raum, bevor Adrienne sie einem weiteren Freund als Fleurs Tochter vorstellen konnte.

Sie wollte Jean treffen und sehen, in wessen Begleitung er war. Hatte er eine neue Affäre? Hatte er sich deswegen so lange nicht gemeldet? War es das, was er ihr gestern sagen wollte, ehe sie ihm mit ihrer großen Neuigkeit ins Wort gefallen war?

Im zweiten Raum, der bedeutend leerer war als der erste, hingen Jeans *Pariser Impressionen*, Stimmungen, Gesichter, Menschen auf der Straße, mit seiner Kamera eingefangene Momente. Bérénice lächelte, es waren Fotos aus dem Marais. Das kleine Restaurant an der Ecke, mit seinem Schild *Koscher Pizza*, darunter der kleine runde Tisch mit einem alten Mann, der davor saß und misstrauisch in die Kamera blickte. Jean liebte das alte jüdische Viertel, das hatte er ihr damals gesagt. Aber er hatte ihr nicht verraten, dass er die meisten Bilder dort für seine Ausstellung machte.

»Das ist alles so glatt, so perfekt. Man spürt bei jedem Bild, dass Jean Bergé in der Mode arbeitet. Nur oberflächliche Perfektion, nichts Echtes«, hörte Bérénice einen Mann sagen. Es war Michel Daudet, Redakteur des Kulturteils einer großen Tageszeitung. Bérénice wusste, dass seine Beurteilung für Jean ausschlaggebend war, da dieser in der Fotografie neue Wege gehen wollte. Daudet winkte seine Fotografin zu sich, und zusammen drängelten sie sich zum Ausgang durch, um die Galerie zu verlassen. Sicher eine Enttäuschung für Jean.

Bérénice ging in den ersten Raum zurück. »Das Model vom Plakat«, hörte sie eine Stimme hinter sich tuscheln. »In Wirklichkeit sieht sie aber älter aus.« Sie vermied es, sich umzudrehen, sondern schlüpfte rasch in die leere kleine Küche.

Was machte sie hier überhaupt? Es war ein Fehler gewesen, hierherzukommen, und es war auch ein Fehler gewesen, Fleurs Kleid anzuziehen. Sie stellte ihr Champagnerglas auf den Tisch und warf dabei einen flüchtigen Blick durchs Fenster in den Innenhof. Hier hatte sie mit Adrienne gesessen, bevor sie nach Saint-Emile gefahren war … Hippolyte, immer wieder gingen ihre Gedanken zu ihm zurück.

Im Licht, das aus der Galerie in den Hof fiel, sah Bérénice die verwilderten Flieder- und Hibiskussträucher, die erste Knospen trugen. Adrienne machte sich nicht die Mühe, diesen malerischen Hof zu pflegen. Verdorrte Zweige und trockene Blätter vom vergangenen Herbst lagen zwischen den Beeten und auf der Steinterrasse. Adriennes alte Korbmöbel sahen nach dem strengen Winter noch schäbiger aus als an dem Nachmittag im Herbst. Schon wollte Bérénice sich umdrehen, da erkannte sie in der dunklen Ecke des Hofes ein Paar in enger Umarmung. Und der Mann war Jean Bergé.

Sie atmete tief durch. Das also war es, was Jean mit ihr hatte besprechen wollen. Die Frau in seiner engen Umarmung war nicht zu erkennen, sicher war es das junge chinesische Model.

Bérénice wandte sich vom Fenster ab, lehnte sich gegen die Tischkante und trank ihren Champagner aus. Wie fühlte sie sich jetzt eigentlich? Wieder atmete sie durch, und da wusste sie es: Sie war erleichtert. Sie verspürte kein Bedauern, nichts. Die Affäre war vorbei, und sie war froh darüber.

Entschlossen stellte sie ihr Glas ab und verließ die Küche. Was wollte sie hier überhaupt? Fühlte sie sich besser, wenn sie unter Leute ging, die sie nicht kannte und mit denen sie wenig verband?

Sie war hierhergekommen, um nicht immer an Hippolyte, an Fleur oder Denise denken zu müssen. Auch nicht an die hohen Kosten, die auf sie zukamen, wenn Denise in das Seniorenheim einzog. Aber konnte sie es zulassen, dass Denise in das alte, düstere Haus ihrer Mutter Joselle zurückging, vielleicht noch einmal Tabletten schluckte, um ein Zeichen zu setzen, wie einsam sie war? Oder eines Tages sogar daraus Ernst werden ließ?

Bérénice sah sich um. Auf Jean wollte sie nicht mehr warten. Sie wollte einfach nur nach Hause und sich einen heißen Tee kochen.

Von der Küchentür aus sah sie den weißhaarigen Mann immer noch neben Adrienne stehen. Jetzt spürte er ihren Blick und sah zu ihr herüber. Doch sie reagierte nicht, sondern kämpfte sich durch die Leute dem Ausgang zu. Sie winkte Adrienne noch kurz zu, die ein wenig schwankte und sich am Arm eines Besuchers festhielt. Mit der anderen Hand ergriff sie bereits ein neues Glas Champagner, während ihre Stimme lauter und ihr Lachen schriller wurde.

Als sich Bérénice am Ausgang ihren Mantel geben ließ, stand der Weißhaarige plötzlich neben ihr.

»Madame Mouret?«

»Ja?« Warum fing ihr Herz plötzlich zu rasen an?

Einen Moment, einen langen Moment sah der Mann sie stumm an, dann flüsterte er: »Fleur, Fleur.«

Bérénice schien es, als weiche der Raum mit den vielen Leuten plötzlich zurück. Sie bewegte sich nicht, und sie sagte auch nichts, und doch wusste sie, wem sie gegenüberstand: Patrice Chaubert, ihrem Vater.

*

Er hatte Bérénice um ein Treffen gebeten. Schon von weitem sah sie ihn unruhig vor dem Café de la Paix auf und ab gehen. An der Ampel blieb sie kurz stehen. Noch konnte sie in der Metrostation verschwinden, denn er hatte sie noch nicht bemerkt. Doch er schien ihren Blick zu spüren, blieb stehen und winkte ihr. So überquerte sie die Straße und ging auf ihn zu.

»Schön, dass Sie gekommen sind«, sagte Patrice steif und hielt ihr die rechte Hand hin, die sie nur kurz berührte. »Ich war mir nicht sicher.«

»Ich habe auch nicht viel Zeit«, erklärte sie, als sie zusammen das Café betraten und von einem Kellner zu einem kleinen Tisch auf der verglasten Terrasse geführt wurden.

»Es fängt zu regnen an«, begann Patrice eine ungeschickte Unterhaltung, nachdem er Bérénice aus dem Mantel geholfen und sie sich auf das Sofa gesetzt hatte. Er zog den Stuhl näher an den Tisch heran und rief den Kellner.

»Was möchten Sie?«

»Einen Tee. Ich habe mich gestern erkältet.«

»Das tut mir leid.«

Sie blieben einsilbig, bis der Kellner den doppelten Espresso für Patrice und ihren Tee servierte.

»Wieso sind Sie zur Ausstellung gekommen?«, wollte Bérénice wissen, nachdem sie einen Schluck getrunken hatte.

»Ich hatte das Poster gesehen und Ihre Ähnlichkeit mit Fleur bemerkt. Dann rief mich auch noch Adrienne Bonnet an. Sie müssen wissen, wir hatten seit Jahrzehnten keinen Kontakt mehr, und ihr Anruf allein war schon eine Sensation. Sie schlug mir eine Versöhnung vor, und die beste Gelegenheit dazu sei ihre neue Ausstellung des Fotografen Jean Bergé. Sie versprach mir eine Überraschung.«

»Und dann sind Sie gekommen.«

»Ja, natürlich. Adrienne hatte mich neugierig gemacht. Und als sie mich begrüßte, flüsterte sie mir als Erstes ins Ohr, Sie seien Fleurs Tochter.«

Bérénice war zu müde, um wütend auf Adrienne Bonnet oder Jean zu sein. Sie fühlte sich wie zerschlagen, und ihre Halsschmerzen verstärkten sich.

»Als ich im Herbst in der Petite Galerie des Arts war, sprachen wir über Fleur. Adrienne erwähnte Sie kurz, hatte aber Ihren Nachnamen vergessen«, erzählte Bérénice.

Mit einem kurzen Auflachen antwortete Patrice: »So war Adrienne schon immer. Was ihr nicht passt, vergisst sie, oder sie kann sich gerade nicht daran erinnern.«

Er trank seinen Espresso mit einem Schluck aus und bestellte beim Kellner sofort einen zweiten.

Bérénice beobachtete ihn. Wie alt mochte er sein? Achtzig? Patrice war schlank und wirkte immer noch sportlich. Seine weißen Haare betonten die leicht gebräunte Haut und das intensive Blau seiner Augen.

Sie konnte es kaum glauben, sie saß ihrem Vater gegenüber: Patrice Chaubert. Doch er war ein Fremder, ein Mann, der nicht gewollt hatte, dass sie geboren wurde. Der ihre Mutter verlassen hatte.

Patrice rührte Zucker in seinen Espresso, und als er Bérénice' Blick spürte, sah er hoch. Waren es diese tiefblauen, forschenden Augen gewesen, die Fleur als Erstes fasziniert hatten? Wie hatte er sie angesehen, als er ihr sagte, dass er sie liebte? Hatte er sie geliebt?

»Das rote Kleid, das Sie gestern trugen, war Fleurs Kleid, nicht wahr?«, fragte er. Als sie bejahte, lächelte er. Eine Pause entstand, und jeder suchte nach den richtigen Worten.

»Sie arbeiten mit Maxime Malraux zusammen?«

Bérénice nickte nur. Der Hals tat ihr weh, und sie fröstelte, sicher bekam sie Fieber.

Sie wandte den Kopf zur Seite und sah den Regentropfen zu, die an den Scheiben der Glasveranda herunterliefen und nur einen verschwommenen Ausblick auf den Boulevard des Capucines ermöglichten.

»Jetzt regnet es richtig heftig«, brachte sie mühsam hervor, »und ich habe keinen Schirm dabei.«

»Ich kann Sie heimfahren«, schlug Patrice vor.

»Ich kann auch ein Taxi nehmen.« Bérénice reagierte ablehnend. Nur keine schnelle Annäherung, das hatte sie sich vorgenommen. Sie dachte an den Brief in ihrer Tasche, Fleurs Brief an Patrice, den sie nie abgeschickt hatte. Bérénice hatte ihn zu Hause spontan in ihre Tasche gesteckt. Er war für Patrice bestimmt, also sollte sie ihm den Brief auch geben. Doch sie zögerte, wollte ihn behalten, denn es gab so wenig, was sie an ihre Mutter erinnerte.

»Und jetzt haben Sie sich also mit Adrienne versöhnt?«, fragte sie höflich, ohne wirkliches Interesse.

Patrice lachte kurz auf. »Irgendwie schon oder auch nicht. Bei Adrienne weiß man das nie so genau. Aber ich bin alt, und ich möchte keine Feindschaften mehr. Georges Bonnet war mein bester Freund«, begann er zu erzählen, »aber wegen Fleur kam es zum Bruch. Zuerst, weil er ihr verbotene Aufputschmittel gab, und dann …«

»Was dann?«, fragte Bérénice, da er schwieg.

»Georges war eifersüchtig. Er sah in Fleur sein Geschöpf, niemand durfte sie ihm wegnehmen. Ich bemerkte das nur nicht sofort. Eines Tages erzählte ich ihm, dass ich mit Fleur in die Brasserie Lorraine gehen würde, da lauerte er uns auf, fotografierte uns, ohne dass wir ihn erkannten, und gab das Foto an die Presse weiter. Ja, und das war dann das Ende meiner Beziehung mit Fleur, weil ich … nun, ich will Sie jetzt nicht langweilen.«

Er ist feige, er will nicht gestehen, dass er verheiratet war und dass er von Fleur die Abtreibung verlangt hat, dachte Bérénice enttäuscht. Sollte sie ihm sagen, dass sie einige Details dank des Briefes kannte? Doch sie schwieg.

»Nachdem ich Georges' Urheberschaft erfahren hatte, brach ich den Kontakt zu ihm ab. Als ich ihn vor dem Ritz zufällig traf, stellte ich ihn zur Rede, da rastete er aus, schlug mich, und wir prügelten uns. Das hat dann ein Paparazzo auf einem Foto festgehalten.«

»Haben Sie Fleur geliebt?«

Bérénice biss sich verärgert auf die Lippen. Keine emotionalen Fragen, hatte sie sich vorgenommen, bevor sie hierherkam.

Patrice sah sie nicht an, er lächelte und rührte wieder mit dem kleinen Löffel in seiner Tasse. »Ich habe mich sofort in Fleur verliebt, in ihre Schönheit, die Zartheit, die sie ausstrahlte, die Unberührtheit. Ich war Fleurs erste Liebe. Sie war so lebendig, so …« Er suchte nach dem richtigen Wort.

»Und Sie wollten sie zur Abtreibung zwingen«, unterbrach ihn Bérénice.

»Ja, ja, das ist richtig«, gab er offen zu, »und ich bin nicht stolz darauf.«

Er nahm ein kleines Päckchen Zucker aus der Dose, zögerte in der Bewegung und steckte es wieder zurück. Er hatte schöne, schmale Hände, und er trug keinen Ehering.

»Ich hatte nicht den Mut, mich zu ihr zu bekennen«, gestand er schließlich. »Ich wollte meine Ehe nicht aufs Spiel setzen, und ich brauchte die Sicherheit, die mir meine Familie gab. Dazu kam mein großer Ehrgeiz«, erzählte er weiter, als Bérénice schwieg. »Ich wollte die Klinik meines Schwiegervaters übernehmen, ich hatte Visionen, Pläne. Als sein Nachfolger wollte ich in der Medizin neue Wege gehen und Außergewöhnliches leisten.«

»Und deswegen haben Sie Fleur im Stich gelassen.«

»Ja«, antwortete er und fügte nach einer kurzen Pause hinzu: »Ich könnte Ihnen jetzt sagen, dass ich bei dieser Entscheidung auch an Fleur gedacht habe, an ihre Karriere, die sie hätte aufgeben müssen, aber das stimmt nicht.

Ich dachte nur an mich und meine Interessen.« Wieder richtete Patrice seine tiefblauen Augen auf Bérénice. »Aber ich konnte sie nicht vergessen. Irgendwann las ich in der Zeitung, dass Fleur Déschartes mit einem deutschen Wirtschaftsboss liiert war, sie schien glücklich zu sein.«

»Glauben Sie, dass sie ihn geliebt hat?«

»Woher soll ich das wissen? Ich denke, sie mochte und brauchte ihn. Er gab ihr Sicherheit und bot ihr Schutz, denn Fleur kam mit dem Leben nicht zurecht.«

»Sie wissen, dass ich Fleurs Tochter bin, aber …« Bérénice zögerte. Sie kannte den Inhalt von Fleurs Brief, aber woher wusste Patrice, dass sie seine Tochter war? »Woher wissen Sie, dass ich auch Ihre Tochter bin?«

»Ich weiß es einfach, außerdem hat mir Adrienne Ihr Alter verraten, und ich kann rechnen.«

Jean, natürlich! Er schien Georges Bonnets Witwe alles über sie erzählt zu haben. Wut stieg in Bérénice hoch, wenn sie daran dachte, dass Adrienne Bonnet, eine fremde Frau, so viele persönliche Dinge über sie zu wissen schien.

»Und? Was hat sie Ihnen noch erzählt?«

»Nur, dass Sie bei Ihrer Tante in einer Kleinstadt der Provence aufgewachsen sind. Wurden Sie von ihr adoptiert?«

»So ungefähr.« Bérénice blieb einsilbig.

»Sicher wollte Fleur für Sie das Beste, wünschte sich für ihre Tochter, dass sie in geordneten Verhältnissen aufwuchs.«

Bérénice gab darauf keine Antwort. Genau das fragte sie sich schon die ganze Zeit: Hatte Fleur aus Liebe zu ihr so gehandelt? Aber nach vier Jahren hatte sie ihre Entscheidung wieder bereut. Sie fuhr nach Saint-Emile, um ihr Kind aus der gewohnten Umgebung zu reißen, weg von den Menschen, die es liebte und die es für seine Eltern hielt. Konnte man da von Liebe sprechen?

»Wo lebt Fleur jetzt?« Patrice' Stimme klang unsicher. Endlich stellte er die entscheidende Frage, und Bérénice ahnte, dass er Angst vor der Antwort hatte.

»Ich weiß es nicht, ich habe meine Mutter nie kennengelernt«, antwortete Bérénice. »Es gibt so vieles, das ich über sie wissen möchte.« Patrice sah sie erwartungsvoll an, doch sie sprach nicht weiter. Sie fühlte sich krank und müde und hatte keine Kraft mehr, von Denise Aubry zu erzählen oder über die eigenen Gefühle zu reden. Letztendlich war Patrice ein Fremder, und es war nicht einfach, so plötzlich mit ihm über Fleur, ihre Kindheit und ihr Leben zu sprechen. So schwieg sie.

Patrice erzählte noch, dass er in Passy wohne und dass seine Frau ihn nach zwanzig Jahren Ehe verlassen hatte. »Sie lebt jetzt in Amerika, und meine beiden Töchter sind in Boston und Dallas verheiratet.«

War er ein einsamer alter Mann, der den Kontakt zu ihr suchte, zu einer Tochter, von der er bis gestern nicht gewusst hatte, dass es sie gab?

»Und die Klinik?«, fragte sie. »Konnten Sie Ihre beruflichen Vorstellungen verwirklichen?«

Patrice schüttelte den Kopf. »Nein, ich war zu ehrgeizig. Und schließlich konnte ich mich nicht aus dem Mittelmaß herausheben.«

Dann war also alles umsonst, dachte Bérénice, doch sie sprach es nicht aus.

»Glauben Sie mir, ich bereue vieles in meinem Leben. Am meisten jedoch, dass ich Fleur verlassen habe.«

Seine Traurigkeit berührte Bérénice, und so erzählte sie dann doch: »Eines Tages fuhr Fleur nach Saint-Emile, um mich zu holen. Damals war ich vier Jahre alt. Fast vier«, verbesserte sie sich.

»Und?« Gespannt beugte sich Patrice vor.

»Seit diesem Tag ist sie verschwunden.«

»Und?«, wiederholte Patrice. »Hat nie jemand Erkundigungen eingeholt und nach ihr gesucht?«

»Offenbar nicht. Man ging davon aus, sie habe irgendwo in der Welt ein neues Leben angefangen. Ich weiß, es klingt eigenartig«, fuhr Bérénice fort und setzte in Gedanken hinzu: auch für mich. Von dem Gesicht Patrice' konnte sie ablesen, wie unglaubwürdig er diese Erklärung fand. »Mein Großvater verschwand auch eines Tages spurlos, also schien Fleurs Aufbruch in ein neues Leben niemanden zu überraschen. Man schob es offenbar auf ihre Gene.«

Bérénice spürte, wie schwach diese Erklärung klang. Patrice schüttelte den Kopf und schien über ihre Worte nachzudenken. Da schob sie rasch ihre leere Tasse in die Mitte des Tisches.

»Es tut mir leid, aber ich muss gehen. Ich will noch nach Hause, und dann muss ich zur Generalprobe der Show.«

Patrice drehte sich um und sah auf die Straße hinaus. »Der Regen hat aufgehört, aber wenn Sie möchten, bringe ich Sie heim, mein Angebot steht noch.«

Bérénice stand auf, schüttelte den Kopf und ließ sich von ihm in den Mantel helfen. Sie wartete, bis er Geld auf den Tisch gelegt hatte, und dann verließen sie zusammen das Café.

Draußen blieben sie stehen, doch sie konnten sich nicht voneinander trennen. Bérénice gestand sich ein, dass ihr Patrice gefiel. Sie spürte, wie ihre Ablehnung sich langsam auflöste. Er blieb höflich und distanziert, und sie war erleichtert, dass er ihr weder vorgeschlagen hatte, sich zu duzen, noch dieses Treffen dazu benutzt hatte, um sich zu rechtfertigen.

Er war ihr Vater, der nicht gewollt hatte, dass sie geboren wurde, und ihre leibliche Mutter hatte sie dann weggegeben. Vielleicht waren sie beide nur feige gewesen und hatten nicht den Mut besessen, Konsequenzen zu tragen, die ihr Leben gravierend verändert hätten.

Fleur, Denise, Etienne, Patrice. Die vier gehörten zu ihrem Leben, doch jetzt hatte sie alles verloren, da sie die Wahrheit kannte.

»Werde ich Sie wiedersehen?«, fragte Patrice unsicher.

»Ja«, antwortete Bérénice nach kurzem Zögern. »Ich denke schon. Irgendwann – bald«, fügte sie, ohne nachzudenken, hinzu. »Werden Sie mir dann von Fleur erzählen?«, fragte sie, während sie mit einer Hand nach dem Brief in ihrer Tasche griff.

»Natürlich. Alles, was ich weiß.« Patrice' Stimme klang ernst und überzeugend, und Bérénice glaubte ihm.

Jetzt holte sie Fleurs Brief heraus, behielt ihn aber noch in der Hand. Es war schwer, ihn wegzugeben, sie besaß so wenig von ihrer Mutter. Doch sie durfte ihn nicht behalten. Fleur hatte ihn dem Mann geschrieben, den sie geliebt hatte. Er hatte ein Recht darauf. So überreichte sie Patrice nach einem kleinen Zögern das Kuvert. »Hier.«

»Was ist das?« Erstaunt griff er danach.

»Das ist der Brief von Fleur, den sie Ihnen geschrieben hat, bevor sie verschwand. Offenbar hat sie vergessen, ihn abzuschicken.«

»Danke.« Lange sah er auf das Kuvert hinunter, drehte und wendete es in der Hand, bis er den Kopf hob. Wieder traf Bérénice der Blick aus diesen forschenden blauen Augen.

»Ich habe ihn gelesen«, sagte sie. »Er war offen, und ich habe ihn entdeckt, als ich Sie noch nicht kannte.«

»Das hätte ich auch getan. Aber …« Patrice schaute an ihr vorbei ins Nichts. »Es passt nicht zu Fleur, dass sie einfach verschwindet, um irgendwo in der Welt ein neues Leben zu beginnen. Sie hätte nicht den Mut dazu gehabt.«

Patrice hatte recht. Auch Bérénice hatte sich immer wieder gefragt, wieso Fleur nach Saint-Emile fuhr, um ihr Kind zu holen, sich aber dann plötzlich entschloss, ohne die Tochter Frankreich den Rücken zu kehren.

Denise und Etienne müssen sie unter Druck gesetzt haben, drohten ihr vielleicht mit der Polizei, schoss es Bérénice jetzt durch den Kopf. Vielleicht gaben sie ihr Geld, damit sie verschwand.

»Lesen Sie erst einmal den Brief!«, forderte sie Patrice auf. »Ich muss mich jetzt beeilen.«

»Sie sehen blass aus. Sie sollten besser zu Hause bleiben«, ermahnte Patrice sie eindringlich, als sie sich verabschiedete.

Sie spürte, dass er ihr nachsah, und da lächelte sie und empfand ein kurz aufflackerndes Gefühl von Glück. Schnell überquerte sie die Straße und hastete die Treppe zur Metro hinunter.

17

Das Fieber stieg. Bérénice befolgte Patrice' Rat und legte sich, sobald sie in ihrer Wohnung ankam, sofort ins Bett. Am nächsten Tag versuchte sie, aufzustehen und sich anzuziehen. Es ging nicht. So traf sie die Entscheidung, nicht zur Show zu gehen.

Es schien ihr nicht mehr wichtig, ob sie dabei war oder nicht. Im Moment lebte sie ein Leben auf zwei Zeitebenen. Seit sie Fleurs Brief an Patrice gelesen hatte, sah alles anders aus, jetzt, da sie die Vergangenheit kannte. Die Gegenwart, ihr Beruf, Maxime oder auch Jean hatten an Bedeutung verloren.

Sie kochte Tee und machte es sich auf dem Sofa bequem. Dann rief sie Madame Bellier an und vereinbarte mit ihr einen Termin für die Abholung der Kleider aus Maximes Wohnung. Madame Bellier schlug Bérénice vor, ihr mit einem Kurier die restlichen Sachen zuzuschicken, und Bérénice war einverstanden.

Nach dem Telefonat ließ sie den Kopf erschöpft auf die Kissen fallen. Dann wählte sie Camillas Handynummer, um für die Show abzusagen.

»Das ist schade«, sagte die Chefdirektrice, »aber alles läuft sowieso anders als geplant. Maxime ist verschwunden.«

Camilla saß im Ladurée an der Madeleine und musste sich mit fünf *macarons* in verschiedenen Geschmacksrichtungen beruhigen. Dazu trank sie starken Mokka.

In wenigen Stunden begann die Show, und Maxime blieb verschwunden. Er ging nicht ans Handy, und seine

Haushälterin hatte ihn seit drei Tagen nicht mehr gesehen.

Gestern hatte Cathérine sie auf das Gerücht angesprochen, Maxime sei entlassen und ein junger Spanier sein Nachfolger. Sicher würde der Neue ein eigenes Team zusammenstellen, und sie alle würden auf der Straße stehen.

Camilla wählte Junes Nummer. Vielleicht wusste die junge Designerin schon mehr als die anderen? Als Tochter eines millionenschweren Rockstars hatte sie immer einen Sonderstatus genossen.

*

June stand am Fenster ihrer neuen Wohnung. Von hier oben konnte sie fast ganz Paris überblicken, die geraden Linien der Boulevards, die breiten Champs-Elysées, die wie eine Schneise durch Paris gingen, sie konnte den Lauf der Seine verfolgen, und wenn sie sich weit aus dem Fenster lehnte, sah sie die goldene Kuppel des Invalidendoms in der Sonne glänzen.

Als das Handy klingelte, suchte sie es in der großen Penthouse-Wohnung, doch es schien verschwunden, und irgendwann hörte das Läuten auf. Es war egal. Sie würde sich sowieso nicht melden. Sie behielt ihr Geheimnis für sich. Sie kannte den Namen von Maximes Nachfolger, und ihr selbst hatte die GGIF eine eigene Kollektion zugesichert, die unter dem Label See by Maxime Malraux herauskommen würde. Eine neue, junge Linie, finanziert von Big Daddy für seine begabte Tochter June.

Als sie sich in ihre zerrissenen Designerjeans zwängte, hoffte sie inständig, dass diese letzte Show für Maxime zu einem sensationellen Erfolg werden würde. Für Maxime Malraux, der in Junes Augen einer der größten Modeschöpfer des zwanzigsten Jahrhunderts war.

*

Alle waren sie gekommen, die Chefredakteurinnen der großen Modemagazine, berühmte Stars aus aller Welt, alle saßen heute bei Maxime Malraux.

Als endlich das erwartungsvolle Stimmengewirr verstummte und die Scheinwerfer aufleuchteten, setzte leise Musik von Mozart ein und begleitete die Models, die rasch die Treppe herunterkamen, über den Laufsteg schritten, vor den Fotografen posierten, dann wieder die Stufen hochliefen und rechts und links im Backstage-Bereich verschwanden. Freundliches Klatschen begleitete die ersten Modelle. Bei den Abendkleidern steigerte sich der Beifall, bis Kate auf hohen Plateauschuhen und in dem gefährlich engen Rock vorsichtig die Treppe herunterstieg und den Laufsteg entlangtrippelte. Sie war geschminkt wie eine Geisha, und sie sah wunderbar aus in dem engen, langen Kleid und der mit Drachen bestickten Jacke. Der Beifall steigerte sich weiter, und einige Bravorufe begleiteten den Gang des Starmodels über den Catwalk.

Dann kam die Gruppe der Klassiker. Elegante Tageskleider und große Abendroben im Stil der fünfziger Jahre. Im schnellen Anschluss traten acht Starmodels auf. Sie trugen die legendären schwarzen Kostüme, die Maxime vor Jahren über Nacht berühmt gemacht hatten, dazu große Organzahüte und elegante Handschuhe. Sie liefen den Catwalk zurück und blieben hintereinander auf den Stufen der Treppe regungslos stehen.

Eine Pause entstand, erwartungsvolle Stille trat ein.

Und plötzlich war er da. Maxime verharrte oben an der Treppe, dann tänzelte er die Stufen herunter, vorbei an den Models in den schwarzen Kostümen. Frenetischer Applaus erhob sich, als er langsam den Laufsteg entlangging, und Standing Ovations begleiteten ihn auf dem Weg zurück. Wieder oben auf der Treppe drehte er sich noch einmal um, und im gleißenden Licht der Scheinwerfer breitete er die Arme aus und dankte seinem Publikum. Plötzlich erlosch das Licht, im ganzen Raum wurde es dunkel, und der Beifall erstarb. Als die Scheinwerfer wieder aufleuchteten, war Maxime verschwunden.

*

Die Entlassung des Designers aus dem eigenen Label wurde in allen Nachrichtensendungen gebracht. Am nächsten Morgen schrieb *France Soir* in seiner Ausgabe:

Maxime Malraux ging in dem Moment seines größten Triumphes. Verneigen wir uns vor ihm, einem der genialsten Designer des zwanzigsten Jahrhunderts.

Die französische und die deutsche Ausgabe der *Vogue* widmeten ihm eine Hommage mit dem Titel:

Das letzte große Genie hat sich verabschiedet.
Chanel schenkte den Frauen die Freiheit, Maxime Malraux den Triumph der Weiblichkeit.

Bérénice hatte eine starke Angina, und täglich kam ein Arzt, um nach ihr zu sehen und ihr eine Aufbauspritze zu geben.

»Sie sollten ins Krankenhaus«, ermahnte er sie bei jedem Besuch, da sie sich nicht wirklich erholte.

Völlig lethargisch verbrachte sie die Tage im Bett, nur selten stand sie auf. Sie konnte sich auf nichts konzentrieren und interessierte sich für nichts. Nur den kurzen Bericht über die Pressekonferenz der GGIF sah sie sich im Fernsehen an.

Maximes Nachfolger war der sechsundzwanzigjährige Spanier Cristobàl Cortez, der mit seinen Entwürfen für ein anderes Modelabel bereits Aufsehen erregt hatte. Schüchtern trat er vor die Journalisten, klein und zierlich, gekleidet in Jeans und Shirt, dazu trug er Turnschuhe.

Er habe Maxime schon als Kind verehrt, hauchte er ins Mikrofon und schien verwirrt von den vielen Kameras, die auf ihn gerichtet waren. Dann bedankte er sich bei seiner Mutter und seinen drei Schwestern, die ihn immer unterstützt hatten, und zuletzt bei den Verantwortlichen der GGIF, die ihm das ungeheure Vertrauen schenkten, Nachfolger des großen Maxime Malraux zu werden. Freundlicher Applaus begleitete den jungen Mann, als er rasch den Raum verließ, wo zwei Bodyguards hinter der Tür auf ihn warteten.

»Ob die Fußstapfen seines Vorgängers für Cristobàl zu groß sind, wird sich zeigen«, kommentierte der Moderator den unspektakulären Auftritt des jugendlichen Designers.

Langsam sickerten Einzelheiten über Maxime Malraux durch. Er habe sich auf sein Anwesen in Capri zurückgezogen. Aber nicht allein, begleitet werde er von einem unbekannten jungen Mann, Aziz Al Nadim. Während Raul und Cathérine entlassen wurden, behielt Camilla ihre Stelle als oberste Direktrice, und auch Bérénice bekam das Angebot, weiterhin die Chefin des allerdings sehr verkleinerten Stickateliers zu bleiben. Sie erbat sich Bedenkzeit.

Ihre Gedanken kreisten ausschließlich um Fleurs Brief an Patrice und um Fleur selbst, das junge, naive Mädchen, das nach Paris gekommen war, um berühmt zu werden.

18

Eine Woche war vergangen. Bérénice schlenderte die Avenue Georges V hinunter und lief weiter bis zum Pont d'Alma. Es war ein schöner Frühlingstag, und sie hatte keine Lust, sofort nach Hause zu fahren, sondern setzte sich auf die Terrasse eines Cafés mit Blick über die Brücke und die Seine bis hinüber zum Eiffelturm. Während sie einen Espresso trank und ihr Gesicht in die warme Sonne hielt, versuchte sie, ihre Gedanken zu ordnen.

Gerade war sie bei einem Anwalt namens Bernard Laval gewesen, der Maxime Malraux seit Jahrzehnten in allen rechtlichen Fragen beriet. Er hatte sie vor ein paar Tagen angerufen, worauf sie zwar verunsichert, gleichzeitig aber überwältigt war: Der Designer hatte ihr seine Gewinnbeteiligung am weltweiten Verkauf der MM-*Parfums* übertragen. Bérénice wusste, dass der Klassiker MM Trois seit Jahrzehnten zu den bestverkauften Parfums der Welt zählte.

»Durch diese Abtretung wird Maxime nicht ärmer«, hatte der Anwalt ihr erklärt. »Aus den Medien wissen Sie sicher, dass sein Privatvermögen weit über einhundert Millionen Dollar beträgt. Also, bitte, keine Skrupel. Er will auch keine Dankbarkeit von Ihnen, er betont, er habe das nicht für Sie und auch nicht für Fleur getan.«

»Für wen dann?«, hatte Bérénice verständnislos gefragt.

»Für sich selbst. Maxime macht alles nur für sich selbst. Er will mit der Vergangenheit abschließen, und dazu gehört für ihn, dass er sein schlechtes Gewissen beruhigt. Das hat er mit dieser Abtretung getan, mehr nicht.«

»Weiß Maxime, dass ich Fleur Déschartes' Tochter bin?«, hatte sie den Anwalt noch gefragt, als er sie bereits zur Tür seiner luxuriösen Kanzlei brachte.

»Er ahnte es, als er Ihnen das erste Mal gegenüberstand. Er erschrak entsetzlich, wie er mir erzählte, denn mit Ihnen kamen die Geister der Vergangenheit zurück.«

»Wie geht es ihm jetzt?«, hatte sie noch wissen wollen.

»Nun, sagen wir, er leckt auf Capri seine Wunden. Aber er ist ja nicht allein«, hatte Bernard Laval noch ein wenig ironisch hinzugefügt. »Maxime ist hart im Nehmen, glauben Sie mir! Ich wäre nicht erstaunt, wenn er plötzlich wie Phönix aus der Asche aufersteht.«

Auf der Terrasse wurde es kühl, die Sonne verschwand hinter dem Eiffelturm, und Bérénice verließ das Café. Sie fühlte sich noch so schwach auf den Beinen, dass sie ein Taxi heranwinkte und nach Hause fuhr.

In ihrer Wohnung ließ sie sich erschöpft aufs Sofa fallen. Die Krankheit hatte sie mehr geschwächt, als sie gedacht hatte.

Seit sie wusste, dass sie Fleurs Tochter war, versuchte sie vergebens, zur Normalität ihres Lebens zurückzufinden. Denn die gab es nicht mehr. Alles hatte sich verändert. Maxime lebte jetzt auf Capri, ein junger Designer ersetzte ihn, und sie verdiente plötzlich Geld, ohne dafür zu arbeiten. Sie hatte die Wahl, sie konnte den Job als Atelierleiterin annehmen, musste es aber nicht. Paris fühlte sich plötzlich anders an.

Sie hätte glücklich sein können, doch sie war es nicht. Sie sollte Denise verzeihen, doch sie konnte es nicht, jetzt, da sie die Wahrheit kannte. Sie sollte auch ihrem Vater verzeihen, der nicht gewollt hatte, dass sie geboren wurde, und jetzt den Kontakt zu ihr suchte, da er ein einsamer alter Mann war.

Und Hippolyte hatte sie im vergangenen Herbst offenbar das Gefühl vermittelt, das gemeinsame Wochenende sei nur eine Reminiszenz an die Vergangenheit gewesen, und für einen Neuanfang sei es längst zu spät. Und das konnte sie sich selbst nicht verzeihen.

*

Am nächsten Morgen fühlte sie sich besser. Sie bereitete sich in der Küche Kaffee, röstete Toast und ging mit dem Tablett zurück ins Bett. Während sie das knusprige Weißbrot mit Butter bestrich, fiel ihr Blick rein zufällig auf die schöne Puppe auf dem kleinen Tisch unter dem Fenster. Fleurs Geschenk an sie. Hätte sie als Kind damit gespielt?

Sie erinnerte sich, wie sehr Denise es immer bedauert hatte, dass sie im Gegensatz zu ihren Schulfreundinnen nie mit Puppen spielen wollte. In Erinnerung daran lächelte Bérénice. Die Freundinnen waren so oft zu ihr gekommen, doch nicht, um sie, sondern um Denise zu besuchen. Die kleinen Mädchen liebten sie, und Denise lud sie oft ein.

Sie hatten es *les fêtes des poupées* genannt, kleine Feste für ihre Puppen. Denise hatte vorher einen großen Kuchen gekauft, und dann ging es los. Die Mädchen brachten ihre »Kinder« mit und durften sich in den vielen Schachteln Knöpfe, Spitzen und Bordüren aussuchen und die Stoffe bestimmen, aus denen sie Kleider für ihre Puppen haben wollten. Und Denise ließ sie gewähren. Die Mädchen wühlten und warfen alles durcheinander, wenn sie aufgeregt ihre Auswahl trafen. Denise aber lachte nur dazu. An diesen Nachmittagen war sie glücklich gewesen, sie saß inmitten der vielen Mädchen, und sie nähte für alle Puppenkleider.

Nachdenklich legte Bérénice ihren Toast auf den Teller. Wie hatte sie diese *fêtes* nur vergessen können?

Und die Busreise von Marseille nach Paris, als sie elf Jahre alt gewesen war? Sie hatten in einem guten Hotel übernachtet, sich die Gemälde im Louvre angesehen und waren nach Versailles hinausgefahren. Das hatte alles viel Geld gekostet, das sich Denise in zusätzlicher Nachtarbeit verdienen musste. Wieso hatte sie diese schönen Erinnerungen verdrängt? Wieso hatte sie in den vergangenen Monaten nur an Denise' Lügen gedacht? Wie konnte sie so herzlos sein? Denn eines war klar: Denise hatte sie geliebt, und um ihr eine schöne Kindheit zu ermöglichen, hatte sie Tag und Nacht geschuftet.

Seit ein paar Tagen war Bérénice eine wohlhabende Frau. Sie konnte sich eine schöne Wohnung mieten, Reisen machen, sie konnte sich viele Dinge kaufen, aber sie konnte auch eines tun: Denise einen komfortablen Lebensabend finanzieren.

Bérénice lehnte sich in den Kissen zurück und schloss die Augen. Und zum ersten Mal seit langer Zeit fühlte sie sich wieder ruhig und zufrieden.

*

Am Nachmittag rief sie Dr. Passot an und teilte ihm mit, dass sie ihr Einverständnis für den Umzug von Denise Aubry in die Seniorenresidenz gebe und alle Kosten wie Miete, Kaution und weitere Behandlungen übernehme. Das Wort Mutter brachte sie nicht über die Lippen.

»Sobald ich nach Saint-Emile komme, unterschreibe ich den Vertrag. Ich bin aber noch nicht ganz gesund«, setzte sie hinzu. Sie wusste, einem Treffen mit Denise war sie nicht gewachsen, sie brauchte noch Zeit.

Doch ihre bloße Zusage reichte dem Arzt nicht. »Es eilt, sonst ist das Appartement vergeben, und die Wartezeiten für die Residenz sind sehr lang. Eigentlich war der Umzug für übermorgen geplant. Vor ein paar Tagen war Ihre Mutter mit einem Pfleger in ihrem Haus und hat ausgesucht, was direkt in die Seniorenresidenz geschickt werden sollte. Alles andere, auch die Möbel, kommt in einen Container, bevor Ende der Woche die Versteigerung über die Bühne geht.«

»Welche Versteigerung?« Bérénice horchte alarmiert auf.

Dr. Passot zeigte sich überrascht. »Ich dachte, die Bank Ihrer Mutter hätte Sie informiert. Aber das sind Dinge, die mich als Arzt nichts angehen, ich habe sie nur durch unsere Verwaltung erfahren.«

Bérénice beendete sofort das Gespräch und rief bei der Bank an. Doch es dauerte eine Weile, bis sie endlich den Filialleiter ans Telefon bekam. Von ihm erfuhr sie, dass Denise schon seit Jahren hoch verschuldet war und die Bank nun die Zwangsversteigerung angeordnet hatte.

»Warum haben Sie mich nicht informiert?«, wollte Bérénice wissen, der dieser Schock tief in die Knochen fuhr. Das Haus in der Rue Boursicault war ihr Zuhause gewesen, Denise und Fleur waren dort aufgewachsen.

Sie hatte nicht einmal gewusst, dass das Haus mit Hypotheken belastet war, geschweige denn, dass Denise die Zinsen schon längere Zeit nicht mehr zahlen konnte.

»Die Schulden werden durch die Versteigerung getilgt, in diesem Punkt kann ich Sie beruhigen«, erklärte der Filialleiter.

»Warum haben Sie mich nicht benachrichtigt, bevor Sie den Termin ansetzten?«

»Das Haus gehört Ihrer Mutter. So sahen wir keine Veranlassung dazu. Als ich bei ihr im Krankenhaus war, um die Sache zu besprechen, erwähnte sie mit keinem Wort, dass eventuell Sie …«

»Nein.« Bérénice reagierte heftig. »Nein, das ist allein Denise Aubrys Entscheidung, und ich will das Haus nicht, ganz sicher nicht.« Sie verabschiedete sich rasch und legte den Hörer auf.

Sie lehnte sich wieder in die Kissen zurück. Wenn jetzt das Telefon läutet, gehe ich nicht mehr ran, nahm sie sich vor. Doch es blieb stumm, und nach einer Weile stand sie auf. Sie wollte mit Denise sprechen und ein letztes Mal in das Haus in der Rue Boursicault gehen. Sie hatte sich spontan gegen die Rettung des Hauses ausgesprochen, aber war diese Entscheidung richtig gewesen?

Sie musste noch einmal in das Haus ihrer Kindheit.

19

Saint-Emile

Vorsichtig, um Marie-Luise nicht zu wecken, stieß Hippolyte die schweren blauen Holzläden auf. Tief sog er die nächtliche Frühlingsluft ein, während er sich mit den Händen auf dem Fensterbrett abstützte und weit hinauslehnte. Er versuchte, so leise wie möglich zu sein, denn er wollte nicht, dass Marie-Luise aufwachte und ihm noch mal die Fragen stellte, mit denen sie ihn den ganzen Abend bedrängt hatte. Er wollte nicht nach seiner Vergangenheit gefragt werden und vor allem nicht nach Bérénice. Er war es nicht gewohnt, eigene Stimmungen zu beobachten und Gefühle zu analysieren, wie Marie-Luise es tat.

Was sollte er ihr über Bérénice erzählen? Es wäre ihm als Verrat erschienen, und so schwieg er, schwieg auch, da er mit Bérénice' unergründlicher Weiblichkeit nicht zurechtkam. Nie mehr hatte sie sich gemeldet, und oft hatte er sich Vorwürfe gemacht, dass er sie am Boule-Platz damals so schnell verlassen hatte, um nach Hause zu Marie-Luise zu fahren. War es nicht wie eine Flucht gewesen?

Leise zog Hippolyte die Läden wieder zu, blieb aber unschlüssig stehen. Erst als er ein Geräusch hinter sich hörte, drehte er sich rasch um. Marie-Luise stand, eingehüllt in ein Laken, am Bettpfosten und sah zu ihm herüber. Ihre Gestalt war im Dunkel kaum wahrzunehmen, nur der schwache Schein, der durch die Läden fiel, schien sich auf ihrem Oberkörper zu spiegeln. Ihre nackten Schultern, die langen Haare, alles übte einen Reiz auf ihn aus, so dass er auf sie zuging. Doch Marie-Luise wich zurück.

»Ich will endlich mit dir reden«, ihre Stimme klang verdrossen, während sie das Laken noch enger um ihren Körper schlang.

»Jetzt? Um diese Zeit?« Hippolyte reagierte unwillig. »Komm, lass uns zurück ins Bett gehen! Wir können morgen früh reden.«

»Morgen früh ist es vielleicht zu spät.«

Hippolyte bemühte sich um ein kleines Lachen, das die Situation auflockern sollte, doch es klang gekünstelt und verärgert.

Marie-Luise schlüpfte zurück ins Bett und zog das Laken bis zum Kinn. Hippolyte sah auf sie hinunter, dann hob er seine Decke und schob sich ins kalte Bett. Reglos lagen sie im Dunkel nebeneinander, bis er versuchte, die Spannung zwischen ihnen aufzulösen.

»Entschuldige«, erklärte er, »aber mir geht so vieles durch den Kopf. Frank bedrängt mich, einen weiteren Kredit aufzunehmen, um Bauer Gaston Leblanc die beiden Äcker abzukaufen, die sich meinen Weinbergen anschließen. Am Freitag sollen bereits die Traktoren anrücken, um die Felder zu pflügen, und am Montag darauf werden dann die Weinstöcke gesetzt, die Frank bestellt hat.«

»Und warum bedrückt dich das?«

»Weil ich mich noch mehr verschulde, darum.«

»Vielleicht kann dir ja deine Nochehefrau finanziell unter die Arme greifen.«

Hippolyte hörte Eifersucht und Aggression aus Marie-Luises Stimme heraus. Sie wollte ihn dazu bringen, seine Gefühle endlich zu offenbaren und eine Entscheidung zu treffen. Er fühlte sich in die Enge getrieben, Marie-Luise wollte mit ihm zusammenleben und ein Kind mit ihm haben. Das hatte sie ihm gestern eröffnet. Aber ein Kind mit einer anderen Frau, das wäre wie ein Verrat an Bérénice gewesen.

Er wollte jedes Gespräch über Bérénice vermeiden, so schwieg er und drehte sich um. »Ich bin noch müde«, murmelte er. »Es wird bald hell, also lass uns noch ein wenig schlafen!«

Marie-Luise antwortete nicht, auch sie wandte sich von ihm weg. Er hörte sie unruhig mit den Füßen gegen die Bettdecke scharren, bis es still wurde und ihr Atem sanft und regelmäßig ging.

Als sie eingeschlafen war, stahl sich Hippolyte wieder leise aus dem Bett, stieg hastig in seine Hose und griff nach einem Pullover, den er sich überzog, während er bereits die Treppe hinunterlief. Unten schlüpfte er noch in Strümpfe und Schuhe. Als er seine dicke Steppjacke vom Haken nahm, stieß Tristan die angelehnte Küchentür von innen auf und stand schwanzwedelnd vor ihm.

»Komm, Alter!« Zerstreut kraulte Hippolyte ihn kurz hinter dem Ohr und verließ mit ihm das Haus. Der Hund rannte voraus, kam zurück, leckte kurz Hippolytes Hand und verschwand wieder zwischen den Büschen des Gartens. Am Horizont wurde es heller. Über den Weinbergen hing noch der Frühnebel. Hippolyte schritt kräftig aus, er kannte jeden Meter hier, jeden Strauch, jeden Thymian- und Basilikumbusch, jeden Lorbeerbaum. Seine Mutter hatte den großen Garten den Hügel hinauf angelegt, und sein Vorgänger hatte nichts daran verändert. Es war alles so, wie die Natur es wachsen ließ, von der Hand seiner Mutter damals nur ein wenig geordnet, wie sie es genannt hatte. Kurz blieb er stehen und betrachtete den Mandelbaum, der in voller Blüte stand. Sein Vater hatte ihn gepflanzt, als Hippolyte acht Jahre alt gewesen war.

Neben dem Anwesen führte der öffentliche Weg entlang, den Marie-Luise vor einem halben Jahr mit Tristan heruntergekommen war. Sie war zum richtigen Zeitpunkt in Hippolytes Leben getreten. Sie hatte ihm eine Heiterkeit, eine Leichtigkeit geschenkt, die er vorher nie gekannt hatte. Jetzt wollte sie eine feste Beziehung, aber wollte er das auch? Waren seine Gefühle stark genug?

Hippolyte blieb stehen und pfiff zerstreut Tristan, der den Hügel heraufhechelte und folgsam hinter ihm hertrottete. Hippolyte blieb immer wieder stehen, um die klare Luft einzuatmen und den Nebelschwaden zuzusehen, die sich auflösten, während der Himmel sich rosa färbte. Oben ging Hippolyte zu dem Kreuz unter dem Mandelbaum. Hier hatte er im Herbst mit Bérénice gestanden, und Hand in Hand hatten sie ihres Sohnes gedacht, der nicht leben durfte. Endlich hatten sie über die Nacht des Unglücks vier Jahre zuvor gesprochen, endlich war er bereit gewesen, sich Bérénice zu öffnen. Doch was blieb, waren Leere und Enttäuschung, auch nach dem kurzen Wiedersehen im Januar unten auf dem Boule-Platz. Aber war er nicht selbst schuld? Er hatte sie einfach stehenlassen und war davongebraust.

Langsam ließ sich Hippolyte auf einem Felsen nieder,

den folgsamen Tristan zu seinen Füßen. Stille umfing ihn, und er wartete, bis sich die Schatten der Nacht zurückzogen und hinter den Bergen die Sonne aufstieg. In ihrem Licht breitete sich die Schönheit der Landschaft vor seinen Augen aus. Hippolyte hatte diesen Anblick so oft erlebt, und doch berührte er ihn jedes Mal aufs Neue. Einsamkeit umfing ihn, die er genoss und die ihm tiefen Frieden schenkte. Er gehörte hierher, hier waren seine Wurzeln, und hier war seine Heimat. Nirgendwo sonst konnte er leben und wollte es auch nicht mehr versuchen.

Und doch … seine Gedanken waren beherrscht von Bérénice, er dachte an ihre Verletzlichkeit, an ihre rückhaltlose Hingabe an ihn während der Zeit ihrer Ehe, an das Schweigen zwischen ihnen in den Jahren in Paris. An diesem Wochenende auf dem Weingut hatte alles danach ausgesehen, als hätte sie ihm verziehen. Doch offenbar konnte sie es immer noch nicht, sonst hätte sie längst angerufen. Wütend schlug er mit der Faust auf den Stein, auf dem er saß, sprang auf und rannte den Hügel hinunter, rannte und stolperte, bis er keuchend stehen blieb und auf *La Maison Bleue* hinuntersah. Es war sein Weingut, und das erfüllte ihn mit Stolz. Doch ohne Bérénice erschien es ihm leer und sein Leben ohne Sinn.

*

Bis zum frühen Nachmittag gingen sie sich aus dem Weg, Hippolyte führte Telefonate mit seiner Bank, dann rief er Frank an, und schließlich sprach er noch mit dem Bauern Gaston. Er hörte oben im Schlafzimmer Marie-Luise hin und her laufen, doch sie kam nicht herunter.

Hippolyte ging in die Küche und kochte sich Kaffee. Mit einem mürrischen Gruß erschien Marie-Luise endlich in der Tür, dicht gefolgt von Tristan. Während sie die Dose Hundefutter öffnete und den Inhalt in Tristans Schüssel füllte, sah ihr Hippolyte zu. Um endlich das Schweigen zu beenden, schlug er vor, hinunter nach Saint-Emile zu fahren. »Wir müssen einkaufen, und wenn du Lust hast, essen wir im La Danseuse Maronentörtchen, die magst du doch so gern.«

»Bemüh dich nicht«, antwortete Marie-Luise reserviert. »Du kannst ja einkaufen fahren, aber ich bleibe hier und warte auf Frank.«

Sie warf die Dose in den Müll, verschränkte die Arme vor der Brust und sah ihn herausfordernd an. Wie immer trug sie eine Hemdbluse, dazu Jeans und knöchelhohe Stiefel.

Überrascht sah er sie an. »Auf Frank?«

Sie ließ die Arme sinken, seufzte leise und setzte sich ihm gegenüber.

»Er wird mich in mein Haus bringen und dann hinunter zum Bahnhof fahren. Ich nehme den Vier-Uhr-Zug nach Marseille. Ich fliege noch heute nach Deutschland.«

Hippolyte war so überrascht, dass er sie nur anstarrte, ohne etwas zu erwidern.

»Ja, ja … schau nicht so!«, fuhr sie ihn an. »Darum wollte ich heute Nacht eine Entscheidung, aber dein Zögern war ja bereits die Entscheidung.«

»Wieso fliegst du nach Deutschland? Wann kommst du zurück?«

Hippolyte konnte es nicht begreifen, dass sie ging.

»Ich habe das Angebot eines Verlags, für ein Jahr als Lektorin zu arbeiten, als Vertretung für eine Kollegin, die in der Elternzeit ist. Was danach sein wird, weiß ich noch nicht.« Sie sah Hippolyte an, und er begriff, dass sie hoffte, er würde sie zurückhalten, sie in die Arme schließen und ihr sagen, dass er sie liebe und mit ihr ein Kind haben wolle.

»Du willst mich erpressen«, sagte er langsam, »das ist es.«

»Nein, das ist es nicht.« Marie-Luise beugte sich zu Tristan hinunter und kraulte ihn hinter den Ohren. Sie sah Hippolyte nicht an, als sie leise weitersprach: »Ich liebe dich, Hippolyte, das habe ich dir oft genug gesagt. Aber ich gehe, weil ich gehen muss. Ich gehe, weil ich es nicht ertragen kann, wie du leidest. Wie wir beide leiden. Denn du liebst Bérénice und nicht mich. Ich wollte es nicht wahrhaben, doch heute Nacht habe ich es begriffen.« Jetzt richtete sie sich auf und sah zu ihm herüber. »Darum gehe ich. Mir bietet sich eine berufliche Chance, und ich werde sie ergreifen.«

Sie sah ihn voller Erwartung an, doch er sprach den Satz nicht aus, den sie hören wollte.

»Nun …« Nachdem Hippolyte schwieg, wandte sie sich mit einem Ruck von ihm ab. »Ich hole dann schnell meine Tasche.« An der Tür drehte sie sich noch einmal um. »In meinem Haus wohnt ab Mai eine Freundin. Kann ich dir meine Schlüssel dalassen?«

»Natürlich.« Rasch sagte ihr Hippolyte seine Hilfe zu. »Ich kann auch mal nach dem Rechten sehen, wenn du willst.«

Jetzt lächelte ihn Marie-Luise an. Es war ein trauriges

Lächeln, das ihn tief berührte. »Ja, das wäre nett von dir. Danke.«

Er sah ihr nach, als sie die Treppe hinaufging, und wartete in der Küche. Als er Franks Auto die Straße heraufkommen hörte, ging er hinaus und blieb vor der Eingangstür stehen. Er stand noch da, als Frank bereits aus seinem alten Peugeot stieg und Marie-Luise mit ihrer Tasche aus dem Haus kam.

»Das geht alles so schnell«, versuchte er halbherzig, sie zurückzuhalten. »Wollen wir nicht noch einmal darüber reden?«

»Wozu?« Ihre Antwort kam rasch, und in ihren Augen erkannte Hippolyte ihren sehnlichen Wunsch nach einer Umarmung, nach einer Beteuerung von ihm. Doch er brachte das »Ich liebe dich« nicht über die Lippen. Er hätte lügen müssen, wenn er die Worte ausgesprochen hätte.

Frank begrüßte die beiden und verstaute Marie-Luises große Tasche im Kofferraum. Schweigend standen sich Hippolyte und Marie-Luise gegenüber. Sie zwang sich zu einem Lächeln, doch als Hippolyte sie küssen wollte, wich sie ihm aus und beugte sich zu Tristan hinunter.

»Komm!«, lockte sie ihren Hund, der aber neben Hippolyte sitzen blieb und keine Anstalten machte, ihrer Aufforderung zu folgen.

»Willst du Tristan behalten, bis im Mai meine Freundin kommt?«, fragte Marie-Luise plötzlich. »Ich werde in der Stadt leben, und Tristan wäre sehr viel allein.«

»Ich nehme ihn gern. Du weißt, er ist mir ans Herz gewachsen.«

»Wir können telefonieren, und du sagst mir dann, wie es ihm geht.«

Der Hund stellte eine Verbindung zwischen ihnen dar, und Hippolyte erkannte, dass es das war, was Marie-Luise jetzt brauchte: eine schwache tröstliche Hoffnung für die Zukunft.

»*Salut*, Tristan!« Sie ging vor dem Hund in die Knie und küsste ihn auf die feuchte Schnauze und auf die dicken, langen Ohren. Dann verbarg sie plötzlich ihr Gesicht in seinem Fell, um ihre Tränen zu verbergen. »*Salut, mon ami, je t'aime … je t'aime …*«

Hippolyte wandte sich ab und fühlte Franks vorwurfsvollen Blick auf sich gerichtet. Als er den Freund ansah, schüttelte der missbilligend den Kopf. Beiden war klar, dass Marie-Luise nicht den Hund gemeint hatte. Dann half Frank Marie-Luise ins Auto und stieg ein. Grußlos brauste er davon.

Hippolyte sah ihnen nach, bis das Auto verschwunden war. Dann drehte er sich um und ging ins Haus zurück.

»Komm, Kumpel!«, rief er dem Hund zu, der ihm mit einem müden Wedeln seines Schwanzes folgte.

In der Küche holte Hippolyte eine Flasche Pastis vom Regal und schenkte sich ein Glas ein.

»*Santé!*«, prostete er dem Hund zu, der jede seiner Bewegungen mit traurigen Augen verfolgte. »Ja, ich vermisse sie auch«, sagte Hippolyte laut zu ihm. Als er sein Glas auf den Tisch stellte, fiel ihm ein Zettel auf, den Marie-Luise gut sichtbar auf eine umgekippte Schüssel gelegt hatte.

Verzeih mir,
Bérénice hat mehrmals angerufen, doch ich habe es Dir nicht gesagt. Ruf sie an, Du liebst sie doch!

Am späten Nachmittag kam Frank zurück. Hippolyte saß am Tisch vor dem Haus und versuchte, sich auf seine Bankunterlagen für den Kredit zu konzentrieren. Frank warf ihm nur einen kurzen Gruß zu, verschwand im Haus und kam mit der Flasche Pastis und zwei Gläsern zurück.

»Eine solche Frau gehen zu lassen«, fing er an und zog sich einen Stuhl an den Tisch heran. Missbilligend schüttelte er den Kopf. »Ich versteh dich nicht, was ist falsch an ihr? Sie ist jung, schön, sie liebt dich, Mann.«

»Ich möchte jetzt nicht darüber reden«, erklärte Hippolyte eigensinnig und schenkte beiden ein. So sprachen sie über die Felder, über Gaston, der bereit war, mit dem Preis herunterzugehen, und nach zwei Gläsern Pastis hatte Hippolyte sich entschieden: »Ich nehme einen weiteren Kredit auf, ich riskiere es.«

Darauf stießen sie erneut an. Dann setzte Hippolyte sein Glas ab und sah seinen besten Freund an.

»Es wäre auf Dauer nicht gutgegangen«, sagte er. »Ich mag Marie-Luise wirklich, aber ich liebe sie nicht. Leider habe ich zu spät erkannt, wie ernst sie unsere Beziehung nahm. Das tut mir leid. Marie-Luise wollte mehr, sie wollte, was ich nur mit *einer* Frau teilen möchte.«

»Und was ist das?« Frank sah ihn missbilligend an.

»Mein Leben«, antwortete Hippolyte leise. Da griff Frank schweigend nach der Hand seines Freundes und drückte sie. »Ich weiß.«

»Aber Bérénice hat jetzt ihr neues Leben, sie braucht die Stadt, sie braucht Paris, sie würde hier nicht glücklich werden. Es ginge niemals gut«, sinnierte Hippolyte weiter.

»Und du gehörst hierher«, antwortete sein Freund,

nahm die Flasche Pastis und schenkte nach. Sie tranken sich noch einmal zu, und als sie ihre Gläser auf den Tisch stellten, rückte Frank mit seiner Neuigkeit heraus: »Bérénice ist hier. Ich habe sie vor dem Krankenhaus gesehen. Wenn du sie liebst, fahr runter oder ruf sie wenigstens an!«

»Ja, das mache ich«, versprach Hippolyte seinem Freund, der sich leicht schwankend erhob und dann verabschiedete.

Hippolyte sah ihm nach, wie er in den Peugeot stieg, eine rasante Wende riskierte und die Bergstraße hinunterbrauste.

Ich hätte ihn aufhalten müssen, machte Hippolyte sich Vorwürfe und horchte dem Wagen nach, bis sich das Geräusch des Motors in der Ferne verlor. Dann stand er auf und trug Gläser und Flasche in die Küche.

»Weißt du …«, Hippolyte beugte sich zu Tristan hinunter, der hinter ihm hergetrottet war. »Sie hat angerufen, weil sie sich endgültig für Paris entschieden hat. Für Paris und diesen … diesen Modeaffen, diesen Fotografen. Das ist es, was sie mir sagen wollte.«

*

Denise saß im Innenhof des Krankenhauses auf einer Bank im Schatten der großen, knorrigen Platanen.

Bérénice stand hinter der Glastür, die in den Hof führte, und beobachtete sie. Denise trug ihr altes weißes Kleid, am Saum besetzt mit Häkelspitze, und in ihre grauen Haare hatte sie sich eine frische Rose gesteckt. Versunken in sich selbst, blickte sie auf ihre Füße hinunter, die sie baumeln ließ. Als Bérénice sie in diesem schäbigen Kleid auf der Bank sitzen sah, war sie froh, in den Galeries Lafayette für Denise Kleider, Schuhe und Wäsche eingekauft zu haben. Sie sollte sich unter den Bewohnern der Villa Emilia wohl fühlen und sich ihrer Kleidung nicht schämen müssen.

Vor einer Stunde hatte Bérénice in der Verwaltung den Mietvertrag für Denise unterschrieben, die Kaution bezahlt und die Erklärung unterschrieben, alle zusätzlichen Kosten zu übernehmen.

Daraufhin hatte sie Dr. Passot persönlich kennengelernt, der ihr bestätigte, dass die Villa Emilia die richtige Entscheidung für Denise sei. Diese werde im Moment wegen ihrer starken Depressionen medikamentös behandelt, aber leider verweigere sie jedes Gespräch über ihre Vergangenheit, bedauerte der Arzt. »Sie hat sich in einen Kokon zurückgezogen. Aber in der Residenz Villa Emilia wird Ihre Mutter von einer sehr guten Psychotherapeutin behandelt, die auf traumatische Erlebnisse spezialisiert ist«, hatte Dr. Passot abschließend erklärt. »Hier wird Ihre Mutter aufblühen und sich sehr wohl fühlen.«

Ja, Denise, du hast es dir verdient …

Hätte sie dem Arzt sagen sollen, dass Denise nicht ihre Mutter war?

Und bin ich Dir nicht eine gute Mutter gewesen?, hatte Denise in ihrem Abschiedsbrief geschrieben.

»Ja«, murmelte Bérénice hinter der Glastür, »ja, Denise, du bist mir eine gute Mutter gewesen. Du hast mich beschützt, und du hast mich geliebt. Du hast mich unter finanziellen Entbehrungen großgezogen, und dafür danke ich dir. Und trotzdem weiß ich nicht, ob ich dich noch lieben kann. Du hast alles für mich getan, für mich, das Kind, das nicht dein Kind war. Du warst für mich eine Mutter, obwohl ich bereits eine Mutter hatte. Und ob ich dir dein Schweigen und deine Lügen verzeihen kann, das weiß ich nicht, Denise, ich weiß es einfach noch nicht.«

Liebe kann verzeihen, hatte Hippolyte gesagt. Doch liebte sie Denise genug, um ihr jemals zu verzeihen? Sie konnte nicht mit Denise sprechen. Noch nicht. Irgendwann vielleicht, jetzt nicht.

Langsam drehte Bérénice sich um und ging den Gang zurück, den sie gekommen war.

*

Es war später Nachmittag, als Bérénice in der Rue Boursicault ankam. Vom Filialleiter der Bank hatte sie erfahren, dass Joselle Déschartes' Haus abgerissen werden sollte, um einem Neubau Platz zu machen. Bérénice blieb vor dem Haus lange stehen und sah es an.

Ein alter grauer Bau mit Fensterläden, deren blauer Anstrich abblätterte, und einem kleinen verwilderten Garten davor, in dem das Unkraut wucherte. Die ungepflegten Rosensträucher rankten sich inzwischen über fast das ganze Schaufenster des Modesalons Joselle, wie die Schneiderei immer noch hieß. Ein Haus, in dem die Frauen der Déschartes unglücklich gewesen waren und doch auch mutig um ihre Existenz und die ihrer Kinder gekämpft hatten.

Es war gut, dass es abgerissen wurde, und es war die richtige Entscheidung gewesen, es nicht von der Bank zurückzukaufen. Langsam löste sich Bérénice von dem Anblick, ging zur Tür und schloss auf.

In der verlassenen Schneiderei sah sie sich genauer um. Sofort fiel ihr auf, dass die alte Nähmaschine fehlte, an der Denise jahrzehntelang für die Damen der Stadt genäht hatte. Denise hatte ihre Tätigkeit immer als erniedrigend empfunden, nahm sie jetzt ausgerechnet die alte Nähmaschine, das Symbol für ihre Demütigung, mit ins neue Leben? Kopfschüttelnd stieg Bérénice die Wendeltreppe hinauf. In der Küche hatte sich nichts verändert, alles war noch an seinem Platz. Die wenigen abgeschabten Möbel, das Geschirr und die Töpfe würden in den nächsten Tagen in den Container wandern und auf der Müllhalde enden.

Auch im Kinderzimmer hatte Denise nichts verändert und nichts mitgenommen. Flüchtig sah Bérénice sich um. Es gab keinen Gegenstand, den sie als Erinnerung haben wollte. Doch dann blieb ihr Blick an der Stoffpuppe auf dem Fensterbrett hängen, die ihr Denise zum sechsten Geburtstag gefertigt hatte. Gelbe Zöpfe aus Wolle, ein Gesicht mit gestickten Augen und einem roten Mund. Denise war enttäuscht gewesen, dass Bérénice nie mit dieser Puppe spielte. Mit einem letzten Blick auf sie schloss Bérénice die Tür, doch dann hielt sie in ihrer Bewegung inne.

Auch diese Puppe würde im Müllcontainer landen. Da ging sie ins Zimmer zurück, nahm die Puppe und steckte sie in ihre Tasche.

In der winzigen Diele fiel Bérénice auf, dass Denise das kleine Ölgemälde von der Brücke in Avignon mitgenommen hatte. Sie hatten es in einem kleinen Laden direkt an dieser Brücke gekauft, als sie gemeinsam dort gewesen waren. Seit Bérénice' Kindheit hatte es hier gehangen, für Denise offenbar ein kostbares Stück Erinnerung, das sie ins Seniorenheim mitnahm.

Es wurde bereits dunkel, und Bérénice überlegte, ob sie noch in das Schlafzimmer gehen sollte. Hatte sie dort nicht schon alles gesehen, als sie die Ordner durchgeblättert und das rote Poesiealbum gefunden hatte? Doch dann öffnete sie die Tür. Nur noch einen kurzen Rundumblick, nahm sie sich vor.

Auf dem Bett lagen zwischen aufgetürmten zerschlissenen Kissen ein paar alte Zeitungen. Und neben diesem Durcheinander entdeckte Bérénice das Familienbuch. Wollte Denise es wirklich wegwerfen? Als sie näher kam, sah Bérénice den großen Zettel, den Denise auf das Buch gelegt hatte.

Verwundert griff sie danach.

Liebe Bérénice,
heute bin ich noch einmal hier in diesem Haus, in dem ich mein Leben verbracht habe. Mein Leben, das nur durch Dich lebenswert gewesen ist. Ich bin froh, dass es versteigert und womöglich abgerissen wird, es hängen doch zu viele tragische Erinnerungen daran. Ich freue mich auf die Villa Emilia, und ich danke Dir, dass Du mir ein neues Leben in dieser schönen Umgebung ermöglichst. Hab mich immer lieb!
In diesem Buch kannst Du noch einmal nachlesen, dass ich, Denise Aubry, Deine Mutter bin.
Maman

Kopfschüttelnd ließ sich Bérénice auf das alte Bett fallen. Noch nie in ihrem Leben hatte sie sich so hilflos gefühlt. Denise wollte sie auch jetzt noch glauben lassen, dass sie ihre Tochter sei, eisern hielt sie diese Lüge aufrecht.

Doch dann atmete Bérénice durch, nahm das Familienbuch und den Zettel und steckte beides in ihre Tasche. Sie musste sich beeilen, um den Sechs-Uhr-Zug nach Marseille zu erreichen. Mit der letzten Maschine wollte sie zurück nach Paris fliegen.

Irgendwann, Denise, werden wir wieder zusammenfinden, ich verspreche es dir. Du musst keine Angst haben, ich werde dich lieben, trotz … Entsprach das der Wahrheit? Ja, dachte Bérénice, es war die Wahrheit. Doch sie brauchte noch Zeit.

Ehe sie das Schlafzimmer verließ, ging sie zum Schrank, dessen Tür weit offen stand. Aber nach was sollte sie hier noch suchen? Sie hatte wenig Lust, den Berg alter Kleider und Schuhe durchzustöbern, den Denise auf dem Boden aufgetürmt hatte. Alles für den Container bestimmt.

Offenbar hatte Denise nur wenige Sachen mitgenommen. Wie gut, dass sie in den nächsten Tagen mehrere Pakete von den Galeries Lafayette bekam.

Ein letzter Blick streifte den Bettkasten. Irgendetwas reizte Bérénice, ihn zu öffnen. Zuerst klemmte er und ließ sich nur schwer herausziehen, doch dann schaffte sie es. Ein unglaubliches Durcheinander von Kissenbezügen und verstaubten Decken schreckte sie ab, auch nur mit einer Hand hineinzugreifen. Hier hatte Denise offenbar seit Jahren nichts mehr angerührt, es schien, als habe sie die Sachen in dem Kasten einfach vergessen. Doch bei näherem Hinsehen erkannte Bérénice ein haariges Etwas, eingewickelt in ein altes Leintuch. Mit zwei Fingern zog sie neugierig daran. Erst kam ein Ärmel zum Vorschein, und dann hielt Bérénice eine kleine Jacke aus kostbarem Chinchilla in der Hand. Staunend wendete sie die Jacke und stieß auf der Innenseite auf das Etikett: *Christian Dior.*

Dieser elegante Bolero hatte niemals Denise gehört. Als Besitzerin kam nur Fleur in Frage. Hatte Denise es von ihr bekommen? Aber warum hatte sie es dann versteckt? Offenbar hatte sie es vergessen, hatte es nicht weggeben können oder in ihrem Chaos nie mehr gefunden.

Das Fell war weich und … Bérénice drückte die Jacke an ihr Gesicht und sog den zarten Duft eines orientalischen Parfums ein. Ihr Herz fing an zu klopfen, und sie schloss die Augen. Der Duft erinnerte sie an Fleur, an den Moment, als diese sich über sie beugte und sie aus dem Kinderwagen hob … Doch es gab noch diesen anderen Moment …

Denise hatte sie in diesen Bolero gehüllt. Oder war sie selbst hineingeschlüpft? Das war an diesem Abend gewesen, als sie mit Denise aus dem Apothekerhaus lief, nein, Denise hatte sie mit sich gezerrt, obwohl sie keine Schuhe trug und ihre nackten Füße die Kälte des nassen Kopfsteinpflasters spürten. Steine rissen ihre Sohlen auf, und sie weinte, und sie rannte, rannte und weinte …

Daran hatte sie sich schon einmal kurz erinnert, doch … Bérénice setzte sich aufs Bett, die Pelzjacke in der Hand. Damals in jener Nacht, als Denise sie aus dem Haus zerrte, was war da passiert? Sie presste ihr Gesicht wieder in das Fell. Der Pelz war so weich, und er roch so gut, so wunderbar.

Ja, sie war hineingeschlüpft und hatte neugierig auf der untersten Stufe der Treppe gesessen, um auf ihre Maman zu warten. Wie alt mag sie gewesen sein? Vier Jahre? War es, bevor sie so lange krank gewesen war?

Jetzt wusste sie es wieder. Sie war eines Abends aufgewacht und hatte nach ihrer Maman gerufen. Doch Denise war nicht gekommen, und der kleinen Bérénice fiel ein, dass ihre Mutter ins Theater gegangen war. Aber Papa war ja da und würde auf sie aufpassen. Sie hatte sich gefürchtet, denn das Licht in der Diele war ausgeschaltet, obwohl Maman ihr doch versprochen hatte, es anzulassen, bis sie zurückkam. Oder war sie schon da?

Bérénice war aus ihrem Bett geklettert und im Nachthemd in Mamans Schlafzimmer geschlichen. Doch das Bett war leer. Dann hatte sie die Tür zu Papas Zimmer geöffnet, doch auch er war nicht da. Ratlos hatte sie in der Diele gestanden, bis sie unten Stimmen hörte, die aus dem Zimmer kamen, in dem Großmutter Marguerite bis zu ihrem Tod gewohnt hatte. Vor einem halben Jahr hatte ihre Maman ein schönes Esszimmer daraus gemacht.

Bérénice zitterte vor Kälte, doch ins Bett zurück wollte sie nicht mehr, lieber auf der Treppe warten, bis Maman nach Hause kam. Langsam war sie im Dunklen die Stufen hinuntergestiegen. Auf dem Treppenabsatz hing eine Jacke, die vom Geländer fiel, als Bérénice sie staunend berührte. Sie fühlte sich ganz weich an, und Bérénice schlüpfte hinein, da ihr doch so kalt war. Die Jacke roch sehr gut und war sehr warm, eigentlich war sie ihr ja viel zu groß, reichte bis zu den Knöcheln und weit über die Hände, doch Bérénice kuschelte sich hinein und setzte sich auf die letzte Stufe der Treppe, um auf ihre Maman zu warten, denn Papa hatte ja Besuch.

Da wurde die Esszimmertür aufgerissen, und eine schöne Frau lief heraus. Ihr Oberkörper war nackt, und der enge Rock war hochgeschoben. Sie schwankte und hielt sich am Türpfosten fest.

»Denise«, schluchzte und rief sie, »Denise!« Da packte Papa sie grob am Arm und zerrte sie ins Zimmer zurück. Bérénice' Herz klopfte, und sie presste ihr Gesicht zwischen die gedrechselten Stäbe der Treppe, doch sie konnte, obwohl die Tür offen blieb, nichts sehen. Sie hörte nur ihren Vater, der schrie: »Du Lügnerin … du … du … du …« Die anderen Worte verstand Bérénice nicht. Sie hörte die Frau stöhnen und weinen. Bérénice zitterte und hielt sich voller Angst die Ohren zu. Lieber Gott, hatte sie gebetet, lass Maman doch kommen!

Sie sollte besser nach oben gehen, bevor Papa sie fand. Leise drehte sie sich um und kroch auf Knien und Händen ein paar Stufen hoch. Da hörte sie einen erstickten Laut, dann einen verzweifelten Aufschrei, einen dumpfen Fall auf den Steinboden und ein Stöhnen, das in ein leises Wimmern überging. Starr hielt Bérénice inne, dann konnte sie nicht anders, als die paar Stufen zurückzuschleichen, so aufgeregt, dass sie fast über die lange Jacke fiel, die sie trug. Sie setzte sich wieder lautlos auf die unterste Stufe. Sie sah nicht alles, was im Zimmer vor sich ging, und hörte wieder einen erstickten Laut. Sie blinzelte, wollte nichts sehen, und doch presste sie ihr Gesicht an die Stäbe des Treppengeländers. Als sie einen gurgelnden Schrei hörte, riss sie die Augen wieder auf, und jetzt sah sie ihren Vater, der im Zimmer die Hände um den

Hals der Frau gelegt hatte. Die Frau schlug mit den Armen, wimmerte, doch da nahm ihr Vater ihren Kopf und schlug ihn mehrmals auf den Steinboden.

Bérénice bekam grauenvolle Angst, ein tiefes Entsetzen hatte sie gepackt, ihr wurde schlecht, sie musste würgen. Sie sollte schreien, rufen, doch sie brachte keinen Ton heraus.

Die schöne Frau wehrte sich nicht mehr, ganz ruhig lag sie da, und ihr Kopf fiel zur Seite, als der Vater endlich von ihr abließ.

Jetzt war es so still im Haus, so beängstigend still, dass Bérénice glaubte, der Vater könnte hören, wie ihre Zähne aufeinanderschlugen. Starr saß sie da, rührte sich nicht und atmete kaum.

Lieber Gott, lass Maman nach Hause kommen!

Jetzt sah Bérénice, wie ihr Vater die schöne Frau hochhob und auf den langen Esstisch legte. Ihr Kopf war zur Seite gefallen, ihr Gesicht der Tür zugewandt. Ihre starren Augen schienen auf das Kind gerichtet, dessen bleiches kleines Gesicht an die Stäbe des Geländers gepresst war. Die Frau blickte sie an. Tiefes Grauen erfasste Bérénice, denn jetzt sah sie, wie Blut auf den hellen Steinboden tropfte und dort eine Lache bildete. Blut, rotes Blut, grauenerregendes Blut. Und ihr Vater strich der Toten zärtlich die wirren Haare aus der Stirn.

Doch da spürte Bérénice eine Bewegung neben sich, und ein erstickter Laut ließ sie aus ihrer Erstarrung auffahren. Ihre Mutter stand neben ihr, ohne das Kind auf der dunklen Treppe zu bemerken. Denise würgte, sie stieß einen gurgelnden Laut aus, einen unterdrückten Schrei, bis sie endlich die Sprache wiederfand: »Fleur!

Mein Gott, Fleur!« Und dann: »Du … du Ungeheuer, du hast sie umgebracht, du hast meine Schwester umgebracht!«

Der Vater erwachte aus seiner Entrückung, und sein Gesicht veränderte sich. Wut und Hass verzerrten es, als er mit geballten Fäusten auf Denise losging.

»Auch du hast mich betrogen. Du hast mich um mein Kind betrogen, und dieses Kind, Fleurs Kind, dieser Bastard … Ich bringe euch beide um.«

Bérénice hatte einen kleinen hilflosen Laut ausgestoßen, voller Angst und qualvollem Entsetzen. Da fuhr ihre Mutter erschrocken herum und sah das zitternde Kind auf der Treppe sitzen. Jetzt kam Leben in Denise, sie packte das Kind am Arm, zerrte es von der Treppe und dann die Stufen zur Apotheke hinunter, lief und stolperte mit ihm durch den Raum, riss die Tür auf …

Ding, dang, dong, erklang die Glocke fröhlich. Daran erinnerte sich Bérénice genau, die Töne aus dem Kinderlied: *Ding, dang, dong*.

Denise rannte und zerrte das Kind hinter sich her, immer weiter über den verlassenen Platz. Bérénice war hingefallen, sie hatte sich die Knie aufgeschlagen, sie fing zu weinen an. Da nahm Denise das Kind auf den Arm, rannte weiter und bog in die Rue Boursicault ein, bis sie mit keuchendem Atem endlich vor dem Haus ihrer verstorbenen Mutter Joselle stehen blieb.

»Es wird alles gut«, hatte sie Bérénice zugeflüstert, immer wieder, während sie den Schlüssel unter der Matte hervorholte und mit zitternder Hand die Tür aufsperrte. »Es wird alles gut«, schluchzte und keuchte und stöhnte Denise. Bérénice aber war erstarrt in angstvollem Entsetzen, denn sie sah das Gesicht der Frau vor sich, den Kopf, der zur Seite fiel, die Augen, die auf sie gerichtet waren, und das Blut, das rote Blut, das vom Tisch heruntertropfte und auf dem hellen Steinboden eine Lache bildete.

Es wird alles gut … Es wird alles gut …

*

»Es wird alles gut. Es wird alles gut.« Bérénice kauerte auf Denise' Bett und hatte ihr Gesicht in der Pelzjacke vergraben. »Es wird alles gut«, flüsterte sie immer wieder in das weiche Fell. Tränen rannen ihr über das Gesicht, die Zähne schlugen aufeinander. Lange saß sie da, bis sie sich aufraffte, die Pelzjacke packte, nach ihrer Tasche griff und hinunterlief. Sie stolperte auf der Wendeltreppe, doch sie konnte sich gerade noch am Geländer festhalten. Unten warf sie die Eingangstür hinter sich zu, hastete ein paar Schritte weiter und blieb stehen. Dann drehte sie sich langsam um. Sie warf einen letzten Blick auf das Haus, das es in einigen Tagen nicht mehr geben würde.

Unschlüssig ging sie zur Place de la Victoire. Wo sollte sie hin, was tun? In der Mitte des Platzes blieb sie stehen und sah sich um. Doch sie nahm nichts wahr, sie erkannte niemanden, obwohl einige Leute sie freundlich grüßten. Bérénice achtete nicht auf sie, die Pelzjacke fest an sich gepresst, blieb sie unbeweglich stehen, froh über die offenen Geschäfte rund um den Platz, die Lichter, die vielen Menschen.

Sollte sie zur Polizei gehen und erzählen, dass sie als Vierjährige einen Mord gesehen hatte, einen Mord, den

Etienne Aubry begangen hatte? Die Chance, dass man ihr glaubte, war gleich null. Etienne Aubry, einer der angesehensten Honoratioren von Saint-Emile, ein Mörder? Er, dem jeder Bürger Respekt und Achtung entgegenbrachte? Sie hatte keine Beweise, und letztendlich war sie ein Kind gewesen. Und Denise würde schweigen, so wie sie selbst im Krankenhaus schwieg, wenn man ihr Fragen über die Vergangenheit stellte.

Wo hatte Etienne die tote Fleur hingebracht? Was hatte er mit ihr gemacht? Bérénice schauderte bei dem Gedanken.

Plötzlich stieg ein furchtbarer Verdacht in ihr auf. Vielleicht hatte sie als Kind das alles nur geträumt, vielleicht hatte die Pelzjacke die Erinnerung an einen Alptraum ausgelöst?

»Hippolyte«, flüsterte sie, »Hippolyte.« Sie musste sich ihm anvertrauen, erzählen, was sie gesehen hatte oder was sie glaubte, gesehen zu haben. Sie suchte in ihrer vollgestopften Tasche nach ihrem Handy, doch dann zog sie ihre Hand langsam wieder zurück. Mehrmals hatte sie angerufen und nur Marie-Luise erreicht. Sie hatte um einen Rückruf gebeten, doch Hippolyte hatte sich nicht gemeldet.

Die Häuser, die Menschen, alles verschwamm Bérénice vor den Augen. Ihr wurde schwindlig, und ihre Hände griffen ins Leere, als sie sich an der alten Laterne auf dem Platz festhalten wollte.

Da hörte sie eine weibliche Stimme neben sich, die in besorgtem Ton fragte: »Geht es Ihnen nicht gut? Kann ich helfen? Kommen Sie, ich bringe Sie in die Apotheke. Etienne Aubry kann Ihnen etwas geben oder einen Arzt rufen.« Die Stimme der Frau klang freundlich, und Bérénice fühlte sich fürsorglich am Arm genommen. »Wir sind gleich da.«

»Ich möchte nicht in die Apotheke«, wehrte Bérénice die Frau ab, doch die hatte sie schon energisch untergefasst und führte sie Richtung Apotheke.

Bérénice atmete tief durch, die Dunkelheit vor ihren Augen löste sich allmählich auf, und vor den Stufen blieb sie stehen.

»Danke, es geht wieder, ich kann allein hinuntergehen«, versicherte sie und hielt sich am Geländer fest.

»Sie haben mir einen schönen Schrecken eingejagt«, erklärte die junge Frau. »Sie sind aber immer noch blass, soll ich Sie nicht doch begleiten?«

»Nein, nein, es geht schon. Wirklich. Und vielen Dank.«

Die junge Frau ließ Bérénice' Arm los und verabschiedete sich. Bérénice sah ihr noch nach, atmete tief durch und wusste plötzlich, dass sie genau hierher wollte. Denn in diesem Moment erkannte sie, dass es zwei Menschen auf der Welt gab, die die Wahrheit jener Nacht kannten: Denise und Etienne.

Denise verweigerte sich der Vergangenheit, aber hier, an dem Ort, an dem der Mord geschah, konnte sie Gewissheit finden, dass sie keinen Traum durchlebt hatte, sondern die Realität, die furchtbarer war als der schlimmste Alptraum.

Einen Augenblick noch zögerte sie, dann stieg sie die Stufen hinunter und öffnete die Tür.

Ding, dang, dong, der heitere Klang der Türglocke.

Frère Jaques dormez vous, dormez vous … Ding, dang,

dong, ein Klang aus ferner Kindheit, einer Zeit der kindlichen Geborgenheit, die Erinnerung an einen Vater, der sie geliebt hatte, der sie verwöhnte und sie seine Prinzessin nannte.

Bis Fleur kam und ihm sagte, das Kind sei nicht seine Tochter und sie wolle es wiederhaben. Bis alles ein grausames Ende fand. Und es war noch nicht vorbei …

Bérénice wartete. »Hallo?«, rief sie. Ihre Stimme klang fremd in ihren Ohren, als sie sich umsah. Doch niemand antwortete, kein Laut unterbrach die Stille.

Langsam durchquerte sie den Raum, ging die Stufen hinauf in die Wohnung. Sie stand jetzt direkt gegenüber der steilen Treppe, die zu den Schlafzimmern und dem ehemaligen Kinderzimmer führte. Hier hatte sie auf der letzten Stufe gesessen, das Gesicht an die Stäbe des Geländers gedrückt, und hatte einen Mord miterlebt, den Mord an ihrer eigenen Mutter. Doch in diesem Moment hatte sie keine Kraft, die Tür zum Esszimmer zu öffnen, und so drehte sie sich um und lief rasch wieder die Stufen hinunter in die Apotheke. Unbeschreibliche Angst ergriff sie und nahm ihr den Atem.

»Was willst du?«

Mit einem Schrei fuhr sie herum. Hinter ihr stand Etienne Aubry. Er stand direkt vor ihr, ein gebückter, hagerer Mann, der seit ihrem letzten Besuch noch mehr gealtert war. Er schien bis auf die Knochen abgemagert, die Haut wirkte schlaff und gelb. Hinter den dicken Brillengläsern sah er sie unverwandt an.

In diesem Moment verstand Bérénice die Jahre seines Leidens, die Demütigung einer zurückgewiesenen Liebe, das Ertragen der Verachtung jener Frau, die er liebte und nach der er sich verzehrte. Er fand einen Ersatz, ein Ventil für seine Liebe: die Tochter. Doch dann kam jene Frau, um ihm sein Kind wegzunehmen. Er war hintergangen worden, betrogen und vielleicht sogar verlacht. Er hatte Rache geübt. Schreckliche, alles vernichtende Rache. Er hatte Fleur getötet, in einem Moment des aufgestauten Hasses und der seit Jahren ertragenen Erniedrigung. Bérénice konnte die Qualen seiner Einsamkeit und die Qualen seiner Schuld nachvollziehen. Und er teilte sie mit einem einzigen Menschen: mit Denise.

»Was willst du?«, wiederholte er. »Habe ich dir nicht gesagt, du sollst nicht mehr kommen und die Vergangenheit ruhen lassen?«

Erst jetzt fiel sein Blick auf die Pelzjacke, die Bérénice noch immer an sich presste. Aber auf seinem Gesicht zeigte sich kaum eine Regung. Mit einer müden Bewegung strich er mit der knochigen Hand über sein schütteres Haar.

»Ich habe dich damals in der Nacht gesehen«, brachte Bérénice flüsternd heraus.

Etienne antwortete nicht. Er sah sie an, und Bérénice drehte das Gesicht zur Seite, da sie den Blick seiner wässrigen, kalten Augen nicht ertragen konnte.

»Ich dachte, du bist erst heruntergekommen, als Denise nach Hause kam.«

»Du hast Fleur getötet. Und vorher hast du Fleur …« Sie musste es wissen, sie wollte jede Einzelheit seiner grausamen Tat erfahren, aus seinem Mund hören, was er ihrer Mutter angetan hatte.

Sie sahen sich an, schweigend, eingeschlossen in die Stille des großen Raums. Unwillkürlich wich Bérénice zurück, ging rückwärts ein paar Schritte Richtung Eingangstür.

»Fleur kam, um mir mein Kind zu nehmen. In diesem Moment zerstörte sie mein Leben. Ich musste sie dafür bestrafen.«

Bérénice sah ihn voller Grauen an, diesen zierlichen Mann, höflich und in der ganzen Stadt hoch geachtet. Doch er war ein Mörder. Und auch ein Vergewaltiger?

»Willst du zur Polizei gehen?«, fragte Etienne fast gleichgültig.

»Ich will nur die Wahrheit.« Bérénice' Stimme klang fest, als sie ihn ansah. »Ich möchte von dir hören, dass du sie umgebracht hast und ich es nicht nur geträumt habe.«

Ein unfrohes Lächeln umspielte Etiennes dünne Lippen. »Soll ich dir sagen, du hast es geträumt? Bist du dann beruhigt? Aber ich sage dir: Ich habe sie getötet. Und das ist die Wahrheit«, fügte er hinzu, als Bérénice ihn nur in stummem Entsetzen ansah. »Ich habe die Frau getötet, die ich liebte. Und vorher gehörte sie mir, ein einziges Mal gehörte sie mir.«

Ein Zittern lief durch Bérénice' Körper, und sie glaubte, jedes Haar auf ihren Armen einzeln zu spüren.

»Ich war überrascht, dass es so leicht gegangen ist und dass nie ein Verdacht gegen mich geäußert wurde.« Noch immer klang seine Stimme ruhig und emotionslos.

»Wieso hat sich niemand in der Stadt nach Fleur erkundigt? Wieso hat sie niemand vermisst?«

»Wer sollte Fleur vermissen?«, antwortete Etienne, und Hohn klang in seiner Stimme mit. »Sie hatte keine Freunde hier. An diesem Abend gab es eine Theateraufführung in der Aula des Gymnasiums, irgendein Gastspiel. Die halbe Stadt war dort, auch Denise. Und in der Kneipe drüben lief ein Fußballspiel im Fernsehen. Die Tür stand offen, und die Stimme des Reporters schallte über den ganzen Platz. Niemand hat Fleur kommen sehen. Und wer sollte sie vermissen? Sie lebte nicht mehr in Saint-Emile.«

»Und Denise?«

»Sie wollte nicht, dass der Betrug um deine Geburt aufflog. Sie wusste, dass sie dich verloren hätte. So einigten wir uns auf die Version, ihre Schwester sei hier gewesen und habe sich nach einem Familienstreit entschlossen, Frankreich zu verlassen – so wie schon ihr Vater. Jeder in der Stadt kannte diese Geschichte. Doch es hat nie jemand nachgefragt.«

Etiennes Erklärung klang so banal. Furchtbar banal. Er beging einen Mord, und seine Frau hatte geschwiegen.

»Nun«, Bérénice fand kaum den Mut, die wichtigste Frage zu stellen: »Wo … ich meine … wo …«

Etienne verstand sofort. »Oben, in die Spalte des Felsplateaus. Ich brachte Fleur noch in der Nacht dorthin und warf sie hinunter.«

Bérénice spürte einen Schmerz durch ihren ganzen Körper jagen, ein Frösteln überzog ihre Haut.

»Ich wusste, dass die Absperrung an einigen Stellen defekt war«, fuhr Etienne fort, »das war schon lange ein Thema im Gemeinderat. Ich kannte die Stellen, da kurz zuvor eine Besichtigung stattgefunden hatte.«

»So bist du ohne Strafe davongekommen.«

Etiennes Stimme verriet keine Irritation, als er antwortete: »Vielleicht ist es dir eine Genugtuung, dass die Hölle, die ich in mir trage, schlimmer ist als jede Strafe der

Justiz. Ich lebe im Gefängnis meiner Erinnerung, meiner Reue, meiner Qual. Kein Gefängnis kann schrecklicher sein.«

»Warum hast du dich nie gestellt?«, flüsterte Bérénice.

»Das sagte ich dir doch gerade. Mein Gefängnis ist in mir, das war die Strafe, die ich mir selbst auferlegt habe. Ich könnte jetzt auch behaupten, ich habe mich nicht gestellt, um dich zu schützen, dich, das kleine Mädchen, dem ich letztendlich nur Gutes wünschte, das ich liebte.« Etienne machte eine kleine Pause. »Aber so war es nicht.«

Bérénice beobachtete ihn, wie er zur Theke ging und nervös mit seinen dünnen, langen Fingern an der Waage herumnestelte. Mit diesen Händen hatte er Fleur festgehalten, auf den Boden gedrückt, als er sie vergewaltigte. Diese dünnen weißen Finger hatten sich um ihren Hals gelegt und langsam zugedrückt. Doch diese Hände hatten auch sie, Bérénice, gestreichelt, und er hatte sie seine Prinzessin genannt.

Bérénice konnte sich nicht bewegen, das Entsetzen lähmte sie. Erst als Etienne auf sie zukam, erwachte sie aus ihrer Erstarrung. Rückwärts ging sie weiter zur Tür, Schritt für Schritt. Sie tastete nach der Klinke, drückte sie herunter, immer noch mit dem Blick auf Etienne.

»Ich tue dir nichts«, erklärte der ironisch. »Du musst vor mir keine Angst haben. Ich bin ein alter, gebrechlicher Mann.«

Ding, dang, dong.

»Ich werde nicht zur Polizei gehen«, erklärte Bérénice. »Und das tue ich nicht für dich, sondern für Denise, für die Frau, die in diesem Moment des Grauens so viel Mut und Geistesgegenwärtigkeit besaß, um mich aus diesem Haus zu zerren.«

»Ich weiß, dass du mir nie verzeihen und mich nicht verstehen kannst. Ich habe Fleur so sehr geliebt, ich habe sie so unendlich geliebt. Und auch dich.«

Da flüchtete Bérénice aus der Apotheke und sah nicht mehr zurück.

*

Ihre Beine versagten. Sie war nicht weit gekommen. Sie schaffte es gerade noch die vier Stufen hoch und sank auf den Stein, an dem die Kunden der Apotheke ihre Hunde festbanden. Etienne hatte hinter ihr zugesperrt und das Schild *Geschlossen* in die Tür gehängt.

Doch schnell erhob sie sich wieder und lief weg, weg von der Apotheke, weg von diesem Mann. Sie stolperte, fing sich und rannte um die Place de la Victoire herum, bis sie sich vor der Bank am Boule-Platz wiederfand.

Den alten Pick-up, der langsam hinter ihr herfuhr, hörte sie nicht, bis der Wagen direkt in ihrem Rücken anhielt. Erst da drehte sie sich um.

»Hippolyte«, flüsterte sie, »Hippolyte.«

Er stieg aus, kam auf sie zu und nahm sie in seine Arme. Wortlos legte sie ihren Kopf an seine Schulter.

Ewig, dachte sie, ewig soll dieser Moment dauern.

Als sie endlich den Kopf hob, umschlossen seine Hände zart ihr verzerrtes, blasses Gesicht.

»Was ist los, was ist passiert?«

»Es war furchtbar«, brachte sie über die Lippen. »Aber wieso bist du hier, Hippolyte?«, fragte sie nach einer Pause.

»Frank hat dich gesehen, da bin heruntergefahren. Ich umkreise schon die ganze Zeit den Platz, ich habe gespürt, dass ich dich hier treffe.«

»Ich bin so froh, dass du da bist. Danke! Es ist so viel passiert.«

»Komm, dann lass uns gehen! Das kannst du mir später alles erzählen.« Mit einem Arm umschloss er ihre Taille und führte sie zu seinem Wagen. Vorsichtig half er ihr auf den Beifahrersitz, da ihr immer wieder die Beine versagten.

»Ich habe die Jacke vergessen. Ich habe die Jacke in der Apotheke liegen lassen, sie ist mir runtergefallen. Ich muss zurück, ich muss …«

»Wir holen sie morgen, versprochen.«

Hippolyte schnallte sie an, und Bérénice ließ es geschehen. Sie hörte nicht, wie sich Tristan auf dem Rücksitz mit lautem Gähnen ausstreckte, doch als er seine Schnauze zwischen die beiden Vordersitze schob, fuhr sie mit einem Schrei hoch.

»Tristan, Platz!«, befahl Hippolyte dem Hund, der sich folgsam wieder auf dem Sitz zusammenrollte.

»Ist Marie-Luise im *Maison Bleue?*« Bérénice' Stimme klang fremd, spröde, eher wie ein Wispern.

»Wir haben uns getrennt«, antwortete Hippolyte ruhig. »Den Hund kann ich behalten, vorläufig jedenfalls.«

Er ließ den Wagen an und steuerte ihn in Richtung der Weinberge. Als sie auf der steinigen, schmalen Straße hochfuhren, schwiegen sie beide, aber Hippolytes rechte Hand lag fest auf dem Schenkel von Bérénice, die das Zittern ihrer Beine nicht mehr unter Kontrolle hatte. Er warf ihr immer wieder einen besorgten Blick zu, doch sie wandte ihr Gesicht ab und starrte ins Leere. Am *Maison Bleue* angekommen, trug Hippolyte sie die Treppe hinauf ins Schlafzimmer und ließ sie aufs Bett gleiten.

»Ich mache dir einen heißen Tee, oder magst du eine Suppe?«

»Geh nicht weg!«, stammelte sie und klammerte sich an ihn. »Bleib bei mir, bitte!«

So legte sich Hippolyte neben sie, zog sie an sich, und eine Weile lagen sie ganz still da, bis Bérénice leise anfing zu erzählen. Immer wieder wurde sie von Weinkrämpfen geschüttelt, so dass sie Pausen machen musste. Sie zitterte wieder heftig, als sie den Mord schilderte und erzählte von dem Blut, das aus der Wunde an Fleurs Kopf quoll und auf dem Boden eine Lache bildete.

»Etienne hat Fleur oben in die Felsspalte geworfen.« Einmal mehr ließen sich die Tränen nicht mehr zurückhalten. Bérénice schluchzte, während sie weiter erzählte. Sie wollte jetzt über alles sprechen, was passiert war und was sie empfand. Sie erzählte auch von Maxime, Maxime und Fleur, von ihrem Vater und von Fleurs Brief an ihn. Auch von seinem Wunsch, sie zu treffen.

»Jetzt, da er alt und einsam ist, sucht er den Kontakt zu mir. Damals wollte er mich nicht haben.«

»Vielleicht konnte er nicht anders«, gab Hippolyte zu bedenken. »Und Fleur hat gewusst, dass er verheiratet war.«

Bérénice war zu erschöpft, um zu widersprechen.

»Es ist viel Zeit vergangen. Rede mit ihm, gib ihm eine Chance«, riet ihr Hippolyte, »dann kannst du immer noch eine Entscheidung treffen. Du musst jetzt erst einmal alles verkraften.«

»Vielleicht hast du recht«, sagte sie, längst bereit dazu, ihren Vater wieder zu treffen. Denn er, Patrice, konnte ihr viel über Fleur erzählen, über Fleur, ihre Mutter.

Hippolyte ging ins Bad und holte ihr ein leichtes Schlafmittel, das er in einem Glas Wasser auflöste und das sie trank. Endlich konnte sie sich entspannen, und während sie noch einmal von Etienne, der Pelzjacke und ihrer Erinnerung erzählte, die plötzlich wieder da war, glitt sie in einen unruhigen Schlaf.

Hippolyte strich zart über ihre wirren Haare. Ihr Mund war leicht geöffnet, und auf ihrem blassen Gesicht zeichnete sich tiefste Verzweiflung ab. Da legte er sich neben sie und zog sie sanft an sich. Er lauschte auf die gequälten Seufzer, die über ihre Lippen kamen, und wachte über ihren Schlaf. Er umschloss sie mit seinem Körper, bis sie nicht mehr zitterte und ihre Atemzüge gleichmäßig wurden.

Mitten in der Nacht wachte sie auf und fing an zu weinen. Doch als sie Hippolyte spürte und er mit seinen Küssen ihren Mund verschloss, beruhigte sie sich wieder. »Liebst du mich? Du hast es mir nicht gesagt«, murmelte sie. Da zog er sie heftig an sich und küsste sie wieder und immer wieder. Er liebte Bérénice und konnte ihr seine Liebe doch nicht gestehen. Sie schien ihm so groß, dass keine Worte diese Liebe ausdrücken konnten. Warum verstand sie das nicht?

*

Später in der Nacht schreckte Hippolyte aus seinem leichten Schlaf auf. Das Fenster stand weit offen, und als er sich aufrichtete, schien der Nachthimmel heller als sonst. Eine unruhige gelbrote Färbung, ein paar Wolken, die sich ballten und wieder auflösten. Hippolyte schob sich leise aus dem Bett und ging zum Fenster. Das Schrillen des Telefons ließ ihn zusammenzucken. Bérénice saß aufrecht im Bett. Er nahm den Hörer ab, sagte nur wenig, während Bérénice ihn anstarrte.

»Was ist passiert?«

»Das war die Polizei. Da wir noch verheiratet sind, riefen sie hier an und …«

»Was ist los?« Bérénice spürte, dass er ihr Zeit geben wollte. »Hippolyte, was ist passiert? Hat Denise noch einmal … hat sie sich …«

»Dein Vater, Etienne Aubry, hat sich mit Benzin übergossen und angezündet, nachdem er die Apotheke in Brand gesteckt hat. Als die Feuerwehr kam, war er bereits …«

»Tot?«

»Ja, Bérénice, er ist tot.«

»Er hat sich selbst gerichtet«, sagte Bérénice tonlos. »Nach Jahren des Schweigens hat er selbst die Höchststrafe ausgesprochen und sie auch vollstreckt.«

Hippolyte legte sich wieder zu ihr und hielt sie fest im Arm. So lagen sie schweigend und sahen hinaus in den Himmel, an dem Rauchfäden hochstiegen, und sie warteten, bis die Konturen der Berge sich im sanften Licht der Nacht verloren.

Sie konnten nicht mehr einschlafen, und jeder horchte auf die Atemzüge des anderen. Als sich ein heller Streifen am Horizont zeigte und die Sterne verblassten, richtete Bérénice sich auf.

»Lass uns hinauffahren«, flüsterte sie, »bitte.«

Er sah auf seinen altmodischen Wecker, der auf dem Nachttisch stand. Es war fünf Uhr.

»Gut«, antwortete er.

Sie standen auf, zogen sich schweigend an, und Hippolyte kochte Kaffee, den er in eine Thermoskanne füllte. Dann gab er Bérénice eine warme Steppjacke und dicke Stiefel, die so groß waren, dass sie noch Wollsocken anziehen musste, damit sie einigermaßen passten. Hippolyte pfiff Tristan, der sich nur widerwillig erhob und hinter ihnen in die Dunkelheit hinaustappte. Sie stiegen in den Wagen, und Hippolyte fuhr langsam los.

»Wir fahren direkt hinauf, nicht an den Lavendelfeldern vorbei.« Hippolyte warf Bérénice einen besorgten Blick zu. »Wie fühlst du dich? Sollen wir wirklich hochfahren?«

»Es geht mir gut«, antwortete sie kurz, »und ich muss jetzt hinauf.«

Hippolyte wusste, dass sie log und dass sie Angst hatte, da oben zu stehen, an dem Ort, an dem Etienne Aubry in einer Nacht vor siebenunddreißig Jahren ihre tote Mutter in die Schlucht warf.

Sie schwiegen, bis sie die letzten Lärchen und Lorbeersträucher passierten und nur noch über Geröll fuhren. Hippolyte steuerte den Pick-up vorsichtig über das felsige Plateau.

»Da vorne ist die Absperrung«, erklärte er. »Wir müssen warten, bis die Sonne aufgeht.«

Als sie ausstiegen, umfing sie Kälte. Ein starker Wind heulte über das Felsplateau und zerrte an ihren Haaren. Hippolyte legte den Arm um Bérénice' Schultern, da sie fror und zitterte. Auch als sie von dem heißen Kaffee aus der Thermoskanne trank, den ihr Hippolyte reichte, wurde ihr nicht warm.

Sie blieben stumm, bis die Dämmerung am Horizont einem leichten Gelb wich. Dann gingen sie bis zur Absperrung und blieben stehen. Die tiefe Spalte im Boden, die enge Schlucht, konnten sie kaum erkennen. Nichts als flache Felsen, von der aufgehenden Sonne in tiefrotes Licht getaucht.

Vor der Absperrung stand ein hohes eisernes Kreuz. In Vasen, die am dicken Drahtzaun befestigt waren, steckten Frühlingsblumen.

»Es ist zum Wallfahrtsort geworden«, erzählte Hippolyte. »Aus den umliegenden Dörfern kommen Leute herauf, beten für die Abgestürzten, die seit Jahren dort unten liegen, und bringen ihnen Blumen. Manche Frauen im Dorf nennen es auch einen heiligen, einen magischen Ort.«

Der Gedanke an die Menschen, die heraufkamen, den Toten Blumen brachten und für sie beteten, gab Bérénice Trost und erfüllte sie mit einem tiefen Frieden. Sie lauschte auf den Wind und sah im Morgenlicht den Rand der Schlucht. Sie nahm Abschied von ihrer Mutter.

Sie nahm auch Abschied von ihrer Kindheit, die auf einer schrecklichen Lüge aufgebaut war.

Als sie sich umwandte und über die Felsen hinunter auf die Lavendelfelder blickte, spürte sie eine neue Kraft in sich, die ihr den Mut gab, die richtigen Entscheidungen für die Zukunft zu treffen, jetzt, da sie endlich die Wahrheit kannte.

Der Wind heulte über die Felsen, so dass sie laut rufen musste, damit Hippolyte sie verstand: »Wenn du willst, bleibe ich hier, bei dir, jetzt.«

Er sah die Unsicherheit auf ihrem Gesicht, die Angst, er könne ablehnen. Da lächelte er, lief auf sie zu und umschloss sie mit seinen Armen. Vielleicht zog es Bérénice irgendwann wieder nach Paris, doch dieses Jetzt war Verheißung für die Gegenwart und ein Vielleicht für die Zukunft, und das war mehr, als sie beide sich erhofft hatten.

Katja Maybach

Melodie der Erinnerung

Roman

Die Journalistin Kate Johnson wittert die Chance ihres Lebens: Sie ist auf die Familiengeschichte des ehemaligen Freiheitskämpfers Carlos Campora gestoßen und will nun über die Desaparecidos berichten, jene Frauen und Männer, die während der argentinischen Militärdiktatur spurlos verschwanden. Doch Carlos' Geschichte beginnt viel früher: Sein Großvater war 1933 aus Deutschland geflohen und hatte seine Geliebte Tatjana – Tochter aus der Porzellandynastie von Stetten – völlig verzweifelt in Berlin zurückgelassen. Als Kate auf der Estancia von Carlos' Familie ein altes Foto von Tatjana und ihren Schwestern findet, enthüllt sich ihr ein ungeahntes Schicksal, das sie mit ihrer eigenen Vergangenheit in Berührung bringt …

Knaur Taschenbuch Verlag

Katja Maybach

Irgendwann in Marrakesch

Roman

Jahrelang haben sie einander gemieden, nun ist ein Wiedersehen unvermeidlich: Die Schwestern Lauren und Katja werden ans Sterbebett ihres Vaters, eines deutschen Diplomaten, gerufen – nach Marrakesch, in die duftende, lärmende, unwiderstehliche Stadt ihrer Kindheit. Dass Katja als junge Frau die enthüllenden Tagebücher ihrer Mutter veröffentlichte und damit die Karriere des Vaters ruinierte, konnte Lauren ihr nicht verzeihen. Während Lauren sich nun um den todkranken alten Mann kümmert, wird die leidenschaftliche Katja in den Bann Marokkos gezogen. Und findet nicht nur eine große und tragische Liebe, sondern auch den Schlüssel zu ihrer eigenen Vergangenheit …

Knaur Taschenbuch Verlag

Katja Maybach

Eine Nacht im November

Roman

Als Sarah die plötzliche Nachricht vom Tod ihrer Mutter erreicht, entschließt sie sich, nach Paris zu fliegen, um endlich das Schweigen zu durchbrechen, das seit Jahren über deren Verschwinden liegt. Schon bei der Beerdigung schlägt Sarah offener Hass entgegen, als eine alte Frau sie als Tochter »des Nazis« bezeichnet. Sarah ist zutiefst getroffen, und ihre Verunsicherung wächst, als sie im Haus ihrer Mutter ein altes Foto aus dem Jahr 1932 entdeckt. Es zeigt ein Liebespaar: Die junge Frau ist ihre Großmutter, und der junge Mann ist ihr Vater. Sarah entschließt sich, in Frankreich zu bleiben, um endlich das Geheimnis ihrer Familie zu lüften.

Knaur Taschenbuch Verlag